BASTEI
LÜBBE
TASCHENBUCH

Weitere Titel der Autorin:

Kalter Grund
Engelsgrube
Blaues Gift
Grablichter
Tödliche Mitgift
Ostseeblut
Düsterbruch
Ostseefluch
Ostseesühne
Ostseefeuer

Dornteufel

Titel in der Regel auch als E-Book erhältlich

Eva Almstädt

OSTSEE-TOD

Kriminalroman

BASTEI LÜBBE
TASCHENBUCH

BASTEI LÜBBE TASCHENBUCH
Band 17 341

Dieser Titel ist auch als Hörbuch und E-Book erschienen

MIX
Papier aus verantwortungsvollen Quellen
FSC® C083411

Originalausgabe

Dieses Werk wurde vermittelt durch die
Literarische Agentur Thomas Schlück GmbH, 30827 Garbsen

Lektorat: Karin Schmidt
Textredaktion: Dorothee Cabras
Titelillustration: © plainpicture/hasengold
Umschlaggestaltung: Christin Wilhelm, www.grafic4u.de
Satz: Urban SatzKonzept, Düsseldorf
Gesetzt aus der Garamond
Druck und Verarbeitung: CPI books GmbH, Leck – Germany
Printed in Germany
ISBN 978-3-404-17341-9

5 4 3 2 1

Prolog

Sie fürchtete sich nicht vor der Dunkelheit. Die Dunkelheit war ihr Freund geworden. Auch der Druck der Bodenbretter gegen ihren Hinterkopf, die Schulterblätter, den Po und die Fersen war tröstlich. Hier zu liegen gab ihr Halt.

Ihre Schultern passten genau zwischen die Seitenwände, die nicht nachgaben, so kräftig sie sich auch dagegenstemmte. Der schwere Deckel grenzte ihr Versteck nach oben hin ab. Er war mit einem Knall heruntergefallen. Vielleicht würde sie nie wieder hier rauskommen, bis sie irgendwann eine vertrocknete Mumie war? Sie zog die Unterarme unter ihren Körper und drückte sich hoch, bis sie mit dem Kopf die obere Begrenzung spürte. Sie versuchte, an sich hinunterzusehen. Es war so dunkel, dass sie weder ihr Kleid noch ihre weißen Strümpfe oder die Sandalen erkennen konnte. Ihre Sachen würden hier noch schmutziger werden. Das Kleid klebte ihr feucht an Brust und Bauch. Der Gestank überdeckte den Geruch nach Staub und altem Holz. Ihre Augen brannten, genau wie ihr Hals. Sie horchte auf ihre Atemzüge, ihren Herzschlag, das Scharren ihrer Füße, wenn sie sie nicht mehr stillhalten konnte.

Und sie horchte auf das, was sie so sehr fürchtete: das Geräusch seiner Schritte. Sie hatte Angst vor dem Moment, wenn er den Deckel öffnete. Wenn sie ihn ansehen musste, während er von oben auf sie herabblickte. Sie kannte jede Linie in seinem Gesicht. Die herabgezogenen Mundwinkel, die Kälte und Verachtung in seinen Augen … Sie konnte ihm nicht entkommen.

Dies hier war nur ein Aufschub.

1. Kapitel

Florian Warnke sah durch das Stallfenster auf den Hof hinaus. Er wollte sichergehen, in den nächsten Minuten nicht gestört zu werden. Der Vorplatz unter der Kastanie war menschenleer. Ebenso der staubige Fahrweg, der von der Dorfstraße zu seinem Gehöft führte. Er verkaufte Antiquitäten. Im Nebengebäude betrieb seine Frau Lucie ihre Ballettschule. Sie hatte ja *Académie de Danse* auf ihr Firmenschild schreiben wollen – in Grotenhagen auf dem Dorf! Lucie schien manchmal in einer Art Paralleluniversum zu leben. Durch die Brandschutzmauer hörte er gedämpft klassische Musik. Entweder dachte sie sich eine neue *Étude* aus, mit der sie ihre Ballettschülerinnen traktieren konnte, oder sie quälte sich selbst.

Mit einem Ächzen zog Florian das Biedermeiersofa vor. Er nahm das Ölgemälde mit der heiligen Elisabeth von Thüringen von der Wand und lehnte es gegen die Sofalehne. Der konzentriert-leidende Gesichtsausdruck der Heiligen ähnelte dem seiner Frau, wenn sie einen Spagat im Stehen machte. Hinter dem Bild befand sich die Revisionsklappe des stillgelegten Ofens. Florian horchte noch einmal, ob auch wirklich keiner kam, dann öffnete er die Klappe. Er tastete sich in den von ihm präparierten Hohlraum dahinter vor. Warum hatte er sich eigentlich noch keinen Tresor zugelegt? Verdammter Geiz! Und wo waren die zehntausend Euro, die er am Freitag von der Bank geholt hatte? Ein Schweißtropfen lief ihm den Rücken hinunter. Draußen fuhr ein Auto vor, er hörte eine Tür klappen. Florian ertastete die Geldscheine, griff zu und zog den Arm so rasch zurück, dass er sich an der rauen Oberseite des Hohlraums den Handrücken aufriss. Er stopfte das Geldbündel in die Hosentasche, knallte die Metallklappe zu, hängte Elisabeth wieder an den Nagel und schob mit einem weiteren Ächzen das Sofa zurück an seinen Platz. Das Glockenspiel über der Eingangstür erklang. Sein Schwager Rüdiger Dietz trat ein.

»Moin, Flo.« Er sah sich um. »Gar keine Kunden da?«

»Es ist Viertel nach zehn, Rüdiger. Das hier ist kein Baumarkt, wo man sich mal schnell ein paar Bretter besorgt.«

»Mein Schwesterchen arbeitet jedenfalls schon. Ich hab durchs Fenster geguckt und sie hüpfen gesehen. Ich will Lucie dabei lieber nicht stören. Also dachte ich mir, ich schau mal bei dem guten alten Flo herein.«

»Ich hab auch zu tun.«

»Ach ja?« Rüdiger stiefelte durch die Ausstellung, streifte die Schiffstruhe aus dem sechzehnten Jahrhundert, strich mit der Hand über die Lehne eines mit cremefarbenem Taft bezogenen Luis-Seize-Stuhls, rückte eine kristallene Weinkaraffe zurecht.

»Was willst du, Rüdiger?« Florian musste heute rechtzeitig in Polen eintreffen. Nicht, dass die Leute es sich anders überlegten und den Frankfurter Wellenschrank doch noch zu Brennholz verarbeiteten. Oder dass ihm jemand zuvorkam, der sich ebenfalls mit Antiquitäten auskannte.

»Du blutest ja. Hast du dich geprügelt?«, fragte Rüdiger.

Florian sah an sich hinunter. Ein Blutfaden lief über seinen Handrücken. Es tropfte auf den Steinfußboden. Florian ging in die Teeküche, wickelte sich ein Geschirrtuch um die Hand und gesellte sich wieder zu Rüdiger. Sein Schwager strich gerade über das polierte Zedernholz der Schiffstruhe mit den Intarsien.

»Suchst du was, Rüdiger?«

»Hast du hier Möbel umgestellt? Ganz allein?« Er wies auf

die Schleifspuren auf dem Fußboden, dann auf das Biedermeiersofa. »Ich suche einen Job. Bin gerade ein bisschen klamm.«

»Ah ja?« Lucies Bruder hatte keinen Arbeitsvertrag mehr in den Händen gehalten, seit er vor einem Jahr aus Marbella zurückgekehrt war. »Klamm« bedeutete bei ihm, dass der Automat seine EC-Karte eingezogen hatte und Rüdiger im Dorfgasthof anschreiben ließ. »Du kannst morgen Abend wiederkommen und mir beim Ausladen und Zusammenbauen helfen. Eventuell hab ich sogar was zum Polstern und Neubeziehen da.«

»Aber nicht wieder was mit einem so ätzend empfindlichen Stoff wie neulich.«

Wie kam sein Schwager dazu, Forderungen zu stellen? War er in Marbella nicht daran gescheitert, Aufträge zahlungskräftiger Kunden an Land zu ziehen?

Rüdiger verlagerte sein Gewicht auf die Fersen und verschränkte die Arme vor der Brust.

»Ich muss jetzt los. Neue Möbel holen«, sagte Florian.

»Du meinst alte.« Rüdiger grinste. »Soll ich nicht mitkommen?«

Das würde ihm so passen: Stundenlang gemütlich auf dem Beifahrersitz hocken, ihn ungefragt vollqualmen, alles dumm kommentieren und abends eine Hotelübernachtung und ein Abendessen schnorren. Andererseits kannte Florian seine Geschäftspartner noch nicht. Der Ort, wo er hinmusste, lag irgendwo zweihundert Kilometer hinter der Grenze im Nirgendwo. Er würde dort auf sich allein gestellt sein. Und diese Leute wussten, wie viel Bargeld er bei sich hatte. Florian wog die Vor- und Nachteile gegeneinander ab. »Nein, Rüdiger. Nicht nötig. Ich ruf dich an, wenn ich wieder hier bin.«

»Ich könnte auch so lange auf deinen Laden aufpassen.«

»Nein, danke. Es steht schon im Internet, dass ich geschlossen habe.«

»Ach so. Im Internet!« Rüdiger sah ihn abwartend an.

In Florians Brieftasche befanden sich fünfzig Euro. Er legte das Geschirrtuch beiseite, zog sie hervor. Das Geld hatte eigentlich einen Teil seiner Spesen abdecken sollen, doch er nahm den Schein heraus und hielt ihn seinem Schwager hin. »Wie wäre es mit einer Anzahlung? Ich rechne dann morgen Abend mit dir ab.«

Rüdiger starrte auf den Fünfziger. Er leckte sich über die Unterlippe zwischen den ungepflegten Barthaaren. »He, he, so nötig hab ich es nun auch wieder nicht!« Sein Blick wanderte zu dem Bild über dem Sofa. Elisabeth, die blassen Hände gefaltet, die Augen gequält gen Himmel gerichtet, hing etwas schief vor der Revisionsklappe.

»Dann bis morgen Abend«, sagte Florian. »Ich ruf dich an, sobald ich zurück bin.« Er ließ den Schein auf den Beistelltisch mit den Nussbaum-Intarsien fallen.

Rüdiger schnappte ihn sich und steckte ihn zusammengeknüllt in die Brusttasche seines karierten Hemdes. »Also gut«, sagte er gnädig.

»Ach ja. Ich an deiner Stelle würde Lucie heute lieber nicht behelligen. Sie ist wegen der Aufführung ihrer Kids ziemlich mit den Nerven runter«, ließ Florian ihn wissen.

»Lucies große Aufführung ist doch erst im Oktober.«

Florian hob die Schultern und versuchte einen »Weiber halt«-Blick.

»Du solltest deine Frau mehr unterstützen, Flo. Lucies Ballettschule wirft doch wohl mehr Geld ab als dein Gerümpel hier.« Rüdiger verschaffte sich einen lässigen Abgang.

Florian ballte die rechte Hand zur Faust, bis es in den Gelenken knackte. Sein Schwager brachte ihn jedes Mal zur Weißglut. Wenn er sich von Lucie trennen würde, wäre er auf einen Schlag auch diesen Kotzbrocken los. Wenn … Er fühlte eine leichte Erregung in sich aufsteigen, als er dabei an Sophie dachte. Sophie, die er nach seiner Rückkehr treffen würde. Mit der er Pläne schmieden wollte. Hatte Sophie eigentlich Geschwister?

Er wartete, bis das Geräusch von Rüdigers Toyota mit dem quietschenden Keilriemen verklungen war. Dann zog er das Sofa wieder vor, nahm das Bild ab, öffnete die Klappe und steckte die Hand noch einmal in den Revisionsschacht. Er zog eine Schachtel heraus. Darin befand sich, noch in der Originalverpackung, ein Elektroschocker.

»Kommen noch mehr Leute?«, fragte Kriminalhauptkommissar Heinz Broders, als sich zwei weitere Kollegen in den Besprechungsraum des K1 schoben und nach Pia Ausschau hielten.

»Ich hab keine Ahnung, woher die das alle wissen.« Pia Korittki stand in einer Menschentraube und nahm Glückwünsche entgegen. Sie hatte vor ein paar Tagen die Nachricht erhalten, dass sie nun Kriminalhauptkommissarin sei. Zur Feier des Tages hatte sie für ihre Kollegen belegte Brötchen und Getränke ausgegeben, auch weil sie es an ihrem Geburtstag vor ein paar Wochen versäumt hatte. Doch im Besprechungsraum im siebten Stock wurde es langsam eng. Immer mehr Kollegen, auch aus anderen Abteilungen, schauten vorbei, um ihr zu gratulieren und einen Klönschnack zu halten.

»Gib es zu, Broders: Du hast dem gesamten Polizeihochhaus einen Wink gegeben, dass ich einen ausgebe«, sagte Pia halblaut zu ihrem Lieblingskollegen.

»Klar. Und denen vom Finanzamt drüben auch«, scherzte Broders. Das Lübecker Finanzamt lag quasi gegenüber, in einem anderen Flügel des Behördenhochhauses.

»Wenn die Ersten hinten aus dem Fenster fallen, schreitest du aber ein, oder?«

»He, ich habe die Unmengen an Essen und Trinken gesehen, die du heute Morgen hier angeschleppt hast. Ich wollte nur möglicher Verschwendung lebenswichtiger Ressourcen vorbeugen.« Er griente.

»Danke für die Einladung, Pia«, sagte Bente Svenson, ein Kollege von der Schutzpolizei, ein Hüne mit rotblonden Haaren. »Ich habe Holly mitgebracht. Das geht hoffentlich in Ordnung. Mach Sitz, Holly!« Der rabenschwarze Labrador Retriever, ein Drogenspürhund der Polizeihundestaffel, gehorchte sofort.

»Klar. Eine unserer besten Mitarbeiterinnen. Ich hoffe, der Essensgeruch irritiert Holly nicht zu sehr«, sagte Pia mit Blick auf die Hündin. »Hundekuchen habe ich nämlich nicht besorgt.«

»Ein paar Steaks medium rare tun es auch.« Bente lachte schallend. »Keine Sorge, Pia. Sie ist ein Profi. Holly fällt bestimmt nicht unbeherrscht über dein Buffet her, selbst wenn ich sie von der Leine lasse. Ganz im Gegensatz zu einigen deiner Kollegen ...«

»Das probieren wir jetzt aber nicht aus«, sagte Broders. Er mochte Hunde nur im Kleinformat, auf dem Schoß von irgendwem und am liebsten mit Halstüchlein oder einem Schleifchen auf dem Kopf.

Pia, die die vielen Gratulanten verlegen machten, kraulte Holly hinter dem Ohr. »Greift lieber zu, solange noch was da ist«, sagte sie. »Ich will das Zeug nicht wieder mit nach Hause nehmen müssen.«

»Wieso, hat dein Schatz denn abends keinen Hunger?«, fragte Bente.

»Nicht auf Brötchen«, sagte Broders. Er senkte die Stimme. »Die sind noch nicht so lange zusammen.«

Ein weiterer Kollege steckte den Kopf zur Tür herein. »Ich hab gehört, es gibt was zu feiern?«

»Ach nee, der Schelling! Ohne Overall und Maske hätte ich dich beinahe nicht erkannt«, begrüßte Bente den Kriminaltechniker.

Der Kollege vom K6 kam näher. »Glückwunsch zur Hauptkommissarin, Pia! Wie fühlt es sich denn an?«

»Na, im Grunde ändert sich nicht viel«, antwortete sie.

»Höchstens auf dem Bankkonto«, sagte Bente.

»Und wann übernimmst du den Laden hier?«, fragte Schelling.

Manfred Rist stand plötzlich neben Pia. »Vielleicht tanzt sie ja irgendwann einmal auf meinem Grab«, sagte er. »Aber bis dahin …« Rists Ton war scherzhaft, doch der Blick, mit dem er Pia bedachte, verriet seine Gefühle. Er war seit ein paar Monaten der Leiter des K1 und damit nun Pias direkter Vorgesetzter. Horst-Egon Gabler, der ehemalige Abteilungsleiter, war aus gesundheitlichen Gründen in den vorzeitigen Ruhestand gegangen. »Ich hoffe, du denkst daran, hier hinterher alles wieder in Ordnung zu bringen, Pia.« Er schnappte sich eine Frikadelle vom Buffet. »Wirklich in Ordnung.«

»Zerbrich dir darüber nicht den Kopf, Manfred«, erwiderte sie.

»Ich sag es ja nur. Rein prophylaktisch.« Er drehte ihr den Rücken zu und verließ den Raum.

Schelling griff nach einem Krabbenbrötchen. »Ein Fan von dir, Pia?«

»Mein allergrößter.« Pia bemerkte Schellings besorgten Blick. »Entweder reißen Manfred und ich uns zusammen und kommen in Zukunft miteinander aus, oder einer von uns geht«, sagte sie.

»He, da hab ich auch noch ein Wort mitzureden, als Faktotum der Abteilung.« Broders stand nach einem Ausflug ans Buffet nun wieder bei ihnen. Holly, die bislang kreuzbrav neben ihrem Herrchen gesessen hatte, wurde unruhig.

»Du und ein Faktotum.«

»Ich weiß, die neuen Schuhe reißen es raus«, sagte Broders zufrieden. Die Blicke der Umstehenden gingen hinunter zu seinen neongrünen Sportschuhen mit den leuchtend gelben Schnürsenkeln.

»Broders, die brennen mir Löcher in die Netzhaut«, sagte Bente.

»Aber sie machen jung!«

Der Labrador streckte den Kopf vor und schnüffelte an Broders' Schuh. Ein Knurren stieg in seiner Kehle auf.

»Ruhig, Holly«, sagte Bente. »Über Geschmack lässt sich bekanntlich nicht streiten.«

»Vielleicht hast du eine Scheibe Wurst unter der Sohle kleben?«, vermutete Pia.

»Oder du hast die Schuhcreme heute Morgen mit Leberwurst verwechselt«, sagte Schelling.

»Auf so etwas reagiert Holly nicht«, erwiderte Bente.

Betretenes Schweigen.

Broders lief rot an. Er atmete tief ein und aus. »Lass die Hundedame ruhig mal. Ich will das jetzt wissen.«

»Was willst du wissen?«, fragte Pia, die von einem weiteren Gratulanten abgelenkt worden war.

»Wie du meinst.« Bente lockerte die Leine, machte eine leichte Kopfbewegung, und die Hündin schoss vor. Holly schnüffelte an Broders' Sportschuh, ein Beben ging durch ihren Körper, und ihr Nackenfell richtete sich auf. Der Labrador setzte sich vor Broders hin und gab Laut. Es war ein einziges »Wuff«, doch es reichte aus. Alle im Raum sahen zu ihnen hin.

»Na, so etwas!«, sagte Broders mit schmalen Augen.

»Ist gut, Holly. Hierher und Platz!«, kommandierte Bente. Er hob erstaunt die Augenbrauen. »Hey, was war das denn?«, fragte er Broders. »Auf die Story dazu bin ich gespannt«, sagte er zu ihm, als das Gespräch rundherum wieder anhob.

»Sicher. Aber vorher muss ich leider noch mal weg.« Broders entschuldigte sich mit einem Nicken bei Pia, bevor er den Besprechungsraum verließ.

»Das kann er dir ganz bestimmt erklären«, sagte Schelling beinahe beschwörend zu Bente. »Du kennst ihn doch. Es ist unser Heinz Broders.«

Bente nickte mit angespanntem Gesicht. »Natürlich kann er das. Sorry, Pia. Er hat mich darum gebeten. Ich wollte deine Feier nicht stören.«

»Schon gut. Ist ja nichts passiert.« Doch Pia fragte sich, was Broders' überstürzter Abgang zu bedeuten hatte.

2. Kapitel

»Kann mich einer von euch zu Mia nach Wagau fahren?« Lara Eibholz steckte den Kopf wieder zur Küchentür herein. Das Mittagessen war beendet, und sie war vor fünf Minuten nach oben verschwunden, angeblich um ihre Hausaufgaben zu machen.

Thomas sah von seiner Zeitung auf, die aufgeschlagen auf dem Tisch lag. »Ich bin gleich wieder auf dem Trecker, Schätzchen. Das weißt du doch. Frag deine Mutter.« Er hatte einen Becher Kaffee in der Hand.

Sophie sammelte die benutzten Teller ein. »Tut mir leid, Lara. Heute nicht. Ich muss pünktlich um halb drei den Laden aufschließen.« Sie warf einen Blick zur Wanduhr. »Kannst du nicht den Bus nehmen?«

»Der nächste Bus fährt erst in einer halben Stunde«, entgegnete Lara.

Ihr Vater seufzte. »Ich verstehe sowieso nicht, weshalb du ständig unterwegs sein musst. Warum verabredest du dich nicht in Grotenhagen oder bittest deine Freundinnen zu uns? Hier ist doch Platz genug.«

»Weil ich jetzt aufs Gymnasium gehe. Da ist es doch normal, dass ich neue Leute kennenlernen möchte, die auch woanders wohnen als in Grotenhagen.«

»Wo wohnt deine neue Freundin noch mal?«

»Im Nachbarort, in Wagau.«

»Fahr Lara doch eben schnell dorthin«, sagte Thomas zu seiner Frau.

»Ich muss gleich wieder ins Geschäft, das sagte ich bereits«, erwiderte Sophie gereizt. Sie zog die Klappe des Geschirrspülers auf und räumte das Geschirr ein.

»Meine Mutter kann doch eben den Laden für dich aufschließen.«

Das altbekannte Thema. Sophie seufzte. »Ich freue mich, wenn Agatha mir ab und zu hilft, Thomas. Aber es ist mein Laden. Sie behandelt mich wie ihre Aushilfe.«

»Und was ist mit deinen Hausaufgaben, Lara?«, wandte Thomas sich an seine Tochter, um von diesem Thema abzulenken.

»Das meiste hab ich schon in der Schule erledigt.« Laras Blick ging noch einmal zwischen ihren Eltern hin und her. Dann verschwand sie aus der Küche.

»Und was machst du mit Mads, wenn du den ganzen Nachmittag im Laden stehen willst?«, fragte er.

»Mads ist gern mit mir im Geschäft. Er kann mir bei den Zwetschgen helfen oder mit seiner Eisenbahn spielen. Und Lara fährt die drei Stationen mit dem Bus. Wo ist das Problem?«

»Und wie soll sie zurückkommen?«

»Auch mit dem Bus.«

»Ich mag nicht, wenn unsere Tochter spätabends noch allein durch die Weltgeschichte gondelt.«

»Ich auch nicht.« Sophie zwang sich, ruhig und sachlich zu sprechen. »Aber davon kann nicht die Rede sein. Der letzte Bus fährt um zehn nach sechs.«

Thomas faltete die Zeitung zusammen und stand auf. »Also, dann sag ich Lara, dass du sie heute Abend auch nicht abholst.« Er betonte das, als hätte sie sich eben von der gemeinsamen Tochter losgesagt.

»Man muss seinen Kindern auch etwas zutrauen«, rief Sophie ihm hinterher. Obwohl ... Sie bedauerte schon ein wenig, ihre Tochter nicht fahren zu können. Bisher war Laras neue

Freundin erst einmal bei ihnen gewesen. Mia schien ein selbstbewusstes und sympathisches Mädchen zu sein. Es interessierte Sophie, wie und wo sie in Wagau wohnte und wer ihre Eltern waren. Sie hatte gehört, dass Mias sechzehnjähriger Bruder Lukas Arm in Arm mit der Nachbarstochter, Cäcilia Nagel, gesehen worden war. Cäcilia war, wohlgemerkt, nicht viel älter als Lara. Sophie war froh, dass Lara mit ihren elf Jahren etwas verträumt und immer noch sehr kindlich war. Aber die drei Stationen mit dem Bus zu fahren, das war nun wirklich kein Problem. Sie würde sie abends zusammen mit Mads an der Bushaltestelle abholen.

Wie um sie für ihren Entschluss, ihre Tochter nicht zu fahren, zu bestrafen, bescherte das Schicksal Sophie in der ersten Stunde keinen einzigen Kunden im Hofladen. Der Himmel war strahlend blau; der Hofkater lag faul in der Sonne. Die Spatzen balgten sich auf dem staubigen Parkplatz, und sie saß in der Remise fest. Trotz der aufwendigen Umbauten war der Raum dunkel und immer ein wenig fußkalt. Sophie kümmerte sich um die neu angelieferten Zwetschgen vom benachbarten Obsthof und half anschließend ihrem Sohn Mads, die Holzeisenbahn im Hinterzimmer des Geschäfts aufzubauen.

Gegen vier kamen zwei Touristinnen, fragten nach Kuchen, die Kinder quengelten, weil sie ein Eis wollten, und nach einer halben Stunde, in der sie alles angefasst und kommentiert hatten, kauften sie zwei Bananen und ein Rosinenbrötchen.

Wenig später schneite Agatha, Sophies Schwiegermutter, herein. »Was für ein Tag! Ich brauche jetzt erst mal einen Kaffee«, rief sie und verschwand in der Teeküche.

Agatha tat ihrem Sohn gegenüber gern so, als würde ihre freiwillige Mitarbeit in Sophies Laden über Gebühr ausgenutzt und überhaupt nicht honoriert. Gut, Geld bekam Agatha nicht dafür, aber ihre Rente, zusammen mit der Summe, die Thomas ihr monatlich für den Hof überwies, reichte doch wunderbar zum Leben, fand Sophie. Und auch das renovierte Altenteilerhaus mit neuer Einbauküche und frischem Laminat im ganzen Erdgeschoss ließ eigentlich keine Wünsche offen. Ihre Schwiegermama genoss es sichtlich, jeden Tag zu kommen und zu gehen, wie es ihr passte, mit den Kunden zu tratschen, sich wichtigzumachen und Sophie dabei auf die Nerven zu fallen.

»Mads, mein Engel!«, hörte Sophie Agatha rufen. »Na, langweilst du dich, kleiner Mann? Hat deine Mama mal wieder keine Zeit für dich? Willst du einen Schoko-Keks von der Oma?«

Ein großer schwarzer Kombi fuhr vor. Aus ihm schälte sich, mit Taschen, Baseballkappen, Sonnenhüten und Sonnenbrillen bewaffnet, eine vierköpfige Familie. Sie kamen lärmend herein und blinzelten in das trübe Licht in der Remise.

»Mir ist zu kalt hier drin«, klagte das Mädchen.

»Geh doch nach draußen, das liebe Mäh-Schaf streicheln«, sagte die Mutter, aber das Mädchen wich nicht von ihrer Seite. Kluges Kind, draußen stand ja auch nur Freddy, der Ziegenbock, im Gehege.

»Papa, warum sind die Kartoffeln so schmutzig?«, fragte der Junge.

»Das ist alles bio«, sagte der Vater und lächelte Sophie an.

»Kann ich Ihnen helfen?« Agatha trat hinzu. Sie hielt nichts von der Taktik, dem Kunden erst einmal etwas Zeit zu geben, um sich umzuschauen. Ihr vernachlässigter Enkelsohn und der dringend benötigte Kaffee waren vergessen, weil ihre Schwiegertochter ja augenscheinlich unfähig war, die Kunden richtig zu bedienen.

»Wir gucken erst mal, danke«, sagte die Mutter.

»Aber sicher doch. Wir haben wunderbare Rote Beete! Kennen Sie Kartoffel-Rote-Beete-Auflauf? Ein Gedicht!«

»Danke, wir wohnen hier an der Ostsee im Hotel, wir wollten nur nach frischem Obst schauen.«

»Die Mirabellen sind köstlich. Ich koche immer Mirabellenmarmelade ein. Zum Frühstück aufs Brötchen ... mmh!«

»Agatha, kannst du mir bitte mal helfen?«, bat Sophie mit angestrengt klingender Stimme.

»Moment bitte. Meine Schwiegertochter braucht mich! Was ist denn schon wieder, Sophie?«

Sie musste Agatha außer Gefecht setzen. Also bat sie sie, die Marmeladengläser neu zu sortieren. Noch eine Rezeptidee von ihr, und sie würde schreien. Da huschte ein Schatten an der verglasten Eingangstür vorbei, Fahrradbremsen quietschten, und Friedlinde Hellbach zog mit ihrem Auftritt im Laden die Blicke der Touristen auf sich. Trotz des Sommerwetters trug sie praktische Schnürschuhe, einen wadenlangen Wollrock und eine Strickjacke, alles in Farben zwischen Kitt und Schlamm. Sie hatte ihr dünnes Haar zu einem Zopf gebunden, doch die Hälfte klebte ihr im erhitzten Gesicht. Sophie konnte sich denken, was die Kunden aus der Stadt jetzt über sie alle dachten. Landeier ...

»Moin, Friedel«, grüßte Agatha sie. »Wie geht's dir und deinem Vater?«

»Danke, Agatha. Es muss ja.«

»Wir haben heute schöne neue Rote Beete.«

»Rote Beete aus eigener Ernte? Mein Vater liebt Rote Beete. Ich meine nur ... ich wollte morgen eigentlich Hühnerfrikassee kochen.«

»Dann machst du ihm einen Rote-Beete Salat dazu«, schlug Agatha vor.

Und hinterher Mirabellenmarmelade, dachte Sophie ketzerisch. Sie war mal wieder außen vor, doch sie hielt sich bereit, falls die Touristen vielleicht Obst in der Auslage fanden, das ihren kritischen Blicken standhielt. Gerade als die Entscheidung zwischen einer Melone und ein paar Nektarinen fallen sollte, kam Mads mit schokoladeverschmiertem Gesicht und laufender Nase aus dem Hinterzimmer und verlangte ihre Aufmerksamkeit. In diesem Moment entschloss sich die Familie zu einem Großeinkauf von Äpfeln, Kirschen und einer Wassermelone, den Agatha eilfertig ausführte.

Mit einem letzten halb verwunderten, halb mitleidigen Blick auf Friedlinde seitens der Mutter und einem Lächeln für Sophie seitens des Vaters verließen die Touristen schwatzend den Laden, um auch dem »lieben Schaf« noch einen Besuch abzustatten.

Agatha rieb sich die molligen Hände. »So, und nun zu dir, Friedel? Wie kann ich dir helfen?«

Friedlinde zog ihre Einkaufsliste, notiert auf einem gebrauchten Briefumschlag, aus dem Weidenkorb. »Also, ich …«

»Moin, die Damen«, ertönte eine raue Stimme von der Ladentür her. Rüdiger Dietz war ein seltener Anblick im Hofladen. Er gehörte eher zur Stammkundschaft des Gasthofs. Mit seinem fettigen Haar, dem aufgeschwemmt aussehenden Gesicht und dem Goldkettchen im Ausschnitt seines weit offen stehenden karierten Flanellhemdes passte er nicht in den Hofladen. Er passte auch nicht in dieses idyllische Dorf. Er passte ebenso wenig in Sophies Weltbild wie Friedlinde Hellbach. Doch auch Rüdiger Dietz wohnte hier. Genauer gesagt hauste er in einem verlotterten Wohnwagen auf dem Grundstück der Warnkes. Lucie Warnke, Laras Ballettlehrerin, war seine Schwester, aber die beiden hatten überhaupt keine Ähnlichkeit miteinander.

Sophie begrüßte ihn freundlich, denn sie wollte sich ihre Gedanken keinesfalls anmerken lassen. »Was kann ich für dich tun, Rüdiger?« Es ging außerdem auch um ihre Ehre. Diesen Kunden würde sie sich nicht von ihrer Schwiegermutter wegschnappen lassen.

»Drei Brötchen, Sophie.«

»Ich hab aber nur Vollkorn.« Sogleich ärgerte sie sich über sich selbst. Natürlich hatte sie nur Vollkorn. Dies war ein Bio-Laden. Vollkorn war das Maß aller Dinge. Sophie fürchtete allerdings, dass Rüdiger das anders sah.

»Solange sie mich satt machen.« Er grinste. »Kannst du sie mir gleich schmieren, mit Käse und Wurst oder so?«

»Gern doch.« Sie klärte ihn nicht über die diversen Bio-Käse-Sorten auf, sondern nahm den günstigsten aus der Kühltheke. Beim Preis rundete sie trotzdem ab. Ihr Mantra war, dass sie zu ihren Produkten stehen musste – jederzeit. Doch Rüdiger war zum einen unbelehrbar und zum anderen für ihren Geschmack zu grob und zu laut, als dass sie es auf eine Diskussion ankommen lassen wollte. Er reichte ihr einen zerknautschten Fünfziger über den Tresen, sodass sie beim Wechselgeld passen musste. Einmal mehr half Agatha ihr aus.

»Was war denn plötzlich mit Friedel los?«, fragte Sophie ihre Schwiegermutter, als sie wieder allein im Laden standen, schon um von ihrem unzureichenden Wechselgeldbestand abzulenken. »Sie war so schnell weg. Dabei hatte sie doch eine lange Liste dabei.«

Friedlinde Hellbach war, nur mit einem Laib Brot unter dem Arm und einer gestammelten Entschuldigung, gegangen.

»Ich glaube, sie hatte ein Problem mit Rüdigers Anwesenheit«, sagte Agatha.

»Das ist doch albern.«

Agatha zuckte mit den Schultern. »Sie kommt bestimmt morgen wieder. Die Rote Beete, die ich ihr empfohlen habe, lässt sie sich nicht entgehen.«

Um Viertel nach sechs setzte Sophie Mads auf sein Kettcar mit der Führungsstange und machte sich mit ihm auf den Weg zur Bushaltestelle. Sie war fünf Minuten zu früh und wartete, bis der Bus im Dunst eines lauen Sommerabends auftauchte. Vorsichtshalber fasste sie den Griff, mit dem sie Mads Kettcar steuern konnte, fester. Der Bus hielt, die Hydraulik der Türen gab einen Seufzer von sich. Zwei Teenager stiegen aus und schulterten ihre Schulrucksäcke. Sophie kannte die Jungen, allerdings nur vom Sehen. Sie wohnten in dem kleinen Neubaugebiet von Grotenhagen. Die Türen schlossen sich. Der Bus fuhr an. Sophie starrte ihm hinterher, bis er um die nächste Kurve der Dorfstraße verschwunden war.

Die Jugendlichen – sie waren etwa vierzehn oder fünfzehn Jahre alt – zündeten sich sogleich im Schatten des Haltestellenhäuschens eine Zigarette an.

»Hallo, ihr beiden!«

Sie zuckten zusammen und sahen Sophie mit abwehrend hochgezogenen Schultern an.

»War da noch ein Mädchen im Bus? Elf Jahre alt. Dunkelblond, mit einem Zopf, in Jeans und einem weißen T-Shirt? Lara Eibholz, die kennt ihr doch bestimmt.«

Der Größere der beiden stieß geübt den Rauch aus. »Klar kennen wir die. Da war aber außer uns nur noch eine alte Frau aus Wagau im Bus.«

»Ist Lara vielleicht schon vorher ausgestiegen?«

»Da war überhaupt kein Mädchen. Und wir sind schon an der Mühle eingestiegen.« Der Kleinere sah Sophie beinahe mitleidig an, während er die Zigarette in der hohlen Hand versteckte. Die Station an der Mühle lag vor Wagau. Das bedeutete, dass Lara gar nicht in den Bus eingestiegen war.

»Gut. Danke.« Nichts war gut. Sophie drehte sich um und starrte in die Richtung, aus der der Bus gekommen war. Der Griff des Kettcars ruckte.

»Wo ist Lara?«, fragte Mads.

Sophie kontrollierte ihr Handy. »Sie hat wohl den Bus verpasst.« Oder Mias Eltern fuhren sie nach Hause? Oder … das war jedenfalls der letzte Bus für heute gewesen.

Blöde Beklemmung, dachte Sophie. Kaum war ein Kind nur einen Moment aus den Augen oder tat etwas Unerwartetes, klopfte einem das Herz bis zum Hals, und der Magen wurde einem flau. Sie musste an ein Buch denken, das sie vor Jahren gelesen hatte: Es hatte von einer Mutter gehandelt, die nur dann glücklich gewesen war, wenn ihre beiden Kinder gesund und friedlich im Bett gelegen hatten. In Sicherheit. Damals hatte Sophie noch keine Kinder gehabt und die Gefühle der Frau irgendwie abartig gefunden.

»Mama, ich hab so 'n Hunger!«, maulte Mads.

»Wir gehen ja schon nach Hause«, sagte sie. »Bestimmt ist Lara längst da.«

Sie wünschte jetzt, Thomas und sie wären weniger konsequent, was die Computer- und Handy-Abstinenz ihrer Kinder betraf. Dann könnte sie Lara anrufen, die Sache klären, und alles wäre gut.

Zu Hause angekommen, schnappte sich Sophie als Erstes Laras Klassenliste und suchte nach Mias Nummer. *Mia Höffner, Wagau.*

»Wo ist Lara? Wollen wir nicht gleich essen?«, fragte Thomas, der schon den Abendbrottisch deckte.

»Sie war nicht im Bus«, sagte Sophie knapp.

»Wie jetzt, nicht im Bus?«

Sophie deutete auf das Telefon und wandte sich von ihm ab. Es meldete sich gerade jemand. Zwei Minuten später drehte Sophie sich mit aschfahlem Gesicht zu ihrem Mann um. »Mias Mutter sagt, dass Lara um kurz vor sechs Uhr das Haus verlassen hat, um zur Bushaltestelle zu gehen.«

»Was? Und nun?«, fragte er.

»Lara muss den Bus wohl verpasst haben. Vielleicht war es ihr unangenehm, und sie hat sich deshalb zu Fuß auf den Heimweg gemacht?«

»Von Wagau?«

»Oder es hat sie jemand mitgenommen?« Sophie wollte nicht in diese Richtung denken. »Einer der Nachbarn«, schob sie schnell hinterher. Sie sah die Angst in Thomas' Gesicht. Bis eben hatte sie sich noch halbwegs einreden können, dass sie nur gluckenhaft und übertrieben besorgt reagierte. Thomas' offensichtliche Aufregung war die Bestätigung, dass ihr innerer Aufruhr berechtigt war.

»Ich fahr sofort los«, sagte er. »Es gibt ja nur eine Straße von Wagau nach Grotenhagen.«

»Außer dem Weg durch den Wald.«

»Unsinn«, erwiderte er. »Bleib du hier bei Mads! Und ruf mich sofort an, wenn Lara in der Zwischenzeit kommt!« Er presste die Lippen zusammen und verließ den Raum.

3. Kapitel

Die aufgeheizte Luft stand in den Straßen und Höfen der Lübecker Innenstadt. Es roch nach Abgasen, warmem Asphalt, einen Hauch süßlich nach Müll und … Sonnenmilch. Pia hatte alle Fenster ihrer Altbauwohnung in der Adlerstraße aufgerissen. Noch war nicht mit einer Abkühlung zu rechnen, doch später am Abend würde die Nähe zum Wasser für eine frische Brise sorgen – hoffte sie. Im Moment drangen jedoch der Verkehrslärm der Fackenburger Allee und Stimmengewirr von der Eisdiele an der Ecke zu ihnen herauf. Vor dem Kiosk ein Stück weiter hatten sich bei dem schönen Wetter ein paar Nachbarn zu einem abendlichen Bier versammelt und lachten über irgendwas.

Pia und ihr Freund Lars saßen am Küchentisch, auf dem noch die Reste des Abendbrots standen. Keiner von ihnen hatte Lust abzuräumen. Keiner hatte Lust, sich über die Maßen zu bewegen. Nur Pias Sohn Felix hatte sich schon wieder tatendurstig in den Flur verzogen, wo er mithilfe von Bauklötzen, Legosteinen und schließlich allen greifbaren Baumaterialen wie Büchern, Schuhen und Klopapierrollen eine Rennpiste für seine Autos baute.

»Sehe ich das richtig? Baut er aus meinen neuen Laufschuhen eine Straßenbegrenzung?«, fragte Pia.

»Mehr Sicherheit im Autosport. Joggingschuhe federn so schön. Oder wolltest du gleich noch laufen gehen?«

»Radfahren steht auf meinem Trainingsplan«, gab Pia träge zurück.

»Der Wille zählt«, sagte er.

»Ja. Ich fühle mich schon viel fitter, seit ich den ausgetüftelten Trainingsplan ausgedruckt und an die Kühlschranktür gehängt habe.«

Pia hatte sich gleich nach der Arbeit umgezogen. Sie trug nun ein Trägerkleid und hatte die nackten Füße auf die Fensterbank gelegt. In dem Moment, in dem sie ihre Arbeitsklamotten nicht gegen Sportsachen, sondern ein luftiges Fähnchen getauscht hatte, war die Entscheidung, heute Abend faul zu sein, definitiv gefallen.

Lars erhob sich mit der beunruhigenden, katzenhaften Geschmeidigkeit, die im Kontrast zu seiner Körperlänge und den sichtbaren Muskeln stand. Er öffnete den Kühlschrank. »Jetzt stoßen wir aber auf deine berufliche Zukunft an«, sagte er. »Wo ist der Champagner?«

»Ich hab nicht einmal Sekt da. Ich wollte noch welchen kaufen, doch dann ... hab ich es vergessen«, schloss sie lahm.

»Du vergisst, dass du Kriminalhauptkommissarin geworden bist? Mensch, Pia! Etwas mehr Enthusiasmus bitte angesichts der Tatsache, dass du eine weitere Stufe auf der Karriereleiter erklommen hast.«

»Ich nehm sowieso lieber ein Bier, wenn noch kaltes da ist.«

Lars kam mit den Flaschen zurück an den Tisch. Es machte zweimal »plopp«, und sie stießen die beschlagenen Bierflaschen gegeneinander.

»Auf dich! Was wünscht man sich bei der Polizei? Allzeit gut Schuss und ’ne Kugel im Bein?«

»Die Kugel wünscht man wohl eher einem anderen.« Pia hielt sich die Flasche gegen die Wange.

»Jemand Speziellem?« Lars lehnte sich auf dem Stuhl zurück, so weit es die hinter ihm befindliche Küchenzeile erlaubte. Er betrachtete müßig Pias Beine, die im warmen Abendlicht schimmerten, und strich mit seiner Linken ihr Schienbein hinunter bis zu ihrem Knöchel.

»Du weißt doch, dass ausgerechnet Manfred Rist den Posten als Leiter des K1 übernommen hat. Ich dachte, die Zusammenarbeit würde mit der Zeit schon besser werden. Aber momentan sieht es nicht nach einer Besserung aus.«

»Kann er dir denn schaden? Ich meine, du hast doch Rückhalt in eurem Team. Du kannst Erfolge vorweisen.«

»Ja. Und genau das nimmt er mir übel. Solange er nur offen feindselig ist und hier und da eine Bemerkung fallen lässt, kann ich damit leben. Aber ich weiß nicht, was er hinter meinem Rücken gerade ausheckt. Ich habe das dumme Gefühl, dass er irgendetwas plant.«

»Meinst du nicht, dass dein Kollege Broders oder einer der anderen dich dann warnen würden?«

Pia zuckte mit den Schultern. »Wenn sie es rechtzeitig mitbekommen. Außerdem: Broders warnt mich andauernd, doch es nützt ja nichts. Ich will im K1 bleiben, und Rist will das auch.«

»Vielleicht solltest du auch mal nach links und nach rechts schauen. Beruflich, meine ich.« Der Blick, mit dem Lars sie dabei bedachte, verursachte Pia ein Kribbeln auf der Haut.

»Wie meinst du das?«

Lars strich einen Tropfen von seiner Bierflasche. »Es gibt verschiedene Wege, um zum Ziel zu kommen.«

»Ich will aber nichts anderes machen.« Lars wusste doch, wie viel ihr Beruf ihr bedeutete.

»Ich weiß. Doch ich sehe auch, wie sehr dir das alles manchmal zusetzt.«

»Ich dachte, wir wollten feiern.«

»Schon okay.« Er hatte wieder diesen Gesichtsausdruck, den sie nicht ergründen konnte. War es wirklich okay für ihn, oder war es nur ein Aufschub der Diskussion? Wie gut kannte sie ihn? Wie gut kannte sie die wenigen Menschen, die sie so nah an sich heranließ, dass sie sie mühelos verletzen konnten, wirklich?

Felix ließ einen Monstertruck in die Küche fahren und umkurvte die Tischbeine, während er lautes Motorbrummen imitierte.

Lars legte die Hand wieder auf Pias Fußgelenk. »Vergiss es einfach.« Er lächelte ein wenig reumütig.

Die Sache mit Rist machte sie anscheinend gerade überempfindlich. Sie seufzte. »Ich glaube, es ist langsam Zeit fürs Bett«, wandte Pia sich an Felix.

»Aber die Sonne scheint noch«, protestierte Felix.

»Du willst doch morgen im Kindergarten fit sein?«

»Nö.«

»Dort habt ihr bestimmt viel mehr Platz und viel mehr Autos, um damit zu spielen«, sagte Lars.

Felix stand auf und presste sein Spielzeugauto an sich. Er schüttelte den Kopf.

»Komm, wir fahren den Truck jetzt in die Garage«, schlug Pia vor. »Dann ist morgen auch noch genug Benzin im Tank.«

»Nein, wir müssen vorher noch tanken!«, kam es prompt von ihrem Sohn.

»Okay, das müssen wir. Im Badezimmer ist die Tankstelle.«

»Er hat so gar keine Lust auf den Kindergarten«, sagte Pia, als sie Felix ins Bett gebracht hatte.

»Aber er hat ihn doch mit dir zusammen ausgesucht.«

»Da war das alles ja auch noch weit weg.«

»Das klappt morgen schon. Wenn es ihm einmal dort gefallen hat, wird es ihm auch wieder gefallen.«

Pia seufzte. »Ich hab damals aber die ganze Zeit danebengehockt. Und außerdem ...«

Lars hatte sein Bier ausgetrunken und sah sie erwartungsvoll an. »Ja?«

»Außerdem hatte ich Felix da mit einem anschließenden

Besuch in dem Restaurant mit dem großen M bestochen«, gab sie zu.

»Fast Food. Böse Mama! Aber Felix packt das. Er hat in den letzten Wochen einen riesigen Entwicklungsschub gemacht.«

»Ich hoffe, *ich* packe das. Zum richtigen Zeitpunkt zu gehen, meine ich. Er klammert manchmal noch ziemlich an mir. Zum Glück ist es auf der Dienststelle gerade eher ruhig.« Sie klopfte dreimal auf die Fensterbank.

»Das Klammern ist doch normal – bei kleinen Jungs.« Lars zog Pia näher zu sich heran. »Auch bei großen. Ich möchte mich morgens im Bett am liebsten auch an dir festklammern.« Pia stand jetzt direkt vor ihm, und er legte die Hände in ihre Kniekehlen. »Nur mein erwachsener Verstand und meine Selbstachtung halten mich davon ab, das auch zu tun.« Seine Finger fuhren langsam die Rückseite ihrer Beine hinauf unter das Kleid. Pia atmete tief ein und sah dann zum Fenster.

»Wollen wir ins Schlafzimmer gehen?« Lars zupfte an ihrem Slip. Sie trat noch einen Schritt näher zu ihm.

»Hier kann keiner reinschauen … glaube ich.«

Sophie betrachtete ihre Küche, die ihr an diesem Abend vertraut und doch fremd vorkam. Sie hatte Mads etwas zu essen gemacht und ihn mit den Schnittchen, den Gurkenscheiben und Tomatenschnitzen sowie einem Glas Milch vor den Fernseher gesetzt. Sophie hatte eine *Biene Maja*-DVD eingelegt, damit er nicht mit dem Quatsch berieselt wurde, der sonst so im Fernsehen lief. Das gab ihr eine halbe Stunde.

Mads war ein liebes Kind, das beinahe alles aß und selten Probleme machte. Lara war in seinem Alter viel schwieriger gewesen. Introvertiert, empfindsam, und gleichzeitig hatte sie zu Trotzanfällen geneigt. Aber jetzt, mit elf Jahren, war doch alles viel besser geworden, oder? Es passte überhaupt nicht zu ihrer Tochter, dass sie unzuverlässig war und sich nicht an Absprachen hielt. Sophie hätte erwartet, dass Lara zu Mia zurückging, wenn sie den letzten Bus verpasst hatte. Dass sie von dort ihre Eltern anrief. Dass sie Bescheid sagte!

Sie suchte nach einem Vorfall, einem unbedachten Wortwechsel, einem verstörenden Ereignis, das in den letzten Tagen stattgefunden hatte. Irgendetwas, das Laras Verhalten erklärte.

Hatte sie etwa den Streit zwischen Thomas und ihr mit angehört? Das war gestern gewesen. Gegen Mittag im Stall. Erst war es nur um den Hofladen gegangen und darum, dass sie sich nicht genügend von Thomas unterstützt fühlte. Ein Wort hatte das andere ergeben. Sie hatte ihm vorgeworfen, dass er sich wohl überhaupt nicht mehr für sie und ihre Angelegenheiten interessiere. Er hatte gekontert, dass seine Frau viel zu oft nicht auffindbar sei. Wo sie sich denn immer rumtreibe? Und dass es dann kein Wunder sei, wenn sie ihre Arbeit nicht allein schaffte … »Mama sagt auch, die Leute im Dorf reden schon über uns«, hatte er noch hinzugefügt.

Da war Sophie idiotischerweise in Tränen ausgebrochen und hatte ihm gedroht, sich die Kinder zu schnappen und zu gehen. Wie hatte sie das nur sagen können? Sophie hatte keine Ahnung, ob man sie auf dem Hofplatz oder anderswo gehört hatte. Was, wenn Lara da schon zu Hause gewesen war und es zufällig mitbekommen hatte? Das wäre gar nicht gut. Als Sophie zurück ins Haus gekommen war, aufgewühlt und mit verweintem Gesicht, hatte Lara jedenfalls schon in der Küche über ihren Hausaufgaben gesessen. Die letzte Unterrichtsstunde war ausgefallen. Doch Lara hatte sich nichts anmerken lassen. Sophie war zu dem Zeitpunkt davon ausgegangen, dass das Mädchen den heftigen Wortwechsel zwischen den Eltern nicht mitbekommen hatte. Weil es einfacher gewesen war, als nachzufragen. Doch es war zumindest möglich, dass Lara in den Stall gekommen war und gehört hatte, was Thomas und sie sich alles an den Kopf geworfen hatten, und dann still und heimlich wieder gegangen war. Lara war sensibel. Sie hasste es, wenn ihre Eltern sich stritten. Und trotzdem – deswegen nicht nach Hause zu kommen, das passte einfach nicht zu Lara.

War sie vielleicht in Wagau noch zu einer anderen Freundin gegangen, um etwas für die Schule zu holen oder einem Mitschüler die Hausaufgaben zu bringen? Hatte sie dabei die Zeit vergessen? Sophie fiel keine andere harmlose Erklärung für Laras Verspätung ein. So musste es einfach sein. Sie ging in Gedanken die möglichen Freundinnen durch. Sie würde bei allen anrufen. Egal, was die Eltern der Mädchen dann denken mochten. Sie nahm das Telefon, Laras Klassenliste und ihr privates Telefonbuch zur Hand und wählte.

Den sechsten Anruf in Folge beendete sie mit vor Angst zittriger Stimme. Die Haustür klappte. Sophie lauschte mit angehaltenem Atem.

Eilige Schritte in der Diele, dann stand Thomas mit verzerrtem Gesicht in der Tür. »Ist Lara hier?«

Sophie schüttelte den Kopf. Ihr sank das Herz.

»Bei mir auch nichts«, sagte er. »Ich bin die Strecke zwischen Wagau und unserem Hof zweimal abgefahren. Mias Vater hat mit dem Fahrrad den Weg durch den Wald überprüft. Keine Spur von Lara.«

»Das kann doch nicht sein!«

»Ich rufe jetzt die Polizei an, Sophie.«

»Meinst du, die unternehmen schon was? Lara ist gerade mal eine Stunde überfällig.«

»Na und? Meine Tochter ist nicht da, obwohl sie da sein sollte. Die *müssen* was unternehmen, ansonsten werden die mich kennenlernen.«

4. Kapitel

Pia brachte Felix um acht Uhr in den Kindergarten. Sie hatte sich für seinen ersten Tag dort extra freigenommen, um für alle Eventualitäten gerüstet zu sein.

Zunächst sah alles gut aus. Auf dem Weg dorthin plapperte Felix fröhlich vor sich hin. Als sie die Tür zum Kindergarten aufstießen und der Lärm von mindestens hundert Kindern zu hören war, blieb Felix abrupt stehen.

»Du bist in der ›Häschen-Gruppe‹. Erinnerst du dich, wo wir lang müssen?«, fragte Pia.

Felix schüttelte den Kopf.

»Komm, wir schauen mal, wo wir das Schild mit dem Häschen finden. Da war doch so ein Bild an der Tür.«

Sie nahm ihn an der Hand. Pia spürte seinen inneren Widerstand, als sie mit ihm zwischen den vielen Eltern und Kindern hindurchging. Die meisten hängten gerade ihre Jacke und ihren Rucksack auf; die Kinder tobten herum, zogen ihre Hausschuhe an oder warfen sie durch den Gang. Pia wich einem winzigen Filzschuh aus, der knapp an ihrer Schulter vorbeiflog. Mütter redeten auf ihre Kinder ein oder unterhielten sich miteinander. Erzieherinnen begrüßten Neuankömmlinge oder mahnten zur Ruhe. Im Vergleich zu diesem Tohuwabohu war es bei der Tagesmutter still wie in einem Shaolin-Tempel gewesen.

»Sind wir hier richtig?« Pia deutete auf das Schild an der Tür zur »Häschen-Gruppe«.

Felix betrachtete gleichgültig das Bild eines kleinen albern grinsenden Hasen, der einen Bund Möhren vor der Nase hatte, und nickte stumm. Sein Gesicht sagte: Mama, was soll der Mist?

Zugegeben, »Monstertruck-Truppe« wäre der attraktivere Name für Felix' Gruppe gewesen.

Dani, die Erzieherin, begrüßte Felix überschwänglich und nahm ihn mit in den Raum, in dem er im kommenden Jahr viel Zeit verbringen sollte. Dani hatte bei ihrem letzten Termin mit Pia besprochen, dass sie sich ruhig und ohne viel Aufhebens von Felix verabschieden und dann gleich gehen solle. Zur Sicherheit gebe es ja Mobiltelefone. Felix schien jedoch den Braten zu riechen, denn als es so weit war, hielt er sich an Pia fest und brüllte nach Leibeskräften. Der verabredete Notfallplan kam zum Einsatz: Pia würde die nächste halbe Stunde noch bleiben. Sie sollte still in der Ecke sitzen und dabei nicht mit ihm spielen oder ihn unterhalten, bis Felix sich akklimatisiert hatte.

Es dauerte eine Dreiviertelstunde – inzwischen hatte Pia vom Sitzen auf dem Ministuhl schon Rückenschmerzen –, bis Felix sich von ihr löste und sich ein wenig umsah. Irgendwann war seine Neugierde größer als die Scheu, und er schlenderte zur Auto-Ecke und sah einem Jungen zu, der selbstvergessen mit einem Trecker spielte. Felix nahm einen Schaufelbagger aus der Kiste, und die Jungen kurvten mit ihren Fahrzeugen einträchtig umeinander herum, ohne ein Wort zu sagen. Unter Vierradfreunden bedurfte es nicht vieler Worte, um sich zu verstehen.

Pia beobachtete das Spiel eine Weile. Als Felix einmal zu ihr herübersah, winkte sie ihm und deutete an, dass sie nun gehen würde. Es schien für ihn in Ordnung zu sein. Als sie die Tür des Gruppenraums hinter sich schloss, atmete sie tief durch.

Ein durchdringendes Brüllen ertönte. Mist! Dani hatte sie beschworen, in diesem Fall keineswegs zurückzukommen, sonst würde Felix das als kleinen Sieg verbuchen und immer wieder so reagieren. Die Erzieherin wusste sicherlich, wovon sie sprach. Als Pia das Gebäude verließ, fühlte sie sich wie eine Verräterin.

»Ein elfjähriges Mädchen, Lara Eibholz, ist gestern Abend auf dem Nachhauseweg von einer Freundin verschwunden.« Manfred Rist hielt sich nicht mit langen Vorreden auf. Er hatte seine Leute im Besprechungsraum versammelt, knapp eine halbe Stunde, nachdem die Nachricht von dem vermissten Kind bei ihm eingegangen war. »Das K11 ist zurzeit aufgrund einiger Krankheitsfälle unterbesetzt. Alle hier heute Anwesenden gehören ab sofort der Ermittlungsgruppe ›Lara‹ an. Wir arbeiten mit den Kollegen vom K11 zusammen.« Er suchte Blickkontakt zu jedem Einzelnen von ihnen. »Die Eltern haben gestern eine Stunde nach dem Ausbleiben ihres Kindes das zuständige Polizeirevier informiert. Wenn es sich um eine Entführung handelt, bleibt dem vermissten Mädchen nicht viel Zeit.«

»Gibt es Hinweise auf eine Entführung?«, fragte Broders.

»Bisher nicht. Es sind keine Lösegeldforderungen eingegangen, und die Eltern oder andere Verwandte des Kindes sind auch nicht außergewöhnlich wohlhabend.«

»Was ist bisher unternommen worden?« Pia war als Letzte in den Besprechungsraum gekommen. Ihr Kollege Heinz Broders hatte sie angerufen, als sie auf dem Weg vom Kindergarten zum Supermarkt gewesen war. Der Wocheneinkauf musste warten. Wenn etwas Wichtiges anlag, Gefahr für Leib und Leben bestand, war es bei der Polizei irrelevant, ob einer der Mitarbeiter zufällig dienstfrei hatte oder nicht.

»Da es sich um ein elfjähriges Kind handelt, das seinen gewohnten Lebenskreis verlassen hat, haben die Kollegen vor

Ort gestern sofort reagiert. Es gab unter anderem schon eine erste Suchaktion in der näheren Umgebung sowie die üblichen Maßnahmen wie die Nachfrage bei Freunden und Verwandten des Kindes. Ohne Erfolg. Von Lara Eibholz fehlt auch jetzt, fünfzehn Stunden nach ihrem Verschwinden, jede Spur.«

»Wie groß ist die Wahrscheinlichkeit, dass wir es mit einer Ausreißerin zu tun haben?«, wollte Pias Kollegin Juliane Timmermann wissen.

»Die Eltern halten diese Möglichkeit für höchst unwahrscheinlich. Lara ist erst elf Jahre alt, und sie hat nach ihren Angaben auch keine Probleme in der Schule oder in ihrem Elternhaus. Es ist, wie es bisher aussieht, auch kein Fall von Kindesentziehung.«

Bleiben ein Unfall oder ein Verbrechen, dachte Pia. Die schlimmstmöglichen Varianten.

»Polizeihauptmeister Roland Maurer ist unser Ansprechpartner vor Ort«, sagte Rist. »Er hat gestern die erste Suchaktion geleitet. Unter anderem die Durchsuchung des Gebietes zwischen dem Elternhaus und dem Ort, an dem das Kind zuletzt gesehen wurde. Die Eltern des Mädchens haben einen landwirtschaftlichen Betrieb. Das ist ein weites Feld zum Suchen – viele gefährliche Ecken für Kinder.«

»Wo wohnen Laras Eltern?«

»Sophie und Thomas Eibholz wohnen in Grotenhagen. Das ist ein Dorf in Ostholstein, wenige Kilometer von der Ostsee entfernt. In Wagau, einem direkten Nachbarort von Grotenhagen, wurde das Mädchen gestern Abend um kurz vor achtzehn Uhr zuletzt gesehen.«

Rist teilte seine Leute ein. Pia wusste, dass er keine Schwierigkeiten haben würde, seine Mitarbeiter zu motivieren. Wenn es sein musste, würden sie alle auch rund um die Uhr arbeiten. Ein vermisstes Kind ließ niemanden kalt. Eher im Gegenteil, Manfred Rist würde seine Mitarbeiter vielleicht sogar bremsen müssen. Sowohl die Bewohner von Grotenhagen als auch die des Dorfes, in dem Lara zuletzt gesehen worden war, mussten zeitnah befragt werden. Ebenso Freunde, Bekannte, Verwandte und Mitschüler des Mädchens, Lehrer und sonstige Personen, zu denen das Kind Kontakt hatte. Zeitgleich musste eine groß angelegte, zweite Suchaktion organisiert und durchgeführt werden. Bei vermissten Kindern war die Aufmerksamkeit der Medien extrem hoch, was wiederum viele Hinweise aus der Bevölkerung bedeutete, denen nachzugehen sein würde. Sie hatten jetzt jede Menge Aufgaben auf einmal zu bewältigen. Wenn Mitarbeiterführung auch nicht gerade Manfred Rists Stärke war, so lief er bei Organisationsaufgaben geradezu zur Hochform auf.

Statistisch gesehen tauchte der allergrößte Teil der als vermisst gemeldeten Kinder zwar wohlbehalten wieder bei den Eltern auf, doch Laras geringes Alter und die relativ lange Zeitspanne ihres Fortbleibens stimmten Pia hochgradig besorgt. Die ersten Stunden nach Verschwinden eines Kindes waren die wichtigsten. Da war die Chance, insbesondere ein entführtes Kind lebend zu finden, am größten. Die elfjährige Lara war seit dem vergangenen Abend verschwunden. Die Zeit lief ihnen gerade unbarmherzig davon.

Der Hof der Eibholz war ein großes, gepflegtes Anwesen, bei dem der Kompromiss, den wirtschaftlichen Anforderungen gerecht zu werden und das Bestehende weitestgehend zu erhalten, anscheinend geglückt war. Mit dem blühenden Bauerngarten und der an das Wohnhaus angrenzenden Spielwiese sah es aus wie das Paradies auf Erden. Für die Bewohner tat sich sicherlich gerade eine Art Hölle auf. Die Hölle der Angst um ihr verschwundenes Kind.

Pia und ihr Kollege Michael Gerlach sahen einander kurz

an, wie um sich vor dem Gefühlschaos, das sie im Inneren des Hauses aller Voraussicht nach erwartete, zu wappnen. Immerhin, eine Helferin vom Kriseninterventionsteam war angeblich schon vor Ort gewesen.

Auf der Fahrt nach Grotenhagen hatte Pia sich gefragt, warum Rist Michael Gerlach und sie zusammen eingeteilt hatte. Normalerweise waren Broders und sie ein Team. Sie konnte gut mit Gerlach zusammenarbeiten, das war kein Problem. Trotzdem hätte sie erwartet, dass Rist in dieser schwierigen Situation, in der so viel auf dem Spiel stand, auf altbewährte Teams zurückgreifen würde. Zusätzlich irritierte sie noch etwas anderes: Ihr sonst so akkurat gekleideter und äußerst gepflegter Kollege hatte heute einen kleinen Kaffeefleck auf seinem hellblauen Hemd. Bei jedem anderen Kollegen hätte Pia sich nichts dabei gedacht, aber bei Michael Gerlach war es mehr als ungewöhnlich. Sie hatte ihn während der Autofahrt gefragt, ob irgendetwas los sei, doch er hatte sich nur ein kurzes Lächeln abgerungen und war nicht darauf eingegangen. Wenn bei Gerlach momentan privat etwas nicht in Ordnung war, wäre es bei dieser Ermittlung fatal, wenn er ausgerechnet mit die wichtigste Aufgabe zugeteilt bekäme. Die Befragung der Eltern erforderte ihre ganze Konzentration. Es konnte sich um ein reines Familiendrama handeln. Und selbst wenn die Lösung nicht in der Familie lag, war dort vielleicht der Schlüssel zu finden, die Antwort auf unzählige Fragen zum Verschwinden des Kindes. Sie gingen hintereinander unter einem Rosenbogen hindurch und zwischen blühenden Hortensien auf den Hauseingang zu.

Pia klingelte.

Eine rundliche Frau öffnete ihnen die Tür. Ihr Gesicht leuchtete einen Moment hoffnungsvoll auf, doch dieser Ausdruck verschwand sofort, als sie Pia und Gerlach genauer in Augenschein nahm. Sie trug eine lila gemusterte Tunika; über ihrem ausladenden Busen baumelte eine Lesebrille an einer pinkfarbenen Kette. Sie stellte sich als Agatha Eibholz vor, Thomas Eibholz Mutter und damit die Großmutter des verschwundenen Mädchens.

»Da sind Sie ja!«, sagte sie nach der Begrüßung und schien dabei den Zusatz *endlich* zu unterdrücken. »Sophie, meiner Schwiegertochter, geht es sehr schlecht. Der Arzt hat ihr etwas zur Beruhigung gegeben, das sie schlicht umgehauen hat. Aber mein Sohn Thomas will bestimmt sofort mit Ihnen reden.«

Thomas Eibholz stand in der Küche vor der Spüle, hielt ein Telefon ans Ohr gepresst und sah zum Fenster hinaus. »Danke, Chrissie. Ja, ich melde mich. Ja. Danke. Das weiß ich. Ja. Ja, natürlich. Danke. Tschüss.« Er drehte sich um. Wie seiner Mutter kurz zuvor war auch ihm das Wechselbad der Gefühle, das er durchmachte, deutlich anzusehen, als die anfängliche Hoffnung Enttäuschung wich.

Sie setzten sich an den Küchentisch. Agatha Eibholz stellte ungefragt Kaffeetassen, Milch und Zucker bereit. Sie setzte Kaffee auf, doch niemand beachtete es weiter.

Während Thomas Eibholz sichtlich um Fassung rang, schilderte er ihnen, was sich am gestrigen Tag zugetragen hatte und was sie unternommen hatten, nachdem Lara nicht wie erwartet nach Hause gekommen war. »Ich begreife es nicht«, sagte er abschließend. »Bitte finden Sie meine Tochter! Ihr darf nichts zustoßen.« Er sah Pia durchdringend an.

Seine Mutter stellte eine Thermoskanne auf den Tisch und zog sich einen Stuhl heran.

»Danke, Mutti.« Es war eine Entlassung.

Agatha Eibholz verließ widerstrebend den Raum. Die Tür ließ sie jedoch nur angelehnt, wie Pia bemerkte. Vermutlich lauschte sie.

Sie ließen sich von Thomas Eibholz Laras Tagesablauf schildern und die Telefonnummern und Adressen ihrer Freunde und Bekannten geben. Sie fragten nach Problemen in der Schule, in der Familie oder im sonstigen persönlichen Umfeld des Mädchens.

»Lara ist recht gut in der Schule, und sie hat viele Freundinnen. Probleme in der Familie gibt es auch keine. Meine Tochter ist bestimmt nicht weggelaufen. Sie hat überhaupt keinen Grund dazu.«

»Hat sie vielleicht schon einen Freund?«, fragte Gerlach. »Schwärmt sie für jemanden?«

Thomas Eibholz sah ihn entrüstet an. »Nein, natürlich nicht! Was denken Sie? Sie ist elf – noch ein Kind.«

Pia nahm sich vor, der Mutter und vielleicht Laras Freundinnen diese Frage ebenfalls zu stellen. Sie hatte keinen konkreten Grund, die Worte des Vaters anzuzweifeln, doch die Vehemenz, mit der er diesen Gedanken von sich wies, hatte sie hellhörig werden lassen.

Sie erfuhren, dass Lara viel Zeit beim Ballett-Training verbrachte. Dreimal in der Woche nahm sie Unterricht in einer Ballettschule im Ort, die einer Lucie Warnke gehörte. Lara träumte angeblich von einer Karriere als Ballerina.

»Das ist natürlich Blödsinn«, sagte der Vater. »Das würden wir nicht erlauben. Lucie, die Lehrerin, setzt den Mädchen Flausen in den Kopf, von wegen Primaballerina und Ballett-Internat in Hamburg und so. Aber unsere Lara ist so schlau, die soll etwas Vernünftiges lernen. Etwas, auf das sie ihre Zukunft aufbauen kann.«

»Hat sie noch andere Interessen?«, fragte Gerlach.

»Oh ja. Sie liest gern. Und Lara mag das Theater. Sie interessiert sich für die Kostüme, und sie hat auch mal einen Kindernähkurs mitgemacht. Sie ist sehr kreativ.«

»Was sagt denn Ihre Frau zu der Idee mit dem Ballett-Internat?«, fragte Pia.

»Sophie ist da ganz meiner Meinung. Ballett als Hobby:

okay. Ist ja auch gut für die Haltung und so. Aber wir würden Lara nie nach Hamburg in ein Ballett-Internat schicken. Absurd.«

»Hat Lara das anders gesehen? Gab es deswegen mal Meinungsverschiedenheiten?« Wenn Lara auf dem Weg nach Hamburg in dieses Ballett-Internat war, wäre es zumindest eine Erklärung für ihr Verschwinden, die nicht mit einem Unfall oder einem Verbrechen in Zusammenhang stand.

»Meinen Sie … Nein. Lara möchte zwar dort vortanzen, aber sie hat gesagt, dass sie zu Hause wohnen bleiben will. Selbst wenn sie ›entdeckt‹ werden sollte. Sie hängt an ihrer Familie. Besonders an ihrem kleinen Bruder Mads.«

»Warum dann das Vortanzen?«

Er schnaubte. »Die Tochter unserer Nachbarn, Cäcilia, ist wahnsinnig ehrgeizig. Oder vielleicht ist es auch die Mutter, die die Tochter antreibt? Egal. Jedenfalls misst Cäcilia sich dauernd mit unserer Lara und versucht, sie zu übertrumpfen. Deshalb will Lara auch an dem Vortanzen teilnehmen.«

»Sind die Mädchen zusammen in der Ballettschule?«, fragte Gerlach.

»Leider ja. Und Lucie stachelt die beiden auch noch gegeneinander auf.«

Das klang zumindest nach einem Ansatzpunkt. Pia notierte sich Namen und Adresse der Familie.

»Ich will, dass Sie alles unternehmen, was irgend möglich ist«, sagte Eibholz unvermittelt. »Egal, was es kostet. Sie müssen sie finden. Das sage ich nicht einfach so. Sie *müssen* sie unversehrt wiederfinden!«

»Wir tun alles, was irgend möglich ist«, versicherte Gerlach. »Die Fahndung nach Lara läuft auf Hochtouren. Gerade bereiten wir eine groß angelegte Suchaktion vor, an der über zweihundert Mann beteiligt sein werden. Polizei, Feuerwehr, Technisches Hilfswerk. Wir setzen auch besondere Suchhunde, sogenannte Mantrailer ein, Hubschrauber mit Wärmebildkameras, Polizei ...« Er stockte. Pia wusste, dass er zögerte, die Polizeitaucher zu erwähnen, die in den Gewässern zum Einsatz kommen würden. Der Einsatz von Tauchern implizierte, dass sie nicht nur nach einer lebenden Lara Eibholz suchten, sondern unter Umständen schon nach einer toten.

»Wir brauchen noch eine Geruchsprobe von Lara für die Hunde«, sagte Pia, bevor er die Gedanken weiter ausführen konnte. »Und ein aktuelles Foto.«

»Ich hab schon eins rausgesucht. Ein Bild von Lara aus diesem Sommer.« Er reichte Pia das Porträtfoto eines Mädchens mit schmalem, sommersprossigem Gesicht, das verlegen in die Kamera lächelte. Ihre dunkelblonden Haare waren zu einem Zopf gebunden, doch eine Strähne war ihr ins Gesicht geweht. Lara sah jung und verletzlich aus.

»Reicht Ihnen das?«

»Ja, das ist gut. Danke.«

»Was kann ich sonst noch tun?«

»Um die Geruchsprobe für die Hunde kümmern wir uns später. Sie unterstützen uns am besten, indem Sie uns alles sagen, Herr Eibholz. Alles, was uns helfen könnte, Ihre Tochter zu finden. Zum Beispiel, ob in letzter Zeit etwas vorgefallen ist, das Lara verstört oder beeinflusst haben könnte.«

»Sie meinen?«

»Streit in der Familie, finanzielle Probleme, ein Todesfall, etwas in der Art.«

»Was soll das mit Laras Verschwinden ...«

Eine Frau mit dunklen Haaren und verweintem Gesicht betrat die Küche. Sie war unverkennbar Laras Mutter, Sophie Eibholz. »Gibt es was Neues?«, fragte sie ängstlich und hoffnungsvoll zugleich.

»Nein, nur weitere Fragen.« Ihr Mann klang bitter.

»Trotzdem. Warum hast du mich nicht geholt, Thomas?«

»Du hattest dich doch hingelegt.«

»Glaubst du, dass ich auch nur eine Sekunde zur Ruhe gekommen bin da oben?« Ihre Stimme kippte.

»Der Arzt hat dir eine Spritze gegeben, Sophie. Ich dachte, du bist eine Weile außer Gefecht gesetzt.«

»Wir können doch nach nebenan gehen, Frau Eibholz. Wenn Sie schon mal da sind, hab ich auch noch ein paar Fragen an Sie«, sagte Pia. Sie schaute Gerlach an, der unmerklich nickte. Wie es aussah, war es sinnvoll, die beiden auch getrennt voneinander zu befragen.

5. Kapitel

Sophie Eibholz führte Pia ins Wohnzimmer, das von der Diele abging. Sie setzten sich auf zwei sich gegenüberstehende Ledersofas, zwischen denen ein schmaler Couchtisch stand. Auf seiner Glasplatte war kein Staubkörnchen zu sehen.

»Glauben Sie wirklich, dass Reden uns Lara zurückbringt?«, fragte Laras Mutter, kaum dass sie saßen. »Was tun Sie überhaupt, um mein Kind zu finden?«

»Wir tun alles in unserer Macht Stehende, um Lara so schnell wie möglich wieder zu Ihnen nach Hause zu bringen. Aber dazu brauchen wir Ihre Unterstützung und alle nur denkbaren Informationen.«

»Wie stehen unsere Chancen?«

»Die allermeisten Kinder, die als vermisst gemeldet werden, kehren heil nach Hause zurück«, antwortete Pia vorsichtig.

»Aber nicht alle.«

»Nein.«

»Natürlich nicht.« Sophies Hände zitterten, als sie sich über die Ärmel ihrer Strickjacke strich. Es war warm im Raum. Pia trug ein Top und eine leichte Jacke darüber, die ihre Waffe verdeckte. Trotzdem schwitzte sie. Am Nachmittag sollten Temperaturen um die dreißig Grad erreicht werden.

Pia wiederholte die Fragen, die sie schon Thomas Eibholz gestellt hatten. Die Antworten waren ähnlich. Laras Mutter erwähnte ebenfalls die Nachbarstochter Cäcilia als Laras große Konkurrentin. Als Pia nach einem Ereignis fragte, das ihre Tochter verstört haben könnte, zögerte Sophie Eibholz.

»Ich glaube nicht, dass es da einen Zusammenhang gibt«, sagte sie.

»Von was sprechen Sie? Einen Zusammenhang wozu? Wir sollten nichts unberücksichtigt lassen. Der kleinste Hinweis könnte helfen«, motivierte Pia sie.

»Lara ist niemals freiwillig weggelaufen«, beharrte Sophie Eibholz. »Ihre Familie bedeutet ihr alles.«

Pia schwieg.

»Es war vorgestern«, sagte Laras Mutter nach einer Pause. »Thomas und ich waren im Stall. Er hat etwas repariert, und ich wollte mich mit ihm abstimmen, den Hofladen betreffend. Den Hofladen führe ich, wissen Sie? Er wirft noch keinen Gewinn ab, aber das liegt daran, dass ich erst letztes Jahr damit angefangen habe. Es dauert, bis sich Bio-Ware durchsetzt. Besonders auf dem Land. Wenn wir in der Nähe einer Großstadt wären, dann ...« Sie zuckte mit den Schultern. »Aber das sind wir nun mal nicht.«

»Was ist im Stall passiert?«

»Es war nur eine Kleinigkeit. Er sollte mir später beim Einräumen der neuen Ware helfen.«

Pia nickte. Sie war gespannt, was nun kam.

»Thomas wurde wütend. Warum ich ihn wegen jedem Mist stören würde ...« Sie errötete bei der Erinnerung an seine Worte.

»Und weiter?«

»Ich war sauer, weil er mich so anblaffte. Wegen nichts und wieder nichts. Der Hofladen war meine Idee. Wir haben einen Kredit dafür aufgenommen, und nun erwartet Thomas, dass der Laden das Geld sofort wieder einbringt. Jede Schwierigkeit wertet er als Zeichen dafür, dass es nicht klappen wird. Er ist so ein Pessimist. Ich wünschte, er würde mich mehr unterstützen, auch moralisch. Dass ich das zusätzlich zu Haushalt und Familie mache, interessiert ihn nicht.« Sie seufzte. »Wir haben noch einen vierjährigen Sohn, Mads. Dann Lara, die hierhin und dorthin gefahren werden will. Das ist manchmal einfach alles zu viel.« Sie schluchzte auf.

Pia wartete, bis Laras Mutter sich beruhigt hatte.

»Jedenfalls haben wir uns gestritten. Viel zu laut. Ich sagte gerade etwas ziemlich Blödes. Etwas wie: Wenn ich sowieso ganz allein für Mads und Lara, den Haushalt und den Laden und überhaupt alles verantwortlich sei, dann könne ich ja ebenso gut gehen.«

»Und was hat Ihr Mann geantwortet?«

»Wenn ich glauben würde, dass Weglaufen eine Lösung sei ... Aber die Kinder blieben bei ihm und Agatha.«

»Denken Sie ernsthaft daran, sich von Ihrem Mann zu trennen?«

»Ich? Nein, natürlich nicht.« Sie senkte die Lider.

»Bestehen die Probleme zwischen Ihnen und Ihrem Mann bereits länger?«

»Also ... es läuft schon eine Weile nicht mehr so toll«, räumte Sophie ein.

»Hat einer von Ihnen ... eine oder einen anderen?« Pia fand die Rolle der Fragestellerin in diesem Fall schwierig. Wie würde sie reagieren, wenn man sie nach ihrer Partnerschaft und über ihre diesbezüglichen Gefühle ausfragte? Wenn Felix' Leben auf dem Spiel stünde, würde sie sicher kooperieren, doch sie würde diese Einmischung in ihr Privatleben gleichzeitig hassen.

»Nein«, sagte Sophie etwas zu schnell. »Jedenfalls nicht, dass ich wüsste.«

Pia sah sie einen Moment an, und Sophie wich ihrem Blick aus. »Und was war mit Ihrer Tochter?«

»Lara ist an dem Tag früher aus der Schule gekommen. Vielleicht war sie im Stall, um nach uns zu suchen. Ich weiß nicht, ob sie etwas von dem Streit mitbekommen hat. Sie war nachmittags so verschlossen. Lara ist ein recht zurückhaltendes Kind, wissen Sie? Ich habe vor ein paar Wochen mal versucht, mit ihr zu reden. Ihr ganz allgemein zu erklären, dass ein Streit in einer Partnerschaft nicht viel bedeuten muss.«

»Wie hat Lara damals reagiert?«

»Sie hat geblockt. ›Ist doch normal‹, hat sie gesagt. ›Alle Eltern streiten sich mal. Und von den Kindern in meiner Klasse sind auch schon mehr als die Hälfte aller Elternpaare geschieden.‹«

»Wie haben Sie reagiert?«

»Ihr versichert, dass wir uns bestimmt nicht scheiden lassen wollen, Thomas und ich.«

»Und stimmt das?« Kinder hatten einen sechsten Sinn, ob ihre Eltern die Wahrheit sagten oder nicht.

»Ja.« Sophie zupfte einen Fussel vom Sofa.

Ohne darüber nachzudenken, malte Pia in ihrem Notizbuch ein Fragezeichen zwischen die Namen von Thomas und Sophie Eibholz. »Fällt Ihnen noch etwas ein, das Lara verunsichert haben könnte?«

Sophie schüttelte den Kopf.

»Okay. Dieser Streit im Stall war also vorgestern. War Lara gestern anders als sonst?«

»Morgens vor der Schule ist immer so ein Gehetze. Ich hatte aber das Gefühl, dass alles so war wie immer. Nach der Schule wollte Lara mit einem Mal zu ihrer Freundin Mia nach Wagau gebracht werden.« Sie schluckte und wandte den Blick ab. »Ich konnte sie nicht hinfahren und Thomas auch nicht. Dass sie den Bus nehmen soll, habe ich ihr gesagt. Den Rest kennen Sie ja.«

Pia sah aus dem Fenster in den Garten hinaus. Lara hatte am Dienstagabend im fünf Kilometer entfernten Wagau das Haus ihrer Freundin verlassen, um mit dem Bus nach Hause zu fahren, doch sie war nicht hier angekommen. Von dem Mädchen fehlte jede Spur.

Es war nicht das erste Mal, dass Mitarbeiter des K1 und des K11 in einer Ermittlungsgruppe zusammenarbeiteten, doch Heinz Broders konnte sich nicht erinnern, es dabei schon einmal mit Kriminaloberkommissar Oliver Pinzke zu tun gehabt zu haben. Er kannte ihn dem Namen nach und aus gemeinsamen Besprechungen. Pinzke war ein langjähriger Mitarbeiter des K11, galt trotz seiner jungen Jahre als besonnen und erfahren. Er strahlte Ruhe aus, eine nützliche Eigenschaft, besonders im Fall eines vermissten Kindes. Doch Broders, der ihn von der Seite musterte, während er an der Tür der Höffners klingelte, fand ihn farblos. Und damit meinte er nicht das schüttere sandfarbene Haar, die blasse Haut und die hellen Wimpern des Mannes. Pinzke hatte während der gemeinsamen Fahrt nur einsilbig auf Broders' Kommentare geantwortet, und … er schien seinen Humor nicht zu verstehen. Nicht, dass Broders angesichts dieses Vermisstenfalls an diesem Morgen schon besonders witzig gewesen wäre. Doch ein wenig Ironie und Zynismus retteten so manches Mal die geistige Gesundheit, fand er. Aber darüber konnte man natürlich geteilter Meinung sein.

Barbara Höffner, die Mutter von Laras Freundin Mia, öffnete ihnen die Tür. Mias Vater, der Thomas Eibholz am vergangenen Abend bei der Suche nach Lara geholfen hatte, indem er mit dem Rad den Waldweg von Wagau nach Grotenhagen abgefahren war, sollte in seinem Büro in Lübeck befragt werden. Ob der Mann wusste, dass er sich mit seiner spontanen Hilfsbereitschaft, dem Angebot, Lara sofort im Wald zu suchen, mit in die Liga der Verdächtigen katapultiert hatte?

Broders stellte sich und den Kollegen vor.

Barbara Höffners Gesicht war gerötet, die Augen verquollen. Schock und Trauer über das Verschwinden des Mädchens oder … »Heuschnupfen«, sagte sie. Ihre Stimme klang nasal. »Irgendwas fliegt. Kommen Sie rein! Sie können schon mal vorgehen, ich hole mir noch eine Packung Papiertaschentücher. Die Wohnküche ist rechts.«

Ein älterer Junge, fast schon ein junger Mann, sah von seinem Platz am Tisch auf, als sie hereinkamen. Trotz seiner beachtlichen Körpergröße bewegte er sich mit einer Anmut und Lässigkeit, die wohl seinem durchtrainierten Körper geschuldet waren. Sport an der frischen Luft, vermutete Broders. Beneidenswert. Sein Haar war von der Sonne ausgebleicht, seine Haut gebräunt, was seine hellblauen Augen betonte. Gingen die jungen Leute heutzutage eigentlich noch surfen?

»Mein Sohn Lukas«, stellte Barbara Höffner ihn vor und schnäuzte sich. »Lukas – die Polizeibeamten, die Laras Verschwinden untersuchen. Wolltest du nicht noch Hausaufgaben machen?«

»Klar, ich geh nach oben.« Er erhob sich und nahm eine Schüssel mit Cornflakes und einen Löffel mit. Schon an der Tür, sah er sich noch einmal zu Broders um. »Hoffentlich finden Sie Lara bald!«

»Einen Moment. Kennst du Lara gut?«, fragte Broders.

Lukas' Mutter warf ihm einen irritierten Blick zu.

»Gut eigentlich nicht. Nur als Mias Freundin. Sie war ja gestern hier, und vor einer Woche auch schon mal. Außerdem gehen wir auf dieselbe Schule.«

»Okay. Hast du irgendeine Idee, wo sie vielleicht nach dem Besuch bei deiner Schwester noch hinwollte?«

»Nee. Ich hab auch schon hin und her überlegt. Aber Lara ist nicht der Typ, der einfach abhaut. Wenn ich etwas wüsste, würde ich es sagen. Ehrlich.«

»Und wo warst du gestern Abend?«

»Ich war hier. In meinem Zimmer.«

»Danke für deine Hilfe.«

Lukas nickte.

»Wann musst du los?«, fragte seine Mutter.

»Caspar holt mich in einer Stunde ab.«

»Alles klar.«

»Hat er denn keine Schule?«, wollte Broders wissen.

»Ach«, sie winkte ab. »In der Oberstufe fällt so viel Unterricht aus.«

Nachdem Lukas die Tür hinter sich zugezogen hatte, setzten sie sich an den Tisch. Pinzke zog sofort ein Notizbuch und einen frisch gespitzten Bleistift hervor. Er ließ sich ohne lange Vorrede den Ablauf des gestrigen Nachmittags schildern.

Barbara Höffner schaute Pinzke einen Moment lang irritiert an. Dann sagte sie: »Ich war ausnahmsweise zu Hause, weil ich krankgeschrieben bin. Gestern war es mit dem Heuschnupfen noch schlimmer als heute. Mia und Lara hatten sich wohl in der Schule verabredet. Lara kam gegen halb vier zu uns. Die Mädchen waren zuerst im Garten und dann in Mias Zimmer.«

»Wissen Sie, was sie gemacht haben?«

Sie zuckte mit den Schultern. »Gequatscht, herumgekichert.«

»Hat Ihre Tochter einen Computer oder ein Smartphone zur Verfügung?«, fragte Pinzke.

Barbara Höffner zögerte. »Ja, sie erbt immer Lukas' Sachen. Wenn Kinder ältere Geschwister haben, ist das fast unvermeidlich.« Sie sah Broders beinahe hilfesuchend an.

»Also könnten die Mädchen im Internet unterwegs gewesen sein, E-Mails, SMS, WhatsApp oder andere Nachrichten empfangen haben«, stellte Oliver Pinzke fest. Der Bleistift kratzte über das karierte Papier.

»Ja.«

Broders erinnerte sich aus der Frühbesprechung, dass Lara kein Mobiltelefon besaß und zu Hause auch keinen eigenen Computer zur Verfügung hatte. War der Besuch bei Mia für sie eine Gelegenheit gewesen, das Internet zu nutzen? »Sie haben sicher nichts dagegen, wenn unsere Fachleute einen Blick auf Mias Rechner und ihr Handy werfen?«, fragte er freundlich.

»Wenn Sie glauben, dass es hilft«, sagte sie und blinzelte.

»Wir lassen nichts unversucht.«

»Das … macht einem als Mutter Angst, wissen Sie?« Wieder sah sie Broders an.

»Das glaube ich ohne Weiteres. Besonders, wenn man das betroffene Kind kennt.« Pinzke musterte sie ungerührt.

»Ich hätte nie gedacht, dass so etwas mal hier bei uns passiert.« Sie schnäuzte sich und knüllte das Taschentuch in der Faust zusammen.

»Die allermeisten Kinder tauchen wohlbehalten wieder auf«, sagte Oliver Pinzke.

»Auch wenn sie über Nacht wegbleiben? Lara ist doch noch so jung! Wo soll sie denn sein? Wie erklären Sie sich das?« Sie stockte.

Pinzke fixierte sie weiter.

»Entschuldigung. Ich bin nicht gut drauf.« Barbara Höffner nahm das nächste Taschentuch. Die Ränder ihrer Nasenlöcher sahen entzündet aus, und ihre Augen tränten ohne Unterlass.

»Verständlich«, sagte Broders. »Unsere Kollegen haben ja gestern Abend schon mit Ihrer Tochter geredet«, fuhr er fort. »Ist Mia in der Zwischenzeit noch etwas eingefallen, das uns helfen könnte, Lara zu finden?«

»Nein. Sie versteht es einfach nicht. Lara hatte nicht vor wegzulaufen oder so. Jedenfalls hat sie nichts dergleichen gesagt.« Sie nieste so vehement, dass Broders zurückzuckte.

»'tschuldigung«, murmelte sie.

Broders widerstand der Versuchung, sich über das Gesicht zu wischen.

»Lara soll etwas stiller gewesen sein als sonst. Aber das ist auch schon alles«, ergänzte die Frau.

»Haben Sie diese Beobachtung auch gemacht? Fanden Sie, dass Lara stiller war?«, hakte Pinzke nach.

Frau Höffner griff wieder nach ihren Taschentüchern. »Nein. Tut mir leid. Ich kenne sie ja kaum. Ich habe auch nur ein paar Worte mit ihr gewechselt. Auf mich machte Lara einen ganz normalen Eindruck.«

»Normal. Was ist schon normal?«, fragte Broders, als sie, wie von einem kräftigen Nieser von Barbara Höffner aus der Tür geschoben, wieder vor dem Haus standen. »Auf alle Fälle ist es nicht hilfreich.«

»Was?«

»Die Aussage, alles sei normal gewesen.«

»Manchmal ist Normalität alles, was man will«, sagte Pinzke.

6. Kapitel

Pia und Gerlach mussten für ihre nächste Befragung nur ein Stück die Dorfstraße hinunterfahren. Die Zufahrt zu der Ballettschule war ausgeschildert; der Hof lag versteckt hinter einer mehr als mannshohen Fliederhecke. Sie parkten im Schatten einer Kastanie. Das Gebäude-Ensemble in U-Form sah vernachlässigt aus, hatte aber auch etwas Romantisches: Fachwerk unter Reet, das teilweise von Moos bedeckt war. Eine Wand des alten Wohnhauses wölbte sich bedenklich nach außen, an der Giebelseite war das Scheunentor durch eine Glasfront ersetzt worden.

Die Ballettschule befand sich in einem Nebengebäude, das direkt an die Scheune grenzte. Pia klingelte neben dem Schild, auf dem in verschnörkelter Schrift *Ballettschule – Lucie Warnke* stand. Es dauerte eine Weile, bis ihnen eine zierliche Frau die Tür öffnete. Trotz ihres hoch auf dem Oberkopf sitzenden Dutts reichte sie Pia gerade mal bis zur Schulter. Sie trug pastellfarbene Leggings, einen weißen Body und Stulpen über den Fesseln. Ihre Füße steckten in schwarzen Turnschläppchen, exakt solchen, wie Pia sie Felix für das Kinderturnen gekauft hatte. »Frau Warnke? Lucie Warnke? Wir sind von der Kriminalpolizei. Dürfen wir einen Moment reinkommen?«

»Oh, geht's um Lara? Ich hab schon gehört, dass sie verschwunden ist. Schrecklich! Bitte kommen Sie rein.« Sie deutete graziös den langen Flur hinunter und führte Pia und Gerlach in einen rechteckigen Trainingsraum. Die eine Längsseite war komplett verspiegelt und mit Haltestangen in zwei

Höhen versehen. Die gleichen Stangen befanden sich auch an der gegenüberliegenden Wand und an der Stirnseite, unterhalb der offen stehenden Stallfenster. Eine schwülwarme Brise wehte herein. Die Wände waren weiß getüncht, der Fußboden bestand aus hellem Parkett. An der rückwärtigen Wand stand ein antiker Wandtisch mit einer würfelförmigen Musikanlage darauf. Aus den in den Raumecken installierten Lautsprechern klang klassische Musik.

Lucie Warnke sah sich um, als fiele ihr erst jetzt auf, dass es keine Sitzmöglichkeiten gab. »Dauert es länger? Wir könnten uns drei Stühle aus der Umkleide holen?«, schlug sie vor.

Sie waren an der offenen Tür zum Umkleideraum vorbeigekommen. Die Holzstühlchen erschienen Pia nicht sonderlich verlockend. »Wir stehen auch gern einmal.«

Lucie Warnke nickte und stellte sich in Positur. Wohl für Gerlach, vermutete Pia. Sie hatte als Kind einmal drei oder vier Ballettstunden genommen, sich aber schnell als untalentiert erwiesen, und erinnerte sich, dass die stark auswärts gedrehten Füße eine der Grundpositionen darstellten.

»Wie lange ist Lara Eibholz schon Ihre Schülerin?«, fragte Pia.

»Hm. Die meisten Mädchen fangen sinnvollerweise früh an. Ich glaube, Lara ist dabei, seit sie drei ist, vielleicht vier. Inzwischen trainiert sie dreimal in der Woche bei mir.«

»Dann kennen Sie sie ja sicher ganz gut.«

»Sie ist ein nettes Kind, fleißig und talentiert. Ich hatte nie Probleme mit ihr.«

»Erzählt sie auch manchmal Privates? Ob sie Probleme in der Schule hat oder vielleicht im Elternhaus?«, wollte Gerlach wissen.

Lucie Warnke drückte die mädchenhaft flachen Brüste raus. »Nein.«

»Wie nein? Nichts Privates?«, fragte Pia.

»Wir arbeiten hier konzentriert miteinander. Meine Schülerinnen wissen, dass meine Zeit kostbar ist.«

Das Gespräch nahm einen weniger fruchtbaren Verlauf, als Pia es sich erhofft hatte. Sie konnte nicht glauben, dass Lucie Warnke so gar nichts über Lara Eibholz wusste. »Ist Lara zuverlässig?«

»Ja, ein bisschen verträumt hin und wieder, aber man kann sich grundsätzlich auf sie verlassen.«

»Kennen Sie Laras Eltern?«

»Grotenhagen ist ein Dorf. Jeder hier kennt die Eibholz. Grundsolide, zumindest der Vater und die Oma.«

»Ach, die Mutter nicht?«

Lucie Warnke lachte auf. »Sophie ist nicht von hier. Sie kommt aus der Stadt.«

»Welcher Stadt?«

»Weiß ich nicht. Wir sind nicht befreundet. Was nichts heißen soll. Ich kann mir nicht vorstellen, dass Laras Verschwinden irgendwas mit ihrem Elternhaus zu tun hat.«

»Womit dann?«, fragte Gerlach.

Sie warf ihm einen schnellen Blick zu. »Ich weiß es nicht. Es ist … ein Rätsel.« Sie streckte ihr linkes Bein seitwärts, bis der Spann sich vorwölbte wie die Krümmung einer vorschriftsmäßig gewachsenen EU-Banane. Sie zog den Fuß ran, ließ ihn wieder vorschnellen.

Pia riss sich von dem Anblick los. »Mit wem hat sie zusammen trainiert?«

»Nathalie, Cäcilia, Nele, manchmal auch Stella. Alle in der dritten Stufe. Je höher sie kommen, desto dünner wird die Luft.«

»Dann geben Sie uns bitte die Namen und Adressen der Mädchen aus der ›dritten Stufe‹«, sagte Gerlach. »Vielleicht wissen die mehr.«

Lucie Warnkes Bein schnellte hoch in die Waagerechte. Ihre Beinmuskeln zeichneten sich deutlich unter ihren glänzenden Leggins ab. Sie drehte sich und beugte den Oberkörper hinunter. An ihrem frei liegenden Nacken stachen die Wirbel so deutlich sichtbar hervor, dass Pia sie hätte abzählen können. Die Ballettlehrerin kam wieder hoch, ohne eine Miene zu verziehen. »Kein Problem.«

»Wissen Sie, ob Lara einen Freund hat?«, fragte Pia.

»Dazu hat sie keine Zeit. Schule und Ballett, damit sind die Mädchen vollkommen ausgelastet. Das ist auch mit ein Grund für viele Eltern, die Stunden bei mir zu bezahlen, egal, ob da Talent ist oder nicht. So kommen sie wenigstens nicht auf dumme Gedanken. Aber Lara hat Talent. Sie ist eine meiner begabtesten Schülerinnen, zusammen mit Cäcilia. Sie trainieren seit einiger Zeit für ein Vortanzen in einem renommierten Ballett-Internat in Hamburg.« Sie nannte den Namen des Internats.

»Alle Achtung«, murmelte Gerlach.

Lucie Warnke schenkte ihm ein Lächeln.

Das viele Training wird die Jugendlichen über kurz oder lang aber nicht unbedingt davon abhalten, sich zu verlieben, dachte Pia. »Sind die beiden, Lara und Cäcilia, da nicht Konkurrentinnen?«, fragte sie, da die so offen zur Schau gestellte Biegsamkeit der Ballettlehrerin Gerlach leicht zu verwirren schien.

»Ja, wunderbar«, sagte Lucie. »Die beiden geben sich nichts. Das hält sie bei der Stange.« Ihr Bein schnellte hoch, diesmal bis über ihren Kopf, wo sie den Fuß mühelos mit der Hand ergriff und das Bein durchdrückte. Pia merkte, dass Gerlach jetzt gar nicht mehr wusste, wo er hinschauen sollte. Er räusperte sich.

»Kann Ihr Training nicht einen Moment warten, während wir uns unterhalten?«, bat Pia.

»Ich hatte gerade erst angefangen, und ich möchte nicht kalt werden«, sagte Lucie.

»Wer will das schon?« Gerlach standen winzige Schweißperlen auf der Oberlippe.

»Außerdem ist das nichts.« Lucie Warnke lachte. »Ich meine, die Übungen beeinträchtigen mein Denkvermögen nicht. Eher im Gegenteil. Cäcilia hat übrigens etwas bessere körperliche Voraussetzungen als Lara. Sie nimmt nicht so leicht zu. Aber Lara ist fleißiger und setzt schneller um, was ich ihr sage. Es ist ein Kopf-an-Kopf-Rennen.«

»Wann war Lara zuletzt hier?«

Lucie Warnke senkte das Bein. Gerlach atmete hörbar aus. »Montagnachmittag war das letzte Training für die dritte Stufe. Und, nein, es ist nichts Besonderes vorgefallen.« Sie beugte die Knie nach außen zum Plié.

»Danke, dass Sie sich Zeit für uns genommen haben«, sagte Pia.

Die Ironie glitt an Lucie Warnkes Stromlinienkörper ab. »Das habe ich gern getan.« Sie machte ein paar Hüpfer auf der Stelle, wobei sie die Füße blitzschnell kreuzte. »Es nimmt einen ja doch mit, wenn einer Schülerin etwas passiert. Die armen Eltern!«

»Haben Sie auch Kinder?«, fragte Gerlach.

Sie sah ihm in die Augen. »Ich habe mich für das Ballett entschieden.«

Kurz darauf standen Gerlach und Pia mit einer von Lucie Warnke rasch verfassten Liste der anderen Ballettschülerinnen wieder auf dem Hofplatz. Der Wind raschelte in der Krone der Kastanie. Der Baum warf die ersten trockenen Blätter ab, und eines segelte auf Gerlachs Schulter. Er wischte es weg.

»Cäcilia Nagel muss den Angaben zufolge ganz in der Nähe wohnen. Die Eltern können wir als Nächstes befragen«, sagte Pia.

»Hast du gesehen, wie die Frau sich verbogen hat?« Gerlach schüttelte den Kopf.

Pia musste lächeln. »Es war nicht zu übersehen.«

Er zog ein blütenweißes Taschentuch hervor und wischte sich über das Gesicht. »Kann das gesund sein?«, fragte er.

»Das Ballett-Training oder dabei zuzusehen?«

Der Weg zu der Adresse der Familie Nagel führte sie ein Stück die Dorfstraße hinunter. Das Haus mit der entsprechenden Hausnummer beherbergte im vorderen Teil eine Apotheke. Das Gebäude, ein schlichter roter Backsteinbau mit einem Dach aus schwarz lasierten Ziegeln, stand ein wenig von der Straße zurückgesetzt, sodass zwei Wagen davor parken konnten. Fünf Stufen und eine lange Rampe führten zur Ladentür hinauf. Als Pia und Gerlach eintraten, ertönte ein elektronischer Gong.

Die Apotheke war hell und modern eingerichtet. Die Deckenspots heizten den sommerlich warmen Raum zwar zusätzlich auf, doch in der Ecke stand ein Ventilator, der die schwülwarme Luft herumwirbelte. Neben den Medikamenten, die an der Wand hinter dem Verkaufstresen in klassischen Auszugsschränken lagerten, war auch viel Schnickschnack aus dem Bereich Kosmetik und Wellness in offenen Regalen ausgestellt.

Eine Frau um die vierzig stand hinter dem Tresen. Ihr braunes Haar war zu einem akkuraten Bob geschnitten. Die Farbe war so glänzend und gleichmäßig, dass sie nur aus der Tube kommen konnte. Die Apothekerin trug einen weißen Kittel, dezenten Goldschmuck und ebensolches Make-up. Im Hintergrund suchte ein etwa gleichaltriger Mann etwas in einem der Auszugsschränke. Mit seinem gebräunten, kantigen Gesicht und der muskulösen Figur erinnerte er eher an einen amerikanischen Schauspieler als an einen Dorfapotheker. Achtung, das sind nichts als Vorurteile, ermahnte sich Pia.

»Kriminalpolizei. Wir möchten mit den Eltern von Cäcilia Nagel sprechen«, sagte sie nach einem kurzen Gruß.

Die Frau hob die Augenbrauen. Der Mann im Hintergrund verharrte in der Bewegung.

»Keine Sorge. Wir haben nur ein paar Fragen«, ergänzte Gerlach.

Die rosa geschminkten Lippen der Apothekerin wurden schmal. »Es geht um Lara, nicht wahr? Schrecklich. Hier wird von nichts anderem mehr gesprochen als von der kleinen Eibholz. Ich bin Margit Nagel, Cäcilias Mutter.«

»Haben Sie ein Hinterzimmer oder so, wo wir ungestört reden können, Frau Nagel?«, fragte Pia.

»Ich hab das gerade zufällig mit angehört«, sagte der Mann und trat vor. »Gibt es Neuigkeiten von Lara?« Sein ehemals schwarzes Haar war von grauen Strähnen durchzogen.

»Noch nichts Konkretes. Deshalb sind wir hier.«

»Das ist mein Mann, Hendrik Nagel«, stellte die Frau vor.

»Und Sie haben wirklich noch keine Spur von dem Kind?«, wollte er wissen.

»Wir sind nur hier, weil wir Fragen zu Lara haben«, sagte Pia.

»Also gut. Kommen Sie mit nach hinten. Bleibst du so lange hier vorn, Hendrik?«

Margit Nagel führte sie um den Tresen herum, an der Wand mit den Auszugsregalen vorbei, in ein sonnendurchflutetes Zimmer mit einem Tisch und zwei Stühlen direkt vor dem Fenster. Auf dem Tisch lag eine offene Packung Energy-Riegel und ein Röhrchen mit Vitamintabletten. Margit Nagel deutete auf die zwei Stühle. »Wir sind hier nicht auf Besuch eingerichtet.«

»Setzen Sie sich bitte. Ich bleib gern einen Moment stehen«, sagte Pia zu ihr und Gerlach. Sie lehnte sich gegen die Unterschränke einer schneeweißen Pantryküche.

Pia ließ sich von Margit Nagel schildern, was sie über Lara Eibholz wusste. Anders als Lucie Warnke gab sie immerhin nicht vor, nichts Privates zu wissen. Margit Nagel machte keinen Hehl daraus, dass ihre Tochter Cäcilia und Lara sich nicht gut verstanden. »Obwohl sie gleich alt sind und so nah beieinander wohnen«, sagte sie. »Und die Leute setzen immer voraus, dass sie beste Freundinnen sein müssen, weil sie beide Ballett machen und auf dieselbe Schule gehen. In der Grundschule waren sie sogar in derselben Klasse. Das hat sich auf dem Gymnasium zum Glück geändert. Aber sie sehen sich bei jedem Training und außerdem im Schulbus.«

»Wissen Sie, was für ein Verhältnis Lara zu ihren Eltern hat?«

»Cäcilia meint, dass Lara immer zu allem Ja und Amen sagt. Insofern glaube ich nicht, dass es bei ihr zuhause Probleme gibt. Doch das ist pure Spekulation. Unsere Tochter hat ihren eigenen Kopf, wissen Sie? Wenn sie etwas will, kriegt sie es für gewöhnlich auch.« Sie seufzte.

»Gilt das auch für das Ballett-Internat in Hamburg?«, fragte Gerlach.

»Woher wissen Sie denn davon? Ach, Sie waren schon in der Ballettschule ... alles klar. Ich denke, Cäcilia hat durchaus eine Chance, angenommen zu werden. Sie ist sehr talentiert und ehrgeizig.«

»Und Lara?«

»Keine Ahnung. Cäci sagt, sie isst zu viele Süßigkeiten. Das könnte ihr zum Verhängnis werden.«

Pia dachte an das Foto von Lara Eibholz. Übergewichtig

hatte sie darauf nicht ausgesehen, ganz im Gegenteil. »Möchten Sie auch, dass Ihre Tochter auf dieses Internat geht?«

»Ich wäre natürlich traurig, wenn sie die Woche über nicht mehr bei uns wohnt, sondern in Hamburg. Aber ich bitte Sie: Diese Chance bekommen nur wenige! Ich würde dem Lebensglück meines Kindes da nicht im Wege stehen wollen. Nicht so wie …«

»Nicht so wie wer?«, hakte Gerlach nach, als Margit Nagel sich unterbrach, und beugte sich über den Tisch zu ihr hinüber.

»Ach … nichts.«

»Wie Laras Eltern?«, fragte Pia. »Wissen Sie, wie die Eibholz darüber denken?«

»Lara hatte diesbezüglich so ihre Schwierigkeiten. Schon als es darum ging, jetzt dreimal in der Woche zu trainieren. Ihre Eltern sind Bauern. Jedenfalls der Vater, Thomas. Und auch die Großmutter … Ich hab nichts gegen die, nicht, dass Sie mich falsch verstehen.« Sie errötete. »Aber die verstehen einfach nicht, dass ein Kind mehr vom Leben will, als Kühe zu melken und Eier zu verkaufen. Dass in diesem frühen Alter schon über die Karriere entschieden wird.«

»Und Sophie Eibholz?«, wollte Pia wissen.

»Ach, Sophie … Ich glaube, sie ist gerade nicht sehr glücklich. Als Mads geboren wurde, der ersehnte Stammhalter, war alles eitel Sonnenschein. Als ihr das Hausfrauendasein langweilig wurde, musste es dann der Hofladen sein. Aber nun hat sich das Neue abgenutzt, und sie sieht, wie viel Arbeit es macht, wenn man die perfekte Mutter und erfolgreiche Unternehmerin sein will – selbstverständlich mit Biosiegel!« Sie lachte auf und rollte das Vitaminröhrchen auf dem Tisch hin und her.

»Margit, kannst du mal kurz kommen? Miriam ist da.« Ihr Mann steckte den Kopf zur Tür herein.

»Meine kleine Schwester«, sagte Margit Nagel entschuldigend. »Immer in irgendwelchen Schwierigkeiten.«

»Ich glaube, wir sind auch so weit fertig.« Pia löste sich von der Küchenzeile. »Haben Sie noch einen Moment Zeit für uns, Herr Nagel?«

»Bitte.« Er stellte sich Pia gegenüber ans Fenster. Aus dem Verkaufsraum war durch die geschlossene Tür gedämpft ein erregter Wortwechsel zu hören.

»Was für Schwierigkeiten sind das denn, die die Schwester Ihrer Frau da hat?«, fragte Gerlach im Konversationston.

»Nicht, dass es mit Laras Verschwinden zu tun hätte: Miriam ist ein gutes Stück jünger als Margit. Das Nesthäkchen. Sie hat sich gerade von ihrem Freund getrennt und sitzt seitdem quasi auf der Straße. Momentan wohnt sie bei uns in der Einliegerwohnung, bis sie etwas Neues gefunden hat.«

»Und warum streiten die beiden sich?«

»Ach, die zwei kabbeln sich eigentlich immer, aber keine von ihnen meint es so.«

Es hörte sich irgendwie anders an. Pia versuchte, die Gesprächsfetzen, die aus der Apotheke zu ihnen drangen, auszublenden. »Haben Sie eine Idee, warum Lara verschwunden sein könnte oder wo sie ist?«

»Glauben Sie mir: Wenn ich irgendeine Idee hätte, würde ich als Erstes zur Polizei gehen und es sagen. Thomas und Sophie tun mir leid. Es muss hart sein. Sehr hart. Das Schlimmste, was Eltern passieren kann.«

Insgeheim pflichtete Pia ihm bei. Es war wohl mit das Schlimmste. Sie zog die Augenbrauen zusammen. »Wie gut kennen Sie Sophie Eibholz?«

»Ich kenne sie als nette, unkomplizierte Nachbarin.«

»Und Thomas Eibholz?«

»Ein tüchtiger Mann und guter Familienvater, soweit ich das

beurteilen kann. Von den Animositäten unserer Frauen und Kinder lasse ich mich nicht beeinflussen.«

»Ist Ihnen in letzter Zeit etwas Ungewöhnliches im Dorf aufgefallen?«, fragte Pia. »Sie sitzen hier mit Ihrer Apotheke quasi im Zentrum des Geschehens.«

»Im Tannenweg steht was leer. Das Haus gehört einem Mann aus Eutin, den hier aber noch nie jemand richtig gesehen hat. Ich habe ein paar Erkundigungen über ihn eingezogen: Joachim Kaiser ist sein Name. Er hat das Haus der alten Hermine Dwenger abgekauft, als sie ins Seniorenheim gegangen ist. Hätte ich das rechtzeitig gewusst, hätte ich es selbst gekauft. Unsere Grundstücke grenzen an der rückwärtigen Seite aneinander, wissen Sie?«

»Welche Hausnummer ist es?«

»Das müsste die Acht sein. In den letzten Tagen stand ab und zu ein weißer Transporter auf dem Grundstück. Kann sein, dass sie anfangen zu renovieren, doch ich habe niemanden gesehen und nichts gehört. Etwas seltsam, nicht?«

Pia merkte auf. »Haben Sie das Kennzeichen notiert? Stand ein Firmenname oder ein Logo auf dem Wagen?«

»Nein, so genau habe ich nicht darauf geachtet. Ich dachte nur: Mist, ich hätte das Haus selbst gern gehabt. Man weiß ja nie, was für Nachbarn man bekommt, oder?«

»Welches Fabrikat war der Wagen denn? War er alt oder neu?«, fragte Pia.

»Ich glaube, es war ein Ford. Ford Transit oder so. Aber fragen Sie da lieber Hans Vagt von *Vagts Hof*. Das ist unser Wirtshaus in Grotenhagen. Der schaut von seinem Haus aus direkt zu dem Dwenger-Grundstück hinüber.«

»Das werden wir tun«, sagte Gerlach und erhob sich.

Auf dem Weg nach draußen kamen Pia und Gerlach an Margit Nagel und ihrer Schwester vorbei. Die Frauen verstummten, als sie die Polizisten sahen. Margit gefror zu einer Art

Standbild, die jüngere Schwester knibbelte an ihrem Daumennagel. Sie sah Margit Nagel recht ähnlich, doch sie war vollkommen anders zurechtgemacht. Ihr Haar war länger und unordentlich aufgesteckt, ihre Augen großzügig mit schwarzem Kajal umrandet. Sie trug ein bauchfreies Top und eine eng sitzende, zerrissene Jeans. Zumindest Gerlach wurde heute so einiges geboten.

7. Kapitel

Der Besitzer des Gasthofs, Hans Vagt, den sie zwei Häuser weiter in *Vagts Hof* befragten, hatte den Transporter auf dem Grundstück des leer stehenden Hauses auch beobachtet.

»Da war dieser weiße Ford Transit. Er stand Montag und Dienstag tagsüber in der Einfahrt«, sagte er. »Ich dachte, nun fangen die endlich mal an, an dem Haus zu arbeiten. Ich mag es nicht, wenn etwas leer steht. Sieht nicht gut aus, so mitten im Dorf, und es zieht das Ungeziefer an. Auch menschliches …«

»Wie meinen Sie das?« Gerlach hob die Augenbrauen.

»Könnten ja mal welche auf die Idee kommen, ohne zu fragen, in so ein leeres Haus einzuziehen. Hausbesetzer oder so. Aber in diesem Fall will der neue Besitzer, Joachim Kaiser, es wohl wirklich wieder herrichten. Er hat vielleicht erst mal nur das Geld für den Kauf gehabt und wollte dann sehen, wie er weiterkommt. Solche Leute gibt's. Reichlich naiv, wenn sie mich fragen, doch nicht mein Problem.«

Hans Vagt hatte weder auf das Kennzeichen geachtet – »War wohl was mit OH, Ostholstein, sonst wäre es mir aufgefallen« – noch eine Firmenbezeichnung auf dem Wagen gesehen. Der Transporter war nach Einschätzung des Wirtes mindestens acht bis zehn Jahre alt gewesen, jedoch ohne auffällige Beulen oder Macken. »Ich habe gerade einen neuen Audi geleast. Man hat immer Ärger mit so alten Karren. Aber mir kann's ja egal sein.«

»Und wer fuhr den Transporter? Haben Sie auch die Leute gesehen, die dazugehörten?«

»Seltsamerweise nicht. Normalerweise hätte ich vermutet,

dass Handwerker, die den ganzen Tag im Dorf arbeiten, irgendwann mittags mal im Wirtshaus reinschauen, oder?«

»Waren in den letzten Tagen viele Leute hier, die Sie nicht kennen?«

»Wann meinen Sie?«

»Hauptsächlich gestern, als Lara verschwunden ist. Vielleicht aber auch schon tags zuvor, als der Transporter neben dem leer stehenden Haus parkte.« Pia stellte sich vor, dass ein möglicher Entführer erst einmal die Lage in Grotenhagen sondierte oder auf eine günstige Gelegenheit wartete, um ein Kind zu entführen. Dass er dann vorher im Gasthof essen ging, war wohl eher unwahrscheinlich. Trotzdem durften sie nichts unversucht lassen.

»Mir ist niemand aufgefallen. Doch ich war auch nicht immer hier. Da müssen Sie noch mal Miri fragen. Die weiß vielleicht mehr.«

»›Miri‹ wie ›Miriam‹? Die Schwester der Apothekerin?«, fragte Pia.

»Genau. Miriam Trappert. Sie ist Margits jüngere Schwester, das stimmt. Also ... kellnern kann die Kleine, da kann ich nicht meckern. Und meine Gäste mögen sie.«

Sophie Eibholz stand am Küchenfenster und sah, wie immer mehr Fahrzeuge auf den Hofplatz fuhren. Streifenwagen, Zivilfahrzeuge, ein Wagen mit einem Anhänger für Hunde, das THW ... Gleich würde die Polizei noch einmal ein größeres Gebiet durchsuchen, als das am vergangenen Abend bei der eilig anberaumten Suche geschehen war. Dieses Mal mit speziell dafür ausgebildeten Hunden, mit einer Hundertschaft der Bereitschaftspolizei, wahrscheinlich sogar mit Hubschraubern.

Sophie versuchte, zuversichtlich zu sein. Die Polizei tat alles in ihrer Macht Stehende, um Lara aufzuspüren. Sie mussten sie einfach finden! Gleichzeitig wünschte sie sich, man würde Laras Verschwinden weniger ernst nehmen und damit die Möglichkeit einräumen, dass alles gar nicht so schlimm war. Dass sie sich unnötig aufregte. Die Beamten sollten ihr versichern, dass nichts passiert sein könne, nicht hier auf dem Land, und Lara bestimmt nur ... ja, was? Die Zeit vertrödelt hatte sie ja wohl kaum. Dann wäre sie nicht über Nacht weggeblieben. Sophie konnte sich nicht erklären, was Lara davon abhalten sollte, nach Hause zu kommen. Wollte sie ihnen Angst einjagen, verhindern, dass Thomas und sie sich trennten? Nein, das passte nicht zu ihr. Die einzige Möglichkeit, die Sophie realistisch erschien, war, dass Lara nicht nach Hause kommen konnte. Weil sie verletzt war, weil sie einen Unfall gehabt, das Gedächtnis verloren hatte oder weil ... sie jemand davon abhielt. Noch weiter wollte, noch weiter *konnte* sie nicht denken. Selbst durch die Wattewand, die die Beruhigungsmittel um sie aufgeschichtet hatten, drangen neben dem Grundrauschen der dumpfen Angst immer wieder helle Stiche von Panik zu ihr durch.

Sophie schlang die Arme schützend um sich und kniff sich mit aller Kraft in die Schulter, um nicht aufzuschluchzen. Wo war Thomas eigentlich? Agatha war in den Laden hinübergegangen. Ihre Schwiegermutter hatte gesagt, sie müsse sich beschäftigen und könne nicht untätig herumsitzen. Mads war bei ihr. Sophie war allein.

Sie griff nach ihrem Handy, wählte. »Florian. Ich bin es, Sophie.«

»Gibt es was Neues? Ist Lara wieder da?« Sophie hörte, dass er im Auto unterwegs war. Irgendwo an der polnischen Grenze, vermutete sie.

»Nein. Noch nicht. Sie ...« Sie brach ab, weil ihr die Stimme versagte.

»Sie finden Lara – ganz bestimmt, Sophie! Es geht ihr gut. Und ich denke die ganze Zeit an euch!« Er klang beschwörend.

»Ich weiß. Aber Denken allein nützt nichts.«

»Ich wünschte, ich könnte mehr tun.«

»Ich auch.«

»Wenn ich nur nicht weggefahren wäre! Das Ganze war sowieso ein Reinfall, ich hätte ... Sophie?«

»Ich verstehe dich so schlecht.«

»Sophie, die Verbindung ist zu schwach. Ich bin mitten in der Pampa. Kann ich dich später zurückrufen?«

»Nein«, antwortete Sophie. »Das geht heute nicht.«

Er wurde still, und sie dachte schon, die Verbindung wäre unterbrochen.

»Okay«, kam es dann mit ein paar akustischen Aussetzern. »Ruf mich an, sobald du etwas weißt!«

»Mach ich.« Sophie steckte das Telefon in ihre Tasche. Nach dem Telefonat fühlte sie sich noch miserabler als vorher. Vielleicht kam ihm das schwache Mobilfunknetz gar nicht so ungelegen? Hatte sie sich wochenlang in ihm getäuscht? *Sobald du etwas weißt.* Das war ja gerade ihre Angst, ihr ganz persönlicher Horror: Entweder würde es schlimme Neuigkeiten geben oder gar keine.

Auf dem Hofplatz versammelten sich immer mehr Leute. Wie viele es waren. Gleich würde es wohl losgehen. In der Ferne hörte sie das Rattern eines Hubschraubers. Das war doch alles nicht wahr! Sophie spürte, wie die Angst um ihre Tochter wie eine Welle über sie hinwegschwappte und ihr den Boden unter den Füßen wegriss.

Pia bereitete sich darauf vor, in einem Team von fünf Leuten mit einem der Mantrailer-Hunde mitzugehen. Sie schnürte ihre Joggingschuhe zu. Insgesamt hatten sie für die heutige Suche drei Hunde mit ihrem jeweiligen Hundeführer zu ihrer Verfügung. Pia war einer Hundeführerin mit einem Kurzhaar-Weimaraner namens Bruno zugeteilt. Noch saß der graue Hund im Kofferraum des Kombis und blinzelte in die Mittagssonne.

Seine Hundeführerin, eine Mittvierzigerin mit roten Haaren, legte ihm neben dem Halsband ein Geschirr an, hakte die lange Führungsleine jedoch noch in das Halsband. Sie stellte sich als Britt vor. Ihr Begleiter oder auch »Backup« war ein hochgewachsener, blonder Kollege Ende zwanzig, der während des Mantrailing auf Hund und Umgebung zu achten hatte, da die Frau sich ausschließlich auf ihren Hund konzentrieren würde. Rist überreichte Pia ein Walkie-Talkie, damit sie mit ihm und den anderen Organisatoren der Suchaktion in Kontakt blieb. Daneben kamen auch noch zwei Sanitäter mit Sanitätsrucksack mit. Sie sollten in Wagau beim Haus der Höffners starten, wo Lara zuletzt gesehen worden war.

Britt sah zweifelnd zum Himmel. »Wir sollten endlich anfangen. Wie lange wird das denn hier noch dauern?«

»Ich dachte, Mantrailer können eine Spur bis zu sechsunddreißig Stunden nach dem Verschwinden einer Person verfolgen«, sagte Rist, der das mitbekommen hatte.

»Ja … bis zu. Aber die Wahrscheinlichkeit sinkt mit jeder Minute, die vergeht. Vierundzwanzig Stunden sind nur noch halbwegs realistisch. Grundsätzlich gilt: Je eher der Hund auf die Spur angesetzt wird, desto besser.«

»Immerhin regnet es nicht.« Rist deutete zum wolkenlosen Himmel.

»Trockenes, sonniges Wetter ist eher schlecht«, erklärte Britt. »Feuchtigkeit, zum Beispiel Nebel, wäre besser.«

»Man kann nicht alles haben.« Und zu Pia sagte er: »Du bist so weit startklar? Die Technik funktioniert?«

»Von mir aus kann's losgehen«, bestätigte Pia.

»Und keine Alleingänge«, sagte er.

Sie verzichtete auf eine Erwiderung.

Sie fuhren als erstes Team mit drei Fahrzeugen nach Wagau. Neben dem Wohnhaus der Höffners befand sich ein Parkplatz für Anwohner, auf dem sie ihre Autos abstellten. Die fünf stiegen aus, und auch Bruno sprang aus dem Wagen. Pia hatte die Geruchsprobe bei sich. Ein Plastikbeutel, in dem eine Einlegesohle aus Laras Sportschuhen lag, die ihrer Mutter zufolge bisher niemand angefasst hatte. Die Probe war also nicht mit dem Duft anderer Menschen kontaminiert. Sie gingen zum Haus hinüber.

»Wir wissen, dass Lara gestern durch die Haustür hinein- und wieder hinausgegangen ist«, sagte Pia. »Sie hat sich etwa zweieinhalb Stunden in Haus und Garten aufgehalten.«

»Wir starten im Vorgarten an der Haustür«, sagte Britt.

Das Haus war ein etwa zehn Jahre altes Einfamilienhaus, ein beinahe würfelförmiger Baukörper, hell verputzt, mit grauen Fensterrahmen und einem schwarzen Dach. Das Grundstück war von Tannen umgeben, die das Gebäude düster wirken ließen. Die Fenster sahen ohne von außen sichtbare Rollos oder Gardinen wie dunkle Höhlen aus. Einziger Farbklecks war die kobaltblau lackierte Haustür mit der farblich passenden Hausnummer daneben. Hier war Lara am vergangenen Abend zuletzt gesehen worden. Sie hatte um kurz vor achtzehn Uhr das Haus verlassen und war seitdem verschwunden. Oder war sie immer noch dort? Das war ein seltsamer und auch unheimlicher Gedanke. Lara hatte eine Freundin besucht. Es erschien unwahrscheinlich, dass sie sich ausgerechnet dort versteckte – mit oder ohne Wissen der Bewohner – oder auch versteckt gehalten wurde. Aber es war möglich. Broders und Pinzke, der Kollege vom K11, waren im Haus gewesen und hatten mit der Familie gesprochen. Sie hätten vermutlich gemerkt, wenn dort irgendetwas nicht stimmte. Pia seufzte. Sie machte sich noch verrückt. Die Tatsache, dass Lara Geruchsspuren im Haus hinterlassen hatte, würde jedenfalls nichts beweisen. Sie hatte sich bekanntlich länger darin aufgehalten und einen regelrechten »Duftpool« verursacht.

Die Hundeführerin hakte die Leine vom Halsband in Brunos Geschirr ein. Pia reichte ihr die Duftprobe, die die Hundeführerin dem Weimaraner hinhielt. »Go«, sagte sie.

Der Hund schnupperte nicht daran, wie Pia erwartet hätte, sondern ging nur flüchtig daran vorbei. Bruno begann sofort mit der Arbeit, lief an der langen Leine zur Eingangstür, am Haus entlang, den Weg rauf und runter. Sie folgten dem Hund auf die Straße, wo er zielstrebig nach links bog, in Richtung Hauptstraße.

Bruno hielt den Kopf gesenkt und war mit der Nase immer dicht an der Hecke, die den Bürgersteig abgrenzte. Die Duftmoleküle wehten dorthin, wo sich auch Laub sammeln würde, erklärte Britt. Einmal wurde Bruno von einer getigerten Katze abgelenkt, die auf einem Mauervorsprung saß. Er hob den Kopf und bellte. »Leave it!«, forderte sein Frauchen, und der Hund fuhr mit dem Trailing fort.

»Gibt es eine Möglichkeit festzustellen, ob Lara hier nur auf dem Hinweg zu den Höffners vorbeikam oder ob sie diesen Weg auch wieder zurückgegangen ist?«, fragte Pia.

»Nein, das nicht«, antwortete der Mann, der das Backup bildete. »Die Geruchsmoleküle sind vorhanden, mehr lässt sich nicht sagen.«

»Also wird uns der Hund höchstwahrscheinlich über kurz oder lang auch zur Bushaltestelle führen. Lara ist ja von dort zum Haus der Höffners gegangen.«

»Ja. Vielleicht ist sie aber auch irgendwo noch mal abgebogen. Auf dem Hin- oder dem Rückweg.«

An der Hauptstraße schnupperte der Weimaraner einen

Moment länger an einigen Hauseingängen. Pia beobachtete sein Verhalten angespannt, doch der Hund lief nur einmal suchend umher, dann zog es ihn weiter.

»Ist Lara hier irgendwo hineingegangen?«, fragte Pia.

»Ich vermute, dass die Geruchsmoleküle nur in die Eingänge geweht sind, weil sie geschützter und im Schatten liegen. Eingänge stellen für die Hunde immer eine Herausforderung dar, weil so viele Spuren hinein- und herausführen und außerdem drinnen und draußen unterschiedliche Temperaturen herrschen.«

Pia notierte sicherheitshalber die Adressen und zog das Walkie-Talkie heraus. Sie informierte die Einsatzleitung, dass ein paar Häuser in Wagau noch einmal gesondert überprüft werden sollten. Inzwischen legte Bruno weiter an Tempo zu, und Pia verfiel in den Laufschritt, um hinterherzukommen.

Zu ihrer Enttäuschung führte der Hund sie jetzt auf direktem Weg zur Bushaltestelle am Ortsende. Er lief an dem Haltestellenunterstand auf der Ankunftsseite vorbei und überquerte die Fahrbahn. In dem Häuschen auf der Abfahrtsseite in Richtung Grotenhagen verhielt sich Bruno auffällig. Er wirkte aufgeregt.

»Hier ist die Duftspur anscheinend sehr ausgeprägt«, sagte die Hundeführerin.

»Lara hat sich in diesem Häuschen also einen Moment aufgehalten?«

»Vermutlich. Bruno zeigt das so an. Wie lange die Vermisste hier drin war, kann ich natürlich nicht sagen. Hier ist es windgeschützt. Der Geruch fängt sich zwischen den Wänden ganz gut und hält sich wegen des Schattens auch besser.«

Pia blieb reglos stehen und sah die leere Dorfstraße hinunter. Das war seltsam. Lara hatte um kurz vor sechs das Haus der Höffners verlassen. Das sagten sowohl ihre Freundin als auch deren Mutter. Für den Weg hierher brauchte man ungefähr fünf Minuten. Dem Anzeigeverhalten des Mantrailer-Hundes nach zu urteilen, war Lara auf direktem Weg zur Bushaltestelle gegangen und hatte sich dann einen Moment in dem Haltestellenhäuschen aufgehalten, von wo aus sie zurück nach Grotenhagen fahren konnte. Um 18.12 Uhr hätte der Bus abfahren und sie mit zwei Zwischenstopps und einer Fahrzeit von circa vierzehn Minuten nach Grotenhagen bringen sollen, wo ihre Mutter an der Haltestelle auf sie gewartet hatte. Dort war Lara aber nicht angekommen. Laut der drei Fahrgäste, zwei Schülern aus Grotenhagen und einer alten Dame aus Wagau, und dem Busfahrer hatte Lara sich zur Abfahrtszeit des Busses jedoch nicht an der Haltestelle aufgehalten und war dementsprechend auch nicht in diesen Linienbus eingestiegen. Der Bus hatte allerdings ein paar Minuten Verspätung gehabt, was angeblich auf dieser Strecke keine Seltenheit war. Wenn Lara nicht gebummelt hatte, müsste sie spätestens gegen 18.05 Uhr an der Haltestelle angekommen sein. Eine Wartezeit von fast zehn Minuten, bis der Bus an dem Abend gekommen war. Zehn Minuten, in denen etwas passiert war. Etwas, das höchstwahrscheinlich mit ihrem Verschwinden zu tun hatte.

Bisher hatte sich niemand gemeldet, der Lara zur fraglichen Zeit an der Bushaltestelle gesehen hatte. Doch das konnte noch kommen. Die Straße war zwar wenig befahren, aber gerade auf dem Dorf achtete man noch mehr aufeinander als in der Stadt. Auf der gegenüberliegenden Straßenseite befanden sich zwei Einfamilienhäuser, bevor der Ort endete. Die Bewohner würden sie auch befragen müssen. Hinter dem Haltestellenunterstand lagen ein hoch bewachsenes Maisfeld und ein Parkplatz, der wohl auch als Wendemöglichkeit für den Bus genutzt wurde. Dahinter schloss sich ein kleiner Wald an. Pia trat hinter das Haltestellenhäuschen. Auf dem Parkplatz standen ein Altglas-, ein Papier- sowie ein Altkleidercontainer. Drumherum lag der Müll, den die Leute so oft hinterließen, wenn sie ihre Rohstoffe entsorgten. Glasscherben, Plastikflaschen und Reste von Pappkartons waren zwischen dem Unkraut verstreut, das sich durch die Pflasterung gekämpft hatte.

Pia wandte sich an die Hundeführerin: »Lass Bruno doch bitte mal prüfen, ob Lara sich noch einmal von der Haltestelle entfernt hat.«

Der Hund suchte einen Moment ziellos herum. Dann lief er ein Stück am Maisfeld entlang, quer über den Parkplatz und auf den Altkleidercontainer zu. Er schnüffelte dort am Boden herum, umrundete den Container. Pia hielt angespannt die Luft an. Bruno suchte weiter, kehrte jedoch immer wieder zu dem Altkleidercontainer zurück.

8. Kapitel

Pia eilte zu dem Container. »Lara?«, rief sie mehrmals. »Lara, bist du hier?« Sie lauschte. Nichts.

Die Hundeführerin und einer der Sanitäter standen nun neben ihr. »Kann das Mädchen dort drinnen sein?«, fragte Pia Britt mit gepresster Stimme.

»Unwahrscheinlich. Dann würde Bruno sich ganz anders verhalten.«

Wegen der schaufelartigen Einwurfvorrichtung war es nicht möglich, in den Metallkasten hineinzusehen. Pia informierte Rist, dass sie den Container umgehend öffnen lassen mussten, entweder mit einem Schlüssel des Unternehmens, das ihn aufgestellt hatte, oder durch die Feuerwehr. Pia hoffte jedoch, dass Britt recht hatte. Der Mantrailer würde anders reagieren, wenn sein Suchobjekt sich in dem Container befinden würde. Selbst wenn der Täter Laras Leiche in eine Plastikplane oder Ähnliches verpackt hatte. Der Geruchssinn eines Hundes ließ sich nicht so leicht täuschen.

Die Hundeführerin hielt Bruno nun an der kurzen Leine. Lara schnellstmöglich zu finden hatte zwar oberste Priorität, aber sie durften nach Möglichkeit auch keine eventuell vorhandenen Spuren zerstören. Der Parkplatz sah so aus, als würde er hauptsächlich als Wendeplatz und zum Müllabladen genutzt. Das Gras am Randstreifen stand hoch, seitlich wucherten Brennnesseln und Brombeeren, dahinter lag dichtes Gestrüpp, in dem sich ebenfalls Müll verfangen hatte.

»Kannst du Bruno noch einmal überprüfen lassen, ob Laras Spur von hier aus doch noch irgendwohin weiterführt?«, bat

Pia die Hundeführerin. Ihr Gefühl sagte ihr, dass das Mädchen an diesem Ort in ein Auto anstatt in den Bus gestiegen war. Doch sich auf Gefühle zu verlassen war in einer Situation, in der ein Menschenleben auf dem Spiel stand, gefährlich. Es war ebenso gut möglich, dass die Vermisste von hier aus weitergegangen war. In das Maisfeld? In den Wald?

Die Hundeführerin ließ Brunos Leine wieder länger. Der Weimaraner lief am Feld und am Waldrand auf und ab, dann noch einmal an der Straße entlang und um das Haltestellenhäuschen herum. Britt und ihr Backup folgten ihm.

»Die Spur des Mädchens führt von der Bushaltestelle zu dem Altkleidercontainer. Aber dort endet sie.«

Pia schaute sich den Untergrund um den Container herum genauer an. Dieser öffentliche Platz war mit Spuren kontaminiert. Es war beinahe unmöglich zu sagen, ob etwas von dem herumliegenden Unrat mit ihrem Fall zusammenhing. Aber darum würde die Spurensicherung sich kümmern.

»Lara, bist du hier gewesen?«, murmelte Pia.

Ein Hubschrauber flog über sie hinweg. Die Kollegen suchten jetzt ebenfalls nach dem Mädchen und hatten zu diesem Zweck eine Wärmebildkamera an Bord. Gleichzeitig durchkämmte eine Hundertschaft der Bereitschaftspolizei das Gelände rund um Grotenhagen: das Dorf mit seinen Gärten, die Äcker, Wiesen und vor allem den nahe gelegenen Wald, der sich bis zur Ostsee erstreckte. Taucher würden in den Gewässern, in Teichen und Gräben ebenfalls zum Einsatz kommen. Das volle Programm. Und mit jeder Minute, die verging, wurde es unwahrscheinlicher, Lara Eibholz lebend und gar unverletzt zu finden.

Pia zog erneut das Walkie-Talkie hervor und gab die bisherigen Ergebnisse des Mantrailing noch einmal zusammengefasst an die Einsatzleitung weiter. Sie forderte ein Spurensicherungsteam an. Dann würde sie hier abwarten, was die Öffnung des Altkleidercontainers ergab.

Heinz Broders war froh, nicht bei einem der Mantrailings mitlaufen zu müssen. Er hatte einmal vor Jahren an so etwas teilgenommen und damals schon gemerkt, dass es um seine Kondition nicht zum Besten stand. Sein Freund Ralph lag ihm in den Ohren, dass er sich auch in diesem Nobel-Fitnessstudio anmeldete, aber allein der Gedanke daran, dort mit den muskelbepackten Körpern irgendwelcher Jünglinge und Amazonen konkurrieren zu müssen, verursachte ihm eine Panikattacke.

Manfred Rist hatte ihn mit Oliver Pinzke zusammen losgeschickt, weitere Befragungen im Dorf vorzunehmen. Rist selbst war bei der großen Durchsuchungsaktion dabei, äußerst wichtig, in einer Art Kampfanzug und Kampfstiefeln, mit verspiegelter Sonnenbrille, Schirmmütze und mit Walkie-Talkie ausgerüstet. Ein Feldstecher baumelte um seinen Hals. In dieser Aufmachung erinnerte er Broders an einen dieser Typen in den Survival-Sendungen im Fernsehen, die sich von einem Kamerateam filmen ließen, während sie sich durch die Wildnis schlugen, Kakerlaken aßen, sich mit Schlamm einschmierten oder aus Farnwedeln einen Lendenschurz bastelten. Himmel, er wurde zu alt für solchen Mist.

Broders und Pinzke marschierten auf einen großen Bauernhof zu, der sich schräg gegenüber des Eibholz-Hofes auf der anderen Seite des schattigen Dorfangers befand.

Auf der Herfahrt waren sie kurz vor Grotenhagen an einer langen Mauer entlanggefahren, hinter der Broders das Gut Grotenhagen vermutete, von dem er schon gehört und gelesen hatte. Schleswig-Holstein war reich an solchen alten Gütern, die sich oft noch in Familienbesitz befanden, im Besitz von Familien mit einer gut dokumentierten Geschichte und einem langen Stammbaum. Wohlhabend, oder zumindest waren sie einmal wohlhabend gewesen, je nachdem, wie sie ihren Grundbesitz in die Jetztzeit hatten hinüberretten können. Einige der Anwesen wurden heute als Hotel genutzt, hatten Ferienappartements oder waren Veranstaltungsorte, nicht zuletzt auch für das Schleswig-Holstein Musik Festival. Sein Freund Ralph erwartete, dass er ihn in diesem August auf das eine oder andere Event begleitete, auf denen Broders sich meistens langweilte und fehl am Platz fühlte. Auf Gut Grotenhagen traf jedoch keine dieser Nutzungsarten zu. Broders fragte sich, wie es hinter der alten Mauer aussehen mochte.

Der Fricke-Hof bestand aus einem Fachwerkwohnhaus aus dem Jahr 1892 mit angrenzendem Stall und einer gewaltigen Scheune daneben. Der Hofplatz war zweckmäßig mit Betonsteinen gepflastert, doch vor dem Wohnhaus gab es einen blühenden Vorgarten.

Die Hausherrin, Vita Fricke, öffnete ihnen mit erhitztem Gesicht und zurückgebundenen Haaren die Tür. Als sie der erstaunten Blicke der Männer vor sich gewahr wurde, sah sie an sich hinunter. Sie trug eine Küchenschürze, auf der das Foto eines nackten Männertorsos aufgedruckt war. »Oh. Die Schürze gehört eigentlich meinem Sohn … Hat er von irgendeinem Junggesellenabschied mitgebracht.«

»Mich stört das nicht«, sagte Broders.

Sie führte Pinzke und Broders in eine große, moderne Küche. Vita Fricke öffnete die Tür des hochgebauten Backofens und sah prüfend hinein. Ein Schwall heißen Bratendunstes ließ Broders schlucken. Sie nickte zufrieden und wischte sich die Hände an der Schürze ab, genau dort, wo das aufgedruckte Bild die Blicke auf sich zog. Sie bedeutete den beiden Polizisten, sich zu setzen.

»Möchten Sie was trinken? Es ist mal wieder furchtbar heiß heute.«

»Nein, danke. Wir sind wegen Lara Eibholz hier. Sie haben sicher schon gehört …«

»Ja, ganz schrecklich! Lara wird vermisst«, sagte sie. »Das muss sehr schlimm sein für ihre Eltern, diese Ungewissheit.« Sie sprach mit skandinavischem Akzent. Eine Dänin, vermutete Broders, vielleicht auch Schwedin.

Broders fragte sie, ob sie in den letzten Tagen im Dorf irgendetwas Ungewöhnliches bemerkt habe und wo sie am gestrigen Dienstag gewesen sei.

»Ich war gestern eigentlich den ganzen Tag über in der Küche. In der Ernte essen mir meine Männer die Haare vom Kopf«, erklärte sie. »Ich habe nicht mitbekommen, was draußen auf der Straße vor sich gegangen ist.«

»Schade. Und sonst?«

»Was meinen Sie?«

»Kennen Sie die Eibholz gut?«

»Doch. Natürlich. Ich mag Sophie. Wir trinken manchmal zusammen Kaffee.« Sie berichtete auch von ihrer guten Nachbarschaft mit Thomas Eibholz, seiner Mutter und den beiden Kindern, aber weitergehende Informationen waren nicht aus Vita Fricke herauszubekommen.

»Wir würden auch gern noch mit Ihrem Mann sprechen. Und mit allen, die sonst noch auf dem Hof wohnen«, sagte Pinzke und sah sich um.

»Mein Mann ist den ganzen Tag auf dem Feld. Wenn der auf seinem neuen Trecker sitzt, bekommt er nichts von dem mit, was um ihn herum vor sich geht. Er sagt, er fühlt sich da wie im Cockpit von Raumschiff Enterprise, und er ist Captain Kirk.« Sie lächelte versonnen.

Dann ist sie wohl Lieutenant Uhura, dachte Broders. Nur in blond.

Pinzke holte Broders aus seinen Weltraumfantasien. »Wir werden ihn trotzdem befragen müssen. Wo ist Ihr Mann jetzt?«

»Auf dem Gallenberg. Es ist Erntezeit.« Sie fing den verständnislosen Blick der Polizisten auf. »Wir nennen den Schlag

Gallenberg, weil daneben früher der Galgenberg von Grotenhagen lag. Romantisch, nicht? Aber unser Sohn ist da. Der war gestern Nachmittag unterwegs, um ein paar Maschinenteile zu besorgen. Vielleicht hat er ja etwas gesehen. Und abends ist er bis spät in die Nacht im Gasthof gewesen«, vertraute sie Broders an. »Doch sein Vater muss das nicht unbedingt wissen.«

»Was ist so schlimm daran?«, fragte er.

»Mitten in der Ernte? Da muss man doch fit sein. Ein paar Stunden Schlaf wären nicht schlecht. Wenn der Junge nur endlich eine Frau finden würde! Das würde ihn schon häuslicher machen, meinen Sie nicht?«

Kommt drauf an, dachte Broders. »Wie heißt Ihr Sohn, und wo finden wir ihn?«

»Sven. Svennie ist in der Scheune und versucht, den Kompressor zu reparieren.« Sie sah auf die Uhr. »Seine Laune dürfte allerdings nicht die beste sein«, setzte Vita Fricke unheilvoll hinzu.

Sven Frickes Laune war tatsächlich im Keller. Und das lag nicht nur daran, dass er den Kompressor einfach nicht zum Laufen bekam. Auch nicht an der Affenhitze oder an seinem Schädel, der heute kaum durch das Scheunentor passte. Der dritte Korn zu den acht Bier war definitiv zu viel gewesen.

Daran, dass er so viel getrunken hatte, war Miriam schuld. Sie hatte am vergangenen Abend in *Vagts Hof* so getan, als wäre er gar nicht vorhanden, während sie dem alten Ansgar Hellbach schöne Augen gemacht hatte. Diesem Lustgreis! Der tat immer so ehrbar und gediegen mit seiner weltfremden Tochter und dem verrotteten Gutshof. Verrottet, ja, das war er. Sven hatte genau gesehen, wie Hellbach Miriam angeglotzt hatte, als sie seine Bestellung entgegengenommen hatte. Ihn, Sven, hatte Miri jedoch mit der gleichen Aufmerksamkeit bedacht wie den Garderobenständer.

Seit er Miriam zum ersten Mal im Gasthof begegnet war, musste er Tag und Nacht an sie denken. Sie war so cool und so sexy. Er wollte sie küssen und dabei über das Piercing an ihrer Unterlippe lecken. Er konnte geradezu hören, wie sein Vater diesen Schmuck kommentieren würde: »Fehlt nur noch der Ring durch die Nase, wie bei unserem Bullen früher.« Der Bulle hatte Hans geheißen, und Sven hatte sich vor dem Riesenvieh wahnsinnig gefürchtet.

Gestern Nacht vor dem Einschlafen hatte er fantasiert, wie er Miris geheimnisvollen Körper erkundete und so weitere Piercings an ihr entdeckte. Sie war ganz anders als die Frauen, die er sonst kannte. Gefährlich und verletzlich zugleich. Nicht, dass er in letzter Zeit viele Frauen traf. Auf den Zeltfeten und Feuerwehrfesten in den umliegenden Dörfern, zu denen er immer seltener ging, hingen doch immer nur dieselben Cliquen herum. Die Mädchen und Frauen standen in Grüppchen zusammen, redeten und kicherten. Die meisten tranken bei solchen Gelegenheiten auch zu viel. Da kam man als Mann einfach nicht an sie heran. Inzwischen fühlte er sich mit beinahe dreißig auch zu alt dafür. Überhaupt, sein dreißigster Geburtstag hing wie ein dunkler Schatten über ihm. Er würde fegen müssen, bis eine Jungfrau ihn frei küsste, und sich währenddessen tausend dumme Sprüche anhören müssen. Sogar seine Eltern würden sich an dem Unsinn beteiligen. Da würde auch dem Letzten in Grotenhagen auffallen, dass Sven Fricke noch immer nicht verheiratet war. Bis auf die peinliche Episode mit Kim aus Plön, die ihn wegen eines Typen verlassen hatte, der im Knast saß, hatte er bisher ja nicht einmal über eine längere Zeit eine Freundin gehabt. Er war eben schüchtern. Immer, wenn ihm eine Frau gefiel, wurde er stumm wie ein Fisch und glotzte sie nur blöd an. Er bekam dann angeblich diesen notgeilen Gesichtsausdruck, sodass die Frauen sofort das Weite suchten. Das hatte ihm jedenfalls sein ehemals bester Kumpel so gesteckt. Der war inzwischen verheiratet und hatte drei Kinder.

Also bitte, was sollte er tun? Es vielleicht mal über das Internet versuchen? Das machten doch alle heutzutage. Es kam Sven unnatürlich und wenig romantisch vor. Beinahe so schlimm wie die Heiratsannoncen mit Hektarzahlen in einer dieser landwirtschaftlichen Zeitungen. Nein, so weit war er noch nicht.

Und was wollten jetzt diese beiden Typen hier, die quer über den Hof auf ihn zukamen? Sie sahen aus wie Landmaschinen-Vertreter, aber die meisten von denen kannte er seit Jahren, und außerdem kamen die normalerweise nicht zu zweit. Sven wischte sich den Schweiß aus dem Gesicht und vermutete, dass er nun einen Streifen Schmieröl auf der Stirn hatte.

»Moin, Moin«, grüßte Broders. Er musterte den kräftigen, nahezu zwei Meter großen Mann im blauen Arbeitsoverall. Sven Fricke hatte aschblondes, krauses Haar mit einem Stich ins Rötliche und ein Gesicht, das etwas zu rund war, um als attraktiv zu gelten. Wenn er einen Bart hätte, wäre der sicher rot wie der von Rübezahl, dachte Broders. Aber Sven Frickes Wangen waren glatt rasiert.

Broders stellte Oliver Pinzke und sich vor. »Wir ermitteln im Vermisstenfall Ihrer jungen Nachbarin von gegenüber, Lara Eibholz.«

Sven Fricke errötete. »Dann ist sie immer noch nicht wieder da? Schlimm ist das«, sagte er und wischte sich die Hände an den Beinen des Overalls ab.

Sie stellten ihm die üblichen Fragen.

»Ich habe Lara zufällig gestern Morgen an der Bushaltestelle gesehen. Da war sie wohl auf dem Weg zur Schule. Danach aber nicht mehr.«

»Wie gut kennen Sie Lara?«, fragte Broders und beobachtete die Reaktion.

Sven Fricke wurde, wenn möglich, noch etwas röter. »Sie ist ein nettes Mädchen. Nicht so zickig wie die meisten in dem Alter. Und sie tanzt ganz gut Ballett, das weiß ich.«

»Woher?«

»Jeder hier weiß das.«

»Haben Sie sie tanzen gesehen?«

»Was?« Auf Sven Frickes Stirn bildeten sich Schweißtropfen. »Nur einmal, als ich Lucie beim Tragen von ein paar Kisten helfen sollte, die ihr eine Spedition einfach vor die Tür gestellt hatte. Die Lieferung war aber für ihren Mann«, setzte er hinzu.

»Lucie?«

»Lucie Warnke, die Ballettlehrerin.«

»Schön, schön. Da haben Sie Lara also Ballett tanzen gesehen.«

»Nicht nur sie. Auch die anderen Mädchen.«

»So, so. Mehrere Mädchen.«

»Sagen Sie mal, was soll das? Ich hab nichts getan.«

»Das sind nur Routinefragen«, beschwichtigte Broders ihn. Beinahe tat ihm der junge Mann leid. Jung? Sven Frickes Alter war schwer zu schätzen. »Wie alt sind Sie, Herr Fricke?«

»Ich denke, das hat nichts mit Ihren Ermittlungen zu tun, oder?«, begehrte er auf.

»Kaum. Es ging mir nur um den Altersunterschied.«

»Das ist lächerlich. Ich bin neunundzwanzig, und Lara ist noch ein Kind. Ich weiß nicht, wie alt sie genau ist, und es interessiert mich auch nicht.«

»Elf Jahre alt«, informierte ihn Pinzke.

»War das alles?«, fragte Sven Fricke. »Ich hab heute noch einiges zu tun.«

»Ich denke, fürs Erste war es das, ja. Wenn Sie uns freundlicherweise noch sagen würden, wo Sie gestern zwischen achtzehn und neunzehn Uhr waren?«

»Auf'm Acker. Ich hatte meinen Vater abgelöst, damit er zu Abend essen konnte.«

»Was haben Sie dort getan?«

»Gedrillt.«

»Ah«, sagte Broders und nickte, als wüsste er Bescheid. »Hat Sie dort jemand gesehen?«

»Klar.«

»Und wer?«

»In der Abenddämmerung flogen ein paar Krähen vorbei.«

Broders schnaubte und wandte sich zum Gehen.

»Nein, warten Sie. Etwas später, zwischen acht und neun, habe ich Ansgar Hellbach am Waldrand gesehen.«

»Wer ist das?«

»Unser Gutsherr.« Fricke verzog spöttisch das Gesicht.

»Und was hat dieser Ansgar Hellbach dort gemacht?«

»Der ist wohl seinen Grundbesitz abgegangen. Schauen, ob noch alles da ist«, spottete Sven Fricke.

»Geht das nicht präziser?«, fragte Pinzke mit gezücktem Block und Stift. »Wann und wo genau haben Sie diesen Hellbach gesehen?«

»Tut mir leid. Auf dem Trecker achte ich nicht so auf die Uhrzeit. Ich habe Musik gehört. Ein Wunder, dass ich ihn überhaupt registriert habe. Ich war auf ›Ostenrade‹ bei der Rapsbestellung. ›Ostenrade‹ ist das Feld zwischen dem Gutsgelände und der Dorfstraße.«

»Hatte Hellbach irgendwas bei sich?«

»Sein Hund war bei ihm. Und er hatte seinen Spazierstock dabei, denke ich. Er ist ja auch nicht mehr der Jüngste.«

Es wohnt also noch jemand auf Gut Grotenhagen, dachte Broders. Das gefiel ihm irgendwie, denn nun würde er es wohl auch aus der Nähe zu sehen bekommen.

Sie klingelten und klopften an weiteren Türen im Dorf, doch die Ausbeute an hilfreichen Informationen zu Lara Eibholz Verschwinden ging gegen null. Broders hatte gehofft, irgendwann die Nachricht zu erhalten, dass Lara gefunden worden sei, doch die Durchsuchungsaktion schien noch nichts ergeben zu haben. Das war mehr als beunruhigend.

Oliver Pinzke wurde nach der erfolglosen Suche von Rist am Standort der Einsatzleitung angefordert. Er selbst sollte mit Pia zusammen weiterarbeiten, sobald die mit dem Mantrailing durch war. Immerhin *eine* gute Nachricht.

9. Kapitel

»Ist bei dem Mantrailing nichts herausgekommen?«, fragte Broders Pia, als sie von der vorläufigen Einsatzzentrale auf dem Hof der Familie Eibholz auf das Gut zugingen.

»Laras Spur endet an der Bushaltestelle in Wagau, wo sie in den Bus hätte einsteigen sollen, oder aber an einem Altkleidercontainer dahinter.«

»Altkleidercontainer?«, echote Broders. Die Dinger waren ihm suspekt, seit er mal dabei gewesen war, als in einem solchen Sammelcontainer eine Babyleiche gefunden worden war.

»Wir haben den Container öffnen lassen. Lara war nicht darin«, sagte Pia knapp.

»Waren da Sachen oder Klamotten von ihr?«

»Nein, nichts. Die Spur endet vor oder neben dem Container. Vermutlich ist sie dort in ein Auto gestiegen.«

Sie standen jetzt vor einem zweiflügeligen Gittertor, hinter dem das Gutshaus von Grotenhagen lag. Eine Allee führte auf das Herrenhaus zu, doch die Fenster in der unteren Etage des grauen Gebäudes waren mit Brettern zugenagelt und die Stufen, die zum Portal hinaufführten, mit Unkraut überwuchert. Broders hatte erfahren, dass die Besitzer des Gutes, die Hellbachs, nicht mehr in dem Herrenhaus wohnten. Sie waren vor einigen Jahren ins ehemalige Verwalterhaus gezogen, das sich ebenfalls auf dem weitläufigen Gelände befinden sollte. Das Tor war nur angelehnt; es gab keine Klingel.

Broders blickte durch die Gitterstäbe, drückte den Torflügel auf. Das Gitter kratzte über den Kies. »Wohnt hier wirklich jemand? Dieses Tor wird offenbar nicht mehr oft benutzt.«

»Vielleicht gibt es einen Seiteneingang?«

Sie traten durch das Eisentor und gingen die Allee hinunter auf das Haupthaus zu. Broders zuckte zurück, als es im Gebüsch raschelte und ein Hund daraus hervorschoss und bellend an ihm hochsprang.

»Doch jemand da«, sagte Pia. »Bleib einfach ruhig stehen, Broders!«

»Du hast leicht reden.«

Es war ein Schäferhund mit bernsteinfarbenen Augen und spitzen, gelblichen Zähnen.

»Kann ich Ihnen helfen?«, fragte ein alter Mann, der kurz darauf aus einem Seitenweg auf sie zukam. Er sah erstaunt und missgelaunt aus und machte keinerlei Anstalten, seinen Hund zurückzurufen.

»Kriminalpolizei«, sagte Pia und stellte sich und Broders vor. »Würden Sie bitte Ihren Hund unter Kontrolle bringen? Wir suchen die Hellbachs.«

Der Mann pfiff leise, und der Schäferhund ließ von Broders ab. »Ich bin Ansgar Hellbach. Wieso suchen Sie mich?«

»Es geht um den Vermisstenfall im Dorf. Lara Eibholz.«

»Ich habe davon gehört. Üble Geschichte. Vorhin waren aber schon ein paar Leute hier, die sich auf meinem Gelände umgesehen haben. Deshalb stand das Tor auch noch offen.«

»Wir haben ein paar Fragen an Sie«, sagte Pia.

Ansgar Hellbach nickte und sah Pia dabei prüfend an. Er war circa einen Meter achtzig groß, hatte eine olivfarbene, faltige Haut und weißes, kurz rasiertes Haar. Trotz des Sommerwetters trug er eine dunkelgrüne Cordhose, ein helles Hemd mit einem Pullover darüber, ein kariertes Jackett mit Lederflicken auf den Ellenbogen und eine Schiebermütze. Er hielt sich auffallend gerade, bewegte sich jedoch, als hätte er Schmerzen. Ansgar Hellbach führte sie die Auffahrt hinauf, bog aber vor dem Herrenhaus nach rechts ab. Sie gingen an einer Remise vorbei und erreichten nach ein paar Minuten ein einzeln stehendes, zweistöckiges Gebäude.

»Das ehemalige Verwalterhaus. Ich wohne hier übergangsweise mit meiner Tochter, bis mein richtiges Wohnhaus wieder instand gesetzt ist.«

Das Verwalterhaus war im gleichen Stil errichtet wie das Herrenhaus, jedoch schlichter und viel kleiner. Immerhin schien es in einem bewohnbaren Zustand zu sein.

Ansgar Hellbach sperrte den Hund in einen Zwinger im Garten und führte sie ins Haus. Sie gelangten durch einen dunklen, leicht muffig riechenden Flur in ein altmodisch eingerichtetes Wohnzimmer. Das Chesterfield-Sofa und der dazugehörige Ohrensessel hätten sich wohl besser in der Bibliothek eines schottischen Schlosses gemacht als in dem kleinen Raum.

»Lara Eibholz wird immer noch vermisst.« Pia positionierte sich am Fenster, damit sie das Licht im Rücken hatte.

»Hm. Sie müsste längst wieder aufgetaucht sein, nicht wahr?«

»Haben Sie in letzter Zeit etwas beobachtet oder gehört, oder wissen Sie sonst etwas, das uns helfen könnte, das Mädchen zu finden?«, fragte Broders.

»Bedaure. Ich wüsste nicht, wie ich Ihnen da helfen kann«, antwortete Hellbach mit unbewegter Miene.

»Kennen Sie Lara Eibholz?«, erkundigte sich Pia.

»Mehr dem Namen nach. Ich könnte sie nicht einmal beschreiben. Meine Tochter und ich führen ein sehr zurückgezogenes Leben.«

»Ist Ihre Tochter auch da? Lebt sie mit Ihnen in diesem Haus?«, fragte Pia. Es war bedrückend still im ehemaligen Verwalterhaus. Immer, wenn sie ihr Gewicht verlagerte, knarzten die Dielen unter dem verschlissenen Teppich.

»Ich weiß nicht, was das mit der Vermissten zu tun hat. Aber wenn Sie so fragen: Ich wohne hier zusammen mit meiner Tochter Friedlinde, die mir den Haushalt führt.«

»Können wir auch mit ihr sprechen?«

»Nein, Friedlinde ist unterwegs nach Lübeck. Sie braucht eine neue Jacke oder so. Das kann dauern.«

»Wohnt sonst noch jemand auf dem Grundstück?«

»Schon lange nicht mehr. Dienstpersonal ist ja unbezahlbar geworden. Die Leute haben zu hohe Ansprüche. Früher gab es hier immer einen Verwalter, zwei Gärtner, eine Haushälterin, bei meinen Eltern sogar einen Chauffeur und ein englisches Kindermädchen. Dazu die Landarbeiter.«

»Sind Sie auf dem Gut aufgewachsen, Herr Hellbach?« Vor Broders' innerem Auge tauchten ungewollt eine englische Nanny in schwarzem Kleid und ein Chauffeur mit weißen Handschuhen auf.

»Meine Mutter war eine geborene Bracken. Margarete von Bracken. Sie hat als einziges Kind das Gut von ihren Eltern geerbt und dann eher notgedrungen meinen Vater geheiratet. Vincent Hellbach war ein Bauer aus der Gegend, der das Gut vor dem Bankrott gerettet hat. Aber jetzt gibt es nur noch mich und meine jüngere Schwester Maria.«

»Und Ihre Tochter«, ergänzte Pia.

»Friedlinde? Die wird unserem Stammbaum keinen weiteren Zweig mehr hinzufügen.«

»Ihre Schwester schon?«, fragte Pia. Immerhin schien Ansgar Hellbach bei dem Thema »Familie« einer weiteren Unterhaltung nicht abgeneigt zu sein.

»Nein, wohl kaum. Sie ist zu alt. Ich habe Mimi, also Maria, ihr Erbe ausbezahlt. Seitdem wohnen wir im Verwalterhaus, während Mimi sich in Marbella ein nettes Leben macht. Ich versuche unterdessen, das Gut über Wasser zu halten.« Sein Blick ging zum Fenster hinaus, und sein Mund verzog sich.

»Ist ja schade um das schöne Herrenhaus«, sagte Broders

und legte mit der Bemerkung den Finger in die offensichtliche Wunde.

»Wenn Sie mir ein neues Dach und Holzfenster spendieren, ziehe ich sofort wieder ein«, gab Hellbach zurück.

»Wo waren Sie gestern Abend zwischen achtzehn und neunzehn Uhr?«, fragte Pia.

Ansgar Hellbach stand reglos wie eine Statue da, zog nur die linke Augenbraue hoch. »Ich war erst hier in meinem Büro und habe gearbeitet. Später bin ich dann noch mit dem Hund gegangen.«

»Kann das jemand bestätigen? Ihre Tochter vielleicht?«, hakte Broders nach.

»Friedlinde war zwischendurch unterwegs, um Lebensmittel einzukaufen. Ansonsten wird sie meine Angaben sicherlich bestätigen.«

»Ich denke, das war es für heute, Herr Hellbach. Bitte melden Sie sich, falls Ihnen noch etwas einfällt.« Pia reichte ihm ihre Visitenkarte.

Er legte die Karte auf dem Kaminsims ab und führte Broders und Pia hinaus. »Ach ja. Nur, damit Sie es wissen: Heute Abend treffen sich die Männer von Grotenhagen im Gasthof, um das weitere Vorgehen zu besprechen«, sagte Hellbach, als sie an der Haustür standen.

»Welche Männer, welches Vorgehen?«

»Wir lassen uns in Grotenhagen nicht alles gefallen«, erwiderte er. »Und schon gar nicht, dass Kriminelle unsere Kinder entführen. Die Polizei schafft es ja offensichtlich nicht, uns zu beschützen.«

Pia trat einen Schritt auf ihn zu. »Sie meinen nicht etwa eine Art Bürgerwehr?«

»Nennen Sie es, wie Sie wollen. Wir tun jedenfalls was.«

»Damit helfen Sie Lara nicht. Damit schaden Sie ihr womöglich«, sagte Pia.

Hellbach zeigte sich unbeeindruckt. »Da ist doch Hopfen und Malz verloren. Das Kind ist schon viel zu lange fort.«

»Woher wollen Sie das wissen?«, fragte Pia.

Ansgar Hellbachs rechte Hand legte sich kühl und knochig auf Pias Oberarm. »Ich weiß es nicht. Aber ich vermute, dass das Mädchen tot ist. Und Sie denken das auch.«

Pia schauderte. Sie zog ihren Arm weg.

Die anschließende Besprechung in Lübeck fand in gedrückter Atmosphäre statt. Lara war inzwischen seit vierundzwanzig Stunden verschwunden. Die großen Hoffnungen, die Laras Eltern, Polizei und Helfer mit den Mantrailern und der groß angelegten Suchaktion verbunden hatten, hatten sich nicht erfüllt. Es hatte sich aber auch kein Entführer gemeldet, um ein Lösegeld zu erpressen. Das Verschwinden des Kindes blieb ein Rätsel.

Pia hatte frühzeitig an diesem Tag Vorkehrungen getroffen, sodass Felix von ihrer Mutter im Kindergarten abgeholt worden war. Sie wusste, dass er in Stockelsdorf bei seinen Großeltern den ganzen Nachmittag verwöhnt wurde. Wahrscheinlich hatte er sie nicht einmal besonders vermisst. Trotzdem nagte es an ihr, dass sie ausgerechnet heute nicht da gewesen war, um ihn vom Kindergarten abzuholen. Aber die Sorge um das vermisste Mädchen, das der arrogante Ansgar Hellbach bereits abgeschrieben hatte, setzte ihr ebenso zu.

Als Sven Fricke am Abend den Gasthof betrat, saßen sie schon zu viert an dem großen Tisch in der Nähe des Tresens: Ansgar Hellbach vom Gutshaus, der Apotheker Hendrik Nagel, Svens Vater Reimer und, zu seinem Leidwesen, auch Rüdiger Dietz. Florian Warnke, dem der Antikhof gehörte, war normalerweise ebenfalls dabei, wenn sie sich trafen, doch hin und wieder war er irgendwo im Osten unterwegs, um Möbel aufzukaufen. Thomas Eibholz, dessen Familie wie Svens seit Generationen in Grotenhagen lebte, zählte selbstverständlich ebenso zu dieser Runde dazu, aber heute war er nicht anwesend. Seine Tochter Lara war verschwunden. Klar, dass er da zu Hause bei Frau und Sohn blieb. Hans Vagt, der Gastwirt, war ebenfalls Teil ihrer kleinen Gruppe. Er hatte Sven hereingelassen und hinter ihm gleich wieder abgeschlossen.

»Ich hab mir schon gedacht, dass die Polizei die Kleine nicht findet«, sagte Vagt, während er den Männern ein Bier zapfte. »Ein Riesenaufgebot war das da draußen. Und was ist dabei herausgekommen? Wie immer nichts.« Er stellte die Biergläser auf den Tresen, und die Männer reichten sie weiter zum Stammtisch. Hans Vagt hatte Miriam nach Hause geschickt, wie Sven nach einem kurzem Rundumblick mit Bedauern feststellte. Na gut, für diese Versammlung brauchten sie keine Zeugen.

»Bei den Bullen weiß doch die eine Hand nicht, was die andere tut«, sagte Svens Vater. Sven sah ihm an, dass er entsetzlich müde war. Er war in den letzten Wochen stets um vier Uhr aufgestanden und selten vor elf Uhr abends ins Bett gekommen. Eigentlich hatten sie gar nicht die Zeit, hier zu sein, denn sie waren immer noch nicht ganz mit der Ernte fertig. Auf Agrarwetter kündigten sie an, dass das trockene Spätsommerwetter in drei bis vier Tagen vorbei sein sollte. Es konnte knapp werden. Doch in Grotenhagen unterstützte man sich gegenseitig, wenn es hart auf hart kam. Das war eine Frage der Loyalität und der Ehre. Und was konnte schlimmer sein, als ein Kind zu vermissen?

»Ich weiß, dass diese Zusammenkunft kurzfristig anberaumt worden ist und einigen gerade gar nicht passt«, sagte Hellbach, der die Wetterentwicklung sicher ebenso interessiert verfolgte wie sie, »aber wir treffen uns hier heute Abend, weil Thomas unsere Hilfe braucht.« Er musste nicht laut sprechen, um die Aufmerksamkeit der Anwesenden auf sich zu ziehen. »Wie ihr alle wisst, ist seine Tochter verschwunden. Lara wollte gestern Abend mit dem Bus von Wagau nach Hause fahren und ist nie hier angekommen. Sie ist doch erst elf Jahre alt. Und wir alle wissen: Ein kleines Mädchen, das so lange von zu Hause fort ist – da muss man vom Schlimmsten ausgehen. Allerdings scheinen die Polizisten, die heute bei mir waren, immer noch zu hoffen, dass Lara nur im Wald ist, um Blümchen zu pflücken.«

»Mich hat die Polizei vorhin auch befragt. Sie wollten wissen, wo genau ich gestern Abend war und wen ich gesehen habe und so. Als hätte einer von *uns* Lara entführt!«, sagte Sven. Wie meistens bei diesen Versammlungen reagierte niemand auf seine Wortmeldungen.

»Die Annahme, dass Lara sich nur verlaufen hat oder ausgerissen ist, können wir vergessen«, erklärte Hendrik Nagel. »Ich kenne Lara ein wenig. Sie ist so alt wie Cäcilia. Entweder hat jemand sie entführt, der Lösegeld von den Eibholz erpressen will, oder aber sie ist einem Perversen in die Hände gefallen.«

»Oder sie ist tot«, ergänzte Ansgar Hellbach. Die anderen zuckten zusammen. Keiner von ihnen hätte das so offen ausgesprochen, daran gedacht hatten sie jedoch alle.

»Wir werden morgen in aller Frühe eine eigene Suchaktion starten«, verkündete Hellbach.

Sven hob den Kopf. Jetzt passierte also mal was. Und er würde dabei sein.

»Ach, wirklich, Ansgar? Welche Chance haben wir denn schon? Wir sind nur sechs, die waren Hunderte.« Svens Vater klang mürrisch.

»Wir werden wohl noch den einen oder anderen aus dem

Dorf mobilisieren können, nicht wahr?«, entgegnete Hans Vagt aufgebracht. »Wo ist zum Beispiel Florian?«

»Noch unterwegs, irgendwo in Polen, Antiquitäten kaufen. Ich hab ihm einen Zettel an die Tür geklebt, damit er weiß, wo wir sind, falls er in der Zwischenzeit wiederkommt.«

»Einen Zettel? In welchem Jahrhundert lebst du, Rüdiger?« Hendrik Nagel spielte die ganze Zeit über an seinem Smartphone herum. Rüdiger reckte das Kinn vor.

»Lasst das!«, fuhr Ansgar dazwischen. »Wir gehen ja nicht stupide planquadratmäßig vor wie die Polizei, sondern organisieren ... ich nenne es mal eine ›intelligente Schwerpunktsuche‹. Wir fragen uns: Wo könnte man ein Kind, tot oder lebendig, verstecken? Wo könnte es in einen Unfall verwickelt worden sein? Wo könnte das Mädchen selbst sich versteckt halten? Wir suchen in leer stehenden Scheunen, im Wald, in Strandkörben, alten Bunkern ... sogar zwischen Rundballen könnte man bei diesem Wetter Unterschlupf suchen oder etwas verbergen.«

»Da müssten wir bei dir auf dem Gutsgelände wohl mit der Suche anfangen«, erwiderte Svens Vater. »All die leer stehenden, heruntergekommenen Gebäude.«

»Da habe ich längst nachgesehen«, fuhr Ansgar auf. »Die Suchmannschaft übrigens auch. Ich musste Lasko den ganzen Tag in den Zwinger sperren. Der wittert sofort, wenn sich ein Fremder auf meinem Land aufhält. Im Winter, als dieser Penner es sich in der alten Mühle bequem machen wollte, hat Lasko ihn gleich aufgespürt. Der Kerl ist gerannt, als wäre der Teufel hinter ihm her.«

Hans Vagt und auch Rüdiger Dietz lachten.

Sven sah weg, damit man ihm seinen Abscheu nicht an der Nasenspitze ablesen konnte. Einerseits wollte er in Grotenhagen unbedingt dazugehören. Es war sein Dorf, sein Zuhause. Aber gerade der alte Hellbach ging ihm gehörig gegen den

Strich. Manchmal fragte Sven sich, in welchem Jahrhundert Ansgar eigentlich lebte.

»Wer darf denn morgen alles mitsuchen?«, fragte der Gastwirt.

»Jeder aus Grotenhagen, der laufen kann«, schlug der Apotheker vor.

»Frauen auch?«, wollte Rüdiger Dietz wissen.

»Natürlich nicht«, sagte Hellbach. »Es reicht, wenn wir die in der Freiwilligen Feuerwehr haben, oder?«

Betretenes Schweigen. Sven starrte in sein Bierglas.

»Dann sind wir uns einig«, sagte Ansgar Hellbach, als sie nach einigen Diskussionen über ihre Vorgehensweise und ein paar ergänzenden Runden Bier zum Ende kamen. »Denkt morgen an eure Taschenlampen, an Kartenmaterial, Mobiltelefone und eventuell auch etwas zur Eigensicherung. Mit dem Kerl, den wir da aller Wahrscheinlichkeit nach jagen, ist sicher nicht zu spaßen.«

Nun war es schon eine Menschenjagd? Sven beschlichen ernsthafte Zweifel. Es fühlte sich nicht mehr ... richtig an.

»Eigensicherung?«, fragte auch Hendrik Nagel. »Wir sollen eine Waffe tragen?«

»Es nennt sich ›Bürgerwehr‹«, sagte Rüdiger Dietz. »›Wehr‹ kommt bekanntlich von ›wehrhaft‹.«

»Das Wort ›Bürgerwehr‹ sollten wir gegenüber der Polizei nicht in den Mund nehmen«, mahnte Reimer Fricke. »Das klingt so nach Selbstjustiz und Einschüchterung.«

»Ja, und?«, begehrte Dietz auf. »Wenn *ich* den Kerl erwische, der das Mädchen entführt und ihm Gott weiß was angetan hat, dann gnade ihm Gott!« Rüdiger Dietz leerte sein Glas in einem Zug. »Dann kann der Mistkerl nur hoffen, dass der nächste Baum ein paar Kilometer weit entfernt ist!«

»Wie würdest du unser Engagement nennen?«, fragte Ansgar Hellbach den Apotheker. Hendrik Nagel galt als Akademiker und Unternehmer zwar auch nach zwanzig Jahren im Dorf noch als Außenseiter, doch seine Meinung hatte Gewicht.

»Nachbarschaftshilfe.«

Als Broders nach Hause kam, war es kurz vor Mitternacht. In seiner Wohnung roch es abgestanden. Er hatte heute noch nicht gelüftet. Obwohl alles so sauber und aufgeräumt war, wie er es mochte, wollte sich kein heimeliges Gefühl einstellen. Seine Wohnung war ein Schlafplatz und Aufbewahrungsraum für seine Besitztümer geworden. Zweckmäßig, aber ohne Seele.

In der Dienststelle hatten sie bis eben versucht, die Hinweise zu Laras Verschwinden zu bewerten und gegebenenfalls weiterzuverfolgen. Wie nicht anders zu erwarten, hatten sich die Medien gleich auf den Vermisstenfall gestürzt. Für sie war er eine willkommene Abwechslung im Sommerloch. Ein verschwundenes Kind – das war ein Drama, das genügend emotionale Brisanz besaß, um die Öffentlichkeit in Atem zu halten. Dementsprechend war eine regelrechte Flut an Hinweisen bei der Polizei eingegangen. Doch etwas Brauchbares war nicht darunter gewesen. Sogar die üblichen Kaffeesatz-Leser hatten sich zu Wort gemeldet. Immerhin, zu dem Lieferwagen, der vor dem leer stehenden Haus in Grotenhagen gestanden haben soll, hatte es auch ein paar Hinweise gegeben. Das war etwas Handfestes; und Broders erhoffte sich von dieser Spur noch den größten Erfolg.

Wo die Leute Lara überall gesehen haben wollten. Am Fährterminal in Travemünde, in einem Fünf-Sterne-Hotel in Prag. Sogar in den USA in einer Kleinstadt namens Asher. Und was für seltsame Menschen sich im Internet herumtrieben. Diese Art der Ermittlungen war nicht mehr seine Kernkompetenz, gestand Broders sich ein. Da rückten jüngere Polizisten nach, die sich selbstverständlich mit den modernen Kommunikationsmitteln auskannten. »Digital natives« hatte Gerlach sie genannt. Die Welt gehörte in dieser Hinsicht Leuten wie Ralphs Sohn Elias. Was Broders an etwas anderes erinnerte.

Holly, der Hund seines Kollegen Bente, hatte ein Problem angestoßen, um das Broders sich schnellstmöglich kümmern musste. Er wusste nur noch nicht, wie. Er war ja nicht Elias' Vater, sondern nur der Lebensgefährte des Vaters und nicht erziehungsberechtigt. Offiziell werden wollte er aber auch nicht. Und Broders fürchtete, dass Ralph seinen Sprössling vor jeder Unannehmlichkeit würde bewahren wollen. Verständlich, doch damit tat er dem Jungen keinen Gefallen. Jedes Handeln hatte Konsequenzen, das sollte auch ein Siebzehnjähriger wissen. Broders musste sich etwas überlegen.

Er warf einen Blick in den Kühlschrank. Dabei wurde ihm bewusst, dass er eigentlich gar keinen Hunger hatte. Er empfand nur ein Gefühl innerer Leere, das er mit Nahrung betäuben wollte. Die Pizza, die sie sich gegen neun auf der Dienststelle bestellt hatten, sollte seinen Kalorienbedarf für heute mehr als decken. Broders nahm die angebrochene Weißweinflasche aus dem unteren Türfach, roch daran und schenkte sich ein Glas ein.

Auf dem Weg ins Schlafzimmer fiel sein Blick auf das Telefon. Auf dem Festnetz rief heutzutage kaum noch jemand an. Das Gerät blinkte, doch womöglich war das am Morgen schon so gewesen. Oder am vergangenen Abend? Seine Mutter rief noch unter der Festnetznummer an, aber ansonsten? Broders nahm den Apparat zur Hand. Es handelte sich um eine unterdrückte Nummer. Der Anrufer hatte jedoch eine Nachricht hinterlassen.

Beim Klang von Marten Unruhs Stimme verflog Broders' Müdigkeit schlagartig. Marten war ein ehemaliger Kollege aus dem K1, der schon ein paar Jahre nicht mehr bei ihnen arbeitete. Sie hatten nur sporadisch Kontakt, im letzten Jahr eigentlich gar nicht mehr. Das lag unter anderem an Unruhs neuer Tätigkeit. Er arbeitete als verdeckter Ermittler. Jeder Berührungspunkt zu seinem alten Leben bedeutete eine Gefahr für ihn. Umso beunruhigender war die Ankündigung, dass er nach Lübeck kommen würde.

10. Kapitel

Sven Fricke stellte sein Auto ab und lehnte sich gegen die Fahrerseite. Er genoss es, im Morgengrauen den neuen Tag zu erwarten. Wie so oft wurde es auch heute unmittelbar vor Sonnenaufgang etwas dunstig. Die Sonne lag noch hinter dem Horizont, schickte ihre Strahlen aber schon durch ein paar dünne Wolkenschleier. Es war ein beinahe feierlicher Anblick, als sie als orangefarbene Streifen über dem Feld sichtbar wurden. Sie zeigte sich zuerst als dünnes Segment, wurde langsam zum Halbkreis und erhob sich schließlich rund und gleißend hell über dem Feld. Der Moment war vorüber. Sven wandte sich ab. Laut Wettervorhersage würde die Sonne einen weiteren Tag lang von einem makellos blauen Himmel scheinen.

Über Russland und Europa hatte sich eine Hoch-Brücke gebildet. Das trockene, warme Wetter hielt noch ein paar Tage an. Gut für die Bauern, die ihre Ernte noch einbringen mussten. Schlecht für jene, die auf Regen für ihre Weiden und Gärten hofften. Aber irgendjemand stöhnte ja immer.

Sven musste sich konzentrieren. Er sollte durch den Forst in Richtung Ostsee gehen, dann durch die Dünen an den Strand, die Strandkörbe und die Buden der Strandkorbvermieter überprüfen und sich danach wieder mit den anderen treffen. Er hatte sich freiwillig für diese Tour gemeldet, obwohl es die längste und auch die schwierigste war. Er wollte sich vor den anderen beweisen. Sven vergewisserte sich, dass er alles bei sich hatte, schloss den Wagen ab und marschierte los.

Die große Taschenlampe, die er unter anderem zur »Eigensicherung« bei sich trug, hämmerte bei jedem Schritt gegen seinen

Oberschenkel. Karte und Kompass hatte er in der geräumigen Beintasche verstaut, denn er kannte den Weg, den er zu gehen hatte. Sven überprüfte noch einmal das Mobiltelefon in seiner Brusttasche. Noch hatte er Empfang, und der Ton war auf laut gestellt.

Er wollte sich nicht blamieren. Bestimmt erfuhr Miriam jede Kleinigkeit, die bei der Suchaktion vorfiel. Hans Vagt war ein altes Klatschmaul und würde es ihr brühwarm erzählen, besonders, wenn etwas schiefging. Und einige der anderen benahmen sich nicht viel besser, wenn sie ein paar Bier intus hatten.

Je tiefer Sven in den Wald kam, desto beklommener wurde ihm zumute. Normalerweise hatte er keine Angst, wenn er sich in der Natur bewegte. Nicht vor Wildschweinen, nicht vor dem Fuchsbandwurm, nicht vor anderen Menschen. »Denk immer daran: Die anderen fürchten sich eher vor dir«, hatte sein Vater einmal zu ihm gesagt, als Sven sein Gardemaß erreicht hatte.

Im ersten Morgenlicht wirkte das Dickicht besonders undurchdringlich. Und es war ein Unterschied, theoretisch in Betracht zu ziehen, dass sich jemand im Wald aufhalten könnte, der Böses im Schilde führte, oder zu *wissen,* dass es hier jemanden gab, der Lara verschleppt und ihr möglicherweise sonst etwas angetan hatte.

Er nahm die Taschenlampe zur Hand und leuchtete in die Büsche links und rechts des Weges. Bis hier draußen war die Polizei am Vortag bei ihrer Durchsuchung zu Fuß nicht gekommen, das wusste er. Das Gebiet lag schon zu weit von Grotenhagen entfernt. Die Gegend galt im Dorf als nicht ganz ungefährlich: einsam und voller Verstecke. Deshalb sahen sie, die Bürgerwehr, sich hier ja um. Deshalb war er hier. Nur, wie sollte er den gesamten Wald absuchen?

»Wir müssen uns da auf unsere Instinkte verlassen«, hatte

sein Vater vor dem Aufbruch gesagt. »Wir sind diejenigen, die sich in der Gegend auskennen. So schwer es uns auch fällt – wir müssen uns vorstellen, wo wir ein Mädchen verstecken würden.«

Sven musste an einige bekannte Entführungsfälle denken. Die Opfer waren zum Beispiel in Kisten im Wald vergraben worden. Das war unvorstellbar grausam. Ob Lara dann noch am Leben wäre? Wie lange konnte man so überleben? Warm genug war es, sogar nachts. Es hing also am Sauerstoff und an der Verfügbarkeit von Trinkwasser. Wie sehr musste sich ein elfjähriges Mädchen dann fürchten! Er selbst würde ja schon vor Angst sterben. Sollte er nach Lara rufen? Sven brachte es nicht über sich, in den Wald hineinzurufen, und schämte sich dafür. Doch er fürchtete die Stille, die darauf folgen würde. Und mehr noch ... Man wusste nie, wer einem antwortete.

Sven atmete auf, als er an die Straße kam, die das Waldstück durchquerte und dabei quasi parallel zur Ostsee verlief. Es war keine Hauptverkehrsroute, und um diese Uhrzeit war hier noch nichts los. Er stellte sich mitten auf die Fahrbahn und sah in beide Richtungen. Ein schnurgerades Asphaltband durchschnitt den Wald. Wenn man mit dem Auto unterwegs war, nahm man den Eingriff in die Natur viel weniger wahr. Es gab einen Radweg auf der rechten Seite, der schon mal bessere Zeiten gesehen hatte. Baumwurzeln und Unkraut hatten den Belag aufgeworfen und rissig gemacht. Kein Wunder, dass die Rennradfahrer immer auf den Straßen fuhren und sich so in Lebensgefahr brachten. Auf der anderen Straßenseite ging der Forstweg weiter in Richtung Ostsee.

Sven kam nicht weit. Nach fünfhundert Metern zweigte ein schmaler Fußpfad ab und führte auf eine Fußgängerbrücke zu. Die Brücke überquerte den Mühlenbach, der auch durch

Grotenhagen floss und später in die Ostsee mündete. In einem so trockenen Sommer wie diesem war der Bach nur ein kümmerliches Rinnsal. Der Belag der Holzbrücke bestand aus Brettern, und sie hatte ein Geländer aus Kanthölzern. Das beinahe trockengefallene Gewässer darunter roch brackig. Die Feuchtigkeit schien Fliegen und andere Insekten anzulocken. Sven war schon beinahe auf der anderen Seite der Brücke angekommen, als ihn das blaue Seil, das um den Handlauf geschlungen war, stutzen ließ.

Er ging ein Stück am Bachlauf entlang, um unter die Brücke zu schauen, und da sah er ihn: Ein Mensch kniete mit verdrehten Gliedern im Bach, nein, er hing mit gesenktem Kopf an dem Seil! Fliegen surrten um ihn herum. Obwohl er das Gesicht nicht sehen konnte, sondern nur den Hinterkopf, durchflutete Sven nach dem ersten Schock über seinen Fund Erleichterung, dass es nicht Lara war. Der Mensch war zu groß und zu schwer, ein Mann, kein kleines Mädchen.

Sven traute sich nicht, näher heranzugehen. Er konnte sich nicht bewegen, sondern stand wie erstarrt da. In seinen Ohren rauschte es. Er hatte noch nie einen Toten gesehen, aber dieser Mann war tot. Wie schrecklich! Er hatte sich an einer Brücke erhängt, die nicht einmal hoch genug war, um darunter zu stehen. Wie verzweifelt musste man sein? Und wie ging das überhaupt? Sven kniff die Augen zusammen, holte tief Luft und drehte sich ein Stück zur Seite.

Als er den Toten nicht mehr im Blickfeld hatte, tastete er nach dem Mobiltelefon. Seine Hand zitterte so sehr, dass er das Display kaum lesen konnte. Hier hatte er natürlich keinen Empfang. Doch es war nicht mehr weit bis zu ihrem Treffpunkt. Dort würde er auf seine Leute stoßen und konnte auch die Polizei alarmieren. Aber sollte er den Toten allein hier hängen lassen? War das richtig? Warum denn nicht? Der hing sicherlich schon die ganze Nacht so da. Und noch waren keine spielenden Kinder unterwegs, die den Erhängten sehen könnten. Froh, einen Entschluss gefasst zu haben, setzte Sven mit einem letzten flüchtigen Blick zurück seinen Weg fort. Dann fiel ihm ein, was man tun sollte, wenn man kein Netz hatte: eine SMS schreiben. Sobald das Handy irgendwo ein Signal empfing, würde die Nachricht rausgehen.

Während er eine kurze Nachricht tippte, kam ihm der Gedanke, dass er dem Mann vielleicht noch hätte helfen können. Er hatte nicht einmal nachgeschaut, ob er möglicherweise doch noch lebte. War zu feige, um näher an ihn heranzugehen. Aber er war sich doch sicher, dass der Mann tot war. Da waren Fliegen gewesen. Er konnte nicht ... nein, er würde nicht noch einmal allein zu der Brücke im Wald zurückgehen.

Niemals.

Als Sven sich zwanzig Minuten später zum zweiten Mal dem Toten im Wald näherte, waren sie zu viert. Sein Vater, Hendrik Nagel und Ansgar Hellbach begleiteten ihn.

Einen Moment ergriff ihn das Gefühl von Unwirklichkeit. Gleich würden sie zu der Fußgängerbrücke gelangen, und der Tote würde verschwunden sein. Die anderen würden genervt reagieren oder ihn auslachen. Aber wenn er die Wahl hätte, wäre das immer noch besser, als einem Erhängten gegenüberzustehen.

Sven wollte den Toten nicht noch einmal sehen. Der Anblick der Leiche unter der Brücke hatte sich ihm sowieso schon ins Gedächtnis eingebrannt. Allein zurückbleiben wollte er aber auch nicht und als Feigling gelten schon gar nicht.

Also schritt er mit rasendem Herzschlag, wackeligen Knien und einem flauen Gefühl im Magen voran. Viel zu schnell kamen sie ans Ziel. Da war es wieder, das um den Handlauf geschlungene Seil. Sven ging am Ufer entlang und verharrte.

Der Mann hing immer noch genauso da wie zuvor. Sven hörte, wie sein Vater schräg hinter ihm scharf die Luft einsog. Auch Ansgar Hellbach keuchte bei dem grausigen Anblick. Hoffentlich bekommt der Alte keinen Herzanfall, dachte Sven. Dann hätten sie zwei Tote zu beklagen. Aber der Gutsbesitzer hatte bestimmt schon Schlimmeres erlebt. Wenn man beinahe achtzig war, war das wohl unumgänglich. Hendrik Nagel war hinter ihnen zurückgeblieben. Vielleicht wollte der Apotheker sich den Anblick ja ersparen?

»Was zum Teufel ...«, murmelte sein Vater, der sonst nur selten fluchte.

»Wer ist das?«, rief Nagel aus sicherer Entfernung.

»Komm doch her, nachsehen, Hendrik«, sagte Hellbach. Doch der Apotheker war offenbar gerade anderweitig beschäftigt, denn Sven hörte ihn hinter sich würgen und spucken. Er war nur froh, dass er selbst sein Frühstück bei sich behielt.

Ansgar Hellbach ging an Sven und seinem Vater vorbei, stieg mithilfe seines langen Stockes in das beinahe trockengefallene Bachbett und näherte sich dem Toten. Er umrundete ihn halb, sodass er ihm ins Gesicht sehen konnte. Hellbach stand eine Weile auf seinen Stock gestützt da und hielt den Kopf schräg. »Es ist Florian, Florian Warnke. Wir können nichts mehr für ihn tun«, sagte er. Dann passierte etwas, mit dem Sven nicht gerechnet hatte. Ansgar Hellbach hob seinen Stock und stieß ihn gegen die Schulter des Toten, der sich dadurch an dem Seil leicht drehte. Das Knarzen des Kunststoffseils brannte sich in Svens Gedächtnis ein. Und dann sah er das Gesicht des Erhängten.

Es dauerte einen Moment, bis Sven seinen Nachbarn Florian überhaupt erkannte. Da war nichts von Frieden und Erlösung in seinen Zügen auszumachen. Der Tod ließ eine leere, entstellte Fratze zurück.

Ansgar Hellbach sah zu dem Knoten am Handlauf hinauf,

dann zu den Knien des Toten, die beinahe den Bachlauf berührten. »Komischer Ort, um sich aufzuhängen.«

»Er hätte doch einfach aufstehen können«, sagte Sven fassungslos.

»Wenn man es will, kann man sich an einem Türgriff aufhängen«, behauptete Hendrik Nagel hinter ihm. Er schnäuzte sich geräuschvoll.

»Aber warum ...«

»Sollen wir ihn nicht abnehmen?«, fragte Svens Vater.

»Und der Polizei den Spaß verderben? Ich nehme an, wir sollten uns lieber von ihm fernhalten.« Hellbach stach den Stock in den weichen Waldboden und stieg die Böschung wieder hinauf.

»Aber was ist, wenn noch mehr Leute hier vorbeikommen? Vielleicht Hundebesitzer oder gar Kinder?«, wandte Hendrik Nagel ein.

»Einer von uns bleibt hier und passt auf ihn auf, bis die Polizei eintrifft. Wir anderen treffen uns mit Hans und Rüdiger und besprechen, wie wir weiter vorgehen.«

»Ich pass auf ihn auf«, sagte der Apotheker und trat vor. Vielleicht bereute er, dass er anfangs zurückgeblieben war. »Verdammtes Elend! So sollte Florian niemand mehr sehen müssen.«

11. Kapitel

»Ein Erhängter am Morgen vertreibt Kummer und Sorgen«, deklamierte Broders.

»Ich bevorzuge Kaffee«, sagte Pia. Oder etwas ganz anderes, dachte sie. Sie hielten auf einem Waldparkplatz ein paar Kilometer von Grotenhagen entfernt und stiegen aus. Ein dort positionierter Schutzpolizist erklärte ihnen, wo sie hinmussten. Sie folgten der Straße bis zu einem Forstweg in den Wald hinein. Sogar im Schatten der Bäume war es bei diesem Wetter schwülwarm. Pia schlug nach einer Bremse, die sie verfolgte.

»Hat mit deinem Sohn heute Morgen alles gut geklappt?«, fragte Broders. Er wusste von Felix' Eingewöhnungsschwierigkeiten im Kindergarten. Dass Broders sich von sich aus nach ihrem Familienleben erkundigte, war allerdings eher ungewöhnlich. Pia verstand diesen Sinneswandel nicht so ganz. »In den nächsten Tagen bleibt Felix bei meiner Mutter«, sagte sie. »Wenn möglich, solange sich diese Ermittlung in der heißen Phase befindet.«

»Wie gut, dass sie einspringt.«

»Ja.«

»Ansonsten auch alles in Ordnung?«

Pia sah sich zu ihrem Kollegen um. »Broders? Was willst du wissen?«

»Mit deinem Freund und so?«

»Seit wann interessiert dich das?«

Er schlug nun ebenfalls nach einem Insekt. »Das nennt sich ›Kommunikation‹, Engelchen.«

»Ich würde es ›ausfragen‹ nennen, Schnuckelhase. Was ist los?«

Stimmen hallten durch den Wald; sie trugen weit wie in einer Kathedrale.

»Ah, da ist es ja!«, sagte Broders.

Pia sah die Holzbrücke durch die Baumstämme schimmern. Auch nach all den Jahren bei der Polizei versetzte ihr ein neuer Tatort immer noch einen gehörigen Adrenalinstoß.

»Stell dir vor: Der arme Mann hier hat sich einen einsamen Ort zum Sterben ausgesucht, und nun das«, bemerkte Broders, als sie näher kamen. Einige ihrer Kollegen hatten sich bereits am Tatort eingefunden.

Rist trug wieder seine Survival-Kleidung. »Na endlich!«, kommentierte er ihre Ankunft. »Habt ihr die anderen nicht mitgebracht?«

»Gerlach und Juliane waren auf der Fahrt hierher hinter uns. Die müssen auch gleich eintreffen.«

»Die Spurensicherung ist schon bei der Arbeit. Broders, du machst Tatort.« Er sah auf dessen Lederschuhe hinunter und verzog den Mund.

»Kein Problem, hier ist doch alles knochentrocken.«

»Der Tote hat sich über einem Bächlein erhängt.«

»Ich wusste, da ist ein Haken an der Sache.«

»Pia, du wirst mit Gerlach und Timmermann die Männer befragen, die die Leiche gefunden haben. Sie warten ein Stück weiter an einer Picknickbank auf euch.«

»Der Tote wurde von mehreren Männern gefunden? Was wollten die denn alle um diese frühe Uhrzeit im Wald?«

»Genau das möchte ich auch wissen.«

»Alles klar, Manfred. Ich warte auf Gerlach und Juliane, um mich vor der Befragung mit ihnen abzustimmen, wie wir vorgehen.«

Er warf ihr einen grimmigen Blick zu, sah dann aber wohl

ein, dass das vernünftig war, und ging davon, ohne ein weiteres Wort zu verlieren.

Da von den Kollegen noch nichts zu sehen war, folgte Pia Broders in Richtung des abgesperrten Bereichs. Broders legte die Schutzkleidung an. Pia blieb an einem mit rot-weißem Flatterband umwickelten Baumstamm stehen.

»Moin, Schelling!«, rief sie einem der Kollegen von der Spurensicherung zu.

Der tippte sich kurz an den Rand seiner Kopfbedeckung. »Kommst du auch mit rein, Pia?«

»Nope. Nur Broders.«

»Dann komm, alter Junge.«

»Mag keine Hängemänner«, murmelte Broders und folgte ihm.

Pia war auch hinter der Absperrung nah genug am Tatort, um den Toten unter der hölzernen Fußgängerbrücke erkennen zu können. Er hing von ihr abgewandt, sodass Pia sein Gesicht nicht sehen konnte. Das Seil war leuchtend blau mit gelben Fasern. Ein Kunststoffseil mit einem Metallkarabiner an einem Ende. Der Knoten wirkte nicht sehr professionell, hatte aber seine Aufgabe erfüllt.

Der Tote war schätzungsweise eins siebzig bis eins achtzig groß und sah eher schlaksig als muskulös aus. Seine Körperlänge war jedoch schwer einzuschätzen, weil seine Beine angewinkelt waren und die Unterschenkel sich im Laub des Bachbettes befanden. Er hatte dichtes dunkelblondes Haar und trug ein schmuddeliges gestreiftes Hemd, das ihm halb aus der Hose gerutscht war. »Hemd aus der Hose – Geld verspielt«, hörte Pia in Gedanken ihre Mutter sagen. Der Tote trug eine dunkelblaue Baumwollhose, die ebenfalls nicht ganz sauber war, einen dunkelbraunen Gürtel, blaue Socken und am rechten Fuß einen braunen Lederschuh. Der zweite Schuh fehlte. Der Mann war für das warme Sommerwetter recht formell gekleidet. Obwohl es noch früh am Morgen war, schwitzte Pia in ihrem T-Shirt, der offenen Bluse darüber und der Jeans bereits. Sie sah, dass Schelling auf den Kopf des Toten deutete, konnte aber nicht sehen, worauf er Broders aufmerksam machte. Es war durchaus möglich, dass sie es mit einem Suizid zu tun hatten. Der einsame Ort im Wald sprach dafür. Natürlich hätte der Mann dem Druck der Schlinge entgehen können; er hätte sich einfach nur auf die Füße stellen und die Knie durchdrücken müssen. Aber wenn man sich umbringen wollte, konnte man es so bewerkstelligen: Der Druck des Seils auf die Halsschlagader genügte, um schnell das Bewusstsein zu verlieren. Und war man erst bewusstlos, dann stand man nicht mehr auf. So einfach war das.

Trotzdem glaubte Pia nicht, dass es so abgelaufen war. Hier gab es so viele Bäume mit schönen, kräftigen Ästen. Wer wählte da eine kleine Brücke über einem beinahe ausgetrockneten Bach aus? Ohne jede Aussicht... Aber waren die höheren Äste wirklich gut zu erreichen? An der Brücke konnte man das Seil bequem am Handlauf befestigen, stieg in das Bachbett hinunter, beugte die Knie, zog die Füße weg, und das war's. Das wäre eine denkbare Vorgehensweise, zumindest für jemanden, der sich vorher informiert hatte, wie es funktionierte.

In Pias Brust breitete sich trotz der warmen Temperaturen ein Gefühl von Kälte aus.

Sobald sie mehr über den Toten wussten, wie sein Leben ausgesehen hatte, waren sie vielleicht etwas schlauer.

Die Männer, die den Toten gefunden hatten, standen um eine Picknickbank herum und machten einen verschlossenen Eindruck. Einer von ihnen drückte eilig seine Zigarette auf der Rückenlehne der Bank aus, als Pia, Michael Gerlach und Juliane Timmermann auf die Gruppe zukamen.

Der Raucher passte nicht zu den anderen. Während die eher sportlich, aber seriös gekleidet waren, als wären sie gerade einer dieser Jagd-Zeitschriften entsprungen, sah der Mann aus wie ein in die Jahre gekommener Elvis-Imitator. Er trug das Haar in einer Tolle aus der Stirn gegelt. Das Hemd stand so weit offen, dass sein gekräuseltes Brusthaar zu sehen war. Sein Gesicht war gerötet und glänzte vor Schweiß. Er stellte sich als Rüdiger Dietz vor.

Einige der anderen Männer kannte Pia von ihren Befragungen im Fall der vermissten Lara Eibholz. Ansgar Hellbach war unter ihnen, ebenso der Apotheker Hendrik Nagel und der Gastwirt Hans Vagt. Lara! Was ein Toter im Wald – möglicherweise ein Selbstmörder – für das Schicksal des vermissten Kindes bedeuten konnte, stand noch auf einem ganz anderen Blatt. Die Aussichten, Lara unversehrt zu finden, hatten sich nach dem Leichenfund jedenfalls nicht verbessert. Das Mädchen war nun schon seit sechsunddreißig Stunden verschwunden. An diesem Morgen fand neben dieser Aktion noch eine weitere Suchaktion nach ihr statt.

Die zwei anderen Männer waren der Landwirt Reimer Fricke aus Grotenhagen sowie sein Sohn Sven. Sven Fricke hatte den Toten gefunden, sodass Pia sich zuerst mit ihm befasste, während sie Juliane Timmermann das Vergnügen gönnte, sich mit Ansgar Hellbach zu beschäftigen, der offensichtlich der Anführer der kleinen Gruppe war. Vielleicht würde ihr gelingen, was Pia nicht über sich gebracht hatte: ein bisschen das Weibchen rauszukehren, um Hellbach etwas unvorsichtiger zu machen und ihn zum Reden zu bringen.

Sven Fricke schilderte Pia, wie er den mit der Gruppe vorher abgesprochenen Weg gegangen war und an der Fußgängerbrücke das um den Handlauf geschlungene Seil und damit den Toten entdeckt hatte. Seine Stimme bebte, als er Pia erzählte, wie er die Leiche gefunden hatte. Er knetete dabei unablässig die Hände. Ansonsten war seine Schilderung jedoch präzise und emotionslos.

»Kennen Sie den Toten?«

»Ja, sicher. Das ist Florian Warnke.«

»Sind Sie unter die Brücke gegangen, um ihm ins Gesicht zu schauen, oder haben Sie ihn schon aus der Entfernung erkannt?«, fragte sie. Ersteres war etwas, das sie von einem jungen Mann, der allein im Morgengrauen durch den Wald lief und einen Erhängten fand, nicht unbedingt erwartete.

»Äh, nicht direkt. Ich meine, ich habe ihn nicht gleich erkannt, sondern habe zuerst die anderen zu Hilfe gerufen. Ansgar Hellbach ist dann zu ihm runtergestiegen und hat nachgesehen. Er hat uns gesagt, dass es Florian ist.«

Pia notierte das. »Haben Sie ihm daraufhin noch mal ins Gesicht geschaut. Dem Toten …«

Sven Fricke schluckte, sodass sein Adamsapfel auf und ab hüpfte. »Ja. Kein schöner Anblick. Hendrik Nagel hat sich sogar übergeben, obwohl er noch zehn Meter von der Leiche entfernt war.«

»Ah. Und Sie? Wie ging es Ihnen dabei?«

»Nicht toll. Aber mir wurde nicht gleich schlecht oder so. Ich habe getan, was notwendig war. Das hat auch Ansgar gleich gesagt …«

Oje, Fricke litt offensichtlich unter mangelnder Anerkennung. Sie nickte. »Warum waren Sie überhaupt hier im Wald?«

»Ich sagte doch schon, es war meine Route, die wir gestern Abend gemeinsam ausgearbeitet hatten.«

»Um was zu tun?« Pia wollte von ihm hören, was der Sinn und Zweck dieser Unternehmung gewesen war.

»Um Lara zu finden.«

»Das ist Aufgabe der Polizei.«

»Aber … Sie haben sie nicht gefunden, oder?«, kam es halb trotzig, halb entschuldigend zurück.

»Wessen Idee war die Suchaktion?«

»Die kam von uns allen. Wir haben in Grotenhagen ... äh ... Die Dorfgemeinschaft ist bei uns einfach in Ordnung.«

»Was haben Sie in Grotenhagen?«

»Es ist eine Art ... Nachbarschaftshilfe.«

»Sie haben mit Ihrer Einmischung vielleicht wichtige Spuren vernichtet. Spuren, die verhindern könnten, dass wir Lara rechtzeitig finden«, sagte Pia.

»Nein«, entgegnete Sven Fricke. »Das glaube ich nicht. Und ohne uns hätten Sie die Leiche doch noch gar nicht entdeckt.«

Pia erfuhr, dass der Tote, Florian Warnke, der Besitzer des Antikhofes in Grotenhagen war, zu dem auch die Ballettschule von Lucie Warnke gehörte. Der Mann, der wie ein Elvis-Double aussah, sagte, dass er Florian Warnkes Schwager sei. Rüdiger Dietz war zurzeit ohne feste Anstellung und wohnte übergangsweise in einem Wohnwagen, der auf dem Grundstück seines Schwagers Florian und seiner Schwester Lucie stand.

»Haben Sie sich gut mit Ihrem Schwager verstanden, Herr Dietz?«, fragte Pia, nachdem sie sich ein Stück von den anderen entfernt hatten.

»Klaro. Flo ist ein feiner Kerl ... gewesen. Ich mochte ihn. Ehrlich gesagt, weiß ich gar nicht, wie es ohne ihn weitergehen soll.«

»Wieso?«

»Er hat mir immer mal wieder Jobs verschafft. Und er lässt mich bei sich wohnen. Flo war einfach ein guter Kumpel für mich.«

»Können Sie sich vorstellen, dass Ihr Schwager sich umgebracht hat?«

»Nein! Nicht Florian.«

»Weshalb?«

»Er hatte keinen Grund dazu. Es ging ihm doch richtig gut. Hat 'ne hübsche Frau, genug Kohle, ist sein eigener Herr. Was kann ein Mann mehr wollen?«

»Hm. Er kam Ihnen also in letzter Zeit nicht deprimiert vor?«

»Quatsch! Der war so munter wie ein Fisch in der Ostsee. Ich meine, würden Sie extra nach Polen fahren, um schöne Antiksachen für Ihren Laden zu kaufen, mir versprechen, dass ich beim Ausladen helfen kann, und sich dann auf dem Rückweg kurz vor Ihrem Zuhause an einer verdammten Brücke aufhängen?«

»Wissen Sie Genaueres über seine Pläne?«

»Nein, ich habe keine Namen oder Adressen, wo er hinwollte. Da war Flo ziemlich geheimnistuerisch. Er hatte so seine Quellen und immer Angst, dass ihm jemand ein gutes Stück vor der Nase wegschnappt.«

»Sie glauben also, er ist von der Tour nach Polen gar nicht erst nach Hause gekommen, sondern sein Rückweg endete hier im Wald an der Ostsee?«

»Sieht doch ganz so aus. Flo wollte mich gleich anrufen, wenn er wieder zurück ist. Ich bin gestern Abend deswegen die ganze Zeit in der Nähe geblieben, um sofort einsatzbereit zu sein. Aber wer nicht anrief, war mein Schwager. Das ist eine verdammt schlimme Sache, das alles ... Flo ist tot. Wer sagt das denn jetzt meiner Schwester?«

»Das machen wir. Ich hoffe, es kommt noch jemand vom Kriseninterventionsteam dazu, der dann bei ihr bleibt. Möchten Sie auch in der Nähe sein?«

Rüdiger Dietz hob abwehrend die Hände. »Oh Gott! Das kann ich nicht gut. Aber wenn Lucie später meine Hilfe braucht, bin ich natürlich für sie da.«

Natürlich, dachte Pia. Klar.

»War's das?« Dietz fasste sich an die Brusttasche seines Hemdes. Er sah aus wie ein Mann, der dringend seine nächste Zigarette braucht.

»Noch nicht ganz. Mit was für einem Auto ist Ihr Schwager nach Polen gefahren?«

»Äh. Mit einem VW-Bus. Schwarz.« Er nannte das Kennzeichen.

»Wissen Sie, wo der Wagen geblieben ist?«

»Nö. Also, bei ihm auf dem Hof ist er jedenfalls nicht.«

»Verstehe. Wir geben das Fahrzeug zur Fahndung raus. Fürs Erste vielen Dank, Herr Dietz.«

»Da nich' für.«

»Ach, übrigens: Wegen der erhöhten Waldbrandgefahr ist das Rauchen im Wald verboten.«

»Ich weiß, ich weiß. Alles klar.« Er entfernte sich eilig.

Ein örtliches Bestattungsunternehmen transportierte Florian Warnkes Leiche vom Tatort ab.

»Wie ist es gelaufen? Habt ihr etwas rausgefunden, das ich sofort wissen sollte?«, fragte Rist Pia, als er sie mit den anderen Kollegen vom K1 am Einsatzbus antraf.

»In Grotenhagen hat sich eine Art Nachbarschaftshilfe formiert, die heute Morgen selbsttätig nach dem vermissten Mädchen gesucht hat. Deshalb auch Sven Frickes früher Waldspaziergang«, sagte Pia.

»Der Anführer dieser Gruppe ist ein Mann namens Ansgar Hellbach«, ergänzte Juliane. »Ihm gehört das leer stehende Gutshaus am Ortseingang. Er scheint noch etwas von der alten Gutsherrenmentalität im Blut zu haben. Und er traut uns anscheinend nicht besonders viel zu.«

»Einer der Männer, die bei der Aktion dabei waren, ist der

Schwager des Opfers«, sagte Pia. »Er heißt Rüdiger Dietz. Seine Schwester Lucie Warnke ist die Frau des Opfers.«

»Okay, die müssen wir zuerst benachrichtigen. Noch etwas?«

Pia erzählte, was sie über Florian Warnkes Fahrt nach Polen und dessen Fahrzeug erfahren hatte. »Der Schwager wusste weder Namen noch Adressen von Warnkes Geschäftspartnern. Aber das müsste herauszufinden sein. Hatte der Tote eigentlich ein Telefon bei sich?«

»Nein, kein Telefon, keine Papiere, nichts.«

»Ich glaube, ich weiß, wo Warnkes VW-Bus ist«, sagte Juliane mit einem Mal. »In einem Waldweg, ein paar Minuten von hier, stand doch so ein schwarzer Bus.« Sie blickte zu Gerlach hinüber. Der nickte.

»Warum habt ihr den nicht gleich überprüft?«

»Sollen wir jedes Auto am Straßenrand überprüfen? Zu dem Zeitpunkt wussten wir doch noch gar nichts von dem vermissten Fahrzeug.«

»Und ich dachte, es wäre der Wagen einer Prostituierten, die dort auf Freier wartet«, sagte Gerlach.

»Unsinn, nicht auf so einer popeligen Nebenstrecke. Die Straße führt doch nach nirgendwo.«

»Wenn es sich herumspricht«, Gerlach zuckte mit den Schultern, »ist das vielleicht trotzdem lukrativ.«

»Dann ist dieser VW-Bus als Nächstes dran«, sagte Rist. »Wer gehört noch zu dieser Nachbarschaftshilfe?«

Juliane zählte auf, wer alles an der morgendlichen Suchaktion teilgenommen hatte.

»Ob die wissen, dass wir nun auf jeden von ihnen ein besonderes Augenmerk haben werden?«, fragte Rist. »Leute, die sich in Polizeiarbeit einmischen und dann ein Mordopfer finden.« Er schüttelte den Kopf.

»Ein Mordopfer? Ist das schon sicher?« Pia klopfte sich Dreck von der Jeans.

»Unser Opfer, Florian Warnke, weist eine Kopfverletzung am Hinterkopf auf, die zur Bewusstlosigkeit und unter Umständen auch zu seinem Tod geführt haben könnte. Zumindest war er vermutlich ohne Bewusstsein, als er aufgehängt wurde.«

Pias Gefühl, dass der Ort für einen Selbstmord ungewöhnlich war, hatte sie also nicht getrogen. »Wie lange ist er schon tot?«

»Einer ersten Einschätzung zufolge ungefähr zwölf Stunden. Es können aber auch acht oder sechzehn Stunden gewesen sein. Schwierig zu sagen, da der Körper den Witterungseinflüssen ausgesetzt war.«

»Gibt es noch mehr Hinweise auf Fremdverschulden als eine Beule am Kopf? Was ist zum Beispiel mit dem zweiten Schuh?«

»Der lag nicht weit entfernt von der Leiche im Bachbett. Den könnte Warnke auch selbst verloren haben, falls er dort auf seinen eigenen Beinen runtergestiegen ist. Aber da ist noch etwas.« Rist hielt eine durchsichtige Plastiktüte hoch, in der sich ein schlammverschmiertes Büchlein befand. »Unterhalb der Brücke, in der Nähe des Schuhs, haben wir auch noch ein Notizbuch gefunden. Die ursprüngliche Farbe war Rosa, würde ich sagen.«

12. Kapitel

Der schwarze VW-Bus, den Gerlach und Juliane gesehen hatten, stand etwa einen Kilometer vom Tatort entfernt an der Landstraße in Richtung Grotenhagen in der Zufahrt zu einem Forstweg. Das Kennzeichen stimmte mit dem überein, das Rüdiger Dietz Pia genannt hatte. Sie hatten den Wagen von Florian Warnke gefunden. Da die vermisste Lara sich möglicherweise im Inneren des Busses befinden konnte, hatte Rist zwei Feuerwehrleute angefordert, die ihnen das Fahrzeug öffneten. So vernichteten sie zwar mögliche Spuren am und um den Bus herum, aber das Leben des vermissten Mädchens hatte Vorrang.

Ihre Hoffnungen zerschlugen sich jedoch sofort nach Öffnung des Busses. Im hinteren Teil lagerten ein paar antike Kleinmöbel, die mit Packdecken und Spanngurten gesichert waren. Vorn fanden sie nur noch eine Handyhalterung, die mit einem Saugnapf an der Frontscheibe befestigt war, sowie eine leere Plastikflasche und eine zerknüllte Brötchentüte. Pia sammelte sie ein. Sie stammte aus dem Backshop einer Tankstelle. Vielleicht ließ sich ja ermitteln, wo Warnke die bekommen hatte.

Es befanden sich jedoch weder ein Mobiltelefon noch ein Navigationsgerät oder eine Brieftasche mit Geld und Papieren im Fahrzeug, was an sich schon seltsam war. Bei Florian Warnkes Leiche hatten sie ja auch nichts dergleichen gefunden. Dann zog Pia einen Elektroschocker aus dem Handschuhfach. »Das Ding scheint noch originalverpackt zu sein.«

»Hier hinter dem Sitz ist eine kleine Reisetasche mit Klamotten und einer Kulturtasche«, sagte Rist.

»Sind dort die Papiere drin?«

»Nein, nichts.«

»Kein Hinweis auf Lara«, murmelte Pia. Enttäuscht sperrten sie rund um das Fahrzeug weiträumig ab und informierten die Spurensicherung.

»Was hat der Elektroschocker wohl zu bedeuten?«, überlegte Rist.

»Eigensicherung?«, schlug Pia vor. »Vielleicht wurde Warnke bedroht, hatte vor jemandem Angst.«

»Oder er wollte jemanden bedrohen und außer Gefecht setzen.«

»Möglicherweise weiß seine Frau etwas darüber.«

»Ja.« Rist stand einen Moment mit unbewegtem Gesicht neben dem Bus und überlegte. »Ich werde allein hier warten«, sagte er zu Pia. »Ich will sowieso noch mit Schelling sprechen. Geh du zurück zum Parkplatz und halte die Presse fern. Die Schutzpolizei hat zwar abgesperrt, aber es ist besser, wenn sich einer von uns mal kurz zeigt, um sie abzulenken.« Auf dem Weg hierher hatten sie am Waldrand mehrere unbekannte Fahrzeuge gesehen und auch Journalisten, die versucht hatten, auf unterschiedlichsten Wegen zu der Brücke im Wald zu gelangen.

»Ablenken? Informationen an die Presse zu geben ist Aufgabe der Pressestelle«, entgegnete Pia. Es wunderte sie, dass Rist so etwas überhaupt in Betracht zog.

»Es sei denn, ich ordne etwas anderes an. Egal, wie du es anstellst, lenk sie ab und halte sie fern!«

Pia sah an Rists vorgeschobenem Kinn, dass Argumentieren an dieser Stelle zwecklos war. Außerdem gab es hier nichts mehr zu tun, als auf die Spurensicherung zu warten. Das konnte er gern allein tun.

Pia fuhr zurück und überzeugte die Journalisten davon, dass sie jetzt und vor Ort keinerlei Informationen erhalten würden. Weder von ihr noch von irgendeinem anderen Polizeibeamten. Sie würden sich genauso wenig zu dem Grund ihres Hierseins wie zum Stand der Ermittlungen im Vermisstenfall Lara Eibholz äußern.

Die kleine Versammlung löste sich gerade auf, als der Leichenwagen mit Florian Warnkes sterblichen Überresten aus dem Wald fuhr. Sofort wurden Kameras gezückt und Fotos gemacht. Pia wusste, dass die Journalisten ihr eigenes Süppchen aus den bereits bekannten Fakten kochen würden: Ein elfjähriges Kind verschwindet in einem Achthundert-Seelen-Dorf. Dazu kommt kurze Zeit später in der Nähe dieses Ortes ein Todesfall mit wahrscheinlich nicht natürlicher Ursache. Pia fand, dass es keines rosa Notizbuches neben der Leiche bedurfte, um Spekulationen darüber auszulösen, ob die beiden Ereignisse in einem Zusammenhang zueinander standen.

Sie fragte sich, ob die Tatsache, dass bisher keine Lösegeldforderung für Lara eingegangen war, als ein gutes oder schlechtes Zeichen zu werten war. Das Mädchen ist schon zu lange fort, gestand sie sich mit einem unangenehmen Druckgefühl im Magen ein. Ihre Chance, Lara lebend zu finden, wurde von Stunde zu Stunde geringer. Für diese Annahme bedurfte es nicht einmal eines Mordopfers im Wald.

Der Tote, Florian Warnke, könnte Zeuge der Entführung geworden und vom Entführer getötet worden sein, um ihn zum Schweigen zu bringen. Dagegen sprach, dass Warnke zu dem Zeitpunkt, als Lara verschwunden war, angeblich in Polen Antiquitäten aufgekauft hatte. Doch irgendwann im Verlauf des gestrigen Tages war er offenbar zurückgekommen und hätte etwas mitbekommen können. Die zweite Möglichkeit bestand darin, dass Florian Warnke Lara Eibholz entführt und sich dann in einem Anfall von Reue oder Angst vor der zu erwartenden Strafe umgebracht hatte. Das hieße aber auch, dass er gar nicht in Polen gewesen wäre. Oder er war schon am frühen Dienstagabend wieder zurückgekommen. Pia überlegte, ob die Zeit dazu ausgereicht hätte. Sie mussten Warnkes Tagesablauf am Dienstag und Mittwoch unbedingt zu rekonstruieren versuchen.

Gegen einen Suizid sprach allerdings Warnkes Kopfverletzung. Der Rechtsmediziner würde schon bald Genaueres dazu sagen können. Wie gravierend war die Verletzung gewesen? War es denkbar, dass Florian Warnke sich vorher schon am Kopf verletzt hatte – vielleicht sogar durch Laras Gegenwehr – und danach noch in der Lage gewesen war, seinem Leben selbst ein Ende zu setzen? Doch wenn es so passiert war, wo steckte dann das vermisste Mädchen? War Lara tot? Das spräche für einen Suizid aus Reue und Angst vor Strafe. Oder hatte der Mistkerl das Kind irgendwo eingesperrt?

Beklemmende Bilder tauchten vor Pias innerem Auge auf: Lara an einem unbekannten Ort eingeschlossen. Allein, hilflos und vielleicht ohne Essen und Trinken. Über Nacht sanken die Temperaturen hier draußen unter fünfzehn Grad. Lara konnte verletzt sein. Sie hatte mit Sicherheit schreckliche Angst.

Und dann war da noch eine weitere Möglichkeit, die sie nicht außer Acht lassen konnten. Sie betraf die Nachbarschaftshilfe von Grotenhagen. Einer der Männer – war es der Gastwirt Hans Vagt? – hatte das Wort »Bürgerwehr« in den Mund genommen. Auch in ihrem ersten Gespräch mit Hellbach war das ein Thema gewesen. Es klang nach Aktionismus, Überheblichkeit und vielleicht sogar Selbstjustiz. Nun übertreib es mal nicht, versuchte Pia, sich zu bremsen. Bis auf Rüdiger Dietz, der seltsam aufgedreht und ein bisschen infantil auf sie gewirkt hatte, und Ansgar Hellbach, dessen Ansichten vielleicht schon durch Altersstarrsinn geprägt waren, waren das doch normale und besorgte Bürger. Aber was hieß schon »normal«? Man wusste nie, wozu die Menschen in Ausnahmesituationen fähig waren.

Was, wenn diese Männer aus irgendeinem Grunde glaubten, dass Florian Warnke hinter Laras Entführung steckte? Wenn sie ihn abgefangen hatten, um ihn zum Reden zu bringen? Und als das alles nichts genützt hatte, war die Situation vielleicht eskaliert? Sie könnten ihn schließlich an der Brücke aufgehängt haben. Der ultimative Versuch, ihn zu einer Aussage zu bewegen, oder die Strafe dafür, dass er so beharrlich schwieg. Und dann der Versuch, es wie einen Selbstmord aussehen zu lassen. Das rosa Notizbuch, von ihnen hinterlassen als Hinweis für die Polizei, mit wem sie es bei dem Toten zu tun hatte. Es war eine üble Vorstellung, aber es war trotzdem nicht auszuschließen. Pia wusste auch, dass sich die sechs Männer für den Mittwochabend, an dem Florian Warnke gestorben war, gegenseitig ein Alibi gaben, zumindest für den Zeitraum, den sie zusammen im Dorfgasthof gewesen waren. Sie durften den Zusammenhalt in diesem Dorf nicht unterschätzen.

»Brust raus, Poppes rein und höher das Bein, meine Damen ... höher!«, rief Lucie Warnke wohl zum einhundertfünfzigtausendsten Mal an diesem Vormittag. Ihre Morgengruppe bestand aus sieben Frauen zwischen Mitte zwanzig und Mitte sechzig, die sich mit einer Mischung aus Ballett und Gymnastik geschmeidig halten wollten. Hin und wieder sprach eine auch von »Fettpölsterchen«, die doch bitte durch die Bemühungen verschwinden sollten, und Lucie biss sich dann auf die Lippe, um nicht laut herauszuschreien: Das nützt nichts! Da hilft nur, weniger zu essen!

Grundsätzlich war »Ballett für Erwachsene« aber ein guter Kurs, auch wenn bei der einen oder anderen Teilnehmerin Hopfen und Malz verloren war. Lucie beobachtete, wie Katharina und Claudia ihre Entrelacés mit einer gewissen Anmut tanzten, während Marcella hinter ihnen herhüpfte wie ein junges Flusspferd. Sie musste an Friedlinde Hellbachs Versuch denken, sich im Takt einer Musik zu bewegen – eine der größten Katastrophen ihrer bisherigen Karriere als Ballettlehrerin. Doch diese Art Kurse waren das Brot unter der Butter, das Lucie nun einmal brauchte. Florian nahm nämlich Miete von ihr für die Räumlichkeiten. Eine symbolische Summe, wie er immer betonte, aber bitte, wer sonst würde diese Bruchbude am Ende der Welt von ihm mieten wollen? Und auch eine »symbolische Summe« wollte erwirtschaftet werden, neben dem Geld für Heizung, Strom, Putzfrau und den allgegenwärtigen Steuern. Doch woanders einen regulären Trainingssaal zu mieten war nicht drin. Wenn sie weiterhin talentierte Mädchen wie Cäcilia, Stella, Nathalie und Lara unterrichten wollte, musste sie die Kröte schlucken. Lara … Sie wollte doch nicht an Lara denken. Das Mädchen hatte so gute Chancen, im Ballett-Internat in Hamburg angenommen zu werden. Aber dafür musste sie regelmäßig trainieren und durfte das alles nicht auf die leichte Schulter nehmen. Wenn sie nun mehrere Tage ausfiel … Nein, sie durfte jetzt nicht an Lara denken!

»Claudia, nicht nach unten gucken. Kinn hoch, die Hände elegant … nicht solche Kartoffelpranken«, korrigierte sie. Sie, Lucie Warnke, tat wirklich alles, um den Mädchen mitzugeben, was sie für die Karriere einer Berufstänzerin brauchten. An ihr lag es gewiss nicht, wenn sie scheiterten.

Marcella brach mitten im Grand Jété in sich zusammen.

»Was ist los, Marci? Hast du in letzter Zeit zu viel Eis gegessen und nun gar keine Muckis mehr?«

»Es ist einfach zu warm, Lucie. Ich mag heute nicht mehr.«

»›Ich mag nicht‹ gibt es bei mir nicht. Ich mag auch nicht immer«, sagte Lucie streng. »Und fragt mich einer?«

»Du bekommst wenigstens Geld dafür«, konterte Marcella

und schleppte sich, eine Hand ins Kreuz gedrückt, mit wehleidiger Miene in die Umkleidekabine.

»Noch fünf Sprungkombinationen, und ihr seid fertig für heute! Streckt die Knie, die Schultern runter!«, rief Lucie den anderen zu. »Vier, drei, zwei, eins.« Noch mehr verzweifelte Blicke aus schweißüberströmten Gesichtern. Ja, dieser Job hatte durchaus auch seine guten Seiten.

Die Frauen waren zum Umziehen im Nebenraum verschwunden, als jemand an die Fensterscheibe klopfte. Lucie sah von ihrem Kursplan auf. War Florian endlich zurück? Er hatte sich zuletzt gestern Mittag aus Polen bei ihr gemeldet. Nicht, dass sie ihn sehr vermisste, aber der Rasen musste dringend gemäht werden. Eigentlich war das Aufgabe ihres Bruders, weil er ja quasi kostenfrei in dem Wohnwagen auf ihrem Grundstück wohnte. Doch auf Rüdiger war in dieser Hinsicht noch weniger Verlass als auf Florian. Aber am Fenster war nur die Polizistin zu sehen, die sie gestern schon wegen Lara befragt hatte. Langsam nervte die. Lucie winkte ihr hereinzukommen.

»Sind Sie hier fertig?«, fragte die Kommissarin nach kurzem Gruß.

Pia Korittki, erinnerte sich Lucie. Gute Haltung, vernünftig ausgebildete Muskulatur, aber zu groß fürs Ballett. Und ein seltsamer Name. Korittki ... »Ich habe erst heute Nachmittag wieder Unterricht.«

»Können wir irgendwo hingehen, wo wir uns setzen können?«, fragte ein älterer Polizist, der sie begleitete. Nicht der smarte Typ von gestern.

»Wir können ins Wohnhaus hinübergehen«, sagte Lucie. »Zieht ihr bitte die Tür hinter euch zu, wenn ihr geht?«, bat sie ihre Schülerinnen, bevor sie die beiden Polizisten ins Nebengebäude führte.

Ihre und Florians Wohnung im hinteren Teil der Antikscheune sah ziemlich chaotisch aus, stellte Lucie fest, als sie ihre ungebetenen Gäste in die Küche führte. Das benutzte Geschirr vom Abendessen stand noch auf der Arbeitsplatte, weil die Spülmaschine zwar schon gelaufen, aber noch nicht wieder ausgeräumt war. Unter ihren Füßen knirschten Krümel auf den alten Fliesen. »Kann ich Ihnen etwas zu trinken anbieten?«, fragte sie lustlos.

»Nein, danke. Setzen Sie sich bitte, Frau Warnke. Wir haben leider schlechte Neuigkeiten. Ihr Ehemann, Florian Warnke, wurde heute Morgen tot aufgefunden.«

»Was?« Sie musste sich verhört haben.

»Er wurde erhängt an einer Brücke zwischen der Ostsee und einem Waldstück aufgefunden.«

»Nein!« Doch nicht Florian! Er war unterwegs, um alte Möbel aufzukaufen. Der Rasen musste gemäht werden und das Auto zur Inspektion. Was für idiotische Gedanken, dachte sie dann, als die Polizisten sie weiterhin ernst ansahen. Als scherte sich der Tod um irgendwelche Pläne. »Er hat sich … umgebracht?«, fragte sie.

»Das steht noch nicht mit Sicherheit fest.«

»Was? Ist er nun tot oder nicht? Oder kommen Sie einfach zu mir, jagen mir eine Heidenangst ein, ohne Genaueres zu …«

»Ihr Mann ist tot. Zeugen haben ihn zweifelsfrei identifiziert. Wir wissen nur noch nicht sicher, ob er sich umgebracht hat«, erklärte die Polizistin ruhig.

»Aber Sie sagten doch ›erhängt‹. Oder kann es ein Unfall gewesen sein? War was mit seinem Auto?«

»Nein«, antwortete der Polizist. »Kein Autounfall. Wann haben Sie Ihren Mann zuletzt gesehen, Frau Warnke?«

»Am Dienstagmorgen. Er wollte nach Polen fahren, um Möbel einzukaufen. Er hatte wohl mehrere Adressen, wo er hinwollte. Gestern Mittag hat er mich angerufen, dass er sich demnächst auf den Heimweg macht. Er klang ganz zufrieden und wollte irgendwann abends wieder hier sein.« Sie stützte die dünnen Arme auf den Tisch und verbarg das Gesicht in den Händen. »Ich sollte aber nicht auf ihn warten, weil er hier in der Gegend auch noch einen Termin hatte, sagte er. Es könnte spät werden. Und nun ist er tot? Deswegen ist er nicht gekommen!«

»Was für einen Termin hatte er hier denn noch?«

Sie ließ die Hände sinken. »Keine Ahnung. Ich glaube, er wollte sich noch eine Antiquität anschauen.«

»Haben Sie ihn denn gestern Abend nicht vermisst?«

»Natürlich hab ich das.«

»Was haben Sie da unternommen?«, fragte die Polizistin und holte ein Notizbuch hervor.

»Nichts. Was sollte ich unternehmen? Florian kommt und geht, wann er will. Er ist schon erwachsen.«

»Haben Sie versucht, ihn zu erreichen?«

»Ach so. Ja. Auf dem Mobiltelefon, aber er ist nicht rangegangen.«

»Und haben Sie eine Nachricht für ihn hinterlassen?«

»Nein. Ich wollte nicht, dass er denkt, ich spioniere ihm nach.«

»Wieso hätte er das denken sollen?«

Der einfühlsame Ton des Beamten trieb Lucie die Tränen in die Augen. Sie wischte sich wütend über das Gesicht. Mitleid, in welcher Form auch immer, ertrug sie jetzt nicht. »Lassen Sie mich bitte erst mal in Ruhe.«

»Natürlich«, sagte die Frau. »Wir können zu einem späteren Zeitpunkt wiederkommen. Wenn Sie möchten, kann jemand herkommen, der Ihnen hilft, den ersten Schock zu verarbeiten. Oder wollen Sie selbst jemanden anrufen, der Ihnen Gesellschaft leistet? Sollen wir warten?«

»Ich … nein. Wo ist er überhaupt? Wo haben Sie Florian hingebracht?« Lucie hörte, dass sie hart und trotzig klang.

»Nach Lübeck ins Institut für Rechtsmedizin. Oder ist er in Kiel?«, fragte die Polizistin ihren Kollegen.

»Lübeck«, antwortete der.

Lucie schüttelte ungläubig den Kopf.

»Wir werden uns noch einmal in Ruhe über alles unterhalten müssen. Sie sind doch in den nächsten Tagen hier zu erreichen?«, fragte die Kommissarin.

»Wo soll ich sonst sein?«

»Also gut.« Die Polizisten standen auf.

Lucie blieb sitzen. Sie hatte Angst, ihre Beine würden unter ihrem Gewicht nachgeben. »Weiß seine Mutter schon Bescheid?«

»Wer ist seine Mutter? Wohnt sie hier in der Nähe?«

»Isolde Warnke. Moment, ich schreibe Ihnen die Adresse auf. Es ist besser, wenn sie es von Ihnen erfährt, nicht von mir.«

»Warum?«

»Es ist einfach so«, sagte Lucie und notierte die Adresse auf einem Einkaufsblock. »Bitte.«

Der Polizist überflog die Notiz. »Danke. Auf Wiedersehen, Frau Warnke. Wir finden allein hinaus.«

»Einen Moment noch!«, rief Lucie ihnen nach.

»Ja?«

»Wo ist unser Wagen?«

»Wie bitte?«, fragte der Polizist.

»Unser VW-Bus, mit dem Flo unterwegs war. Wo ist er? Ich habe sonst kein Auto zur Verfügung.«

»Der wird noch von der Spurensicherung untersucht. Danach bekommen Sie ihn wieder«, informierte die Kommissarin sie.

»Spurensicherung«, wiederholte Lucie. Das war der vollkommen falsche Film.

13. Kapitel

Die Apotheke von Grotenhagen war von dreizehn bis fünfzehn Uhr geschlossen. Mittagspause. Hendrik und Margit Nagel sperrten möglichst pünktlich ab. Cäcilias Eltern arbeiteten von morgens um neun bis abends um sieben und am Samstagvormittag. Ein normales Wochenende kannten sie nicht. Umso wichtiger war für sie die Mittagszeit.

Es war zehn Minuten nach eins, als Cäcilia ihre Eltern ins Wohnhaus hinüberkommen hörte. Ihre Mutter steckte den Kopf zur Tür herein. »Wie geht es dir, Schätzchen?«

»Ich habe immer noch Kopfschmerzen«, sagte Cäcilia matt und versteckte ihr Smartphone unter der Bettdecke.

»Trotz der Tabletten, die ich dir gegeben habe?«

»Vorhin war es etwas besser, aber nun ist es wieder genauso schlimm wie heute Morgen.«

Margit Nagel setzte sich zu ihrer Tochter ans Bett. Um ein Haar wäre sie auf Cäcilias Handy gelandet. Sie sah sie mit diesem übertrieben besorgten Mutterblick an. »Hast du genug getrunken? Hast du auch was gegessen?«

»Eine ganze Flasche Wasser. Essen mag ich nicht.« Jedenfalls nicht das, was da ist, setzte Cäcilia in Gedanken hinzu. Obst und noch mal Obst, Magerjoghurt, Hüttenkäse und Dinkelbrot.

»Du musst etwas zu dir nehmen, Cäsi. Papa kocht uns was, okay? Grünkern-Brokkoli-Auflauf. Nimm so lange noch mal diese Tablette hier.« Sie zog eine Schachtel hervor und drückte Cäcilia eine der Kapseln in die Hand.

»Was ist das?«, fragte Cäsi, schluckte die Tablette aber gehorsam und kippte Wasser hinterher.

»Ach, was ganz Harmloses. Ein Nahrungsergänzungsmittel. Jetzt, da du deine Periode bekommst, verlierst du viel Eisen und andere Mineralstoffe.«

»Kann ich was anderes haben als den Auflauf?«, bat Cäsi. »Von Brokkoli bekomme ich immer Bauchweh.«

»Ach ja, armer Schatz! Was möchtest du denn?«

»Tortellini? Pizza?«

Margit Nagel seufzte und stand auf. »Wir wollten doch aufs Gewicht achten. Wenigstens bis zum Vortanzen.«

Du wolltest! Achte *du* lieber auf *dein* Gewicht, dachte Cäcila. Doch das stimmte so auch nicht. Sie wollte ja ebenfalls nicht zunehmen. Denn auf diese Weise konnte sie beim Ballett auf jeden Fall gegen Lara punkten. Lara aß jeden Nachmittag Kuchen aus dem Hofladen, den ihre Oma backte. Bald sah sie selbst aus wie ein Plunderstück.

»Ist Lara wieder da?«, fragte Cäcilia. Obwohl sie seit Montag krank war und nicht zur Schule ging, hatte sie mitbekommen, dass ihre Schulkameradin und Nachbarin vermisst wurde.

»Ich habe noch nichts Neues gehört«, sagte Margit. »Aber die Polizei sucht weiter nach ihr. Und Papa war heute Morgen ganz früh mit ein paar Männern aus dem Dorf draußen, um ebenfalls nach ihr zu suchen.« Sie stockte.

»Und? Warum haben sie sie immer noch nicht gefunden?«

»Es geht ihr bestimmt gut«, sagte Cäcilias Mutter und stand auf. »Das klärt sich alles auf.« Sie konnte ihrer Tochter bei diesen Worten nicht in die Augen sehen.

»Mama, was hast du?«

»Nichts, Schätzchen. Hast du ausgetrunken? Gut, ruh dich jetzt aus.«

Cäcila wartete, bis die Schritte ihrer Mutter verklungen waren. Dann zog sie ihr Smartphone wieder hervor.

Gibt es was Neues von Lara?, simste sie Lukas Höffner. Ihm konnte sie trauen, dass er ihr die Wahrheit sagte. Im Gegensatz zu ihren Eltern.

Er antwortete ihr jedoch nicht sofort. Lukas hatte noch zwei Stunden Unterricht. Sie musste sich wohl oder übel bis zur nächsten Pause gedulden. Ihre Mutter hatte ihr nicht die Wahrheit gesagt, als sie sie nach Lara gefragt hatte. Cäcilias Mitschüler wussten bestimmt mehr. Laras Verschwinden war unheimlich und schrecklich, aber auch aufregend. Während Cäcilia auf eine Nachricht von Lukas wartete, wurden ihr die Augenlider schwer, und in ihrem Mund sammelte sich Spucke. Sie schluckte. Der Kopfschmerz saß tief hinter den Augen. Ehe sie weiter über Lara nachdenken konnte, war sie schon eingeschlafen.

»Hier wohnt die Mutter von Florian Warnke, Isolde Warnke.« Pia und Broders standen vor einem roten Siedlungshaus mit Satteldach und dunkelbraunen Kunststoff-Rolladenkästen vor den Fenstern. Den gepflegten Vorgarten zierte ein nachgebildeter Ziehbrunnen, zu klein für Menschen und zu groß für Gartenzwerge.

Isolde Warnke war eine kräftig aussehende Frau mit markanten Gesichtszügen und grauen Haaren, die sie kurz geschnitten trug. Es sah nach einem selbst fabrizierten Haarschnitt aus. Ihre Haut war so braun wie geröstete Mandeln.

»Polizei? Ich weiß, warum Sie hier sind. Kommen Sie herein.«

Pia und Broders warfen sich beim Eintreten einen fragenden Blick zu. War ihnen da jemand zuvorgekommen? Einerseits wäre es einfacher, weil es ihnen dann erspart bliebe, die schlechte Nachricht vom Tod des Sohnes zu überbringen. Andererseits müssten sie so auf den Eindruck verzichten, den die erste Reaktion auf eine Todesnachricht ihnen vermitteln konnte. Da kamen die Gefühle der Menschen einem Opfer gegenüber oft ungefiltert zum Ausdruck. Schlussfolgerungen daraus zu ziehen war allerdings gefährlich, denn jemand, der später tief trauerte, konnte im ersten Schock wie versteinert und gefühllos wirken, während ein anderer mit etwas schauspielerischem Geschick eine dramatische Szene inszenierte.

Pia und Broders nahmen im Wohnzimmer in zwei Sesseln Platz, auf deren Oberkante und Armlehnen bestickte Schondeckchen lagen. Es roch nach Zigarettenrauch und Raumparfüm, Duftnote Tannenwald. Die Terrassentür stand offen und gab den Blick in den Garten frei, in dem üppig Chrysanthemen und Gladiolen blühten.

»Sie wissen also schon, warum wir hier sind?«, fragte Pia. Vielleicht vermutete Isolde Warnke, dass sie noch einmal wegen Lara Eibholz' Verschwinden die Runde machten.

»Sie haben meinen Sohn Florian gefunden. Im Wald. Er ist tot.« Ihre Stimme klang tonlos, aber fest.

»Es tut uns sehr leid«, sagte Pia.

»Danke für Ihr Beileid, doch das bringt ihn mir nicht zurück.«

»Wer hat es Ihnen gesagt?«, fragte Broders.

»Reimer Fricke war hier. Er hat mir erzählt, dass sein Sven meinen Sohn heute Morgen im Wald gefunden hat.«

»Fühlen Sie sich imstande, uns ein paar Fragen zu beantworten?«

»Hätte ich Sie sonst hereingebeten?«

Isolde Warnke suchte die Konfrontation, jemanden, gegenüber dem sie ihren Gefühlen Luft machen konnte. Ärger zu zeigen ist einfacher als Trauer oder Enttäuschung, sagte sich Pia. Trotzdem fiel es ihr in diesem Moment schwer, der Frau unvoreingenommen gegenüberzutreten. »Wann haben Sie Ihren Sohn zuletzt gesprochen oder gesehen, Frau Warnke?«

»Hm. Wir wohnen zwar im selben Dorf, aber dass Florian oft bei mir vorbeigeschaut hätte, kann man nicht gerade behaupten. Ich glaube, er war vor zwei Wochen mal kurz hier, um mich zum Arzt zu chauffieren. Die Busse fahren immer seltener. Ohne ein Auto kommt man kaum noch hier weg.«

»Ist Ihnen da etwas an ihm aufgefallen? War er anders als sonst? Hat ihn etwas beschäftigt?«

»Mir ist nichts aufgefallen. Wissen Sie, Florian hat sich nur für sein Geschäft interessiert. Er hat mich nicht einmal gefragt, was ich beim Arzt will. Ich glaube, Florian hat mir stattdessen von irgendeinem alten Möbelstück erzählt, das er in einer Scheune gefunden hat und das er unbedingt haben wollte. Er sagte, der Typ, dem es gehört, wisse wahrscheinlich gar nicht, was er da für einen Schatz besitzt. Und er hoffte, dass der Besitzer nicht doch noch vorher im Internet recherchiert, was das Ding wirklich wert ist. Aber, ehrlich gesagt, habe ich nicht so genau zugehört.«

»Wirkte Ihr Sohn deprimiert oder besorgt?«, fragte Broders. Er interpretierte Pias Blick richtig. Sie war einigermaßen sprachlos.

»Florian war ja nie eine Frohnatur, als kleines Kind schon immer so ernst und in sich gekehrt, dass die Leute mich gefragt haben, was der Bengel hat. Da denkt man als Mutter automatisch, man macht was falsch, obwohl man sich den lieben langen Tag abrackert für das Kind. Aber in letzter Zeit hat Florian trotz allem einen recht zufriedenen Eindruck auf mich gemacht.«

»Wieso ›trotz allem‹?«

»Na, bei der Frau? Sagen sie bloß, Sie kennen Lucie noch nicht.«

»Was ist denn mit ihr?«

»Hm.« Nachdem sie sich mit den ersten Sätzen Luft gemacht hatte, schien Isolde Warnke ihre Worte jetzt abzuwägen. »Lucie ist eine Kategorie für sich. Eine Dietz halt, durch und durch. Sie tut, was sie will, egal, was die anderen sagen.«

»Wie ist Ihr Verhältnis zu Ihrer Schwiegertochter?«

»Wenn wir uns beide Mühe geben, kommen wir einigermaßen miteinander aus. Aber sie nutzt meinen Florian schamlos aus. Da muss ich sehr an mich halten. Wenn ich nur mal was in der Richtung andeute, geht sie auf mich los wie eine Furie.«

Pia vermutete, dass die Frauen sich da beide nichts nahmen. Und Florian Warnke hatte dazwischengehangen, was jetzt keine gelungene Assoziation dazu war. »Weshalb denken Sie, dass Ihr Sohn von seiner Frau ausgenutzt wurde?«

»Ich denke das nicht nur. Es ist so. Sie besetzt mit ihrer komischen Tanzschule die besten Räume auf dem Hof und verdient eine Menge Geld mit der Hüpferei, während Florian oft nicht weiß, wie er über die Runden kommen soll.«

»Sie hatten getrennte Kassen?«

»Ich glaube, ja.«

»Und Ihr Sohn hatte finanzielle Probleme«, vergewisserte sich Broders.

»Ich kenne seine Geschäftsbücher nicht. Aber wenn er was übrig gehabt hätte, dann hätte er mich finanziell unterstützt. So anständig habe ich ihn dann doch erzogen. Und er weiß ja, wie wenig Rente ich bekomme.«

»Lebt sein Vater noch?«

»Es gibt keinen Vater.«

Broders und Pia sahen Isolde Warnke erwartungsvoll an.

»Es gab immer nur Flo und mich. Ich musste zusehen, wie ich allein klarkam. Wissen Sie, es gab Zeiten, da bin ich für mein Kind barfuß durch die Hölle gegangen.«

»Inwiefern?«

»Ich bin nach Grotenhagen zurückgekommen, da war Florian gerade mal drei Jahre alt. Ich stamme von hier, müssen Sie wissen, wollte aber als junges Mädchen immer nur nix wie weg. Bis Neustadt bin ich gekommen. Ich habe dort einige Jahre als Zimmermädchen gearbeitet. Dann wurde ich schwanger. Als ich es feststellte, war der Vater, ein Seemann, längst über alle Berge. Mein Pech. Allein mit Kind war es sehr schwierig. Ich hatte quasi gar keine andere Wahl, als hierher zurückzukommen. Ich hab als Putzfrau bei den Hellbachs angefangen, bin dann aber jahrelang die Haushälterin im Gutshaus gewesen.«

»Dann kennen Sie die Leute hier im Ort bestimmt alle sehr gut.«

»Manche besser, als ihnen lieb ist. Stört es Sie?« Sie griff nach einer Zigarettenschachtel auf dem Tisch.

»Es ist Ihr Haus. Bitte!«

Der Tiefe des ersten Lungenzugs nach zu urteilen, hatte sie sich schon zu lange zurückgehalten.

»Hatte Ihr Sohn Feinde im Dorf oder anderswo? Gab es Konflikte?«

»Mein Florian ist ein friedfertiger Mensch. Sehr tolerant, was das Benehmen seiner Frau und ihres liebreizenden Bruders anbelangt. Seinem Schwager Rüdiger Dietz ist übrigens nicht zu trauen. Den sollten Sie mal befragen. Nicht nur zu Flos Tod.«

»Wozu denn noch?«, wollte Pia wissen.

Isolde Warnke zuckte mit den Schultern. Ihr Kreuz war so breit wie das eines Ringers. »Bin ich die Polizei?«

»Wie war das auf dem Gut? Haben Sie dort auch gewohnt?«, fragte Broders.

»Klar. Ich stand der Familie immer zur Verfügung. Ich hatte eine der Gesindewohnungen unter dem Dach, so nannte man das.«

»Dann kannte Ihr Sohn Ansgar Hellbach bestimmt recht gut. Wenn er auf dem Gutshof quasi aufgewachsen ist.«

»Nicht nur quasi. Das Gutshaus – nicht das kleine Haus, in dem die Hellbachs jetzt wohnen«, sie klang verächtlich, als sie von »dem kleinen Haus« sprach, »war ja sein Zuhause. Ein Jammer, dass das alles jetzt verfällt.«

»Hatte Ihr Sohn weiterhin Kontakt zu den Hellbachs?« Pia fühlte Broders' Blick auf sich ruhen. Doch sie musste die Frage so stellen. Ansgar Hellbach hatte die Suche nach Lara organisiert. Er hatte die Route festgelegt. Das hatten die Befragungen der anderen Männer der Nachbarschaftshilfe ergeben. Die Route, auf der Sven Fricke Florian Warnkes Leiche entdeckt hatte. Und er war als Zweiter am Fundort gewesen und hatte sich den Toten aus nächster Nähe angesehen. Wenn man Spuren von Ansgar Hellbach an der Leiche fand, würde sich niemals nachweisen lassen, dass sie nicht erst beim Auffinden des Toten dorthin gekommen waren.

»Florian hatte nicht viel mehr Kontakt zu den Hellbachs als die anderen im Dorf auch. Sie sind zwar nicht adelig oder so, einfach nur Bauern, doch sie haben immer einen gewissen Abstand zu den anderen gehalten.«

»Es gibt keine Verbindung zwischen Hellbach und Ihrem Sohn?«

»Hm. Möglicherweise haben Ansgar und er hin und wieder über ein paar alte Möbel verhandelt. Die Hellbachs hatten ja reichlich davon. Aber ansonsten ...«

»Was ist mit der Tochter, Friedlinde Hellbach?«

»Friedel ist vier Jahre älter als Florian. Als Kinder konnten sie nicht viel miteinander anfangen. Vielleicht wegen des Altersunterschieds, obwohl sie ja beinahe wie Geschwister aufgewachsen sind.«

»Bis wann haben Sie für die Hellbachs gearbeitet?«

»Bis Friedel erwachsen war und ihre Ausbildung als Altenpflegerin beendet hatte. Sie hat sich dann um alles gekümmert. Später, als sie und ihr Vater ins Verwalterhaus umgezogen sind, wäre dann sowieso für mich nicht mehr genug zu tun gewesen. Sie müssen sich das mal vorstellen: Im Gutshaus gab es dreiundzwanzig Zimmer, eine Küche im Keller, die so groß war, dass die Kinder darin Fahrrad fahren konnten, und dann noch die ganzen Nebengebäude. Ich musste mich damals um das alles kümmern, hatte nur eine Putzhilfe und einen Gärtner, der dreimal die Woche kam.«

»Was haben Sie gemacht, als Friedlinde Hellbach den Haushalt übernommen hat?«, fragte Broders.

»Ich habe wieder als Zimmermädchen und Kellnerin gearbeitet. Nicht hier. In Büsum. Dort wohnt eine Cousine von mir. Ich wollte mal das andere Meer sehen. Als ich dann vor ein paar Jahren in Rente ging, hat Ansgar mir dieses Haus angeboten.«

»Hat er es Ihnen verkauft?«

»Vermietet. Letztlich zahlt sich Treue einem Arbeitgeber gegenüber auch aus, zumindest manchmal.« Isolde Warnke seufzte und fuhr ungefragt fort: »Vielleicht war es sogar Ansgars Schuld, dass Florian sich so für Antiquitäten interessiert. Im Gutshaus wimmelte es damals von alten Möbeln. Ansgar hat sich immer furchtbar angestellt. Die Kinder durften nichts anfassen. Ein ziemlicher Stress für mich. Ich sollte darauf aufpassen, dass ja nichts kaputt ging oder einen Kratzer abbekam.«

»Wer profitiert eigentlich finanziell vom Tod Ihres Sohnes?«

»Sie meinen, wer Florians Hof erbt? Lucie und er haben ein Berliner Testament gemacht. Wenn einer von ihnen stirbt, bekommt der andere alles. Mein Sohn hat wohl nicht damit gerechnet, dass ich ihn überlebe.« Sie verzog schmerzlich das Gesicht und griff nach der nächsten Zigarette. Ihr Blick war nun in die Ferne gerichtet, und ihr Mund zuckte.

Pia stand auf und bedeutete Broders, es ihr gleichzutun. So

gefasst, ja beinahe burschikos Isolde Warnke sich ihnen gegenüber gab – Pia vermutete, dass sie schrecklich leiden würde, sobald der erste Schock über den Tod ihres Sohnes nachließ. Es war Zeit, ihr ein wenig Ruhe zu gönnen.

14. Kapitel

»Wo bist du?« Die wohl meist gestellte Frage an Mobiltelefonen.

»Wir stehen gerade vor der Eisdiele, Felix und ich«, informierte Pia Lars. »Die Schlange ist so lang, dass wir morgen früh vielleicht unser Eis haben.«

»Seid ihr in der Altstadt?«

»Königstraße, Ecke Hüxstraße.«

»Ich hatte gerade einen Kundentermin in der Beckergrube«, sagte er.

»Dann komm vorbei. Ich geb dir ein Eis aus.«

Pia und Felix ergatterten einen der begehrten Tische in der oberen Hüxstraße. Als sie sich mit zwei Eisbechern und einem Cappuccino in der Fußgängerzone niedergelassen hatten, kam Lars hinzu. Er verstrubbelte Felix das Haar und gab Pia einen Kuss. Dann sah er ihr in die Augen. »Alles klar bei dir?« Das war keine Begrüßungsfloskel. Er erfasste ihre Stimmung schnell. Doch dies war nicht der richtige Zeitpunkt und schon gar nicht der richtige Ort, um Lars von ihrem Tag zu erzählen.

»So weit schon«, sagte sie. Im Job lief ihnen die Zeit davon. Die Entscheidung, dass jetzt ihr Sohn an der Reihe war, war Pia nicht leichtgefallen.

»Und was treibt euch mitten in die Stadt?«, fragte er Felix.

»Eis!«

»Er war heute doch bei meiner Mutter, und da gibt es nur gesundes Essen. Felix wollte schon länger Schokoladeneis zusammen mit Kiwi-Eis probieren.« Im Becher ihres Sohnes prangten zwei Eiskugeln, verziert mit bunten Streuseln und einer Eiswaffel.

»Sieht unbedingt nach einer guten Kombi aus.« Lars setzte sich zu ihnen.

»Du solltest das Kiwi-Eis probieren. Das passt zu deinem T-Shirt«, sagte Pia. Lars konnte im Sommer Farben wie Türkis und sogar Rosa tragen, und es sah gut an ihm aus.

»Ich habe beim Kunden schon ein Kilo Bürokekse gegessen. Noch mehr Zucker, und meine Bauchspeicheldrüse tanzt Polka.«

»Was ist das? Bauchdeicheldüse?« Felix' Mund war voller Eiscreme.

»Die Bauchspeicheldrüse ist ein Organ. Etwas in deinem Bauch, das dir hilft, dein Essen zu verdauen.«

»Und die tanzt?«

»Das war nur ein Witz, Felix. Ich wollte sagen, dass noch mehr Zucker heute nicht gut für mich wäre.«

»Mm.« Felix widmete sich wieder seinem Eis.

Pia löffelte ihr Spaghetti-Eis. Durch die Hüxstraße wehte ein Luftzug. Nach der morgendlichen Dusche war dies das erste Mal an diesem Tag, dass sie sich etwas erfrischt fühlte. »Kommst du nach deinem Training noch zu mir?«

»Ich lasse das Training heute ausfallen, bei gefühlten achtunddreißig Grad und hundert Prozent Luftfeuchtigkeit.«

»Warte, bis du meine Wohnung betreten hast. Ein Brutofen ist nichts dagegen.«

»Da ist es bei mir nicht besser«, sagte er und strich die Kondenstropfen von dem Glas, das gerade vor ihm abgestellt worden war. »Im Moment ist es nirgends mehr kalt.«

Doch. Nachts in irgendeinem Verschlag oder Loch im Wald, dachte Pia, wenn einem vor Angst sämtliche Körperflüssigkeiten einfrieren. Aber das war kein Thema, solange Felix bei ihnen saß. »Also kommst du?« Sie hoffte, dass sie Lars nicht zu sehr drängte. Etwas zwischen ihnen war weiterhin in der Schwebe. Ungewiss oder ungeklärt, sodass es einerseits reizvoll war, anderseits jedoch nicht weiterhalf, wenn sie sich rastlos und beunruhigt fühlte wie jetzt.

»Ein Kollege von mir von der Hundestaffel kommt morgen oder übermorgen Abend mal kurz hier vorbei.« Broders stand mit seinem Lebensgefährten Ralph in der Küche. Ralph schnitt Zwiebeln, Paprika und Aubergine für das Abendbrot. Broders schickte sich an, den Tisch zu decken. »Er hat sich Bücher von mir geliehen, die er zurückbringen will«, ergänzte er. Broders hoffte, dass Ralph sich darüber nicht wunderte. Erstens las er nämlich so gut wie nie, und zweitens hätte sein Kollege ihm die Bücher genauso gut in der Dienststelle zurückgeben können.

Broders sah zu Ralphs Sohn Elias hinüber, der am Tresen saß und mit seinem Handy spielte. Er reagierte nicht. Broders hatte hin und her überlegt, ob er seinen Lebensgefährten in seine Pläne einweihen sollte, sich dann aber dagegen entschieden.

»Wer ist es denn?«, fragte Ralph.

»Er heißt Bente. Du hast doch nichts dagegen, wenn er seinen Hund mitbringt?«

»Seinen Hund?«

»Holly. Ein Labrador Retriever und ausgebildeter Drogenspürhund. Ein erstaunliches Tier. Ich glaube, Bente hat den Hund immer bei sich.«

Ralph runzelte die Stirn. »Seit wann magst du Hunde?«

»Ich hab nicht gesagt, dass ich sie mag.« Broders hob die Hände. »Aber in diesem Fall toleriere ich sie. Ich mag Hunde, wenn sie sehr klein sind. Oder eben wenn sie nützlich sind.«

Ralph grinste. »Ein Drogenspürhund? Pass bloß auf, Elias!«

Doch sein Sohn hatte die Schultern hochgezogen und reagierte auch darauf nicht. Die Handy-Kommunikation nahm ihn offenbar vollständig in Beschlag. Broders wusste nicht, inwieweit Ralphs Bemerkung seinem Sohn gegenüber scherzhaft gemeint gewesen war. Hatte er von etwas Kenntnis, das Broders bisher nur vermutete, seit Holly sich bei dem Empfang so für seine Schuhe interessiert hatte? Schuhe, die er Elias beziehungsweise Ralph abgekauft hatte. Kaum dass sein Vater Elias die sündhaft teuren Sportschuhe spendiert hatte, hatte der Junge einen Wachstumsschub gemacht, der sich gewaschen hatte. Nicht einmal zwei Wochen getragen, hatten die neuen Schuhe Elias nicht mehr gepasst. Broders hatte sie gern übernommen. Nicht nur, dass er zufällig dieselbe Schuhgröße hatte wie Elias – er hatte außerdem etwas gegen Verschwendung. Gut, die schrillen Farben waren eigentlich nicht ganz sein Stil. Was für ihn zählte, war jedoch, dass ihm sein linker Fuß nicht mehr wehtat, seit er die gelgepolsterten Ultraspace-Schickimicki-Dinger trug. Es war ein gutes Gefühl gewesen, so zu schweben – bis Holly angeschlagen hatte.

Broders beobachtete Elias unauffällig. Gab es bei ihm irgendwelche Hinweise auf beginnenden Drogenkonsum? Elias war oft wortkarg, launisch und lethargisch, jedenfalls in Broders' Gegenwart. Doch was wusste er schon über das übliche Benehmen von Jugendlichen? Ralph war der Ansicht, dass es sich um ganz normale Ausfallerscheinungen während der Pubertät handelte. Bald würden sie es ja wissen.

»Der Köter soll nicht in mein Zimmer kommen«, sagte Elias. Er hatte also doch zugehört.

Das werden wir ja sehen, dachte Broders und stellte Weingläser auf den Tisch. Sein Mobiltelefon vibrierte. »Entschuldigt mich kurz«, bat er und ging hinaus in den Flur. Die Selbstverständlichkeit, mit der vor allem Jüngere überall und auch mitten in einem Gespräch telefonierten, versetzte ihn immer noch in Erstaunen. »Broders.«

»Hey, alter Junge! Ich hatte dir schon auf die Box gequatscht.« Er machte eine kleine Pause. »Hier ist Frank.«

Es war Marten. Marten Unruh.

»Alles klar«, antwortete Broders angespannt. »Was kann ich für dich tun, Frank?«

»Ich komme demnächst in die alte Heimat und wollte mal wieder mit dir reden.«

»Hm. Wann und wo?«

»Erinnerst du dich an unseren Abend mit Dalwhinnie?« Er spielte auf ein legendäres Besäufnis mit Kollegen an, das schon ein paar Jahre zurücklag.

»Wird mir ewig unvergesslich bleiben«, sagte Broders.

»Danach waren wir noch in einer Kneipe.«

»Ja.« Er ging auf das Spiel, keine Namen und keine Orte zu nennen, ein. »Die gibt es sogar noch.«

»Dort treffen wir uns. Sagen wir, um einundzwanzig Uhr.«

»An welchem Tag?«

»Ich melde mich noch mal.«

Broders rollte mit den Augen. So sehr er Marten als Kollegen und auch als Kumpel schätzte – er wollte nichts mit Martens neuem Job und der damit verbundenen Geheimnistuerei zu tun haben. Broders wollte nicht in eine Welt hineingezogen werden, in der man jedes Wort auf die Goldwaage legen und sich bei jedem Schritt misstrauisch über die Schulter umsehen musste.

Marten deutete sein Schweigen richtig. »Nur auf eine halbe Stunde.«

»Also schön. Ich schau mal, was ich machen kann. Aber melde dich nicht zu kurzfristig, wenn es geht.«

Doch Marten Unruh alias Frank hatte bereits aufgelegt.

Broders stand einen Moment reglos da. Er sah auf die Jacken

an der Garderobe und die Ansammlung von Schuhen neben der Haustür. Er hörte durch die angelehnte Tür, wie in der Küche das Fett in der Pfanne zischte, als Ralph die Zwiebeln anbriet. Ein ganz normaler Abend. Broders wollte nicht, dass sein Exkollege alles durcheinanderbrachte. Er wollte auch nicht, dass Pias Leben wieder in Unordnung geriet. Aber er war auch neugierig.

Lars kam zu Pia in die Adlerstraße, als sie Felix gerade ins Bett gebracht hatte. Sie hoffte, dass er gut eingeschlafen war.

»Ein harter Tag?«, fragte Lars und nahm sie in den Arm.

»Ein Kind, das seit vorgestern vermisst wird. Dazu heute noch ein Toter, der damit in Zusammenhang stehen könnte.«

»Wie? Als Entführer?«

»Wir wissen es noch nicht.« Sie zog Lars mit sich ins Wohnzimmer. »Möchtest du was trinken?«

»Ich hol mir was, wenn ich etwas brauche.«

Pia ließ sich auf das Sofa fallen. Es stimmte, sie wussten nicht sicher, was der Tote, Florian Warnke, mit Laras Verschwinden zu tun hatte. Ob er überhaupt etwas damit zu tun hatte. Doch allein zwei Vorkommnisse in derselben Gegend, noch dazu so kurz nacheinander, waren verdächtig. Und die jüngsten Funde sprachen eine deutliche Sprache:

Florian Warnke hatte einen Elektroschocker in seinem Wagen mit sich geführt. Für sich allein betrachtet war auch das noch kein zwingender Beweis dafür, dass Warnke Lara entführt hatte. Zusammen mit dem Notizbuch, das im Bachbett gelegen hatte und das zweifelsfrei Lara gehörte, konnte man aber mittlerweile kaum noch von zwei voneinander unabhängigen Ereignissen ausgehen. Wenn Florian Warnke der Entführer war, wo befand sich dann Lara? War sie tot oder noch irgendwo eingesperrt und konnte sich nicht allein befreien?

Auch in dieser Nacht würde die Suche nach ihr weiterlaufen, wenn auch mit geringerer Besetzung. Vielleicht wussten sie morgen bei der Dienstbesprechung schon mehr. Pia hoffte es.

»Ich weiß, dass du nicht darüber reden darfst«, sagte Lars. »Aber es macht mich wahnsinnig, dich so angespannt zu sehen, ohne dir helfen zu können.«

»Du hilfst mir«, entgegnete sie. »Mehr, als du denkst. Außerdem muss ich zwischendurch auch mal abschalten. Ich bin nützlicher, wenn ich morgen wieder fit und voll da bin.«

»Wann musst du morgen früh raus?«

»Ich will um halb acht im Kommissariat sein.«

Lars stöhnte. »Dann haben wir nicht viel Zeit.«

»Die wir umso besser nutzen sollten«, sagte Pia und zog ihn an sich.

»Und Felix?«

»Ich bringe ihn morgen noch mal zu meiner Mutter. Nächste Woche ist es hoffentlich insgesamt ruhiger, und ich kann einen neuen Versuch im Kindergarten starten.«

»Felix weiß aber sehr genau, was er will beziehungsweise was er nicht will«, wandte Lars ein. »Du solltest ihm vielleicht erzählen, dass es im Kindergarten ab und zu Schokoladen- und Kiwi-Eis gibt. In genau dieser Kombination.«

Sven Fricke nahm das Schnitzel mit Möhren und Kartoffeln aus der Mikrowelle, das noch vom Mittagessen übrig war und das seine Mutter ihm als Tellergericht in den Kühlschrank gestellt hatte. Er betrachtete es, schnupperte daran und stellte den abgedeckten Teller wieder in den Kühlschrank. Sven spukten noch immer die Bilder des erhängten Florian Warnke im Kopf herum. Der Geruch des warmen Essens verursachte ihm Übelkeit, der Anblick des Fleisches in der braunen Soße sowieso. Wenn er sich ablenkte, ging es ja einigermaßen, aber sobald er sich ein wenig entspannte und nicht wie ein Schießhund aufpasste, sah er Florians Leiche wieder vor sich.

Nur einen kurzen Moment, als der alte Hellbach mit dem Stock gegen den Erhängten gestoßen und dieser sich am Seil etwas gedreht hatte, hatte Sven das Gesicht des Toten gesehen. Wie konnte der Anblick eines Mannes, den er ein paar Tage zuvor noch um sein gutes Aussehen beneidet hatte, solchen Widerwillen hervorrufen? Brachte die Abwesenheit von Leben, die leblose Hülle eines Menschen, zwangsläufig so viel Schrecken und Scheußlichkeit hervor? Nun verstand Sven zumindest, was ein Freund, der mal in einem Bestattungsinstitut gejobbt hatte, gemeint hatte: Der Tod verlor nicht an Schrecken, je öfter man sich damit auseinandersetzen musste; es war vielmehr genau umgekehrt. Das Grauen nahm von Mal zu Mal zu. Und Sven hatte erst diesen einen Toten gesehen …

Er überdachte seine Möglichkeiten: Seine Eltern waren ausnahmsweise einmal ausgegangen. Er konnte zu Hause bleiben, am Computer rumdaddeln, sich einen Film anschauen und weiterhin Gespenster sehen, oder er konnte rausgehen. Ein bisschen mit dem Auto durch die Gegend fahren? In *Vagts Hof* gehen und die permanente Übelkeit mit einem Schnaps bekämpfen? Heute Abend war es sicher voll dort. Die Leute wollten sich darüber austauschen, was mit Lara und Florian passiert war. Einerseits fand Sven die Aussicht darauf bedrückend, auch weil er unter vielen Menschen nie so recht zu Wort kam. Doch bestimmt war Miriam da. Seine Stimmung hob sich ein wenig. Eine Mischung aus freudiger Erwartung und Angst vor einer weiteren Niederlage erfüllte ihn.

Er ging ins Bad, verteilte eine Portion Gel im Haar, schnitt sich selbst im Spiegel eine Grimasse und machte sich auf den Weg.

Der Apotheker Hendrik Nagel, der alte Ansgar Hellbach und Rüdiger Dietz saßen an ihrem angestammten Tisch direkt neben dem Tresen. Sie hatten die Köpfe zusammengesteckt und sahen kaum auf, als Sven zu ihnen trat.

»Moin, zusammen«, sagte er und zog sich einen Stuhl hervor. Nur Hendrik Nagel nickte schwach, als er neben ihm Platz nahm.

»Ein Pils oder ein Weizen?«, fragte Hans Vagt, der von hinter dem Tresen aufgetaucht war.

»Ein großes Pils«, sagte Sven und sah sich unauffällig im Gastraum um. Wo war Miri?

Die drei Männer sprachen so leise miteinander, dass er nichts verstehen konnte. Sven lehnte sich zurück und bemühte sich, entspannt auszusehen. Ein Mann, der auf sein verdientes Feierabendbier wartet. Mehr Schein als Sein, dachte er spöttisch. Er war in diesem Ort aufgewachsen, er würde den Fricke-Hof übernehmen, einen der beiden größten landwirtschaftlichen Betriebe in Grotenhagen. Er gehörte hierher. Warum zum Teufel fühlte es sich nicht so an? Warum war er unsicher und blieb irgendwie stets der Außenseiter? Der grüne Junge.

Rüdiger sagte etwas, hieb mit der Faust auf den Tisch, und die anderen nickten zustimmend. Dabei müsste Rüdiger der Außenseiter sein. Jeder im Dorf spottete in seiner Abwesenheit über ihn. Darüber, dass er bei seiner kleinen Schwester auf dem Grundstück in einem Wohnwagen hauste. Dass er chronisch pleite war und für seinen Schwager Handlangerdienste übernahm. Und auch, dass er in Spanien gescheitert war, obwohl er doch vorher so große Reden geschwungen hatte. Ein Wunder, dass er überhaupt bis nach Spanien gekommen war, ohne jede Knete. Einige Jahre hatte er sich immerhin dort gehalten. Sven konnte sich nicht erklären, wie er da ohne seine Schwester Lucie über die Runden gekommen war. Er musste das doch irgendwie finanziert haben. Oder hatte er dort eine Frau gefunden, die ihn ausgehalten hatte? Man sah das ja in diesen Reality Shows über Auswanderer. Geschenkt wurde einem da draußen auch nichts, Sonnenschein hin oder her.

Doch für Sven ging nun die Sonne auf. Miriam stellte ein großes Pils vor ihm auf den Tisch. Sie trug einen kurzen schwarzen Rock, mehr ein Gürtel, blickdichte Strümpfe und ein T-Shirt, dessen Halsausschnitt so weit war, dass Sven ihr Schlüsselbein sehen konnte, das sich zart unter der nackten Haut abzeichnete. Ihr Haar sah wie immer so aus, als wäre sie gerade Orkan Niklas entkommen. Sie war … hinreißend. »Dank dir, Miri.« Er versuchte es mit einem lockeren Lächeln.

»Bitte.« Sie ging sofort weiter zum nächsten Tisch, wo zwei ihm unbekannte Männer saßen, einer in einer Bikerjacke, der andere im Kapuzen-Sweatshirt. Beide hatten einen Bart, und der Jüngere von ihnen trug, der Jahreszeit zum Trotz, eine Wollmütze lässig aus dem Gesicht geschoben.

»Was kann ich euch beiden denn antun?«, fragte Miriam. Sie knickte die Hüfte ein und stützte einen Arm in die Taille. Ihr T-Shirt rutschte noch etwas weiter über die Schulter.

»Oh, da fällt uns schon was ein. Hast du einen Moment Zeit, dich zu uns zu setzen?«

»Verdammtes Pressepack!«, zischte Hendrik mit einem Seitenblick auf den Nebentisch.

Stimmte das? Einer der beiden Männer hatte einen Laptop vor sich stehen, und sie beobachteten immer mal wieder die Leute im Raum. Gerade zogen sie jedoch Miri mit Blicken aus.

»Lass dich bloß nicht von denen ausquetschen!«, sagte der Apotheker zu Sven. Er schreckte auf. »Was hier passiert, geht nur uns und allenfalls die Polizei etwas an.«

»Schon klar«, meinte Sven. »Das sind Aasgeier.« Miri lachte hell auf, dann verschwand sie wieder hinter dem Tresen.

Rüdiger knuffte Sven den Ellenbogen in die Seite. »Da musst du jetzt stärkere Geschütze auffahren, Svennie.« Und er griff sich in den Schritt.

»Halt die Klappe, Rüdiger! Miriam ist immer noch meine Schwägerin«, fuhr Hendrik ihn an. Und zu den anderen: »Ich habe eben noch mal mit Thomas gesprochen. Es gibt nach wie vor keine Spur von seiner Tochter. Die Familie geht auf dem Zahnfleisch. Verständlicherweise! Und was macht die Polizei? Die denken jetzt, dass Florian Lara entführt und ermordet hat. Praktisch, denn er ist ja tot. Wahrscheinlich Selbstmord. Da sind sie fein raus. Verbrechen aufgeklärt – fehlt ihnen nur noch die Leiche des Mädchens ...«, erklärte er bitter.

»Die suchen schon noch nach ihr«, sagte Ansgar. »Aber sie suchen an den falschen Stellen. Heute hat die Polizei das gesamte Gutsgelände auf den Kopf gestellt. Kamen an mit einem Durchsuchungsbeschluss. Diese Idioten sind in die leer stehenden Gebäude gekrochen und haben dort das Unterste zuoberst gekehrt. Einer ist durch die Balken des alten Heubodens gekracht und hat sich dabei den Arm gebrochen.« Er schnaubte. »Tja, nicht mein Problem. Ich hab denen gesagt, dass sie bei mir ihre Zeit verschwenden.«

»Bei uns auf dem Hof waren sie auch noch mal«, sagte Sven, aber keiner der Männer ging darauf ein.

»Das ist doch alles ein abgekartetes Spiel«, sagte Rüdiger. »Und eines weiß ich sicher: Der Flo hat nie und nimmer Selbstmord begangen.« Rüdiger sah von einem zum anderen. »Ich kenn den doch. Der hatte gerade was Größeres vor. Ich war am Dienstagmorgen noch bei ihm im Laden, bevor er losgefahren ist. Der war gut drauf, hatte genügend Geld in der Tasche. So einer bringt sich doch nicht um!«

Zustimmendes Gemurmel. Auch Sven nickte. Dabei warf er einen raschen Blick zu Miriam hinüber, die jetzt auf Hans Vagts Geheiß Gläser polierte, die sie aus dem Korb der Spülmaschine nahm. Sie sah immer mal wieder zu den Presseheinis hin. Rüdiger hatte recht. Die Konkurrenz schlief nicht. Er musste etwas unternehmen ... Er erhob sich und schlenderte mit seinem halb vollen Bierglas zum Tresen.

»Is' was? Schmeckt dir dein Bier nicht?«

»Doch, schmeckt sehr gut«, sagte er.

»Und?«

Eigentlich hatte er sie fragen wollen, ob sie mal was zusammen unternehmen wollten. Auf die zu erwartende Gegenfrage, an was er denn da dachte, hätte er allerdings keine Antwort gewusst. »Das Bier ist in Ordnung. Aber ansonsten war heute kein guter Tag für mich«, sagte er, selbst erstaunt über diese ehrliche Aussage. Er hatte mal gelesen, das Ich-Aussagen die Kommunikation erleichterten.

»Du hast den toten Flo gefunden.« Sie sah ihm zum ersten Mal an diesem Abend ins Gesicht. »Echt übel.«

»Ja. Ich war ganz allein unterwegs. Irgendwann kam ich zu der Brücke im Wald. Und da hing er dann. Zuerst hab ich nur ...«

»Wir möchten zahlen!«, rief einer der Pressefuzzis. Miris Gesicht hellte sich auf. Ohne Sven weiter zu beachten, schlenderte sie zu den Männern hinüber. Sven sah sich nicht um, doch er hörte sie reden und lachen. Er blieb geduldig stehen, schmückte im Geiste seine Geschichte ein wenig aus, aber Miri kam nicht zu ihm zurück.

Hans Vagt, der ebenfalls hinter der Theke stand, sagte halblaut: »Vergiss es! Die ist nichts für dich, Sven.«

15. Kapitel

Pia erschien als Erste zur Dienstbesprechung. Sie hatte Felix ohne Probleme bei ihrer Mutter abgeben können. Ihr Sohn genoss es, bei den Großeltern mehr oder weniger den ganzen Tag lang verwöhnt zu werden. Sie unterdrückte ihr schlechtes Gewissen, weil sie diese für sie stressfreie Variante bevorzugte und Felix' aufreibende Eingewöhnungsphase im Kindergarten auf später vertagte. Alles würde einfacher sein, sobald Lara gefunden und wohlbehalten ihren Eltern übergeben worden war, auch wenn Pia kaum noch darauf zu hoffen wagte. Der Tod Florian Warnkes war zwar ebenfalls tragisch, löste aber nicht dieselbe Beklemmung und dasselbe Gefühl von Dringlichkeit in ihr aus. Der Mann war tot, und wenn er ermordet worden war, mussten sie seinen Mörder finden. Das war ihr Job. Doch das Schicksal von Kindern, insbesondere ein ungewisses, ging in der Regel auch Kriminalpolizisten besonders nahe.

Pia las sich noch einmal ihre Notizen durch und schrieb sich weitere Anmerkungen dazu auf, als Rist hereinkam.

Er sah, wenn möglich, noch unzufriedener aus als sonst. »Nanu, Pia. Bist du heute aus dem Bett gefallen?«

Sie schaute auf die Uhr. »Wieso fragst du? Wir fangen in acht Minuten an.«

»Umso besser, wenn ich dich noch allein erwische. Du siehst so aus, als wüsstet du es noch gar nicht.«

»Was ist los?« Ihr Herzschlag beschleunigte sich. War Laras Leiche gefunden worden? Sie suchte in Rists Gesicht nach der Antwort. Nach Zeichen von Schock, Trauer oder Frustration.

Rist hatte eine zusammengerollte Tageszeitung unter dem Arm, die er nun hervorzog. Er legte sie vor Pia auf den Tisch und strich sie glatt. »Was hast du dir eigentlich dabei gedacht?«

»Wobei?« Sie versuchte zu erfassen, wovon er sprach.

»Hier, gleich auf der zweiten Seite. Hatte ich dir nicht gesagt, du sollst die Reporter vom Tatort fernhalten und ablenken?« Manfred Rist war vor Zorn weiß geworden. Nur seine Nase leuchtete rot, mit ein paar entzündeten Pusteln darauf. Er hämmerte mit der flachen Hand auf ein Foto in der Zeitung, das das Waldstück unweit des Fundortes der Leiche Florian Warnkes zeigte. Im Vordergrund des Bildes war das rotweiße Flatterband mit der Aufschrift *Polizeiabsperrung* zu sehen.

»Genau das habe ich auch getan.«

»War es nicht ein bisschen zu viel des Guten, denen gleich wichtige Details unserer Ermittlungen zu verraten?«

»Ich habe den Reportern überhaupt nichts erzählt«, sagte Pia. »Bin ich die Pressestelle?«

»Und warum zum Teufel steht dann hier etwas von einem blauen Abschleppseil?«, schrie er sie an.

Pia zog die Zeitung zu sich heran und überflog den Artikel. Es stimmte. Der Reporter beschrieb das Seil, an dem Florian Warnke an der Brücke gehangen hatte, sehr genau. Es war ein Detail, das keinesfalls an die Öffentlichkeit hätte gelangen dürfen, denn dieses »Täterwissen« wäre eine Chance gewesen, den Täter von Wichtigtuern oder anderen gestörten Personen zu unterscheiden, die sich aus unterschiedlichen Gründen selbst der Tat beschuldigten. Wenn es denn ein Tötungsdelikt gewesen war. Unbeteiligte, die sich in laufende Ermittlungen einmischten und sich gar selbst bezichtigten, obwohl sie nichts damit zu tun hatten, waren bei der Polizeiarbeit nicht selten, insbesondere, wenn ein Fall intensiv durch die Medien ging.

»Ich weiß nicht, warum das hier steht«, sagte Pia mit trockenem Mund. Die ungerechtfertigte Anschuldigung ärgerte sie sehr. Sie spürte ihren Herzschlag in ihrem Hals. »Von mir haben sie das jedenfalls nicht.«

»Von wem denn sonst?«

»Ein paar mehr Leute haben dieses Seil gesehen.«

»Aber die haben wir zum Stillschweigen verpflichtet. Die haben sicher nicht gleich mit der Presse geredet. Du weißt doch: Wenn man alle anderen Möglichkeiten ausschließt, ist das, was übrig bleibt, die richtige Lösung – so unwahrscheinlich es auch klingt«, erwiderte Rist, der sich dicht zu ihr herübergebeugt hatte. Sie konnte die Mitesser auf seiner Nase sehen. Er zitierte Arthur Conan Doyle – *Sherlock Holmes*. Wenn sie nicht so wütend gewesen wäre, hätte es sie amüsiert. Pia rückte ein Stück von Rist ab und schaute zur Seite, um sich ihre Gefühle nicht anmerken zu lassen. Außerdem hatte Rist üblen Mundgeruch. Noch übler fand Pia, wie schnell und leichtfertig er sie als die Schuldige abstempelte. »Ich habe definitiv kein Täterwissen an die Presse weitergegeben. Inwieweit du unseren Zeugen vertraust, ist deine Entscheidung.«

»Ach ja ...«

Gerlach und Wilfried Kürschner betraten den Besprechungsraum. Pia war versucht, den Zeitungsartikel und die Herkunft des »Täterwissens« mit ihnen zu diskutieren, weil sie wusste, dass insbesondere Wilfried die Sache objektiv betrachten würde. Es war jedoch besser, sich später allein mit Rist auseinanderzusetzen, sonst behauptete er womöglich, sie könne sich nicht allein verteidigen und wiegele seine Leute gegen ihn auf.

Rist zog die Zeitung auch gleich weg, als die Kollegen näher kamen. »Wir sprechen uns dazu noch einmal«, sagte er leise zu Pia.

»Gibt es etwas Neues über Lara?«, fragte nun auch Conrad Wohlert, der soeben den Raum betrat.

»Nein.« Manfred Rist trat ein paar Schritte zurück. »Das vermisste Mädchen hat noch Priorität. Wo bleiben eigentlich die anderen? Macht hier jeder, was er will?«

Pia gefiel das Wörtchen »noch« nicht. Sie atmete gegen die Beklemmung an, die es ihr verursachte.

Das Ergebnis der Dienstbesprechung war ernüchternd. Sie hatten weiterhin keinen brauchbaren Hinweis auf Lara Eibholz' Aufenthaltsort. Das Mädchen hatte am Dienstagabend das Haus ihrer Freundin in Wagau verlassen und war seitdem nicht mehr gesehen worden. Das war jetzt mehr als sechzig Stunden her.

Eine wichtige Spur stellte ausgerechnet das rosafarbene Notizbuch dar, das in der Nähe von Florian Warnkes Leiche im Bachbett gefunden worden war. Es gehörte laut Sophie Eibholz tatsächlich ihrer Tochter Lara. Zwar stand kein Name darin, doch sie hatte die Schrift wiedererkannt und auch ein paar der Notizen und Zeichnungen. Da der Tote quasi Lara Eibholz' Nachbar gewesen war, mussten sie mit einiger Wahrscheinlichkeit davon ausgehen, dass Florian Warnke etwas mit dem Verschwinden des Kindes zu tun hatte. Ein verschwundenes Mädchen und ein Nachbar, der kurz darauf erhängt aufgefunden wird, das wäre, sogar ohne das Auffinden von Laras Notizbuch, etwas zu viel des Zufalls. Doch die Ermittlungen hatten bisher keinerlei pädophile Neigungen Warnkes zutage gefördert.

Die Leiche von Florian Warnke war inzwischen obduziert worden. Es lag ein erster Bericht aus der Rechtsmedizin vor: Der Tote hatte sich nicht selbst an der Brücke aufgehängt, sondern war vermutlich zunächst mit zwei Hieben auf den Kopf bewusstlos geschlagen worden. Der Rechtsmediziner sprach von einem stumpfen Gegenstand wie zum Beispiel einer

Eisenstange oder auch einem Wagenheber als Tatwaffe. Das Ergebnis der Röntgenuntersuchung des Schädels stand aber noch aus. Danach hatte der Täter seinem Opfer das Abschleppseil um den Hals gelegt, zugezogen und ihn zwischen den Geländerpfosten die Brücke hinuntergestoßen. Faserreste von Warnkes Kleidung auf dem Boden der Brücke und an einem der Pfosten, die sich im rauen Holz verfangen hatten, schienen diese Theorie zu untermauern. Laut Obduktionsbericht lag der Todeszeitpunkt zwischen achtzehn Uhr am Mittwochabend und circa Mitternacht. Da war Lara Eibholz schon mindestens vierundzwanzig Stunden verschwunden gewesen.

»Was wissen wir über Florian Warnke?«, fragte Rist in die Runde.

»Er hat Dienstagvormittag um kurz vor elf sein Haus verlassen, um in Richtung Polen zu fahren und alte Möbel einzukaufen beziehungsweise zu sichten. Wir wissen noch nicht, wo genau er war, da er um seine Einkaufs-Adressen anscheinend ein großes Geheimnis gemacht hat. Nach der Untersuchung seines Computers und der Telefonverbindungen wissen wir hoffentlich mehr.«

»Hat er zwischendurch nicht einmal seine Frau angerufen?«

»Doch, am Mittwoch gegen Mittag. Aber auch ihr hat er nicht gesagt, wo er sich aufhält oder wann genau er zurückkommt. Er wollte allerdings auf dem Rückweg noch einen möglichen Verkäufer in Deutschland aufsuchen, um sich eine Antiquität anzuschauen.«

»Das hat er seiner Frau gesagt«, wandte Rist ein.

»Richtig. Anstatt in Polen herumzufahren, hätte er sich in der Zwischenzeit auch sonst wo aufhalten können. Beispielsweise, wenn er Lara in seine Gewalt gebracht hat«, sagte Broders. »Die Daten seines Mobiltelefons werden uns da mehr verraten.«

»Warum haben wir die noch nicht?«, fragte Rist.

»Es dauert eben«, antwortete Gerlach. »Sie arbeiten dran.«

»Die Adresse, die Warnke noch auf dem Rückweg aufsuchen wollte, müssen wir unbedingt finden«, sagte Pia. »Florian Warnke könnte dabei über etwas gestolpert sein, das mit Laras Verschwinden zu tun hat. Vielleicht wird sie sogar an diesem Ort gefangen gehalten. Das würde den Mord an ihm erklären.«

»Das ist *eine* Theorie«, entgegnete Rist. »Dafür, dass Florian Warnke genau das getan hat, was er seiner Frau erzählt hat, haben wir nur sein oder ihr Wort.«

»Was ist mit seinem VW-Bus?«, fragte Pia. »Ist der schon vollständig untersucht worden?«

»Auch da sind die Untersuchungen noch nicht abgeschlossen«, berichtete Gerlach. »Immerhin wissen wir schon, dass das Abschleppseil, mit dem Warnke aufgehängt wurde, mit großer Wahrscheinlichkeit aus seinem Wagen stammt.«

»Was sagen die Kollegen vom K6 über den Elektroschocker im Handschuhfach?«, erkundigte Pia sich.

»Den könnte Warnke verwendet haben, um Lara in seine Gewalt zu bekommen«, sagte Rist. »Er ist schon mal benutzt worden, und danach wurde er wieder in der Originalpackung aufbewahrt.«

»Sind Spuren von Lara daran sichergestellt worden?«

»Negativ«, las Rist aus dem Bericht vor.

»Dann hatte Warnke ihn wohl aus Gründen der Selbstverteidigung bei sich. Laut seinem Schwager hatte er auf diesen Touren auch immer eine größere Menge Bargeld dabei.«

»Was meint Rüdiger Dietz mit einer größeren Menge?«, fragte Gerlach.

»Dietz spricht von einem Bündel Scheine. Mehrere tausend Euro.«

»Und auch das Geld ist nirgendwo aufgetaucht«, berichtete

Rist. »Genauso wenig wie Warnkes Mobiltelefon oder seine Brieftasche.«

»Entweder hat Florian Warnke das Geld ausgegeben, beispielsweise für die antiken Kleinmöbel in seinem Laderaum, oder der Mörder hat es mitgenommen.«

»Sonst noch Spuren in dem VW-Bus?«, wollte Pia wissen.

»Auf dem Fahrersitz bis hoch auf die Kopfstütze sind jede Menge graue und auch verschiedenfarbige Fasern sichergestellt worden«, berichtete Rist. »Unterschiedliche und stark angegriffene Fasern. Das Labor schreibt, das wäre typisch für recycelte Fasern.«

»Recycelte Fasern?«

»Die verwendet man beispielsweise für Packdecken.«

»Packdecken, wie sie in mehrfacher Ausführung im VW-Bus lagen«, sagte Pia. »Warnke hat sie wohl mitgeführt, um beim Transport empfindliche Möbel damit abzupolstern.«

»Wie kommen die auf den Fahrersitz?«, fragte Juliane.

»Der Täter hat sie vermutlich auf den Sitz gelegt, um selbst keine verräterischen Spuren wie Fasern, Haare und Hautschuppen zu hinterlassen.«

»Solche Fernsehsendungen, in denen das gezeigt wird, sollte man verbieten«, meinte Broders.

»Man kann das auch in Krimis lesen«, bemerkte Pia.

»Dann hat der Täter Florian Warnke vermutlich woanders niedergeschlagen, den Bus mit ihm darin zu der Brücke gefahren, wobei er den Fahrersitz und vielleicht auch die Ladefläche mit den vorhandenen Packdecken abgedeckt hat, um keine Spuren zu hinterlassen. Und dort hat er sein Opfer an seinem eigenen Abschleppseil aufgehängt«, sagte Pia.

»Und wer so weit denkt, hinterlässt auch keine Fingerspuren an Lenkrad, Schaltknüppel oder Türgriff«, vermutete Wilfried Kürschner.

»Das wissen wir noch nicht. Was an Fingerspuren da ist,

wird zunächst mit den Abdrücken des Toten und seiner Frau abgeglichen. Was übrig bleibt, könnte vom Täter stammen.«

»Kann es nicht auch Lucie Warnke gewesen sein?«, fragte Kürschner.

»Du hast die Frau nicht gesehen«, sagte Gerlach. »Sie ist Balletttänzerin. Ich habe selten eine so kleine und zierliche Person kennengelernt. Ich glaube nicht, dass sie kräftig genug ist, so etwas zu tun.«

»Sie ist klein, doch sie hat bestimmt ziemlich viel Kraft. Und sie ist fit«, widersprach Pia, leicht amüsiert über die Vorurteile, die sich da Bahn brachen.

»Mag sein. Aber nicht *so* kräftig«, meinte Gerlach im Brustton der Überzeugung, »einen erwachsenen Mann zu erhängen.«

»Ich denke, dazu war keine außergewöhnlich große Körperkraft erforderlich«, entgegnete Pia. »Wer in der Lage ist, den bewusstlosen Florian Warnke zwei oder drei Meter weit zu bewegen, beispielsweise, indem er ihn unter den Achseln greift und zieht, der kann ihn auch aufgehängt haben. Dabei hilft einem dann ja die Schwerkraft.«

Rist schnaubte.

»Pia. Manchmal machst du mir Angst«, sagte Broders.

Nachdem Manfred Rist neue Aufgaben verteilt hatte, verließen alle Mitarbeiter des K1 eilig den Raum. Pia warf ihre Unterlagen in die Umhängetasche. Als sie aufblickte, hatte Rist sich mit in die Hüften gestützten Händen vor ihr aufgebaut.

»Ist noch was?«, fragte sie.

»Du brauchst an diesem Wochenende nicht zu arbeiten«, sagte er.

»Wie kommst du darauf? Ich habe Samstag und Sonntag

Zeit, und wir haben mehr als genug zu tun.« Felix war bei Hinnerk und Mascha. Pia war fest darauf eingestellt, das Wochenende durchzuarbeiten.

»Ich will es nicht.«

»Wie bitte?«

»Du hast mich schon verstanden.«

»Was soll das? Du brauchst mich. Wir haben zwei Fälle, die beide in der heißen Phase stecken.«

»Du bist ein Sicherheitsrisiko.«

»Ach, daher weht der Wind. Dieser bescheuerte Zeitungsartikel! Der Inhalt des Geschreibsels stammt aber nicht von mir.«

»Das sagst *du*. Ich sage, dass du etwas ausgeplaudert hast, das niemals an die Öffentlichkeit hätte gelangen dürfen. Ob wissentlich oder nur aus Unvorsichtigkeit, ist mir egal. So jemanden kann ich momentan nicht in meinem Team gebrauchen.«

»Du spinnst«, entfuhr es Pia. Sie war zu wütend, um kühl zu reagieren. Obwohl sie vermutete, dass er das aus Bosheit und reiner Berechnung sagte, verletzte es sie. Und er würde ihre Gefühle ausnutzen. Er wartete ja nur auf Fehler ihrerseits. Sie musste besser aufpassen. Pia atmete tief durch. »Ich kann verstehen, dass du in dieser schwierigen Ermittlungsphase keinen Mitarbeiter gebrauchen kannst, der geheime Informationen an die Presse gibt. Aber da ich es nicht war, werde ich weiter mitarbeiten. Wenn Lara aufgrund fehlender oder falsch genutzter Personalressourcen zu Schaden kommt, hast du ein Problem.«

»Drohst du mir?«

»Das ist eine Tatsache. Und die andere Tatsache, dass die fehlgeleiteten Informationen nicht von mir stammen, werde ich dir beweisen.«

»Ach ja? Wir werden ja sehen.« Rist drehte sich auf dem

Absatz um und verließ den Raum. Anscheinend war das Gespräch für ihn nicht wunschgemäß verlaufen.

Pia sah ihm stirnrunzelnd nach. Es fühlte sich zwar wie ein Sieg nach Punkten an, insgesamt jedoch war das gar nicht gut. Nicht für sie, nicht für das vermisste Mädchen, nicht für die gesamte Ermittlung und nicht für das Team.

16. Kapitel

Pia suchte sich die Adresse der Zeitungsredaktion heraus und fuhr direkt dorthin. Der Verfasser hatte den Artikel mit dem Kürzel »pr« unterzeichnet, so viel hatte sie immerhin noch gesehen, bevor Rist das Blatt wieder weggerissen hatte. Sie vermutete, dass das Problem am Telefon nicht so leicht zu klären war – wenn überhaupt.

Die Zeitungsredaktion lag im Lübecker Stadtteil Bunte Kuh. Am Empfang fragte Pia nach dem Mitarbeiter mit dem Kürzel »pr«.

Die Frau hinter dem Tresen winkte hektisch ab. Sie hatte sich ein Telefon zwischen Ohr und Schulter geklemmt und tippte gleichzeitig auf einer Tastatur. Als sie wieder aufblickte, wiederholte Pia ihr Anliegen.

»Ich muss mit Ihrem Kollegen sprechen, der seine Artikel mit ›pr‹ unterzeichnet. Es ist dringend. Kriminalpolizei.«

Die junge Frau zog die nachgemalten Augenbrauen hoch.

»Das ist Patricia Rosner«, sagte sie. »Sie haben Glück, dass sie da ist. Moment!«

Sie öffnete eine Tür hinter sich und rief. »Patsy, dein Typ wird verlangt.« Zu Pia gewandt, sagte sie: »Sie kommt«, und lächelte kühl.

Patricia Rosner war eine dünne Frau mit kurzen roten Haaren und Ohrringen, die ihr bis auf die Schultern fielen. Pia hatte sie noch nie gesehen. Wäre sie persönlich am Tatort gewesen, würde sie sich an sie erinnern.

»Was ist los, Babs?«, wollte die Journalistin wissen. »Du weißt doch, dass ich jetzt losmuss.«

»Die Kripo für dich«, sagte die Angesprochene und wies auf Pia.

Patricia Rosner wandte sich Pia zu. »Das ist gerade ganz ungünstig.«

»Bei mir auch. Extrem ungünstig. Es dauert aber nur ein paar Minuten. Wo können wir reden?«

Die Journalistin musterte Pia genervt, schien jedoch zu dem Schluss zu kommen, dass sie sich nicht würde abwimmeln lassen. »Na gut. Folgen Sie mir. In ein paar Minuten muss ich aber weg sein.«

»Schon klar.« Pia folgte ihr in ein Kabuff von einem Büro mit einem Schreibtisch und zwei Stühlen, zwei Fotokopierern, einem Computer und diversen Aktenschränken. Es roch nach Druckertinte und warmem Kunststoff. »Es geht um Ihren Artikel über den Todesfall an der Ostsee. Der Erhängte im Wald«, sagte sie, als die Tür hinter ihnen geschlossen war.

Patricia Rosner setzte sich auf die Schreibtischkante und verschränkte die sommersprossigen Arme vor der Brust. »Was ist damit?«

»In dem Artikel sind Informationen enthalten, die nicht an die Presse gehen durften. Ich möchte wissen, woher Sie die haben.«

»Hey, das ist Ihr Problem, wenn Sie zu viel ausplaudern. Wir schreiben nur über die Sachen, die wir in Erfahrung bringen können, um die Leute zu informieren.«

»Und woher haben Sie die speziellen Infos über den Fall?«

»Wissen Sie, ich schreibe so viele Artikel …«

»Sie waren gar nicht am Tatort. Ich habe Sie dort nicht gesehen.«

»Ich kann nicht überall sein.«

»Wer hat Ihnen die Information über das Abschleppseil gegeben, mit dem der Mann erhängt aufgefunden wurde?«

»Ach, das … Max war da. Ein Kollege. Er hat es mir notiert

und auch das Foto gemacht. Ich habe den Artikel dazu geschrieben.«

»Hat er Ihnen auch notiert, mit wem er vor Ort gesprochen hat.«

»Mit der Polizei.«

»Einen Namen dazu?«

»Nein. Und selbst wenn, kann ich Ihnen die Quelle nicht nennen.«

»Dann muss ich diesen Kollegen, diesen Max, sprechen.«

»Er ist unterwegs. Den ganzen Tag. Sind wir jetzt fertig?«

Pia rang um Beherrschung, um die Frau nicht an den Schultern zu packen und so lange zu schütteln, bis sie den Namen desjenigen, der vertrauliche Informationen der Polizei an die Presse ausgeplaudert hatte, preisgab. »Wo finde ich Ihren Kollegen?«

»Weiß ich nicht. Und ich habe es wirklich eilig.« Sie erhob sich.

»Helfen Sie mir, und wir sind hier fertig.« Pia blockierte die Tür zum Flur.

»Max Carlsdorf«, rückte die Journalistin heraus. »Ich schreibe Ihnen seine Mobilnummer auf. Viel Glück!«

Nachdem Pia Max Carlsdorf zweimal auf die Mobilbox gesprochen und um Rückruf gebeten hatte, fuhr sie zurück in die Dienststelle. Auf dem Weg zu ihrem Büro kamen ihr Broders und Gerlach aus dem Fahrstuhl entgegen.

»Du kannst gleich mitkommen«, sagte Broders.

»Was ist denn los?«

»Wir wissen jetzt, wo Florian Warnke vor seinem Tod noch einen Termin hatte. Der Mann heißt Wilko Groth, und er wohnt auf einem Hof, etwa dreißig Kilometer von Grotenhagen entfernt.«

»Woher habt ihr das?«, fragte Pia, schloss sich den beiden aber bereitwillig an. Das Gespräch mit der Redakteurin und die vergeblichen Anrufe bei Carlsdorf hatten sie frustriert. Ein neuer Hinweis war eine willkommene Ablenkung. Sie spürte ein Kribbeln im Nacken, das ihr sagte, dass dies eine wichtige Spur sein konnte. Vielleicht sogar zu Laras Aufenthaltsort.

»Sie haben endlich Florian Warnkes Computer durchforstet. Da steht alles drin: seine Termine, Kontakte, Adressen, Telefonnummern, besichtigte Ware ...«

»Und Rist schickt euch allein dorthin?«, fragte Pia.

»Die anderen sind alle anderswo unterwegs. Er selbst ist gerade im Büro des Staatsanwalts«, sagte Gerlach. »Er kommt nach, sobald er kann.«

»Hat er mich auch erwähnt?«

»Nicht speziell, doch er meinte, er will dort jeden sehen, der gerade verfügbar ist«, antwortete Gerlach. »Wenn sich der Verdacht bestätigt, dass Wilko Groth irgendetwas mit unserem Vermisstenfall oder dem Mord zu tun hat, wird sowieso Verstärkung angefordert.«

Pia schüttelte den Kopf. »Der hat Nerven.«

Broders sah sie an. »Was ist überhaupt los zwischen Rist und dir? Er hat da so eine Bemerkung fallen lassen. Bist du noch im Boot?«

»Natürlich bin ich das.« Die Anweisung, am Wochenende nicht zu arbeiten, ist noch nicht in Kraft, weil noch gar nicht Wochenende ist, sagte Pia sich.

»Gibt es Ärger?«, wollte Broders wissen.

»Rist denkt, dass ich Täterwissen an die Presse gegeben habe.«

»Und? Hast du das?«, fragte Gerlach.

Pia funkelte ihn wütend an. »Ich habe keine Informationen ausgeplaudert. Und das werde ich Rist auch beweisen.«

»Ich drücke dir die Daumen«, sagte Broders.

»Ich habe den Mann, dem ich angeblich Informationen zugetragen haben soll, schon gefunden.« Hoffentlich rief er sie bald zurück. Und hoffentlich würde er kooperieren. Sie versuchte, zuversichtlich zu sein. War es seine Stimme auf der Mobilbox gewesen? Oder der Name? Sie hatte das undeutliche Gefühl, diesem Journalisten schon einmal begegnet zu sein … und das vor längerer Zeit. Doch sie kam nicht drauf, wann und wo das gewesen war.

»Stimmt etwas nicht, Pia?«, wollte Broders wissen.

»Alles in Ordnung.« Sie schloss den Wagen auf und setzte sich ans Steuer.

Der Hof von Wilko Groth lag an einer schmalen Landstraße, die nicht einmal den Luxus weißer Fahrbahnbegrenzungen aufwies. Ein buckliges Asphaltband, das sich zwischen zwei Wallhecken, den typisch Schleswig-Holsteinischen Knicks, durch die abgeernteten Felder zog. Hinter Hasel- und Weißdornbüschen und vereinzelten Eichen konnte Pia einen kurzen Blick auf ein grau verputztes Haus mit Wellblechdach werfen. Sie fuhren an der Zufahrt vorbei, die ein windschief montierter amerikanischer Briefkasten markierte, und hielten zwanzig Meter weiter, sodass man ihren Wagen vom Groth'schen Grundstück aus nicht sehen konnte.

»Ich hab mir den Hof vor der Fahrt hierher auf einem Satellitenbild angesehen«, sagte Broders. »Es handelt sich um ein paar verstreut liegende Gebäude: ein lang gestrecktes Wohnhaus, Garage, L-förmiger Stall, wie es aussieht. Im Garten steht ein Gartenhaus oder Geräteschuppen. Zum Zeitpunkt der Aufnahme vor zwei Jahren sah alles mehr oder weniger verwahrlost aus. Rechts hinter dem Gemüsegarten schließt sich ein Dickicht an, das in ein Waldstück übergeht. Wenn Groth uns dorthin entwischt, ist er erst mal weg.«

»Viel Platz, um zum Beispiel ein Kind zu verstecken«, sagte Pia.

»Überaus viel Platz.«

»Haben wir etwas über Groth im System?«

»Zweimal aktenkundig wegen überhöhter Geschwindigkeit und einmal wegen Beleidigung. Ist schon Jahre her. Das war's. Ach ja, während seiner Studentenzeit war er wohl ein Sympathisant der RAF.«

»Ich schau mal unauffällig, ob überhaupt jemand zu Hause ist.« Ohne ihre Reaktion abzuwarten, stieg Gerlach aus dem Auto.

Broders und Pia sahen sich an. Michael Gerlach mit seinem modischen Hemd, das leuchtete, als wäre es aus einem Werbespot für Weichspüler, fiel hier auf wie ein Flamingo unter Saatkrähen.

»Wenn er will, verschmilzt er mit seiner Umgebung«, sagte Pia.

»Seine Meike hat ihm da aber auch wieder was Feines rausgelegt.«

»Er wird sich doch wohl selbst anziehen.« Pia war entsetzt.

»Ich erkenne gefährliche Tendenzen in einer Partnerschaft, wenn sie sich offenbaren«, sagte Broders. »Symbiose«, fügte er düster hinzu.

Sie warteten ab, bis Gerlach zurückkam und an das Fenster der Fahrerseite klopfte. Pia ließ die Scheibe hinuntersurren.

»Da steht ein alter grüner Omega vor dem Haus. Das Kennzeichen stimmt. Es ist Wilko Groths Auto. Der TÜV ist seit zwei Monaten abgelaufen.«

»Ihr seid ja wirklich vorbereitet«, sagte Pia.

Ein amerikanischer Pick-up raste an ihnen vorbei, sodass Gerlach sich dicht an das Auto pressen musste.

»Hoppla!«, meinte Broders. »Die haben es aber eilig hier.«

Gerlach blickte der Staubwolke des Wagens nach. Er schüttelte den Kopf. »Und Wilko Groth scheint im Wohnhaus zu sein. Hinter zwei Fenstern brennt Licht. In dem alten Kotten mit den kleinen Fenstern ist es bestimmt auch tagsüber immer finster.«

»Dann fahren wir jetzt vor, blockieren die Ausfahrt und gehen rein«, sagte Broders. »Wenn wir hier nämlich noch lange stehen und womöglich auf Rist warten, ruft der nächste Nachbar, der vorbeikommt, bei Groth an und warnt ihn vor.«

Sie verabredeten, dass Pia und Gerlach zunächst allein mit Wilko Groth sprechen sollten. Broders hielt sich im Hintergrund, um im Zweifelsfall sofort Verstärkung anzufordern. Eine Besetzung, die auch ihrer jeweiligen Fitness geschuldet war, sollte Groth abhauen und es deswegen zu einer Verfolgung kommen. Pia dachte, dass sie in letzter Zeit jedoch allenfalls noch fit aussah. Seit sie ein Kind hatte, blieb es beim Sport meistens bei der guten Absicht. Sie zogen schusssichere Westen an, und Pia überprüfte ihre Dienstwaffe. Dann fuhren sie vor die Zufahrt, und Pia und Gerlach stiegen aus. Sie atmete tief durch und ging dann mit Gerlach zusammen auf das Haus zu.

Es war in einem erbärmlichen Zustand. Die Regenrinne hing schief herab, und auf dem eher flachen Dach wuchsen kleine Birken. Hinter einem der beleuchteten Fenster nahm Pia eine schnelle Bewegung wahr. Wilko Groth hatte sie bestimmt schon gesehen. Wenn er unschuldig war, dachte er vielleicht, dass Versicherungsvertreter oder die Zeugen Jehovas kämen, um ihm ein Gespräch aufzuzwingen. Falls nicht, machte er vielleicht schon die Sprengfallen und die Selbstschussanlage scharf.

Lass das. Du machst dich verrückt, sagte Pia sich. Sobald man ein Kind hatte, gingen Risiken nicht mehr nur einen selbst etwas an. Sie dachte an Lara und deren Eltern und klingelte entschlossen.

Es dauerte ein paar nervtötende Sekunden, bevor die Tür aufgerissen wurde. Ein Riesenkerl in schmuddeligem Achselhemd und grauer Jogginghose stand vor ihnen und sah sie perplex an. Fettiges braunes Haar fiel ihm auf die eher schmalen, nackten Schultern. Darunter zeichnete sich ein Bauch in der Größe eines Medizinballes ab. Seine deformierten Füße mit den gelben Zehennägeln steckten in Badelatschen. Wenn ich nicht mehr schnell rennen kann, kann der es noch weniger, dachte Pia. Die kleinen Augen in dem aknenarbigen Gesicht blickten unruhig von ihr zu Gerlach.

»Die Polizei«, stellte er nüchtern fest. Von wegen Versicherungsvertreter oder Zeugen Jehovas ... Pia nahm sich vor, sich in Zukunft keinerlei diesbezüglichen Hoffnungen mehr hinzugeben. Ihr stand das Wort *Polizist* offensichtlich auf der Stirn geschrieben.

»Wir haben ein paar Fragen an Wilko Groth. Das sind Sie doch? Dürfen wir reinkommen?«

»Du ja, er nicht«, sagte er zu Pia.

»Wohl kaum«, entgegnete sie.

»War 'n Scherz. Ich hab aber nich' extra 'ne Torte für euch gebacken.«

Sie tasteten sich hinter Groth her durch einen halb dunklen Flur voller Gerümpel, in einen lang gezogenen Raum auf der Rückseite des Hauses, der Wohn-, Schlaf-, Rauch- und Arbeitszimmer zugleich zu sein schien. Vorn standen wild zusammengesuchte Polstermöbel mit einem Nierentisch in der Mitte. Darauf, auf einem Stapel Zeitungen, ein Aschenbecher aus lila Murano-Glas, in dem noch eine Selbstgedrehte schwelte.

Im Hintergrund lag eine Matratze mit Bettzeug auf dem Boden, halb abgeschirmt von einer als Vorhang genutzten Wolldecke. Vor dem Fenster standen zwei Tapeziertische, auf denen sich Akten, Bücher, Papiere und ein Laptop türmten. Da mochte an allen Dingen des täglichen Bedarfs gespart werden. Einen neuen Computer hatte anscheinend jeder. Wahrscheinlich auch das neueste Smartphone, dachte Pia. An gewissen Dingen sparten die Menschen nicht.

»Worum geht's?«, fragte Groth und griff nach seiner Zigarette. Asche fiel auf den Teppich, aber es kümmerte ihn nicht.

»Um Florian Warnke. Kennen Sie ihn?«

»Kennen ... Das ist doch der Antiquitätenheini aus Grotenhagen. Was ist mit ihm?«

»Er ist tot.«

»Geschieht ihm recht.«

»Wieso das?«, fragte Gerlach. Man sah ihm an, dass er befürchtete, ihm würde hier jeden Moment etwas in den gebügelten Hemdkragen fallen. Tarantula oder die Küchenschabe des Grauens?

»Der Typ wollte mich am Mittwoch übers Ohr hauen. Für dumm verkaufen. Aufgeblasener kleiner Wichser.«

»Was ist da vorgefallen?«

»Warnke ist wegen einer alten Truhe gekommen, die er mir abkaufen wollte. Eine Kriegskasse aus dem Dreißigjährigen Krieg. Ich weiß, was die wert ist, aber er hat sie nur kurz angeschaut und behauptet, sie wäre gar nicht so alt, sondern eine Fälschung. Er wollte mir fünfhundert Ecken dafür geben. Mehr wäre das Ding angeblich nicht wert, meinte er.« Er blies ihnen den Rauch entgegen.

»Wann genau war das?«, wollte Gerlach wissen.

Pia suchte mit den Augen den Raum nach etwas ab, das auf Laras Anwesenheit hindeuten könnte. Etwas, das einem Kind gehörte, ein Kleidungsstück, ein Haargummi, irgendetwas Rosafarbenes, wie es den Mädchen in den letzten Jahren ja geradezu aufgezwungen wurde.

»Er kam gegen halb sechs. Ich hab ihm die Truhe gezeigt. Er hat sie kaum angesehen, sondern das Ding sofort schlechtgeredet. Da war mir klar, dass er nur nicht so viel zahlen wollte, wie er am Telefon gesagt hatte.«

»Haben Sie sich gestritten?«

»Wollen Sie mir was anhängen? Ich hab mit dem Tod von diesem Fatzke nichts zu tun. Wie is' es überhaupt passiert?«

»Er wurde erhängt«, sagte Gerlach. So viel war allgemein bekannt.

»Und wo? In seinem Haus?«

»In einem Waldstück an der Ostsee.«

»Seltsam.« Groth drückte seine Zigarette auf einem mit Krümeln übersäten Teller aus, der auf einem Regal stand. »Und wann?«

»Am Mittwochabend.«

»Scheiße.«

»Ist er unversehrt wieder von hier weggefahren?«

»Natürlich ist er das.«

»Wann genau?«

»Eine Viertelstunde, nachdem er gekommen war.«

»Sind Sie ihm gefolgt?«

»Warum sollte ich? Und vor allem, womit denn? Mein Wagen ist seit zwei Wochen im Arsch. Ich darf jetzt Fahrrad fahren, bis meine Werkstatt mit dem Ersatzteil rüberkommt.«

»Vielleicht hat Warnke angeboten, Sie irgendwohin mitzunehmen?«, fragte Pia. Es musste schwierig sein, hier ohne Fahrzeug zurechtzukommen. Half man sich auf dem Lande da nicht gegenseitig?

»So einer war das nicht. Der hielt sich für was Besseres. Und ich hätte auch nichts von dem angenommen. Höchstens sein Geld.« Er grinste und zeigte dabei ein verrottetes Gebiss.

»Wissen Sie, wo er nach dem Termin bei Ihnen hinwollte?«, fragte Pia.

»Ich nehme an, nach Hause. Aber wissen Sie, was? Es hat mich null interessiert.«

Ein paar Sekunden sagte niemand etwas. Pia lauschte in die Stille, auf ein Klopfen, ein entferntes Rufen, irgendwas. Wilko Groth räusperte sich, ging zum Regal und schaltete das Radio ein. »Fußball«, erklärte er auf Pias fragenden Blick hin.

»Jetzt doch noch nicht«, entgegnete Gerlach.

»Egal. Dann später. Ich mag diese Grabesstille nicht. Ist noch was?«

»Ich würde mir die Truhe gern ansehen«, sagte Pia. »Ich kenne mich ein wenig mit alten Sachen aus.« Sie bemerkte aus dem Augenwinkel Gerlachs überraschten Blick, den er rasch wieder hinter einer ausdruckslosen Miene verbarg.

»Hm.«

Pia lächelte Wilko Groth entwaffnend an.

Der Mann reagierte. Zumindest starrte er sie an. »Also gut. Schaden kann es ja nicht«, meinte er langsam. »Ich habe nämlich recht. Das Ding ist wirklich so alt, wie ich gesagt habe. Die Truhe steht aber im Stall.«

»Kein Problem.« Umso besser, dachte Pia, die sich hier unbedingt umsehen wollte. »Du willst dorthin bestimmt nicht mit, Gerlach?« Sie sah demonstrativ auf die schnieken Klamotten ihres Kollegen und zwinkerte Groth danach verschwörerisch zu. Etwas blitzte in seinen Augen auf. Genugtuung über die vermeintliche Verbrüderung, auch wenn sie nur Sekunden währte. Für Lara, dachte Pia. Ich verkaufe gerade meine Seele für sie. Oder wenigstens meinen Stolz. Für den Fall, dass das Mädchen hier irgendwo eingesperrt ist, werde ich nichts unversucht lassen. Und wenn ich nur den kleinsten Hinweis finde, der einen Durchsuchungsbeschluss rechtfertigt, dann kommen wir wieder und nehmen hier alles auseinander.

17. Kapitel

»Wenn es unbedingt sein muss, werde ich hier auf dich warten.« Gerlach sah Pia an.

»Nein, Sie warten draußen«, sagte Groth. »Polizei hin oder her. Is' ja immer noch meine Bude, oder?«

Sie verließen das Haus durch den Vordereingang. Gerlach trödelte ein wenig hinter ihnen her. Als er zu ihnen aufschloss, machte er ein betont gleichgültiges Gesicht. Groth schloss hinter sich die Tür ab. Broders hielt sich glücklicherweise außer Sichtweite auf. Pia folgte dem großen, unberechenbar wirkenden Mann um das Haus herum, während Gerlach mit in den Händen versenkten Taschen im Vordergarten stehen blieb.

»Komischer Kerl, Ihr Kollege.« Groth drehte sich im Gehen beiläufig zu ihr um. »Ich hoffe, er hat nicht vor, hier bei mir rumzuspionieren.«

»Gibt es denn was Interessantes zu sehen?«, fragte Pia.

»Meine Hanfplantage im Keller.« Er lachte kurz auf.

»Wir sind nicht vom Drogendezernat. Aber wir geben mögliche Tipps natürlich gern weiter.«

Er schnaubte. »Hier ist nichts. Würde ich Sie sonst mitnehmen? Ich muss Sie hier nicht rumführen oder so.«

»Was ist in all den Gebäuden? Betreiben Sie Landwirtschaft?«

»Quatsch. Das Haus war einfach günstig zu mieten. Außerdem lässt man mich hier in Ruhe. Meistens wenigstens. Ich war mal ein hohes Tier im Big Business, dann Burnout, Scheidung, Krise, der ganze Mist. Nun lass ich hier den lieben Gott einen guten Mann sein.«

»Wovon leben Sie?«

»Ersparnisse.«

»Und woher haben Sie die alte Truhe?«

»Aus einem früheren Leben.«

Wilko Groth und Pia hatten den mit Unrat übersäten Hof überquert. Staub und Pollen flirrten in der Sonne. Groth machte sich am Vorhängeschloss der Stalltür zu schaffen, das erstaunlich massiv aussah. Im Sonnenlicht hatte sein fettiges Haar, das ihm auf die blassen Schultern fiel, einen roten Schimmer. Dafür, dass man ihn hier in Ruhe ließ, litt er offensichtlich unter Absperrwahn. Pia hörte ihn keuchen, als er mit dem Schloss kämpfte. Am hellblauen Himmel zog in großer Entfernung ein Flugzeug einen Kondensstreifen. Auf dem Weg in Richtung Kopenhagen oder Stockholm? Pia hatte mit einem Mal das Bedürfnis, Ferien zu machen. Felix, Lars und sie und das Meer.

Sie konzentrierte sich wieder auf den Grund ihres Hierseins. Lara. Auch auf dem Hof hatte sie nichts entdecken können, das auf die Anwesenheit einer Elfjährigen hindeutete. Keine Spuren von Gewalt, Schleifspuren, Blut ... Die Stallfenster waren blind vor Dreck und vergittert. Ebenso die Kellerfenster des Wohnhauses. Außerdem gab es einen Dachboden ohne Fenster. Gerlach würde die Zeit nutzen, sich zumindest von außen noch einmal gründlich umzusehen.

Groth zog die Stalltür auf. Er hatte jetzt eine schwere Stabtaschenlampe in der Hand, die er gleich neben der Tür deponiert haben musste. »Kein Licht hier drinnen«, sagte er und schaltete die Lampe ein.

Pia fragte sich, wie die Inspektion der Antiquität unter solchen Lichtverhältnissen hatte vonstatten gehen sollen. Sie trat hinter Groth ins Dunkel, hörte ein Rascheln und ein Fiepen. Es gab wohl noch ein paar Bewohner im Stall, die sie aufstörten, auch wenn die Nutztiere offenbar seit Jahrzehnten ausgezogen waren. Dieser Teil war mal ein Pferdestall gewesen. Der Lichtstrahl der Taschenlampe flog über Boxen mit Gitterstäben oberhalb der Mauern und gemauerten Futtertrögen. In den Boxen standen alte Möbel, Paletten, landwirtschaftliche Gerätschaften, und es lagen noch gammelige Strohballen herum. Die Spinnweben vor den Fenstern und in den Ecken sahen dick und wattig aus wie aus der Sprühdose eines Herstellers für Faschingsbedarf.

»Müsste hier mal aufräumen«, murmelte Groth.

Pia sah Fuß- und Schleifspuren auf dem staubigen Boden. Aber das bedeutete unter Umständen nur, dass Florian Warnke mit Groth hier gewesen war. Sie brauchte mehr.

»Wohin führt die?« Pia fasste an die Klinke einer Metalltür. Die Tür war abgeschlossen.

»Sattelkammer«, stieß Groth hervor. »Kommen Sie, oder wollen Sie den ganzen Tag hier rumkriechen?«

Sie stiegen über Holz hinweg, das unmotiviert im Stallgang lag. Dann riss Groth einen alten Futtersack hoch, Staub wirbelte auf, und das Licht der Taschenlampe fiel auf einen rechteckigen Kasten aus beinahe schwarzem Holz. Die Truhe war mit Schnitzereien verziert und hatte verschnörkelte Beschläge und mehrere massive Schlösser.

Pia pfiff durch die Zähne. »Ein schönes Stück.«

»Nicht wahr?«

Sie ging in die Hocke, um die Truhe näher zu betrachten. Groth stand direkt hinter ihr. Der Gedanke an die schwere Stablampe in seiner Hand, mit der er ihren Schädel einschlagen könnte wie eine Teetasse aus Bone China, ließ ihre Kopfhaut prickeln.

»Lässt sie sich nicht öffnen?«

»Hab keinen Schlüssel mehr.«

»Das ist schade.« Pia fuhr mit der Hand über die Schnitzereien. Kaum Staub. Das sprach für Groths Behauptung, dass schon Warnke das Ding in Augenschein genommen hatte. Sie erhob sich wieder. »Darf ich sie fotografieren?« Pia zog ihr Handy hervor.

»Meinetwegen. Wenn es Sie glücklich macht.«

Pia trat einen Schritt zurück. Sie versuchte, gleichzeitig mit der Truhe den Fußboden aufs Bild zu bekommen, auf dem die recht frischen Spuren im Staub zu sehen waren. Sie trat noch einen Schritt zurück, knipste ein zweites Mal. Er packte ihren Arm und bog ihn runter. »Das reicht.«

Pia riss sich los. »He, Hände weg!«

Im Dämmerlicht näherte sich sein Gesicht dem ihren. »Wieso nehme ich Ihnen Ihr Interesse für alte Truhen nicht ab?«

»Vielleicht halten Sie Polizisten generell für Kulturbanausen?«, sagte Pia. »Mich wundert, dass Sie sich nicht handelseinig geworden sind, Sie und Florian Warnke.«

»Vielleicht wollte ich ja gar nicht.«

»Ich dachte, Sie brauchten das Geld?«

Er zuckte mit den Schultern. »Ich hatte schon so eine Ahnung, dass der Warnke ein Geizhals ist, der andere übers Ohr haut. Aber was soll's. Manchmal wollen wir an Wunder glauben, oder?«

So wie ich, dachte Pia, als sie wieder ins Sonnenlicht trat.

»Keine Spur von Lara«, berichtete sie ihren Kollegen wenig später, nachdem sie sich von Groth verabschiedet hatte. »So ein Mist!« Die Theorie, dass Florian Warnke hier bei seinem Besuch etwas entdeckt hatte, das mit Lara in Zusammenhang stand, und er deswegen getötet worden war, war ihre große Hoffnung gewesen.

»Bisher gibt es aber auch keinen Gegenbeweis«, sagte Gerlach.

Doch um den Hof auseinandernehmen zu können, benötigten sie mehr als das. Sie brauchten einen Beweis, und das auch noch furchtbar schnell.

Auch der Rest des Arbeitstages brachte keine neuen Erkenntnisse über Laras Verbleib. Auf der Landkarte, die im Besprechungsraum aufgehängt war und die das Dorf Grotenhagen und die weitere Umgebung zeigte, waren keine unschraffierten Flächen mehr zu sehen. In dem gezeigten Gebiet war inzwischen jeder Quadratmeter von der Polizei oder den Helfern von Feuerwehr und Technischem Hilfswerk systematisch abgesucht und anschließend auf der Karte rot schraffiert worden.

Als Pia später, nach dem Schreiben einiger Berichte und einer Besprechung, nach Hause fuhr, war sie müde, frustriert und wütend. Die Chancen, Lara noch lebend zu finden, sanken mit jeder Stunde, die verging. Das Mädchen war noch zu jung, um als Ausreißerin auf sich allein gestellt irgendwo unterzutauchen. Lara war kein Kind, das von einem Elternteil oder dessen Verwandten entführt worden war. Da blieben nicht mehr sehr viele Möglichkeiten. Und auch bei den Ermittlungen um Florian Warnkes Tod waren sie noch nicht sehr viel weitergekommen.

Rist hatte zumindest vorerst den Zeitungsartikel, in dem das Täterwissen offenbart worden war, nicht mehr erwähnt. Vielleicht wollte er das nicht in Gegenwart der anderen tun. Er schien erst einmal abzuwarten, wie sie auf den zusätzlichen Stress reagierte, und beobachtete sie dabei. Pia hatte ihn davon unterrichtet, dass sie an der Sache dran war, dass sie das klären würde. Allein die Tatsache, sich vor Rist rechtfertigen zu müssen, machte sie zornig. Genauso wie das Wissen darum, dass ja jemand anders die Informationen an die Presse weitergegeben haben musste. Doch wer war das gewesen und vor allem warum? Pia hoffte, dass zumindest keiner ihrer direkten Kollegen dahintersteckte. Sie traute ein solches Verhalten keinem vom K1 zu. Aber es waren auch Polizisten vor Ort gewesen, die sie nicht kannte, sowie die Männer aus Grotenhagen, die

die Leiche gefunden hatten. Sie waren dem toten Florian Warnke nahe genug gekommen, um das Seil, mit dem er erhängt worden war, beschreiben zu können. Dies galt nicht zuletzt für den Täter selbst.

Pia bog in die Einfahrt ihrer Eltern, stellte den Motor aus und atmete ein paar Mal bewusst ein und aus. Sie wollte Felix nicht in dieser Stimmung gegenübertreten. Der heutige Abend gehörte ihrem Sohn und dem Berg Schmutzwäsche, der sich schon wieder angesammelt hatte. Hoffentlich wurden Felix' Sachen alle noch rechtzeitig trocken. Morgen, wenn Hinnerk Felix abgeholt hatte, würde sie weiterermitteln können, so viel sie wollte – oder so viel Rist sie ließ.

Der frisch gewaschene Wagen vor dem Reihenhaus erinnerte sie daran, dass sie Felix am Montag in den Kindergarten bringen musste, weil ihre Eltern am nächsten Tag in den Urlaub fuhren. Sie schickte ein kurzes Stoßgebet zum Himmel, dass es dann besser klappte und er sich dort wohlfühlte. Wenn die Ermittlungen an diesem Wochenende nicht entscheidend vorankamen, würde die Stimmung auf der Dienststelle in der nächsten Woche noch genauso angespannt sein wie in den vergangenen Tagen. Rist belauerte sie. Wenn sich nur dieser Journalist endlich melden würde, um sie zu entlasten. Carlsdorf … Irgendetwas sagte ihr der Name. Aber was? Sie kam einfach nicht drauf. Pia schüttelte den Kopf, um die düsteren Gedanken loszuwerden, stieg schwungvoll aus und klingelte an der Tür.

Heinz Broders sah sich erwartungsvoll unter den anwesenden Gästen des Restaurants um. Es war zwanzig vor acht, doch er hatte noch einen Zweiertisch auf der Terrasse am Ufer der Kanal-Trave ergattert. An einem Freitagabend bei warmem, trockenem Sommerwetter schien ganz Lübeck auf den Beinen zu sein. Sie waren um halb acht hier verabredet gewesen, doch er konnte seinen früheren Kollegen Marten Unruh noch nirgendwo entdecken.

Obwohl Broders glaubte, über den Rand der Speisekarte hinweg die ganze Zeit den Fußweg am Ufer im Blick gehabt zu haben, scharrten plötzlich neben ihm Stuhlbeine über den Boden.

»Ich war mir nicht sicher, ob du kommen würdest.« Marten Unruh zog den Stuhl noch weiter zurück und nahm schräg gegenüber Broders Platz. Er war aufgetaucht wie ein Geist. Doch er war es, unverkennbar. Marten trug das Haar, das inzwischen leicht von Grau durchzogen war, etwas kürzer und wirkte ein paar Jahre älter – anstrengende Jahre, wie Broders bemerkte –, aber ansonsten sah sein ehemaliger Kollege aus, wie er ihn in Erinnerung gehabt hatte. Was hatte er auch erwartet? Eine Hornbrille mit Fensterglas? Einen Bart? Farbige Kontaktlinsen? Martens Kleidung war wie immer eine Spur zu lässig; an seinem drahtigen Körper war offenbar kein Gramm Fett zu viel. Marten wirkte ruhig, aber höchst aufmerksam. Wenn möglich, schien er sogar noch mehr unter Strom zu stehen als damals, als er noch beim K1 gearbeitet hatte.

»Ich bin mir auch immer noch nicht klar darüber, ob es eine gute Idee ist, dass wir uns hier treffen«, sagte Broders.

»Schön, dich zu sehen.« Marten erlaubte sich ein schwaches Lächeln und bestellte bei der Kellnerin ein Bier, Broders eine Weinschorle. »Und es ist gut, mal wieder in Lübeck zu sein. Das habe ich vermisst. Die gute Luft.« Er lehnte sich zurück.

»Weiß jemand, dass du hier bist?«

»Ich denke nicht. Ich war vorsichtig.« Marten unterzog jeden Gast und auch die Bedienung noch einmal einer unauffälligen Musterung.

»Du könntest hier aber jederzeit erkannt werden. Lübeck kann so ein Dorf sein«, sagte Broders mit gesenkter Stimme.

Marten zuckte mit den Schultern. »Ich musste herkommen. Familiäre Gründe.«

»Und wie geht es dir sonst so?«

»Abgesehen von den familiären Problemen? Gut. Ich komme ganz schön rum.«

»Noch nicht daran gedacht, langsam mal wieder etwas anderes zu machen? Das kann doch nicht ewig so weitergehen?« Broders wusste nicht, wie lange man als verdeckter Ermittler arbeiten konnte. War das überhaupt ein richtiges Leben? »Damals hast du gesagt, es wäre nur für eine gewisse Zeit.«

»Vielleicht gefällt mir ja, was ich tue?« Die Getränke wurden serviert, und Marten trank sein Bier in einem Zug halb aus.

»Verstecken spielen?«

»Die Herausforderung.«

»Mach dir bloß nichts vor.« Broders nahm einen Schluck von seiner Weinschorle und sah sich unter den anderen Gästen um. Alle wirkten vollkommen harmlos. Er sollte sich nicht Martens Kopf zerbrechen, ob er hier sicher war. Immerhin war Marten es, der seit Jahren mit einer falschen Identität lebte. »Wie lange bist du in Lübeck?«, fragte Broders.

»Nur ein paar Tage. Mein VE-Führer weiß nämlich nicht, dass ich hier bin.« Martens Blick folgte einem Ruderboot, das auf dem Wasser an ihnen vorbeizog. Broders runzelte die Stirn. Was sollte das, hier in seiner alten Heimat hinter dem Rücken seines Einsatzführers aufzutauchen?

»Wir sollten lieber über etwas anderes sprechen«, meinte Marten, nachdem sie sich etwas zu essen bestellt hatten. »Wie geht es in der alten Abteilung?«

»Horst-Egon ist im Vorruhestand«, sagte Broders. »Seit einem knappen halben Jahr. Er hatte gesundheitliche Probleme.«

»Was Ernstes?«, wollte Marten wissen.

»Es war wohl sehr ernst. Aber nun macht er einen besseren Eindruck auf mich als die ganzen letzten Jahre zuvor zusammen. War wohl die richtige Entscheidung für ihn.«

»Wer macht denn jetzt seinen Job?«

Broders senkte die Stimme. »Kennst du Manfred Rist?«

Marten kniff die Augen zusammen, nickte dann langsam.

»Vielleicht erinnerst du dich, dass Pia sich mit ihm angelegt hatte, weil ich ihr damals erzählt hatte, er sei der Fassadenkletterer und Vergewaltiger, den wir gesucht haben. Das war nur ein blöder Scherz, der irgendwie aus dem Ruder gelaufen ist. Den Tritt in die Eier nimmt er ihr wohl immer noch übel.«

Marten lachte auf. »Oh, Gott, die alte Geschichte! Ich erinnere mich dunkel. Ausgerechnet der.«

»Ja, ausgerechnet der«, sagte Broders.

»Es läuft nicht gut?«

»Nicht besonders.« Broders hatte erwartet, dass Marten die Gelegenheit, über Pia zu sprechen, beim Schopf ergreifen würde, doch er tat es nicht. Broders musste daran denken, wie Pia gelitten hatte, als Marten von einem Tag auf den anderen verschwunden war, ohne ein Wort zu sagen. Pia war noch recht neu im K1 gewesen. Es war nach dem Fall passiert, bei dem sie beinahe aufgehängt worden war. Broders glaubte, dass Marten mit dazu beigetragen hatte, dass Pia den Schock überwunden hatte und im Job geblieben war. Und kurz darauf war Marten dann gegangen.

»Schade, das mit Horst-Egon und so. Alles in allem betrachtet, waren wir eine gute Truppe.« Marten schaute in Richtung der Hüxtertorbrücke, aber es schien so, als sähe er in die Vergangenheit. Seine Erkenntnis kam um Jahre zu spät.

Broders' Zanderfilet und Martens Curry-Hähnchen wurden serviert. Sie sprachen während des Essens über ein paar gemeinsame Erlebnisse, hauptsächlich die lustigen, ohne eventuellen Zuhörern etwas über ihre Tätigkeit zu verraten. Erst nachdem sie gezahlt hatten, sagte Marten beiläufig: »Wie geht es Pia eigentlich? Ist sie noch dabei?«

Obwohl Broders auf diese Frage gewartet hatte, zögerte er mit der Antwort. Er wollte seine Kollegin schützen, was absolut lächerlich war. Pia konnte wunderbar auf sich selbst aufpassen. Oder war er eifersüchtig? Immerhin ... es hatte mal Zeiten gegeben, da hatte er für Marten mehr empfunden als nur Freundschaft unter Kollegen. Ein Umstand, den er jetzt nicht mehr so recht nachvollziehen konnte. Was hatte er an ihm gefunden? Unruh war eine Hete durch und durch. Noch dazu ein Egomane erster Güte. Nun ja, jetzt hatte er ja auch Ralph. »Pia geht es gut«, antwortete er. »Sie ist noch dabei, und sie macht einen guten Job.«

»Hat Horst-Egon sich also an sie gewöhnt ...«

»Mehr als das. Um ein Haar hätte er sie langfristig zu seiner Nachfolgerin aufgebaut.«

»Wow! Das hätte ich ihm gar nicht zugetraut.« Marten zog eine Augenbraue hoch. »Und woran ist es gescheitert?«

»Keine Ahnung«, log Broders.

»Ich könnte Pia ja auch anrufen, da ich schon mal hier in Lübeck bin«, sagte Marten, als wäre es ihm gerade erst in den Sinn gekommen.

Broders unterdrückte ein Grinsen. Darauf wolltest du doch die ganze Zeit hinaus.

Marten sah ihn forschend an.

»Keine gute Idee«, antwortete Broders.

»Ach ja, warum?«

»Einfach nur so 'n Gefühl.«

Marten nickte. Dann sah er weg. Er hatte es hoffentlich verstanden.

18. Kapitel

Senile Bettflucht, dachte Sven Fricke, während er sich die staubigen Turnschuhe zuband. Ich bin Ende zwanzig und falle an einem Samstagmorgen um fünf Uhr dreißig aus dem Bett. Da gingen Gleichaltrige wie zum Beispiel Miri bestimmt überhaupt erst schlafen. Obwohl … Miri hatte den ganzen gestrigen Abend über im Gasthof gearbeitet. Sie hatte kein Auto, sodass sie nicht ohne Weiteres von hier wegkam. Wahrscheinlich war sie ebenfalls irgendwann nach Mitternacht im Bett gelandet. In ihrem eigenen, hoffte Sven. Allein.

Er überblickte den sauber gefegten Hofplatz und die wie ausgestorben daliegende Dorfstraße. Bei den Eibholz krähte heiser der Hahn. Dieses Mistviech. Lara hatte sich Hühner gewünscht. Seidenhühner, weil die klein waren und so puschelig aussahen. Ach, Lara! Trotz des blauen Morgenhimmels, der erst später wieder die eintönig helle Farbe eines heißen Sommertags einnehmen würde, verdunkelte sich Svens Welt. Wenn ein elfjähriges Kind spurlos verschwand, dann war gar nichts mehr gut. Er tat, was er von Kindesbeinen an tat, wenn ihm unwohl war: Er marschierte einfach drauflos.

Es zog ihn in Richtung Ostsee. Von der Düsterheit des Waldes hatte er seit dem Fund von Florians Leiche erst einmal genug. Sven wusste nicht, ob er je wieder unbeschwert durch einen Wald laufen und eine Fußgängerbrücke überqueren würde, ohne zu schauen, ob »etwas« darunterhing.

Sven lief eine Weile am Feldrand entlang, würdigte die dunkle Schonung neben sich keines Blickes, dann überquerte er den schmalen Dünenstreifen und atmete auf. Die Ostsee schimmerte und glitzerte und verlor sich am Horizont im hellen Dunst. Es roch salzig und ein bisschen brackig; es herrschte kaum Wellengang; nur eine schwache Brise war zu spüren. Links von ihm schwammen zwei Schwäne. Eine Möwe saß auf der Buhne. Er zog die Schuhe aus, knotete die Schnürsenkel zusammen und lief über den noch kühlen Sand in Richtung Meer, dann am Wassersaum entlang.

Sven wanderte bis zur zweiten Holztreppe. Seine Füße kribbelten und brannten. Die Treppe führte über die Dünen zurück zu einem der Parkplätze. Von dort konnte er, ein Stück die Landstraße entlang, bequem nach Grotenhagen zurückgehen und kam auf dem Rückweg noch beim Bäcker vorbei, wo er frische Brötchen kaufen wollte.

Am höchsten Punkt des Dünengürtels angekommen, sah er ein paar Meter vom Parkplatz entfernt etwas Blaues im Dünengras liegen. Dass die Leute auch überall ihren Müll hinwerfen mussten, obwohl doch alle zehn Meter ein Mülleimer stand. Sven beteiligte sich an der jährlichen Säuberungsaktion im und rund ums Dorf und wusste, wovon er sprach. Einige Touristen benahmen sich wie einfallende Vandalen.

Sven kniff die Augen zusammen. Oder lag da nicht nur etwas, sondern sogar *jemand?* Ein Jugendlicher, der seinen Rausch ausschlief? Oder jemand, der einen Herzanfall erlitten hatte und tot umgefallen war? Liebespaare würden es sich um diese Uhrzeit kaum im feuchten Gras bequem machen.

Nicht schon wieder!, dachte Sven, streifte sich die Schuhe über und ging auf die Stelle im Dünengras zu. Warum ich? Warum immer ich?

Als er näher kam, sah er, dass das »Blaue« Hosenbeine einer Jeans waren, mit Füßen, die daraus hervorschauten und in hellen Turnschuhen steckten. So klein. Er sah dünne weiße Fußknöchel. Bitte nicht – nicht Lara!, flehte er still.

Es war Lara.

Sie lag in einer Mulde im Dünengras und sah so aus, als schliefe sie.

Nachdem Felix zusammen mit Hinnerk und Mascha lärmend Pias Wohnung verlassen hatte, fühlte Pia sich leer. Sie stand winkend am Fenster, obwohl Felix sie schon nicht mehr sehen konnte. Wagentüren schlugen, dann startete ein Motor. Pia wandte sich ab. Mit Kind wünschte sie sich hin und wieder sehnlichst ein wenig Zeit, um etwas in Ruhe erledigen zu können. Nun war es unnatürlich still in der Wohnung.

Immerhin: Ihr Verhältnis zu Hinnerk hatte sich in letzter Zeit entspannt. Das lag unter anderem wohl auch an Hinnerks und Maschas bevorstehender Hochzeit und daran, dass sich ein kleiner runder Bauch unter Maschas T-Shirt abzeichnete. Fünfter Monat, schätzte Pia, die das Thema nicht von sich aus ansprechen wollte. Wenn alles gut ging, würde Felix bald ein Geschwisterchen haben. Das wäre schön für ihn. Im Grunde war sie froh über diese Entwicklung. Insgeheim hatte sie befürchtet, dass Mascha keine Kinder bekommen könnte, obwohl das unumstößlich zu ihrem Lebensplan zu gehören schien. So albern das, nüchtern betrachtet, vielleicht auch war, hatte Pia Angst gehabt, dass Mascha ihr Felix immer noch wegnehmen wollte. Der Rechtsstreit, den sie Anfang des Jahres mit Hinnerk um das Aufenthaltsbestimmungsrecht für Felix geführt hatte, war zwar zu Pias Gunsten ausgegangen, doch eine gewisse Verunsicherung blieb bestehen.

Pia räumte das Frühstücksgeschirr in die Spüle. Ihr Telefon lag auf dem Tisch. Dieser Carlsdorf hatte sie immer noch nicht zurückgerufen. Sie sprach ihm ein weiteres Mal auf die Mailbox. Am Samstagmorgen hatte sie vielleicht auch noch Chancen, in der Redaktion jemanden zu erreichen. Sie bekam eine genervte Patricia Rosner ans Telefon.

»Max hat sich noch nicht bei Ihnen gemeldet, weil er das Wochenende über gar nicht da ist«, informierte sie Pia.

»Ich hatte Ihnen doch gesagt, dass es sehr wichtig ist. Irgendwie ist er bestimmt zu erreichen.«

Eine kurze Pause entstand. »Ich werde mich darum kümmern.«

»Tun Sie das. Bitte.«

Mit dem unguten Gefühl, dass sie Rist immer noch nichts Konkretes zu den Vorwürfen sagen konnte, betrat Pia eine Stunde später ihr Büro. Broders war schon da und erwartete sie offensichtlich ungeduldig.

»Sie haben Lara gefunden«, begrüßte er sie.

»Was?« Pia versuchte, in seinem Gesicht zu lesen, was geschehen war. War Lara tot? Sie wollte das nicht einmal aussprechen. »Was ist mit ihr?«, fragte sie stattdessen.

»Lara lebt. So viel wissen wir immerhin schon. Und wie sagt man gern? Es geht ihr ›den Umständen entsprechend‹.«

Lara Eibholz saß mit untergeschlagenen Beinen auf dem Sofa. Sie sah zwischen den Kissen, einer zusammengeknüllten Wolldecke und einem riesigen Teddy klein und verletzlich aus. Sie war eindeutig das Mädchen von dem Foto, das ihre Eltern der Polizei zur Verfügung gestellt hatten und das Pia im Besprechungsraum immer wieder betrachtet hatte, und sie war es auch irgendwie nicht. Sie lachte nicht freundlich wie auf der Fotografie, sondern sah ängstlich aus und auch … Pia fand nicht sofort das richtige Wort für den Eindruck. Sah Lara trotzig aus? Sicherlich konnte sie die Ereignisse der letzten Tage überhaupt noch nicht begreifen. Sie war schon von einem Arzt untersucht und bereits psychologisch betreut worden, und es würden noch viele weitere Therapiegespräche folgen. Doch Laras Leben wird wohl nie mehr so sein, wie es vor der Entführung gewesen ist, dachte Pia, als sie sie begrüßte.

Sophie Eibholz ging vor dem Sofa in die Knie und sah ihre Tochter prüfend an. »Das sind Frau Korittki und Frau Timmermann von der Polizei, Lara. Sie haben ein paar Fragen an dich. Meinst du, du schaffst das schon?«

»Bleibst du hier?«, fragte das Mädchen.

»Klar, wenn du es willst. Das geht doch, oder?«, wandte sich Sophie Eibholz an Pia.

»Ja, kein Problem. Aber lassen Sie Lara bitte für sich sprechen. Du sagst mir, wenn du aufhören willst, okay, Lara?«

Das Mädchen nickte. Pia setzte sich Lara schräg gegenüber auf einen Sessel, ihre Mutter nahm neben ihr auf dem Sofa Platz. Juliane zog sich einen Stuhl heran und zückte ihr Notizbuch.

»Kannst du uns erzählen, was passiert ist, seitdem du am Dienstagabend das Haus deiner Freundin Mia verlassen hast?«, fragte Pia.

»Ich wollte mit dem Bus nach Hause fahren. Also bin ich pünktlich zur Bushaltestelle gegangen. Ich war rechtzeitig da, doch der Bus kam nicht.«

Der Linienbus hatte laut Angabe des Busfahrers nur eine Verspätung von vier oder fünf Minuten gehabt. Und als er in Wagau eingetroffen war, hatte angeblich niemand an der Haltestelle gewartet. Der Bus war auch nur leicht verspätet gewesen, als er ohne Lara in Grotenhagen angekommen war. Lara hatte bei ihrer Antwort gerade defensiv geklungen. Vielleicht hatte sie getrödelt und den Bus verpasst und deshalb ein schlechtes Gewissen?

»Und was hast du dann gemacht?«, fragte Pia.

Das Mädchen zuckte mit den Schultern.

»Du musst dir doch was überlegt haben, als der Bus nicht kam.«

»Ich wollte einfach nur warten.«

»Was passierte dann?«

Lara begann zu zittern. Ihre Mutter legte den Arm um sie und sah Pia vorwurfsvoll an.

»Ich sah etwas Buntes, Glitzerndes.«

»Was war das?«

»Da lagen Plastiktüten vor dem Altkleidercontainer hinter dem Haltestellenhäuschen. Ich konnte glitzernden Stoff und etwas Glänzendes sehen. Es sah aus wie … ich dachte, es sei …«

»Es ist in Ordnung, Lara. Was war es?«

»Kostüme«, sagte sie. »Wie solche, die man im Theater oder zu Karneval trägt. Ich habe mich runtergebeugt, um sie mir anzusehen …«

»Und dann?«

»Jemand kam von hinten auf mich zu und hat mir etwas auf den Mund gepresst. Ich bin ohnmächtig geworden.«

»Hast du denjenigen oder diejenige sehen können?«, fragte Pia angespannt.

»Nein. Es ging so schnell. Ich habe nicht damit gerechnet.«

»Erinnerst du dich an irgendetwas, was die Person betrifft? Einen Geruch, ein Geräusch?«

Lara schüttelte den Kopf. »Ich dachte, ich wäre allein. Und dann ging es so schnell.«

»Was ist danach passiert?«

»Ich bin aufgewacht«, sagte das Mädchen stockend. »Ich war in einem Raum, den ich nicht kannte. Mir war schwindelig, und ich hatte Angst.«

»Moment. Was ist das Letzte, an das du dich erinnerst, als du die Bushaltestelle verlassen hast?«

»Dass der Bus nicht kam.«

»Ist jemand vorbeigekommen? Hat dich jemand an der Bushaltestelle gesehen?«

»Nein. Ich weiß nichts.«

»Du warst dort bis auf die Person am Container, die dich dann überrascht hat, ganz allein?«

Sie nickte, ohne Pia dabei anzusehen.

»Kannst du mir den Raum beschreiben, in dem du aufgewacht bist, Lara?«

»Er war nicht groß.« Sie sah kurz zu ihrer Mutter hinüber. »Ungefähr so groß wie Mads' Zimmer. Aber viel altmodischer eingerichtet. Ich lag auf einem Bett. Es war aus Holz, und die Bettwäsche hatte ein Muster aus gelben und orangen Äpfeln und roch komisch. Mein Kopf hat mir wehgetan, und ich konnte die Augen nicht aufhalten. Sie sind mir immer wieder zugefallen.«

»War noch mehr in dem Raum als ein Bett?«

Sie zählte auf: »Da war ein Holzschrank, ein Regal mit ein paar alten Spielsachen und Büchern, ein Tisch mit einem Stuhl. Ein bunter Teppich.«

»Ist dir sonst noch etwas an dem Raum aufgefallen?«

Lara schaute wieder ihre Mutter an. »Es sah alles ein bisschen so aus wie bei Onkel Rudi.«

»Lara, was sagst du denn da? Dein Großonkel Rudi ist seit zwei Jahren tot.«

»Ich meine nicht, dass es bei Onkel Rudi *war*. Nur dass die Möbel so ähnlich aussahen.«

»Vielleicht haben Sie ja noch Fotos von Onkel Rudis Wohnung? Dann haben wir einen Anhaltspunkt, wie wir uns die Einrichtung vorstellen müssen«, schlug Pia vor.

»Nein, bestimmt nicht.«

»Warst du die ganze Zeit in dem Raum, Lara?«

»Ja, nur heute Morgen nicht. Da bin ich am Strand aufgewacht, wo Sven mich gefunden hat.«

»Und du weißt nicht, wie du dorthingekommen bist?«

Sie schüttelte den Kopf.

»Bist du aus dem Raum weggelaufen?«

»Nein. Die Tür war zu. Und ich war immer so müde und habe viel geschlafen. Ich wusste ...« Sie brach ab und schloss die Augen.

»Was wolltest du sagen, Lara?«

»Ich wusste nicht mal, dass ich fast vier Tage lang weg war. Es kam mir nicht so lange vor.«

Pia warf Juliane einen Blick zu. Das hörte sich so an, als wäre Lara unter Drogen gesetzt worden. Hoffentlich ließen die diesbezüglichen Untersuchungsergebnisse nicht so lange auf sich warten. »Lara, hast du jemanden gesehen oder eine Stimme gehört, während du in dem Raum warst?«

»Nein. Ich war immer allein.« Sie begann wieder zu zittern und schluchzte. »Und ich hatte solche Angst! Ich hab andauernd nach Mama, Papa und Mads gerufen.«

Sophie Eibholz zog ihre Tochter an sich. Ihr liefen Tränen über das Gesicht, die sie eilig wegwischte.

»Hast du in dem Raum zu essen und zu trinken bekommen?«

»Da stand immer etwas auf dem Tisch, wenn ich aufgewacht bin. Ein Krug mit Wasser und Zitrone, Kekse und auch mal richtiges Essen. Einmal sogar Milch und Schokopops.«

»Was für richtiges Essen?«

»Gulasch mit Nudeln und Gurkensalat, aber das schmeckte komisch. Das mochte ich nicht.«

Das war alles sehr seltsam. Pia streckte den Rücken durch, weil sie merkte, wie angespannt sie sich zu Lara hinübergebeugt hatte.

»Das Essen stand einfach so da und war später auch wieder weg?«, vergewisserte sie sich. »Und du weißt nicht, wer es dir gebracht hat?«

»Nein. Keine Ahnung.«

Pia überlegte. »War da auch eine Toilette, Lara? Ein Badezimmer? Immerhin warst du einige Tage dort.«

»Ja, nebenan war ein kleiner Raum mit Klo und Waschbecken. Es roch aber schlecht.«

»Wonach?«

»Nach Klo und so einem blauen Duftstein.«

»Wie bist du zu der Toilette gekommen?«

»Als ich aufstehen konnte, hab ich den Ausgang gesucht. Eine Tür war abgeschlossen, die andere führte zum Klo.«

»Es hat dir niemand gesagt?«

»Da war keiner!«

»Du warst die ganze Zeit vollkommen allein? Hattest zu niemandem Kontakt?«

Lara sah an Pia vorbei. »Ich bin müde, Mama«, sagte sie.

Sophie streichelte ihr über den Kopf und schaute Pia fragend an.

»Wir machen gleich Schluss für heute, Lara. Nur noch eine Frage: Hatte der Raum, in dem du eingesperrt warst, ein Fenster?«

Lara nickte, schien sich aber bei der Frage weiter in sich zurückzuziehen.

»Was konntest du durch das Fenster sehen?«

Sie verbarg ihr Gesicht an der Schulter ihrer Mutter.

»Willst du aufhören, Liebes?«, fragte Sophie Eibholz und streichelte ihre Tochter. Lara schüttelte den Kopf.

»Wir haben verabredet, dass Lara von sich aus sagt, wenn es ihr zu viel wird. Das weißt du doch, Lara?«

Sie nickte stumm. Sophie Eibholz warf Pia einen ärgerlichen Blick zu.

»Es ist auch in Laras Interesse, wenn wir rausfinden, wo sie war und was passiert ist«, erklärte Pia. »Und das geht am besten, solange ihre Erinnerungen noch frisch sind.«

»Ich hatte solche Angst!« Laras Stimme klang durch den Stoff über der Schulter ihrer Mutter gedämpft.

»Das ist verständlich. Du warst sehr tapfer«, sagte Pia.

»Aber was war mit dem Fenster? Was hast du draußen gesehen?«

»Das Fenster war weiter oben in der Wand, und die Gardinen waren zu«, erzählte Lara widerstrebend. »Dunkelrote Gardinen aus so dickem Stoff. Einmal habe ich den Stuhl hingeschoben, weil ich rausgucken wollte. Ich wusste ja nicht mal, ob Tag oder Nacht war.« Sie zitterte wieder, und ihre Mutter nahm sie fester in den Arm.

»Und dann?«

»Ich bin auf den Stuhl gestiegen. Er hatte eine Sitzfläche aus Stroh. In Spanien hatten wir solche Stühle, in dem Restaurant in unserem Hotel«, erklärte sie ihrer Mutter. »Weißt du noch?«

»Ja, Schätzchen. Sitze aus Geflecht. Die gibt es nicht nur in Spanien.«

»Der Stuhl war wackelig, aber ich hab es geschafft und die Vorhänge aufgezogen.«

»Und was hast du gesehen?«

Lara schüttelte abwehrend den Kopf. »Nichts.«

»War es draußen zu dunkel?«

»Nein.« Sie löste sich von ihrer Mutter und wandte ihr Gesicht in Pias Richtung, doch ihr Blick ging ins Leere. »Da war kein Fenster«, sagte sie leise. »Nur eine Wand. Hinter dem Vorhang war eine Wand. Ich konnte die Mauersteine hinter der Tapete fühlen.« Laras Gesicht spiegelte das Grauen wider, das sie bei dieser Entdeckung empfunden hatte.

Pia sah den Raum, in dem Lara gefangen gewesen war, mit einem Mal vor sich. Bei der Vorstellung der Wand hinter den Vorhängen stellten sich die Härchen auf ihren Armen auf.

19. Kapitel

Bisher hatte Manfred Rist den Vorwurf, dass Pia sensible Informationen weitergegeben hatte, nicht noch einmal thematisiert. Auch schien ihre Mitarbeit an diesem Wochenende durchaus erwünscht zu sein. Rist wies sie nach Dienstschluss sogar extra darauf hin, dass es am Sonntagmorgen pünktlich um neun Uhr weitergehen würde. Pia war sich sicher: Dies bedeutete nur eine Feuerpause und nicht das Ende des Konfliktes.

Die Ermittlungen im Fall Florian Warnke waren zwar nach wie vor aktuell, doch Pia spürte, dass Laras Auftauchen im Team für eine gewisse Entspannung gesorgt hatte. Das Mädchen war nach ihrem Auffinden im Institut für Rechtsmedizin untersucht worden, um festzustellen, ob sie verletzt war, ob es ihr gesundheitlich gut ging und auch, um mögliche Spuren sicherzustellen. Lara war nicht sexuell missbraucht worden, und sie wies auch sonst keinerlei Verletzungen auf, von einem abgerissenen Fingernagel am rechten Ringfinger und ein paar Kratzern am Knie einmal abgesehen. Man hatte dem Mädchen Blut- und Urin abgenommen, um festzustellen, womit Lara immer wieder ruhiggestellt worden war. So weit der physische Aspekt der Entführung. Was die Verarbeitung ihrer traumatischen Erlebnisse anging, würde das schwieriger und langwieriger werden. Ein erstes Gespräch mit einer Mitarbeiterin vom Kriseninterventionsteam hatte ja bereits stattgefunden. Pia hoffte, dass Lara in den nächsten Tagen noch mehr zu ihrer Entführung und ihrem Entführer einfiel. Dass sie irgendeinen Hinweis geben konnte, der die Polizei zu ihrem Aufenthaltsort und zum Täter führen würde.

Als Pia am frühen Abend wieder zu Hause war, packte sie ein paar Sachen zum Übernachten zusammen, holte ihr Fahrrad aus dem Keller und fuhr weiter zu Lars' Wohnung. Es war Wochenende, Samstagabend; ein tot geglaubtes Kind war wohlbehalten wieder aufgetaucht. Pia fühlte sich euphorisch wie schon lange nicht mehr.

Nachdem er sie begrüßt hatte, legte Lars Pia sanft die Rückseite seiner Hand gegen die Wange. »Ich weiß, dass es warm ist, aber du glühst, Pia. Hattest du es so eilig, zu mir zu kommen?«

»Das liegt am Fahrradfahren. Ich wollte das schöne Wetter nutzen, aber meine Kondition lässt zu wünschen übrig.«

»Du hattest es eilig.« Er lächelte.

»Nur weil du versprochen hast, dass es etwas zu essen gibt.« Sie trat einen Schritt zurück, befreite sich von der Umhängetasche und ihren Sandalen. Der Betonfußboden in Lars' Wohnung fühlte sich glatt und kühl unter ihren Fußsohlen an. Durch die geöffnete Balkontür wehte eine laue Brise. Pia lehnte sich gegen den Arbeitsblock in der Küche und tippte leicht an die Pfannen, die von einem Gitter darüber herabhingen. »Ich staune immer wieder über deine Küche. Eine Mischung aus Küchenstudio und Autopsielabor. Da erwarte ich eigentlich, dass der Besitzer begeistert kocht.«

»Autopsie? Sag doch wenigstens ›OP‹.« Er schaltete den Backofen ein und warf noch einen prüfenden Blick hinein. »Es ist nicht jeder so abgebrüht wie du.«

»Ich bin doch nicht abgebrüht.« Pia betrachtete ihn. Ihr gefiel, was sie sah. Sie mochte die feinen Härchen, die seine Unterarme bedeckten, das Spiel seiner Muskeln unter der Haut, wenn er sich bewegte. »Was gibt es denn?«

»Lamm Madras. Scharf. Ich hab es allerdings fertig beim Inder gekauft«, sagte er. »Es muss nur noch warm werden.«

»Das war schlau.« Pia zog ihn zu sich heran. »Ich bin gefährlich, wenn ich hungrig bin.« Er roch auch gut. Nach seiner Bodylotion, nach warmem Körper und ... ja, auch nach Knoblauch und Curry. Ihr Magen knurrte.

»Du bist immer gefährlich.« Er hob sie auf die Arbeitsplatte, als wöge sie nichts.

»Ich glaube, diese Küche ist gar keine Küche im eigentlichen Sinne«, sagte Pia nah an seinem Ohr. Sie schlang die Beine um ihn. »Du hast sie für was anderes gebaut.«

Lars streichelte über ihre nackten Arme nach oben, strich über ihre Schlüsselbeine bis zu ihrem Hals. »Man kann hier auch kochen.« Er nahm ihr Gesicht in die Hände und küsste sie.

Pia zog ihn dichter zu sich heran. Sie spürte seine Erregung. »Du kannst mir in dieser Situation nichts mehr vormachen, Chef de Cuisine«, flüsterte sie.

Er zog ihr das Oberteil über den Kopf und warf es weg. Sie ließ sein T-Shirt folgen. Lars öffnete ihren BH, streifte ihn ab und hielt sie ein Stück von sich, um sie zu betrachten. Als er versuchte, ihr die Shorts auszuziehen, ohne dass sie von der Arbeitsplatte aufstand, klingelte es an der Tür. Sie hielten in der Bewegung inne und sahen sich an.

»Kümmere dich nicht darum.« Lars umschloss ihre Brüste mit beiden Händen. Pia öffnete seinen Gürtel, befreite ihn von seiner Jeans. Wer auch immer vor der Tür stand, war hartnäckig, denn es klingelte ein zweites und ein drittes Mal.

»Mist, wer ist das denn?« Pia war leichter zu irritieren als Lars.

»Kümmere dich nicht darum«, wiederholte er. »Wenn es wichtig ist, kommt er wieder.« Er stieß mit der Schulter gegen eine der Bratpfannen über sich, die scheppernd zu Boden fiel.

Das hatte man bestimmt auch im Hausflur hören können. Sie sahen sich erneut in die Augen. Diesmal eine Spur schuldbewusst. Es klingelte wieder an der Tür, lange und nervtötend.

»Geh hin«, sagte Pia. »Solange es klingelt, kann ich sowieso nicht. Hauptsache, du bist schnell wieder hier.«

Lars zog sein T-Shirt über und ging in Boxershorts und Shirt zur Tür. Die Wohnung hatte nur wenige Zwischenwände, man konnte von der Eingangstür quer zum anderen Ende in die Küche sehen. Pia rutschte vom Arbeitsblock, stellte sich dahinter, las ihr Top vom Boden auf und zog es über. Lars vergewisserte sich, dass sie einigermaßen bekleidet war, bevor er die Tür öffnete.

»Christine«, sagte er mit einer seltsamen Betonung.

Eine Frau schoss an Lars vorbei und baute sich mit in die Hüften gestützten Händen im Eingangsbereich vor ihm auf. Sie war das, was man landläufig als »südländische Schönheit« bezeichnete: klein und schlank, mit beinahe hüftlangem schwarzen Haar und einem sonnengebräunten Teint. Wahrscheinlich wurde sie schon vom Licht der Treppenhausbeleuchtung braun.

»Ist dein Loft auch mal fertig geworden, Lars?« Sie sah sich um. »Ich habe ja nicht mehr daran geglaubt.« Dann erblickte sie Pia, und ihre Augenbrauen hoben sich. »Ach, du hast gerade Besuch! Deswegen dein Aufzug. Störe ich etwa?«

»Ja. Du störst, Christine. Was soll das, hier unangemeldet reinzuschneien?«

»He, ich habe geklingelt. Auf meine Anrufe reagierst du ja nicht.«

»Es reicht, wenn wir alles Weitere per E-Mail oder Post klären. Ich habe dir alle Unterlagen für den Grundstücksverkauf zugeschickt.«

»Vielleicht will ich zu den Konditionen nicht verkaufen?«

»Du musst.«

»Du machst es dir wie immer einfach, Lars. Ich komme extra deswegen aus Kapstadt her. Freust du dich gar nicht, mich zu sehen?«

Pia hatte das Gefühl, im vollkommen falschen Film gelandet zu sein.

»Nein, gar nicht, Christine. Du bist mit diesem Jack – James, John? – nach Südafrika abgedampft.«

»Er heißt immer noch Jonathan, Lars.«

Pia trat vor, nahm ihre Shorts vom Boden auf und zog sie an. Ihr BH hing über einem der Barhocker, und sie schnappte ihn sich ebenfalls. Sie hatte keine Lust, noch eine Sekunde länger Zeugin dieses abstrusen Wortwechsels zu werden.

»Pia, wo willst du hin?«, fragte Lars alarmiert.

»Raus.« Sie hängte sich den Gurt ihrer Umhängetasche über die Schulter, stopfte ihren BH hinein und griff nach den Riemen ihrer Sandalen.

»Nein, Pia. Christine, *du* verschwindest!«, sagte Lars wütend.

Die Frau musterte Pia milde lächelnd.

»Sofort«, fügte er drohend hinzu.

Pia hatte Lust, die Frau eigenhändig rauszuwerfen, aber dies war eindeutig Lars' Baustelle.

»Uuuhuuh, ich hab Angst vor dir«, spottete Christine, doch als er noch einen Schritt auf sie zutrat, setzte sie sich langsam in Bewegung.

»Geh jetzt und komm nie wieder her!«, sagte er.

Christine warf Pia ein verächtliches Lächeln zu und stolzierte hinaus. Lars schloss nachdrücklich hinter ihr die Tür. Er drehte sich zu Pia um.

»Wer war das?«, fragte sie.

»Meine Exfrau. Tut mir leid, dass du das miterleben musstest.«

»Verheiratet oder geschieden?«

»Was?«

»Bist du mit ihr verheiratet, oder seid ihr geschieden?« Pia war wütend und enttäuscht, sie musste es einfach sofort wissen.

»Wir sind geschieden, Pia.«

»Seit wann?«

»Seit einem guten halben Jahr.«

»Ah ja. So lange schon. Ich verstehe das nicht. Warum zum Teufel hast du sie noch niemals erwähnt?«

»Ich spreche so gut wie nie über sie. Mit niemandem. Sie ist für mich nicht mehr existent.«

»Da machst du dir offensichtlich etwas vor, Lars. Ich fand sie eben höchst präsent.«

»Sie hat absolut nichts mehr mit meinem Leben zu tun.«

»Ihr wart noch verheiratet, als wir schon zusammen waren. Ihr habt ein gemeinsames Grundstück? Vielleicht habt ihr auch noch ein gemeinsames Kind?«

»Nein. Da geht es nur noch um Geld.«

»Nur ... um ... Geld? Sie glaubt ganz offensichtlich, dich damit in der Hand zu haben.«

»Das hat sie aber nicht.«

Er war eine ganze Zeit lang noch verheiratet gewesen, und er hatte es ihr gegenüber nie erwähnt.

»Es war alles so langwierig, weil Christine einfach abgehauen ist. Ich musste sie in Südafrika überhaupt erst einmal auftreiben, um die Scheidung abzuwickeln.«

»Wie lange wart ihr verheiratet?«, fragte Pia mit einem unguten Gefühl im Magen.

»Vier Jahre.«

»Vier Jahre, und du hast sie noch nie auch nur mit einem

Wort erwähnt? Wann wolltest du das tun? Wolltest du mich überhaupt so weit in dein Leben einweihen?«

Er kam mit offenen Armen einen Schritt auf sie zu. »Ich weiß nicht, warum ich sie nie erwähnt habe. Ich wollte diese Frau einfach nur vergessen. Etwas Neues mit dir beginnen. Von allem unbelastet.«

Pia schluckte. »He, ich bin auch nicht unbelastet in unsere Beziehung gegangen. Doch ich war von Anfang an offen zu dir und habe dich an allem Anteil nehmen lassen. Weil ich geglaubt habe, dass du ... dass wir das aushalten. Wieso traust du mir nicht zu, mit deiner Vergangenheit umzugehen?«

»So ist es nicht«, sagte er.

»Oder hast du dir selbst das nicht zugetraut? Trauerst du dieser Frau noch nach?«

»Nein, um Gottes willen!«

Pia schüttelte den Kopf. Sie wusste, wenn sie das weiter diskutierten, so enttäuscht, wie sie gerade war, würde sie Dinge sagen, die sie später vielleicht bereute. »Ich fahre jetzt nach Hause«, erklärte sie. »Ich brauche etwas Zeit, um darüber nachzudenken.«

»Pia, nein! Warte!« Beinahe tat Lars ihr leid. Aber nur beinahe. Sie verließ seine Wohnung und lief barfuß die Treppen hinunter, weil sie sich nicht die Zeit nehmen wollte, in seiner Gegenwart die Riemchensandalen anzulegen. Genauso wenig wollte sie jedoch vor der Wohnungstür auf den verdammten Lastenfahrstuhl warten. Sie hörte, dass Lars ihr die Treppe hinunter folgte. In T-Shirt und – zugegebenermaßen ansehnlicher – Unterhose.

Er bekam sie am Ellenbogen zu fassen, als sie gerade die Haustür aufzog. Ein Passant, der zufällig vorbeikam, starrte sie beide an. Lars' Gesicht war blass. »Pia, bitte bleib! Ich habe einen Fehler gemacht. Aber nicht, weil ich dir nicht vertraue.«

Sie sah auf ihren Arm hinunter, und Lars ließ sie los. »So einfach ist das nicht«, erwiderte sie.

»Na gut. Ich verstehe. Aber bitte, Pia, du kannst mich jederzeit anrufen oder vorbeikommen. Heute oder später«, sagte er. »Ich bin hier.«

20. Kapitel

Pia schlüpfte in die Sandalen und zog ein Kapuzen-Sweatshirt aus ihrer Tasche, das sie sich überwarf, hauptsächlich um zu verdecken, dass sie unter dem Top keinen BH trug. Sie legte die Tasche in den Fahrradkorb, schwang sich auf ihr Rad und fuhr los, ohne sich noch einmal umzusehen. Sie nahm nicht den Weg zu ihrer Wohnung, nicht den in die Dienststelle. Sie wollte einfach nur fahren – fahren und die Frustration und Enttäuschung dabei abarbeiten. Das kräftige, regelmäßige Treten half. Pia geriet ins Schwitzen, doch ihre Gedanken beruhigten sich ein wenig.

Hatte sie überreagiert? Sie war so wütend auf Lars! Und auf diese blöde Zicke Christine, die alles verdorben hatte. Was dachte sich diese Frau dabei, an einem Samstagabend unangekündigt bei Lars hereinzuschneien? Er hätte sie gar nicht hereinlassen dürfen. Sie hatte ihn überrumpelt.

Doch warum war sie, Pia, so sauer? Weil ich stets offen zu Lars gewesen bin, sagte sie sich. Sie hatte ihm von ihren Problemen mit Hinnerk und Mascha erzählt, von der Schwierigkeit, Job und Kind zu vereinbaren, und sogar von dem alten Groll, den sie gegenüber ihrer Schwester Nele hegte. Lars war verständnisvoll gewesen. Gleichzeitig hatte er aber immer ein wenig den Anschein erweckt, über solchen Dingen zu stehen, mit seinem Privatleben vollkommen im Reinen zu sein. Keine Altlasten zu haben. Sie war in ihrer Beziehung stets diejenige gewesen, die sich mit solchen Problemen herumschlug. Und das war kein gutes Gefühl gewesen. Lars' Leben hingegen schien in privater Hinsicht makellos gewesen zu sein. Warum hatte er ihr da etwas vorgemacht? Die Tatsache, dass er in Scheidung lebte, war doch kein Weltuntergang. Gut, es war nicht erfreulich, wenn man sich finanziell noch nicht vollkommen auseinanderdividiert hatte – und auch, wenn die zukünftige Ex so eine Schreckschraube war, ergänzte Pia. Aber das war doch nichts, was er ihr hätte verheimlichen müssen. Als würde sie damit nicht fertigwerden. Wofür hielt er sie? Für eifersüchtig und nicht belastbar?

Der Fahrtwind kühlte zumindest ihr Gesicht und die nackte Haut an ihren Beinen. Pia bog in die Elsässer Straße und von dort aus auf den Drägerweg, der an der Wakenitz entlangführte. Sie hoffte, dass die Aussicht auf das Grün und das Wasser sie vollends beruhigen würde. Rechter Hand floss der Fluss breit und träge dahin, verschwand hinter hohen Büschen und Bäumen, um dann grün schimmernd wieder neben ihr aufzu tauchen. Links befanden sich Schrebergärten, in denen üppig Blumen blühten.

»Er hätte es mir sagen müssen«, murmelte Pia wie ein Mantra vor sich hin. Der Hund, ein brauner Setter, sprang genau vor ihr auf den Weg. Pia riss den Lenker herum, um dem Tier auszuweichen. Sie war zu schnell unterwegs, raste über den schmalen Grasstreifen und stürzte samt Fahrrad in den Fluss.

Pia kreischte auf. Das Wasser der Wakenitz war auch im Hochsommer kalt. Sie japste vor Schreck, als es über sie hinwegschwappte. Es schmeckte erdig, nach faulenden Pflanzen und nach Fisch. Pia tauchte auf, spuckte, ruderte mit den Armen und versuchte, unter ihrem Fahrrad Halt in dem schlammigen Untergrund zu finden. Der Hund bellte, wedelte mit dem Schwanz, blieb aber am Ufer stehen, ohne zu riskieren, sich die Pfoten nass zu machen. Er sah ihr zu, wie sie sich unter den Rädern und dem Fahrradrahmen sortierte. Das Wasser war nicht tief. Trotzdem war das Aufstehen schwierig. Pia fluchte. Ihre Beine hatten sich in ein paar Seerosen und anderen Pflanzen verheddert, und sie war komplett durchnässt. Ansonsten fehlte ihr anscheinend nichts. Nichts, bis auf ihre Umhängetasche, die aus dem Korb gefallen war und neben ihr im Fluss trieb. Pia watete hinterher und hob die Tasche hoch. Sie trug das tropfende Ding ans Ufer und ließ es ins Gras fallen. Der Hund schnupperte daran und knurrte dann leise.

»Ja, die ist hin«, sagte Pia. Sie zog als Nächstes ihr Fahrrad aus der Wakenitz. Im Korb und in den Speichen hatten sich Wasserpflanzen verfangen. Sie legte das Rad neben den Weg und drehte ihr Haar zu einem Zopf, um das Flusswasser herauszudrücken. Dann nahm sie die Tasche hoch und goss vorsichtig das Wasser aus. Auch der Inhalt war komplett durchnässt. Wo war ihr Mobiltelefon? Sie hatte es lose in die Tasche gelegt. Nun war es weg. Es musste herausgefallen sein, als sie gestürzt war. Na super! Das Smartphone war noch recht neu gewesen. Fluchend ging Pia zurück ins Wasser und suchte den Grund des Flusses ab. In dem von ihrer Planscherei aufgewühlten Wasser konnte sie aber nichts sehen. Sie tastete herum, bekam allerlei Ekliges zu fassen, nur nicht ihr Handy.

»Gina, kommst du wohl her!«, hörte sie eine männliche Stimme rufen.

Der Hund lief in Richtung seines Herrchens, kam jedoch eine Minute später schwanzwedelnd zu Pia zurück. Das Tier schaute offenbar lieber ihren fruchtlosen Bemühungen zu, anstatt zu gehorchen. Wahrscheinlich amüsierte es sich, zumindest sah der Setter so aus, als lächelte er.

»Du könntest mir wenigstens beim Suchen helfen«, sagte Pia.

Der Besitzer des Hundes kam den Weg entlang auf sie zu und riss die Augen auf, als er sie erblickte. »Sind Sie etwa hier ins Wasser gefallen?« Er schüttelte den Kopf.

»Nein«, erwiderte Pia. »Ich habe gebadet.« Eine schleimige

grüne Haarsträhne – oder waren es Algen? – fiel ihr ins Gesicht, und Pia strich sie lässig zurück.

Er blickte auf das nasse Fahrrad am Ufer. »Ist mein Hund Ihnen etwa vors Rad gelaufen?« Verspätet leinte er das Tier an. »Das tut mir leid.«

Gina zerrte an der Leine und strebte in Richtung Wasser. Pia guckte, wohin es die Hündin zog. Da war etwas zwischen ein paar Ästen, die ins seichte Wasser ragten. Ihr BH. Er musste ihr ebenfalls aus der Tasche gefallen sein.

Pia watete darauf zu. »Ich war wohl auch etwas zu schnell unterwegs«, sagte sie. Und dann ein Ablenkungsmanöver, bevor sie das Kleidungsstück aus dem Wasser fischte und in ihre Tasche stopfte: »Können Sie bitte mal mein Handy anrufen?«

»Was?«

Sie nannte ihm ihre Nummer, und der Mann zog sein Telefon aus der Tasche seines Hemdes und tippte, wobei er wieder den Kopf schüttelte. Einen Moment standen sie wartend da. Pia bibberte vor Kälte. Dann vibrierte es auf Höhe ihres Fußknöchels. Sie stieß einen überraschten Schrei aus und fischte ihr Telefon aus dem Uferschlamm. »Da ist es ja«, sagte sie erfreut.

»Das ist doch eh hin«, vermutete der Mann.

Pia steckte das Telefon ein, ohne noch einmal auf das Display zu schauen. Sie richtete das Fahrrad auf, und der Mann half ihr, Algen und Gräser aus Kette und Speichen zu ziehen.

Als Pia sich auf den Sattel schwang und losfuhr, lief immer noch das Flusswasser in kühlen Rinnsalen an ihr herab. Ihre Wut war verraucht. Sie hatte sich abgekühlt. Zurück blieb ein kalter Kloß in ihrem Magen: Enttäuschung, Trauer und auch ein gutes Stück Fassungslosigkeit. Wie gut kannte sie Lars überhaupt?

Pünktlich um acht klingelte es an Ralphs Tür. Broders wurde unbehaglich zumute. Das war sein Kollege Bente mit seinem Hund Holly. Broders hatte ihn ganz zwanglos auf ein Glas Wein eingeladen. Was hatte er sich nur dabei gedacht? Er brachte damit vielleicht Bente, Ralph, sich selbst und vor allem Elias in Teufelsküche.

Das Schlimmste war: Er hatte Ralph nicht in sein Vorhaben eingeweiht. Dabei schleuste er unter Vorspiegelung falscher Tatsachen einen Polizisten samt Drogenspürhund in dessen Haus ein. Das war ein Vertrauensbruch. Ganz sicher bewahrheitete sich hier einmal wieder, dass das Gegenteil von »gut« »gut gemeint« ist. Aber er hatte seinen Freund nicht vorher einweihen können. Ralph versuchte immer noch, seinen mittlerweile siebzehnjährigen Sohn vor allen Schwierigkeiten zu schützen. Für einen Vater war das vielleicht eine normale Verhaltensweise, aber wie bitte sollte der Junge sich so später im Leben zurechtfinden, ohne Daddy, der alles abfederte und für jeden Mist geradestand?

Diese Gedanken, die jetzt nur noch wie lahme Rechtfertigungen klangen, beruhigten Broders nicht wirklich. Er hatte einen Fehler gemacht. Er war einfach stinkwütend gewesen, dass er Elias ein Paar Sportschuhe abgekauft hatte, die offensichtlich mit Drogen in Berührung gekommen waren. Obwohl der Junge immer beteuerte, damit nichts am Hut zu haben. Ja, und in der Shisha in seinem Zimmer rauchte er angeblich nur Tabak …

Broders eilte zur Tür. Er hatte Mist gebaut, vielleicht großen Mist, aber jetzt musste er da durch.

Bente grinste, Holly wedelte mit dem Schwanz. »Na, was sagst du? Pünktlich wie die Feuerwehr. Ich kann allerdings nicht lange bleiben, hab später noch ein Date.« Bente zwinkerte ihm zu und trat ein.

Broders führte seinen Kollegen samt Hund mit klopfendem

Herzen direkt auf die Terrasse. Noch konnte er die Sache abblasen, Holly draußen lassen. Dann würde nichts weiter passieren, als dass sie einen Schluck zusammen tranken. Doch wenn Elias ins Drogenmilieu abrutschte, würde Broders sich ewig Vorwürfe machen, nicht rechtzeitig eingegriffen zu haben. Er hatte in seiner Laufbahn schon zu viele schlimme Schicksale mitbekommen, hatte tote Junkies gesehen und abgrundtief verzweifelte Eltern.

Ralph war bester Wochenendlaune und verteilte die Getränke. Er war wie immer ein toller Gastgeber und kam sofort mit Bente ins Gespräch. Broders saß unbehaglich daneben, nippte an seinem Wein, schwitzte und konnte sich nicht entscheiden.

Holly lag unter dem Terrassentisch und hechelte. Der Hündin war auch zu warm.

»Hast du was dagegen, wenn ich Holly einen Napf mit Wasser fülle?«, fragte Broders.

»Nein, das ist eine super Idee. Wir haben eben schon hier eine Runde übers Feld gedreht. Sie hat bestimmt Durst.«

»Komm, Holly, Wasser!« Broders nahm die Leine locker in die Hand. Er kam sich seltsam dabei vor. Der Hund wunderte sich nicht darüber, oder er war zu höflich, um es zu zeigen. Er sah seinen Herrn an, der ihm wohl irgendein unsichtbares Zeichen des Einverständnisses gab, und folgte Broders dann ins Haus.

Broders füllte eine alte Schüssel mit Leitungswasser und trug sie den Flur hinunter. Er klopfte an Elias' Zimmertür. Die verseuchten Sportschuhe hatte er vorhin in den Keller gebracht. Was mit denen los war, wusste er ja schon.

Es dauerte eine Weile, bis Elias ihm einen Spaltbreit öffnete. »Nanu? Bist du auf den Hund gekommen, Heinz?«

Holly schaute den Jungen mit schräg gelegtem Kopf an.

»Dürfen wir einen Moment reinkommen?«

»Damit der Köter hier bei mir saufen kann?«, fragte Elias eher verblüfft als ärgerlich.

»Wäre er ja nicht der erste ... Aber Holly ist eine ›Sie‹.«

»Na dann ...« Entgegen seinen Äußerungen neulich, dass Hunde in seinem Zimmer nichts zu suchen hätten, ließ Elias sie hereinkommen. »Mädchen sind bei mir immer willkommen.«

Broders stellte die Wasserschüssel ab. Holly zögerte, sondierte offensichtlich die Lage im Zimmer, die chaotisch war, jedenfalls nach menschlichem Ermessen. Sie schien jedoch nichts zu beanstanden zu haben und trank gierig.

»Und nun?«, wollte Elias wissen.

»Warten wir mal ab.«

»Ich hab keinen Bock auf solche Spielchen.«

»Und was machst du gerade so?«

»Den Abend planen.«

Das hieß, Elias lag auf seinem Bett und simste mit seinen Freunden. Mit seinen neuen Drogenfreunden?

Holly hob plötzlich den Kopf. Broders hielt die Luft an. Wasser- und Speicheltropfen verteilten sich auf dem Parkett.

»Machst du das eigentlich wieder sauber, Heinz?«

»Machst du die Sportschuhe sauber, die ich dir abgekauft habe?«, entgegnete Broders angespannt.

Holly setzte sich und wartete ab. Sie schien den Wortwechsel zu verfolgen.

»Was ist denn mit den Schuhen?« Elias sah ungeduldig zu seinem Handy auf dem Bett. »Gefallen sie dir nun doch nicht mehr? Du wirkst gerade nicht sehr gechillt.«

»Als ich neulich deine Schuhe anhatte, hat dieser Hund verdammt noch mal angeschlagen!«

»Ach.« Elias runzelte die Stirn. »Langsam check ich, was hier läuft.«

»Wirklich?«

Holly legte sich hin und bettete den Kopf auf die Vorderpfoten.

»Los, Holly, such!«, sagte Elias. »Such den Shit!«

Der Hund blinzelte mehrmals und seufzte, rührte sich aber nicht.

»Hier ist wohl nichts.« Broders kam sich idiotisch vor. »Entschuldige bitte die Störung.«

»Kein Thema. Netter Hund.« Elias tätschelte ihn.

»Und die Sportschuhe?«

Elias lachte. »Bevor ich sie dir verkauft habe, war ich einen Abend in so einer miesen kleinen Dorfdisco, doch nur kurz. War ein totaler Reinfall. Ich geh da nie wieder hin. Das ist ein verdammter Drogenkeller. Da kann einem schon mal was an den Sohlen kleben bleiben, so viel wird da gedealt. *Darum* könntest du dich mal kümmern. Aber mein Laden ist das nicht. Echt nicht.«

»Bestimmt?«

»Bestimmt.«

»Wie heißt der Laden. Wo ist er?« Broders vermutete, dass Bente die Disco sowieso kannte, doch er wollte ihm für seine Mühe, extra herzukommen, wenigstens irgendetwas geben.

Elias nannte den Namen und die Adresse. Er ging in die Hocke, um Holly ausgiebig zu streicheln. Dann sah er zu Broders auf. »Das war eine verdammt krasse Idee von dir. Ein Drogenhund! So einen süßen Hund hätte ich übrigens auch gern. Weiß mein Vater eigentlich von deiner Aktion?«

Broders wurde wieder heiß. »Nein.«

Elias richtete sich auf und sah ihm in die Augen. »Dann bleibt das besser unter uns.«

Als Broders das Zimmer verließ, hatte er das Gefühl, dass ihm die kleine Mistkröte gerade ein Stück mehr ans Herz gewachsen war.

Lars musterte Pia, die nass bis auf die Haut vor seiner Wohnungstür stand. Sein Mundwinkel zuckte. Er sagte nichts.

»Ich habe mich abgekühlt«, erklärte Pia. »Aber ich bin immer noch wütend.«

Sein Blick wanderte zu der Pfütze, die sich unter ihr auf dem Boden bildete. »Das ist dein gutes Recht«, sagte er. »Wütend zu sein. Und ich kann es auch verstehen.«

»Wir sind noch lange nicht mit dem Thema durch.« Ihre Zähne stießen klappernd aufeinander.

»Ich war ein Idiot. Aber können wir das Thema ein andermal diskutieren?«, fragte er. »Du tropfst, und du riechst … seltsam.«

»Einverstanden.« Pia ließ sich von ihm in die Wohnung ziehen.

Eine Sekunde lang sah er sie schweigend an.

»Mir ist schweinekalt«, sagte sie zitternd.

Lars zog sie an sich, umschloss sie fest mit den Armen und küsste sie. »Äh, du schmeckst irgendwie nach Fischteich, Pia.«

»Nein, das ist die Wakenitz. Pass auf, du bist auch gleich nass.«

»Glaubst du, das macht mir etwas aus?«

»Mich hat nur noch der Gedanke an deine Dusche aufrecht gehalten«, sagte Pia bibbernd.

»Und mich der Gedanke, dass du wiederkommst.«

Er dirigierte Pia ins Badezimmer und half ihr, sich die nassen, schmutzigen Sachen vom Leib zu schälen. Lars drehte die Dusche voll auf und prüfte die Temperatur.

Als das warme Wasser auf sie beide herunterprasselte und er Pia eng an sich drückte, ließ das Zähneklappern nach. Reden – gut – reden konnten sie später.

»Wenn ich den Kerl erwische, der die Kleine entführt hat, schneide ich ihm die Eier ab«, sagte Rüdiger. »Sofort und ohne Nachfrage. Zack!« Er untermalte das mit einer schnellen Handbewegung, die Sven im Halbdunkel nur erahnen konnte. »Und danach die Zunge, die Nase, und zuletzt steche ich ihm die Augen aus. Damit er nicht mal mehr dazu kommt, kleine Mädchen anzuglotzen, geschweige denn ...«

»Rüdiger, wenn du die ganze Zeit so laut redest, können wir uns das Herumlatschen auch sparen«, erwiderte Sven. Wieso hatte Ansgar ihm ausgerechnet Rüdiger Dietz zur Nachbarschaftspatrouille zugeteilt? Sie gingen die Dorfstraße von Grotenhagen entlang, die an diesem späten Abend öde und verlassen dalag. Es würde eine lange Nacht in schlechter Gesellschaft werden. Morgen war immerhin Sonntag. Aber generell mussten alle Männer, die sich an der Nachbarschaftswache beteiligten, am darauffolgenden Tag wieder arbeiten. Außer Rüdiger. Sven fragte sich, wie lange sie die Patrouillen durchhalten wollten. Doch so kurz nach Laras Verschwinden und Wiederauftauchen stellte er diese Frage nicht laut. Wenn die Nachbarschaftswache etwas für die allgemeine Sicherheit bringen sollte, mussten sie das wochen-, wenn nicht sogar monatelang durchziehen. Wir könnten Rüdiger als unseren Nachtwächter einstellen, dachte Sven spöttisch. Wenn da nicht sein Machismo und sein Hang zur Lynchjustiz wären. Florian Warnke war erhängt worden. Das sollte er besser nicht vergessen, wenn er mit dem Kerl allein war.

»Du bist bestimmt ganz heiß darauf, den Typen zu erwischen, Sven.« Rüdiger musterte ihn im Licht einer Straßenlaterne. »So jung, wie du bist ... Hast du schon mal gekämpft, von Mann zu Mann?«

»Das letzte Mal gekloppt habe ich mich auf dem Schulhof. Es ging um ein Mädchen namens Lydia.« Sven lächelte bei der Erinnerung daran.

»Ich sprach von einem Kampf zwischen Männern.« Rüdiger spuckte auf die Straße. Sven hörte es aufklatschen. Widerlich.

»Bei mir war es ein Mitschüler. Wir waren fünfzehn. Meine Augenbraue musste hinterher mit vier Stichen genäht werden.«

»Und der andere?«

»Der hatte nichts«, antwortete Sven. »Aber du hast sicher jede Menge Nahkampferfahrung.«

»Wenn wir das Schwein erwischen, wirst du froh sein, dass ich bei dir bin«, sagte Rüdiger.

»Sicher.« Sven unterdrückte ein genervtes Stöhnen. »Ich glaube aber nicht, dass der Entführer hier noch durchs Dorf läuft und nach dem nächsten Mädchen Ausschau hält.«

»Das ist ein verdammter Mädchenschänder! An Thomas Eibholz' Stelle würde ich ausrasten.«

»Wir wissen doch überhaupt nicht, was mit Lara passiert ist«, wandte Sven ein. Sie bogen in den Weg hinter dem Dorfanger. Es war hier so dunkel, dass Sven zumindest nicht mehr Rüdigers Anblick ertragen musste, nicht einmal seine Silhouette. Gleichzeitig spürte er, wie sich in der Finsternis seine Muskeln anspannten und er den Kopf einzog. Immerhin war in seinem Dorf ein Verbrechen geschehen, ein weiteres ganz in der Nähe. Das war real. Kein Sonntagabendkrimi. Es war zumindest nicht ausgeschlossen, dass der Täter aus dem Ort stammte oder sich hier aufhielt. Dass sie ihn gerade bei was auch immer störten.

»Wir wissen es nicht? Wir wissen nicht, was er der Kleinen angetan hat?«, ereiferte sich Rüdiger. »Sei doch nicht so beschissen naiv, Sven! Was soll er denn sonst mit ihr gemacht haben? Hm?«

»Vielleicht sollte Lösegeld erpresst werden. Oder Lara hat sich doch nur verlaufen.«

»Was hat sie denn gesagt, als du sie gefunden hast?«

»Sie hat so gut wie gar nicht gesprochen. Sie war schläfrig

und benommen. Als stünde sie unter Drogen.« Lara hatte kaum die Augen aufbekommen. Erst hatte er gedacht, sie sei bewusstlos, liege im Koma oder so. Doch sie hatte ihn erkannt, als er sie aufgehoben hatte. Sie hatte sich an ihm festgekrallt und gesagt, er solle sie nach Hause bringen. Lara hatte verstört gewirkt, aber nicht … traumatisiert. Nicht so, wie man es nach beinahe vier Tagen in der Gewalt eines Kinderschänders erwarten würde. Nicht, dass Sven Erfahrungen auf diesem Gebiet hatte … Doch all das wollte er Rüdiger nicht auf die Nase binden.

»Drogen. Na, das sagt ja wohl alles«, verkündete Rüdiger Dietz zufrieden. »Er hat sie unter Drogen gesetzt und sich dann bedient.«

»Halt einfach die Klappe, Rüdiger!«

»Du hältst dich wohl für was Besseres?« Rüdiger trat gegen einen Stock oder einen Stein auf dem Weg. Es fiepte. Etwas von der Größe und dem Gewicht eines neugeborenen Ferkels huschte im Dunkeln über Svens Fuß. Er unterdrückte einen Ausruf, fluchte und trat danach, auch wenn das Tier längst im Gebüsch verschwunden war.

»Was hast du? Siehst du jemanden?«

»Mir ist eine Ratte über den Fuß gelaufen.«

Rüdiger lachte. »Scheiße. Ich bin auf der Jagd nach einem pädophilen Triebtäter, und wer begleitet mich? Ein grüner Junge, der sich vor einer Maus fürchtet.«

Die nächste halbe Stunde wanderten sie schweigend durch das schlafende Dorf. Es kam zu keinen weiteren Zwischenfällen. Sie sahen keine dunklen Gestalten, die sich in den Ecken herumdrückten, auf der Suche nach kleinen Mädchen, die um diese Uhrzeit sowieso alle in ihren Betten lagen. Rüdiger mochte an kommende Heldentaten denken. Sven dachte an Miriam.

Gegen Viertel vor zwölf betraten sie *Vagts Hof*. Vorgeblich, um sich auszuruhen und zu stärken. Sie setzten sich an einen Tisch zu Ansgar Hellbach und Hendrik Nagel und bestellten sich jeweils ein Pils.

»Willst du nicht lieber ’ne Limo?«, fragte Rüdiger seinen Begleiter so laut, dass Miriam es hören konnte. »Oder ein Glas Milch, damit du später gut schlafen kannst?«

Sven tat, als hätte er es nicht mitbekommen. Ihm fiel keine witzige Erwiderung darauf ein. Miri hatte ihn angelächelt, das genügte ihm fürs Erste.

Als Miriam mit den Biergläsern zurück an den Tisch kam, beugte sie sich zu ihm herüber. »Stimmt es, dass *du* Lara gefunden hast, Sven?«, wollte sie wissen.

»Ja. War aber reiner Zufall. Ich war am Strand unterwegs, und da habe ich sie in den Dünen gesehen.«

»Und du hast sie nach Hause gebracht?«

»Natürlich. Ich habe sie nach Hause getragen.«

»Was für ein Glück für sie, dass du gerade dort warst!«, sagte Miri.

»Es war Zufall«, erwiderte Sven.

»Hauptsache, die Polizei hält das auch für einen Zufall«, sagte Hellbach grimmig.

»Was denn sonst?«, fragte Sven.

»Ach, nix. Machst du mir die Rechnung fertig, Mädchen?«

»Klar. Getrennt oder zusammen?«

»Ich hatte drei Pils.«

Miriam entfernte sich schwungvoll.

»Für den Arsch in der Jeans braucht sie glatt ’nen Waffenschein«, feixte Rüdiger.

»Halte dich gefälligst zurück, wenn du von meiner Schwägerin sprichst«, sagte der Apotheker. Er stand auf, wohl um ein paar Bier wegzubringen.

»He, das war ’n Kompliment! Und der Sven findet das auch. Oder, Sven, wohin guckst du immerzu?«

»Wenn die Miriam so schlau ist, wie ich denke, sind ihr Svens Blicke nicht ganz unwillkommen. Ganz im Gegensatz zu deinen, Rüdiger«, bemerkte Ansgar Hellbach trocken.

»He, was soll das denn heißen?«

»Ist doch offensichtlich.«

»Ich versteh das nicht. Erklär mal. Was meinst du mit ›willkommen‹ und ›unwillkommen‹?«, fragte Rüdiger mit vorgerecktem Kinn.

»Ich nehme an, Miriam kann rechnen.« Hellbach sah Sven an. »Wie viel Hektar habt ihr alles im allem? Zweihundert Hektar gegen ... Moment.« Er wandte sich Rüdiger zu. »Ich rechne nach und komme auf ... null Hektar. Nicht mal das Grundstück, auf dem dein Wohnwagen steht, gehört dir.«

»Na, und wenn schon! Frauen wollen einen Mann, keinen Schlappschwanz«, griff Rüdiger tief in sein Macho-Repertoire. »Sogar deine ...«

»Halt endlich die Klappe, Rüdiger!«, fuhr Sven ihn an.

»Wieso?« Rüdiger Dietz drehte ihm das wutverzerrte Gesicht zu. »Ich sag dir was, Sven. Der Rat ist kostenlos, aber nicht umsonst: Die Miri is' nichts für dich. Nicht deine Kragenweite.«

Eine warme Welle stieg Sven zu Kopf, und vor seinen Augen wurde es rot. Er hatte das noch nie erlebt, nicht einmal damals auf dem Schulhof, als sein Klassenkamerad die schüchterne Lydia als »Fotze« bezeichnet hatte. Er sprang auf und packte Rüdiger am Hemdkragen. »Wenn du in unserem Dorf wohnen bleiben willst, dann hast du dich an ein paar Regeln zu halten, ist das klar?«, stieß er außer sich vor Wut hervor. »Dazu gehört zum Beispiel ein gewisses Maß an Respekt Frauen gegenüber.«

»Pfoten weg!«, schnauzte Rüdiger. Er befreite sich aus Svens Griff, erhob sich und hielt ihn dann mit seiner Linken auf Armeslänge von sich. Blitzschnell landete er einen Treffer auf Svens Solarplexus. Sven ging zu Boden wie ein gefällter Baum.

21. Kapitel

»Ist Lara eingeschlafen?«

»Von einem Moment auf den nächsten«, sagte Sophie Eibholz. »Sie war völlig fertig.«

»Kein Wunder!« Thomas Eibholz schaltete den Fernseher aus.

Sophie ließ sich in den Sessel fallen. »Obwohl sie ja sagt, dass sie quasi die ganze Zeit geschlafen hat.«

»Sie stand unter Drogen«, entgegnete Thomas. »Wissen die schon, was für ein Betäubungsmittel es war?«

»So schnell geht das nicht. Die toxikologischen Tests sollen eine Weile in Anspruch nehmen. Die Ergebnisse gibt es erst nächste Woche.«

Ihr Mann stand auf und lief zum Fenster. Er sah einen Moment auf den leeren Hofplatz hinaus und drehte sich dann wieder zu seiner Frau um. »Die Ärzte sind sich aber wirklich sicher, dass sie nicht verletzt oder missbraucht worden ist?«

»Ja, nun frag bitte nicht tausend Mal nach!« Sophie atmete tief ein und aus, um sich zu beruhigen. »Die Leute in dem Institut haben schließlich schon öfter mit solchen Problemen zu tun gehabt. Und Lara sagt ja auch, dass niemand sie angefasst hat. Die Ärztin hat uns aber geraten, auch längerfristig einen Kinderpsychologen zurate zu ziehen, damit Lara das alles besser verarbeiten kann.«

Thomas Eibholz kam zurück zur Sitzgruppe, blieb jedoch hinter seiner Frau stehen. »Du weißt, dass ich nichts von diesen Psychoklempnern halte. Ich meine, wenn ihr nichts angetan wurde, dann wird Lara auch so darüber hinwegkommen. Sie hat ja schließlich uns. Was kann besser für sie sein als ihre Familie?«

»Verstehst du dich jetzt auch auf Kinderpsychologie?«, erwiderte Sophie.

»Ich versuche zumindest, meine Kinder zu verstehen. Ich bin für sie da. Mehr geht nicht.«

»Für dich ist immer alles ganz einfach«, sagte Sophie und stützte das Gesicht in die Hände. Thomas schwieg. Sie stellte sich vor, wie er von oben auf sie herabsah und sich dabei fragte, wie gut er sie eigentlich kannte. Die Mutter seiner Kinder. »Wie soll ich Lara helfen, wenn ich selbst nicht mehr ein noch aus weiß?«, stieß Sophie schließlich hervor.

»Immer dramatisierst du alles, Sophie.«

»Macht dir das etwa keine Angst? Erst verschwindet Lara, wir gehen hier vor Sorge um sie durch die Hölle, und zur gleichen Zeit wird Florian ermordet. Ein bisschen heftig für Grotenhagen, ein Dorf, das angeblich idyllischer ist als Bullerbü.«

»Dass hier *immer* alles glattläuft, habe ich dir nie versprochen«, entgegnete Thomas. »Da hast du dir selbst etwas vorgemacht.«

»Aber in was für eine Welt setzen wir denn unsere Kinder? Lara war dreieinhalb Tage irgendwo eingesperrt, und wir wissen nicht, von wem und weshalb. Und Florian hing tot an einem Brückengeländer. Jemand hat ihn erhängt! Wer zum Teufel tut so etwas?«

Thomas ging um das Sofa herum und sah sie prüfend an. »Das hört sich ja fast so an, als ginge dir das Unglück deiner Familie, deines eigenen Kindes, weniger nahe als das eines beliebigen Nachbarn.«

»Natürlich nicht. Und das weißt du auch. Aber Florian ist ermordet worden, Thomas. Du mochtest ihn doch auch.«

»Trotzdem ist er mir deshalb noch lange nicht wichtiger als mein eigen …«

»Mama!« Der Ruf kam aus Laras Zimmer. Sophie und Thomas stürmten gleichzeitig in Richtung Kinderzimmer, sodass sie nebeneinander beinahe nicht durch die Tür gekommen wären.

Das Nachttischlicht brannte. Lara saß aufrecht im Bett, die Augen weit aufgerissen.

Thomas war schneller als seine Frau und setzte sich an Laras Bettkante. Er nahm so viel Raum ein, dass Sophie keine Chance hatte, sich dem Bett ihrer Tochter zu nähern. Thomas streichelte Laras Rücken. »Ruhig, Lara-Schätzchen, es ist alles gut. Du bist zu Hause.«

»Ich will immer hier sein.«

»Das kannst du doch, jedenfalls so lange, wie du mit uns zusammenwohnen möchtest.« Ihr Vater lächelte. »Aber irgendwann wirst du bestimmt eine eigene Familie haben und deiner eigenen Wege gehen.«

»Nein. Ich will *immer* hier sein. Mit euch beiden und Mads.«

»Natürlich auch mit Mads. Er gehört ja genauso dazu.«

Lara nickte, was in eine Art Ganzkörper-Beben überging. »Ich hab etwas geträumt. Ich hatte solche Angst! Geht es Mads auch gut?«

»Ja. Er schläft tief und fest in seinem Zimmer.«

»Ich hab trotzdem Angst.«

»Das musst du nicht. Jetzt ist alles wieder gut. Willst du eine Milch mit Honig? Oder ein Zuckerei? Das hat mir als Kind auch immer geholfen, wenn ich einen Albtraum hatte.«

Sophie verdrehte die Augen. Zuckerei? Rohes Eigelb, mit Zucker aufgeschlagen. Wie gesund! Und dachte er auch mal an die Gefahr von Salmonellen? Oder an Karies?

»Ich will nie von hier wegziehen. Ich will immer mit euch zusammen sein.«

»Wer sagt denn, dass du von hier wegziehen sollst?«, fragte Sophie. »Niemand.«

»Machst du Lara bitte eine heiße Milch, Sophie?«, fragte Thomas in leicht genervtem Tonfall, so, als hätte sie als Laras Mutter längst selbst darauf kommen müssen. »Mit viel Honig von unserem Imker. Da ist der Blütenstaub von unserem eigenen Raps drin«, sagte er lockend zu seiner Tochter.

»Ich mag aber nicht.« Lara sah ihre Mutter flehend an. »Schaust du nach Mads, ob es ihm auch gut geht?«

»Klar mach ich das.« Laras Frage jagte Sophie einen Schauer über den Rücken, als würde ihre Tochter mit ihrer Angst überhaupt erst ein Unglück über ihren kleinen Bruder heraufbeschwören. Sie ging eilig in das Zimmer ihres Sohnes. Es war ein beinahe quadratischer, nicht sehr großer Raum mit einem Fenster an der Stirnseite. Er lag zwischen Laras Zimmer und dem Elternschlafzimmer. In dem Raum brannte nur ein Nachtlicht. »Ungefähr so groß wie Mads' Zimmer«, kam es Sophie ungebeten in den Sinn. So groß war der Raum gewesen, in dem man ihre Tochter eingesperrt hatte.

Eine Leuchte in Form eines Elefanten, die man in die Steckdose stecken konnte, spendete nur einen schwachen Lichtschein, doch Sophie wollte nicht mehr Licht einschalten. Mads hatte einen leichten Schlaf. Sie tastete sich zwischen Legosteinen und einem Paar Hausschuhen zu Mads' Bett vor, beugte sich zu ihrem Sohn hinunter und lauschte. Er atmete regelmäßig. Sie strich über sein weiches, dünnes Haar, das im Nacken leicht verschwitzt war. Hatte er Fieber? Sie fühlte seine Stirn. Nein, es war alles gut. Erleichtert stieß sie die angehaltene Luft aus. Wie albern von ihr, gleich so eine Angst zu bekommen.

Lara hing sehr an ihrem Bruder. Sie war ein absoluter Familienmensch. Vielleicht hatte sie etwas Schlechtes in Zusammenhang mit Mads geträumt und machte sich deshalb solche Sorgen um ihn? Aber da war noch Laras andere Angst: Sie wollte nicht von hier wegziehen. Sie wollte, dass sie vier immer zusammenblieben. Und wie könnte sie ihren Kindern je etwas anderes zumuten? Die Familie war das Wichtigste. Oder etwa nicht?

»Soll ich Brötchen holen, oder willst du?« Die Morgensonne schien durch einen Spalt in den Vorhängen auf Lars' Bett und ließ die Härchen auf seinen gebräunten Unterarmen leuchten.

Pia stützte sich auf einen Ellenbogen und sah Lars an. Sie rekapitulierte die Ereignisse des letzten Abends. Die Exfrau ihres Freundes, die unerwartet aufgetaucht war, ihr Bad in der Wakenitz, die Versöhnung ... Dann dachte sie an Laras Auftauchen und den Mord an Florian Warnke. Sie seufzte. Es war Sonntag, und sie musste zur Arbeit.

»Ich besorge Brötchen«, murmelte Lars in das Kopfkissen.

Pia seufzte. »Ich glaube, ich habe nichts anzuziehen.«

»Das sagen alle Frauen.«

»In meinem Fall stimmt es aber. Ich habe meine Klamotten gestern Abend nach dem Waschen nicht mehr zum Trocknen aufgehängt.«

»Ich habe einen Trockner. Und außerdem«, er wälzte sich herum und nahm sie in den Arm, »finde ich, du könntest in Zukunft einfach ein paar Sachen hier bei mir deponieren. Falls du mal wieder ins Wasser fällst. Oder so ähnlich.«

Während Lars sich um das Frühstück kümmerte, warf Pia ihre Kleider in den Trockner. Ihre Tasche und auch das Notizbuch rochen muffig und waren wohl nicht mehr zu retten. Immerhin ließen sich die Seiten der kleinen Kladde noch voneinander trennen, und die Notizen waren lesbar, Kugelschreiber sei Dank! Ihr Mobiltelefon lag zerlegt in einer Glasschüssel, die mit Reis gefüllt war, auf dem Küchentresen. Pia betrachtete die Einzelteile mit gerunzelter Stirn. Sie hatte gestern noch die

Rückseite des Telefons entfernt, Akku, SIM- und Speicherkarte rausgenommen und alles in den Reis gelegt. Pia erinnerte sich daran, dass vor dem Unfall noch ein Anruf mit unterdrückter Nummer eingegangen war, doch sie war noch zu aufgewühlt gewesen, um das Gespräch anzunehmen. Verdammter Mist! Das könnte dieser Carlsdorf gewesen sein. Oder Patricia Rosner mit einer Info. Wenn es einer der beiden gewesen war, meldeten sie sich hoffentlich noch einmal. Allerdings ging das erst, wenn ihr Telefon wieder funktionierte, beziehungsweise wenn sie einen Ersatz dafür aufgetrieben hatte. Die Polizei hatte vor einiger Zeit in neue Funkgeräte anstatt in neue Diensthandys investiert. Eine Entscheidung, die durchaus kontrovers diskutiert worden war. Pia kam um ein privates Handy, auch zum dienstlichen Gebrauch, nicht herum. Sie dachte an ihren Kontostand und ärgerte sich einmal mehr über ihre Unvorsichtigkeit.

Pia schaffte es pünktlich zur Dienstbesprechung. Die nasse Tasche hatte sie bei Lars gelassen und ihre Sachen in eine Sporttasche von ihm umgeladen. Der Fahrradunfall und vor allem der Verlust des Smartphones waren ärgerlich, trotzdem war Pia motiviert und gut gelaunt. Das lag bestimmt nur an Lars' Regenwalddusche.

Nachdem sie das weitere Vorgehen im Fall Florian Warnke geklärt hatten, befassten sie sich in einer etwas anderen Zusammensetzung, der »Ermittlungsgruppe Lara«, mit dem Auftauchen des vermissten Mädchens.

Pia hatte am Vortag nach Laras Befragung mit Rist telefoniert, um ihn auf den neuesten Stand zu bringen. Nun berichteten Juliane und sie in der Gruppe, was sie von dem Mädchen erfahren hatten. Zunächst ging es um die Situation an der Bushaltestelle, wo Lara von ihrem Entführer aufgegriffen worden war.

»Schwer vorstellbar, dass sie gar nichts gesehen hat«, sagte Rist. »Es war doch noch hell, und der Parkplatz hinter der Haltestelle ist übersichtlich.«

»Sie hat sich eine Tüte mit Stoffen oder Kleidungsstücken angesehen, die vor dem Altkleidercontainer lag. Es waren glitzernde oder glänzende Stoffe, hat Lara gesagt«, erklärte Juliane. »Wenn der Entführer zu dem Zeitpunkt hinter den Containern stand, konnte sie ihn nicht sehen. Und dann hat er sie von hinten angegriffen und betäubt. Wahrscheinlich mit Chloroform.«

»Aber er kann sie schlecht weggetragen haben. So einsam gelegen ist die Stelle nicht. Er muss sein Auto in der Nähe abgestellt haben.«

»Lara sagt, dass da möglicherweise ein oder zwei Autos standen. Sie hat jedoch nicht darauf geachtet«, erklärte Pia. »Und es gibt auch keine Kamera, die den Parkplatz überwacht.«

»Hm, und was ist mit diesen Stoffen?«

»Ich habe den Container nach dem Mantrailing öffnen lassen. Dabei ist mir nichts Besonderes aufgefallen. Ich habe zu dem Zeitpunkt allerdings auch nicht auf die einzelnen Plastiktüten oder ihren Inhalt geachtet«, antwortete Pia. Da hatte sie noch befürchtet, in dem Container auf Laras Leiche zu stoßen.

»Über den Inhalt des Containers kann uns die Spurensicherung mehr sagen«, ergänzte Juliane.

»Und wir müssen auf jeden Fall noch mal mit Lara und ihren Eltern reden«, sagte Pia. »Das Mädchen stand noch unter Schock, und ihren Eltern ging es nicht viel besser. Es sollte auch noch einmal ein Kinderpsychologe mit Lara sprechen. Ich denke, sie hat uns längst noch nicht alles erzählt, was ihr aufgefallen ist.«

»Bist du jetzt nebenberuflich Kinderpsychologin?«

»Das ist lediglich der Eindruck, der bei der ersten Vernehmung entstanden ist.« Pia sah zu Juliane hinüber. Die Kollegin nickte, allerdings so schwach, dass Rist es nicht bemerkte oder geflissentlich überging.

»Es wäre großartig, wenn du das anhand deiner Notizen belegen könntest«, sagte er. »Nur, damit wir anderen, die wir weniger empathisch sind, es nachvollziehen können.«

Da Juliane keinerlei Anstalten machte, etwas zu diesem Thema beizusteuern, zog Pia ihr Notizbuch aus der Tasche. Sie hatte erst nach dem Gespräch Notizen angefertigt, weil sie sich während der Befragung nicht von Lara hatte ablenken lassen wollen. Das Büchlein tropfte nicht mehr. So viel war an Positivem dazu zu sagen. Aber es müffelte, war verbogen und zeigte an den Rändern Auflösungserscheinungen.

»Was soll das denn sein?«, fragte Rist.

Pia ließ sich nicht beirren. Sie blätterte zu ihren letzten Notizen. »Hier zum Beispiel: Ich frage Lara, ob sie in der ganzen Zeit in dem Raum wirklich zu niemandem Kontakt hatte. Sie antwortet mir nicht darauf, sondern sagt, dass sie müde ist. Sie konnte mir dabei nicht in die Augen sehen.«

»Vielleicht war sie wirklich müde.«

»Es war die wichtigste Frage überhaupt. Die, die uns zum Täter führen könnte.«

»Das weiß das Kind doch nicht«, wandte Gerlach ein.

»Doch, das weiß Lara. Sie verschweigt uns etwas«, beharrte Pia.

»Warum sollte sie das tun?«

»Das wiederum habe ich noch nicht rausgefunden. Ich hatte jedenfalls den Eindruck, dass sie uns nicht alles erzählt.« Pia sah Juliane an. Alle sahen Juliane an.

»Ich vermute auch, dass Lara mehr weiß, als sie sagt.« Juliane klang vorsichtig.

»Ein Kinderpsychologe würde es wahrscheinlich herausfinden.«

»Das ist die Entscheidung der Eltern«, fuhr Rist dazwischen.

»Ich halte es für notwendig.«

»Das ist aber nicht unser Problem«, gab Rist zurück. »Diese Art von weiblichem Mitgefühl steht dem Ermittlungserfolg im Weg. Ich dachte, wenigstens davon seist du frei, Pia. Es ist nicht mal selbstverständlich, dass du heute hier bist.«

»Darüber sollten wir tatsächlich dringend reden. Wie wäre es gleich im Anschluss mit einem Vier-Augen-Gespräch?« Pia starrte ihn aufgebracht an, und er erwiderte den Blick ebenso wütend.

»Mal sehen. Da warte ich sowieso noch auf Aufklärung.«

Die anderen schienen einigermaßen verblüfft zu sein. Letztlich würden sie es aber wohl auf die Anspannung schieben, die im Augenblick in dieser Ermittlungsgruppe herrschte. Broders runzelte die Stirn, Kürschner räusperte sich. Juliane musterte sie mit unbehaglichem Gesichtsausdruck, doch als Pia sie ansah, schaute sie weg.

Pia konzentrierte sich wieder auf ihr Notizbuch. »Die Einrichtung in dem Raum, die Lara uns beschrieben hat, könnte schon mal jemandem aufgefallen sein«, sagte sie. »Die auffälligen Siebzigerjahre-Muster, die alten Möbel und Spielsachen, das vorgebliche Fenster, hinter dem sich eine Wand befindet. Wer das einmal gesehen hat, vergisst es nicht wieder.«

»In den Keller eines Hauses kommen nicht so viele Leute«, gab Pinzke zu bedenken.

»Es sei denn, man hat einen Partykeller«, erwiderte Broders.

»Das waren die Siebziger- und Achtzigerjahre«, entgegnete Gerlach. »Heute hat kein Mensch mehr einen Partykeller.«

»Einer, der diesen Raum schon mal gesehen hat und sich daran erinnert, wo er sich befindet, würde uns ja schon ausreichen«, sagte Pia. »Es ist den Versuch wert.«

»Aber wie sollen wir die Beschreibung des Raumes unter die Leute bringen?«, fragte Juliane.

»Am besten wäre ein Foto oder eine Zeichnung«, sagte Pia.

»Eine Art Phantomzeichnung?«

»Man könnte es über so ein 3-D-Einrichtungsprogramm zeichnen lassen«, schlug Kürschner vor. »Mein Schwager hat mir mal ein Bild von seiner geplanten Küche gezeigt, in Farbe und mit allen Details, bis hin zu der Spüliflasche auf der Spüle. Das sah total echt aus. Beinahe wie ein Foto.«

»Ein Bild ist auf jeden Fall besser als eine Beschreibung. Sowohl in der Zeitung als auch im Internet oder wenn man bei einer Befragung etwas zeigen will«, bestätigte Broders.

»Schon klar. Nur, wer macht uns das?«, fragte Rist.

»Ein Bekannter von mir ist Innenarchitekt«, sagte Broders.

»Also gut. Dann frag den, ob der mit unserem Phantombildzeichner zusammenarbeiten kann. Aber nur, wenn's kein Vermögen kostet.«

Broders nickte und kritzelte etwas in seine Unterlagen.

»Ich will auch, dass wir diesem Sven Fricke auf den Zahn fühlen. Der, der das Mädchen in den Dünen gefunden hat – so ein Zufall! Nur, dass ich nicht an Zufälle glaube. Er soll zur Vernehmung herkommen.«

»Wir haben gestern schon mit ihm gesprochen.« Pinzke blieb die Ruhe selbst. »Es gibt keinen Hinweis auf eine Beteiligung Frickes an der Entführung.«

»Es gibt keinerlei Hinweis auf irgendwessen Beteiligung an dieser beschissenen Entführung!«, schnauzte Rist. »Vielleicht waren es ja Aliens?«

Broders griente. »Aliens mit einem Faible für die Siebzigerjahre?«

»Ich sagte nicht, dass es sich um einen schwulen Alien handelt«, gab Rist zurück.

Inzwischen waren in der Abteilung Broders' sexuelle Orientierung und die Tatsache, dass er mit einem Mann zusammenlebte, hinlänglich bekannt. Der Einzige, der ein Problem damit zu haben schien, war Rist, der sich immer mal wieder zu einer unpassenden Bemerkung hinreißen ließ.

Broders zog nur eine Augenbraue hoch.

22. Kapitel

»Mir ist langweilig«, sagte Cäcilia, als ihre Mutter einen Kräutertee und Apfelschnitze auf einem Tablett neben ihrem Bett abstellte. Die tägliche Tablettendosis lag auf einer Untertasse daneben.

»Sicher, Cäsi. Aber solange du Kopfweh hast und so schwach bist, kann ich dich nicht rauslassen. Außerdem verpasst du nichts. Es ist Sonntag. Im Dorf ist überhaupt nichts los.«

»Kann ich wenigstens an den Computer?«

»Mit Kopfschmerzen? Auf gar keinen Fall.«

»Was soll ich denn machen?«, jammerte sie.

»Lesen, schlafen, dich ausruhen. Wenn es dir wirklich besser geht, kann ich dir auch ein Hörbuch anmachen.«

»Dann schlafe ich lieber«, sagte Cäsi trotzig und schloss die Augen.

Ihre Mutter seufzte und strich ihr durchs Haar. »Siehst du? So toll geht es dir doch noch nicht.«

Cäcilia wartete, bis die Schritte ihrer Mutter auf der Holztreppe verklungen waren. Dann holte sie ihr Handy wieder hervor. Sie hatte eine begrenzte Flatrate für mobile Daten für unterwegs. Da war sie kurz vor dem Limit. Zu Hause nutzte sie normalerweise das WLAN, aber ihr Vater hatte es sich so programmieren lassen, dass er es sperren konnte. Jetzt, da sie seit Tagen nur zu Hause rumhing, wurde es langsam eng.

Sie fühlte sich von allem abgeschnitten. Ihre Eltern hatten ihr nur erzählt, dass Lara wieder da sei und dass es ihr angeblich gut gehe. Cäcilia brannte auf Neuigkeiten, die über diese rudimentäre Information hinausgingen. Wie sollte das gehen? Lara war mehr als drei Tage in der Gewalt eines Entführers gewesen, und dann kehrte sie nach Hause zurück, und es war alles Friede, Freude, Eierkuchen?

Wenn ihre Mutter nicht wie ein Schießhund auf sie aufpassen würde, könnte sie das Haus verlassen und Lara besuchen gehen. Sie waren zwar nicht gerade dickste Freundinnen, aber ihr gemeinsames Hobby, das Ballett, wäre eine ausreichende Begründung für ein solches Vorgehen. Sie hatten ja beide Trainingsstunden verpasst, und das Vortanzen nahte. Sie könnte Lara vorschlagen, dass sie das Versäumte gemeinsam aufarbeiteten. Die Idee war gut. Wenn das klappte, wäre sie die erste von ihren Freundinnen, die mit Lara sprechen konnte.

Sie schlug die Decke zurück und stellte die Füße auf das Buchen-Laminat. Als sie aufstand, flimmerte es vor ihren Augen, und das Bild verschwamm. Cäcilia klammerte sich an ihrem Schreibtischstuhl fest, wartete, bis das Augenflimmern und das Zittern ihrer Beine nachließen. Dann wankte sie ins Badezimmer. Duschen oder Baden war ihr noch zu unsicher. Sie wusch sich flüchtig und zog sich an. Zwischendurch musste sie immer wieder eine Pause einlegen, so anstrengend war die Prozedur. Cäcilia war seit einer Woche im Bett festgehalten worden. Nur gesundes Essen, keine Cola, kein Naschkram. Kein Wunder, dass ich so schwach bin, dachte sie, ich bin total unterzuckert. Sie kämmte sich das Haar, das nach der Wäsche am Morgen in weichen Wellen über ihre Schultern fiel. Normalerweise trug sie einen Ballerinaknoten, doch es war ihr zu anstrengend, so lange die Arme hochzuhalten, wie es dauerte, ihn festzustecken. Deshalb band sie ihr Haar zu einem Zopf zusammen und schlüpfte in Jeans und T-Shirt. Sie besaß keine Waage. Stattdessen schob sie den Daumen in den Bund ihrer Jeans und zog sie von ihrem Bauch beziehungsweise der Mulde zwischen ihren Beckenknochen weg. Die Hose war lockerer geworden, stellte sie fest. Lucie würde zumindest in dieser Hinsicht zufrieden mit ihr sein, auch wenn sie nicht hatte trainieren können.

Sie legte ein paar Kissen unter ihre Bettdecke und formte einen schlafenden Körper, wie sie es mal im Fernsehen in einer Internatsserie gesehen hatte. Auf das Kissen legte sie ein Stofftier, einen langfelligen Affen, und grinste, als sie das Ergebnis sah. Es würde im Hellen niemanden täuschen, aber wenn sie das Rollo runterzog und jemand nur einen flüchtigen Blick ins Zimmer warf, konnte es klappen. Das eigentliche Problem war, dass sie nicht aus dem Fenster klettern konnte. Zum einen führte der Weg direkt am Küchenfenster vorbei. Zum anderen traute sie sich das in ihrem geschwächten Zustand nicht zu. Sie musste die Treppe benutzen und hoffen, dass sie sich ungesehen rausschleichen konnte.

Ihre Schuhe standen unten in der Diele neben der Haustür, und eine Jacke brauchte sie nicht. Sie steckte nur ihr Telefon ein, nicht ohne es vorher auf lautlos gestellt zu haben, und öffnete ihre Zimmertür. Cäcilia lauschte. Sie hörte die Stimme ihrer Mutter.

»Das ist doch nicht zu viel verlangt! Wie oft bitten wir dich um was, Miri? Der Termin heute ist mir wirklich wichtig.«

»Ihr seid zum Grillen eingeladen. Was ist daran denn so wichtig?«, fragte Miriam. Ihre Tante – Miriam würde sie killen, wenn sie »Tante« zu ihr sagte – klang genervt.

»Es sind wichtige Leute. Die Einladung steht schon seit April.«

»Unternehmt doch lieber was mit Leuten, die ihr mögt, anstatt mit welchen, die ›wichtig‹ sind«, entgegnete Miriam spöttisch.

»Das eine schließt das andere ja nicht aus«, giftete Cäcilias Mutter. »Aber bitte. Wenn du lieber dem armen Sven den Kopf verdrehen willst …«

»Ach, der interessiert mich doch nicht wirklich. Ich tu es ja. Keine Sorge. Wann wollt ihr denn los?«

»Um kurz vor vier.«

»Da habe ich vorher noch genug Zeit für den kleinen Sven«, spottete Miriam.

»Lass die Finger von dem, Miriam!«, sagte Cäcilias Mutter. »Der braucht eine Frau, die mit ihm zusammen den Hof übernimmt. Darüber wird seine Mutter schon wachen.«

»Bis dahin darf er sich doch ein bisschen amüsieren, oder? Ich frage mich, ob er noch Jungfrau ist? Außerdem«, Cäcilia hörte, wie die Haustür geöffnet wurde, »haben die Frickes doch einen tollen Hof. Und das Landleben fängt gerade an, mir zu gefallen.«

Die Tür fiel ins Schloss.

Cäcilia vernahm ein Poltern und Schaben. Dann ertönte der Staubsauger. Bitte nicht!, dachte sie. Ihre Mutter saugte leidenschaftlich und leider ausgiebigst die Böden, wenn sie sich über irgendetwas ärgerte oder sorgte. In der nächsten halben Stunde würde es unmöglich sein, ungesehen das Haus zu verlassen. Andererseits, wenn ihre Eltern um vier Uhr verschwanden, um auf eine Grillparty zu gehen, standen ihre Chancen nicht schlecht, viel einfacher und ungefährlicher hier rauszukommen. Was ihre Fähigkeiten als »Babysitter« betraf, war Miriam ein hoffnungsloser Fall.

In ihrer Tanzschule, in dem kleinen Büro, fühlte Lucie sich ein wenig besser als in ihrer Küche oder ihrem Wohnzimmer, wo jede Kleinigkeit sie an Florian erinnerte. Sie stellte das Paket auf den Tisch, das gestern angekommen war, und öffnete es mit einem Teppichmesser. Behutsam schnitt sie das Klebeband auf, drückte die Klinge nicht zu tief, um den Stoff nicht zu beschädigen. Beinahe andächtig hob sie den Deckel an. Sie hatte blauen, weißen, rosafarbenen und hellgrünen Satin bestellt, dazu passenden Chiffon und Satinband. Die Stoffe waren für die Ballettkostüme für die Jubiläumsaufführung bestimmt. Die Themen waren »Wasser« und »Blütenzauber«. Lucie hoffte auf viel Publikum und dementsprechenden Zulauf an Ballettschülerinnen.

Sie hob blauen Satin aus der Packung und ließ den glatten Stoff durch ihre Finger fließen. Lucie stellte sich das Kostüm vor, das man daraus nähen konnte, und sogleich kamen ihr die Tanzschritte und Figurenfolgen dazu in den Sinn. Ihre Füße zuckten, und bald fühlte sie die Figuren im ganzen Körper. Ach, sie könnte so viel mehr erschaffen, wenn sie nur größere finanzielle Mittel und begabtere Schülerinnen hätte. Manchmal kam es ihr so vor, als müsste sie in Grotenhagen aus grobem Lehm Bone China herstellen. Bäuerlicher Lehm, mit ein paar wenigen Ausnahmen. Cäcilia, Lara und Nathalie. Zum Glück war Lara wieder da.

Sie hatte die Nachricht vorhin im Hofladen gehört. Dort konnte man sonntagvormittags Obst, Gemüse und Backwaren einkaufen. Agatha Eibholz hatte ihr die Neuigkeiten mit roten Wangen erzählt, nachdem sie ihr wortreich kondoliert hatte. »Stellen Sie sich vor, Frau Warnke, unsere Kleine ist wieder da! Und ihr fehlt nichts! Der Sven hat sie am Strand gefunden, der gute Junge.«

»Das freut mich ja so!«, hatte Lucie erwidert. »Wo hat Lara denn so lange gesteckt?«

Agatha war anzusehen gewesen, dass ihr diese Frage nicht willkommen war. »Sie war in einem Raum eingesperrt. Niemand hat ihr was angetan. Und dann ist Lara gestern Morgen an der Ostsee aufgewacht. Man glaubt es kaum. Und wer weiß, wie lange sie dort in den Dünen lag? Aber der Sven hat sie schlussendlich gefunden und nach Hause getragen. Ihr fehlt nichts!«

Sie sagte das so, dass Lucie niemals gewagt hätte, es zu bezweifeln. »Das ganze Dorf war so besorgt wegen Lara. Wenn es darauf ankommt, halten die Leute auf dem Land doch zusammen.« Lucie redete drauflos und betastete dabei unauffällig die Tomaten. Waren weiche darunter?

»So viel Unterstützung! Sogar aus den Nachbardörfern. Die Wolgasts wollten wegen Lara schon ihr traditionelles Grillfest heute absagen. *Sie* war vorhin hier und hat gefragt, ob wirklich alles in Ordnung ist, und dann noch Salat und Obst für das Buffet gekauft. Wir werden natürlich dieses Jahr nicht hingehen.« Agatha senkte die Stimme und machte eine betretene Miene. »Haben sie dich eigentlich auch angesprochen? Wegen Florian, meine ich. Nicht?«

»Ich werde auch nicht gehen. Natürlich nicht, nachdem Flo ...« Lucie verschwieg, dass man sie nicht einmal eingeladen hatte. Wieder einmal. Ihr Bruder und sie gehörten eben nicht dazu. Die Familie gehörte nicht dazu. Es hatte Zeiten gegeben, da hatte Lucie gehofft, dass ihre Ehe mit Flo daran etwas ändern würde. Doch auch Florian war nur der Sohn von Hellbachs Haushälterin und damit ein Außenseiter gewesen. Vielleicht hätte er es ändern können. Immerhin hatte er diesen Resthof gekauft, oder vielmehr seine Bank für ihn. Grundbesitz flößte den Menschen Respekt ein. Doch Flo hatte es nicht für nötig befunden, den richtigen Leuten ein Bier auszugeben, über ihre geschmacklosen Witze zu lachen und ihnen nach dem Mund zu reden. Reimer Fricke, Hellbach, den Nagels, den Eibholz oder eben diesen Wolgasts. Arrogantes Pack!

Sie nahm den grünen Chiffon und raffte ihn. Wunderschön, aber das Zeug bekam schon Ziehfäden, wenn man es nur ansah. Lucie hoffte, dass Friedlinde mit diesen empfindlichen Stoffen umgehen konnte. Lucie hörte die Tür klappen, doch statt Friedel Hellbach kam ihr Bruder Rüdiger hereingeschlendert. Sie seufzte unhörbar.

»Moin, Schwesterherz.«

»Hallo! Was willst du, Rüdiger?«

»He, ist das eine Begrüßung? Ich dachte, du lädst mich auf einen Kaffee ein – weil Sonntag ist.«

»Ich bin verabredet. Beruflich. Wenn du willst, setz uns einen Kaffee auf«, lenkte Lucie ein. »Aber wenn Friedlinde kommt, solltest du besser gehen.«

»Friedlinde, die gute alte Friedel! Näht sie für dich?«

»Ich hoffe doch.«

Rüdiger verschwand pfeifend in der kleinen Teeküche.

Er kam ein paar Minuten später mit zwei Bechern Kaffee zurück und reichte Lucie den ohne Milch und Zucker. »Was wird nun mit alldem?« Rüdiger deutete eine Rundum-Bewegung mit seinem Becher an. Der Kaffee schwappte über und tropfte auf den Boden.

»Rüdiger! Florian ist noch nicht mal unter der Erde.«

»Aber ihr habt euch doch sowieso nicht mehr verstanden. Lucie. Alle Welt wusste, dass er was mit Sophie Eibholz hatte.«

Lucies Gesicht rötete sich. »Das war nur Klatsch.«

»Ist nun auch egal, oder? Du bist fein raus. Wo du den ganzen Mist hier erbst.«

»Lass das, Rüdiger!«

»Wieso denn? Ich bin dein Bruder. Ich will dir nur helfen. Was willst du mit den Antiquitäten drüben anfangen? Ich hab deinem Mann oft genug geholfen. Ich kenne mich aus. Du könntest mich damit beauftragen, alles Stück für Stück zu verkaufen, und wir machen zwanzig–zwanzig.«

»Wir machen was?« Lucie wusste, dass ihr Bruder kein Mathegenie war, aber das …

»Zwanzig-zwanzig, Halbe–Halbe. Wir teilen es gerecht auf«, erklärte er, als wäre sie schwer von Begriff.

»Nein, Rüdiger. Sieh lieber zu, dass du den Rasen mähst.

Das gehört zu deinem Mietvertrag für den Wohnwagenstellplatz.«

»Darüber wollte ich auch mit dir sprechen.«

»Nein.«

»Ich kann doch jetzt in dem Raum hinter der Antikscheune wohnen. Der Wohnwagen ist im Sommer nichts für mich. Viel zu heiß.«

»Das tut mir leid. Dann such dir etwas anderes. Aber nicht bei mir. Ich bin die Schnorrerei leid.«

»Du bist ein egoistisches Miststück.«

»Du bist ein Versager. Du hättest alles haben können, aber du hast es vergeigt.«

»Meinst du Spanien?«

»Unter anderem. Du hättest mal halb Grotenhagen erben können. Stattdessen hast du dich mit einem Taschengeld bestechen lassen.«

»Darüber kannst du gar nichts wissen, Lucie.«

»Wenn du getrunken hast, erzählst du so dies und das.«

»Also was ist nun? Das Zeug drüben in der Scheune ist bares Geld wert. Ich kann heute schon anfangen«, sagte Rüdiger, als hätte das Gespräch eben gar nicht stattgefunden. Er klang wie eine Schallplatte mit Sprung. So war er schon immer gewesen. Rüdiger hörte nicht zu, wenn man ihm etwas sagte.

»Wir müssen Schluss machen. Mein Termin.« Lucie hatte Friedel auf dem Rad am Fenster vorbeifahren sehen. »Verschwinde jetzt bitte!«

»Wir sprechen uns noch.« Rüdiger ging mit dem Kaffeebecher in der Hand in Richtung Hinterausgang.

Den Becher würde sie nie wiedersehen. Lucie schüttelte den Kopf und wandte sich dann Friedlinde zu, die durch die Vordertür hereinkam. Sie war außer Atem, das flächige Gesicht gerötet, die Haare zerzaust – wie beinahe immer.

»Es tut mir so leid!« Sie blieb unbeholfen vor Lucie stehen.

»Ganz schrecklich, das mit deinem Mann! Ich konnte es gar nicht glauben, als Vater es mir erzählt hat.«

»Nein, es ist wirklich unglaublich«, bestätigte Lucie.

»Kann ich irgendetwas für dich tun?«

»Das ist lieb von dir, Friedel. Wenn du mir in der Ballettschule hilfst, ist das mehr als großzügig.«

»Ach, das ist doch das Mindeste. Sind das die Stoffe?« Sie näherte sich zögernd, als wären die Textilien scheue Tiere, die weglaufen oder beißen könnten.

»Schön, nicht? Und die Farben passen genau zum Thema.«

Friedlinde betastete den grünen Stoff mit den Fingerspitzen. Ihre Hände waren groß und rau, die Fingernägel kurz geschnitten. Sie seufzte. »Ich wünschte, Vater hätte mich als Kind auch Ballettstunden nehmen lassen. Natürlich wäre nie etwas aus mir geworden, so wie später bei dir im Unterricht, Lucie. Da habe ich es ja auch nicht weit gebracht. Aber es wäre schön gewesen.«

Lucie verkniff es sich zu sagen, dass es nie zu spät sei, um ein bisschen was für sich zu tun. Bei Friedel war es definitiv zu spät. Schade eigentlich. Ballettstunden zu finanzieren wäre wohl ein Klacks für Ansgar Hellbach gewesen, wahrscheinlich samt Privatlehrerin. Und dieses Hobby wäre doch wohl auch standesgemäß gewesen, oder? Obwohl Friedel nur sieben Jahre älter war als sie, kam es Lucie so vor, als wäre Friedlinde in einem anderen Jahrhundert aufgewachsen. In dem düsteren Herrenhaus, nur mit ihrem despotischen Vater und einer Haushälterin …

Florian hatte ihr wenig über seine Kindheit dort erzählt. Meistens Belanglosigkeiten, wie vom Fahrradfahren um den riesigen Tisch in der Küche im Keller herum, von Schokoladensuppe mit Schneeklößchen im Winter, vom Versteckspielen im ganzen Haus, wenn Hellbach nicht da gewesen war. Von der Tracht Prügel, die er ihm mit dem Kaminbesteck verabreicht hatte, als Florian beim Spielen eine Schramme in eine alte Kommode geschlagen hatte. Eigentlich hätte Flo Antiquitäten hassen müssen. Und eigentlich hätte Friedel so etwas wie eine Vertraute, eine Schwester für ihn sein müssen.

Seltsam, dass sie sich seither gemieden hatten.

23. Kapitel

Cäcilia saß im Wohnzimmer auf dem Sofa und zappte durch das Sonntagnachmittagsprogramm. Ihre Eltern verabschiedeten sich umständlich.

»Bis später, viel Spa-aß!«, rief sie, ohne zu ihnen hinzusehen.

»Tschüss, Schatz. Treib es nicht zu wild, okay? Du bist noch nicht wieder ganz fit.«

Miriam Trappert begleitete ihre Schwester und ihren Schwager zur Tür. »Ich bin ja hier. Wir werden einen Film gucken und die Speisekammer leer futtern«, hörte Cäcilia sie sagen.

»Sie soll aber keine Chips essen. Die verträgt sie nicht. Und nur ganz wenig Schokolade.«

»Schon klar, bis später!« Miriam schloss die Tür hinter ihnen. Cäcilia stellte sich vor, wie das Präsent, die hochstämmige Rose mit der voluminösen Schleife um den Stamm, umständlich und verlustreich in den Kombi manövriert wurde. Vermutlich verlor das gute Stück dabei alle Blüten und die Hälfte der Blätter.

»Cäcilia, wir haben sturmfreie Bude«, rief Miriam, als sie wieder ins Wohnzimmer kam.

»Und was machen wir?«

»Wozu hast du Lust?«, fragte Miriam. »Soll ich dir eine DVD einlegen?«

»Alle Filme, die hier offen rumliegen, kenne ich schon.«

Miriam warf ihrer Nichte einen verschwörerischen Blick zu. »So, so, es gibt also auch noch Filme, die nicht offen herumliegen.«

»Ein paar schließt Mama ein. Die mit zu viel Gewalt und so.«

»Und so ...« Miriam lächelte. »Weitsichtig wie ich nun mal bin, habe ich uns etwas ausgeliehen. Kennst du *Rumpelstilzchen – frisch versponnen*?«

»Davon haben die Mädchen in der Schule schon erzählt. Mama und Papa mögen aber keine animierten Filme. Die sind ihnen zu albern.«

»Genau das Richtige für einen langweiligen Sonntagnachmittag.« Miriam ging zu ihrer Tasche im Flur und kam mit einer DVD in der Hand zurück. »Voilà.« Sie legte *Rumpelstilzchen – frisch versponnen* in den Player und setzte sich zu ihrer Nichte aufs Sofa. Es dauerte keine fünf Minuten, da schaute sie auf ihr Smartphone, tippte und zappelte dabei auf ihrem Platz herum.

»Kennst du den Film schon, Miri?«

»Nö.«

»Du machst mich ganz nervös.«

»'tschuldigung. Ich gelobe Besserung.«

»Das hältst du doch sowieso nicht durch. Aber du kannst ruhig gehen. Ich kann selbst auf mich aufpassen.« Cäcilia wusste, dass Miri darauf brannte, noch mal rauszugehen. Sie hatte die Unterhaltung zwischen ihrer Mutter und Miriam vorhin in der Diele noch genau im Kopf. Und Miri hatte sowieso Hummeln im Hintern. Wenn man wollte, dass sie irgendwo blieb, musste man einen Nagel durch ihren Fuß in den Boden treiben. So hatte ihr Vater es einmal formuliert.

»Also gut.« Miriam sah auf die Uhr. »Der Film dauert noch knapp neunzig Minuten. In spätestens eineinhalb Stunden bin ich wieder da. Dann essen wir zusammen zu Abend. Ist das okay?«

»Natürlich«, sagte Cäcilia, ohne den Blick vom Bildschirm zu wenden. Sie versuchte, sich ihren Triumph nicht anmerken zu lassen. Es war so einfach gewesen.

Cäcilia wartete zehn Minuten. Sie ließ den DVD-Player laufen und zog die Vorhänge im Wohnzimmer vor. Die Müllerstochter, deren Vater großspurig behauptet hatte, sie könne Stroh zu Gold spinnen, flennte; doch das Problem mit dem König würde sich auch lösen, ohne dass Cäcilia dabei zuschaute. Einen Moment überlegte sie, ob sie Miriam eine Nachricht hinterlassen sollte, falls sie vor ihr zurückkäme. Ach was, sie war bestimmt lange vor Miri wieder hier. Eineinhalb Stunden, das war noch ewig hin. Sie schlüpfte in ihre Sandalen, nahm nach kurzer Überlegung noch ihre Jeansjacke und den Haustürschlüssel und verließ das Haus.

Die Sonne tauchte Grotenhagen in warmes Licht. Auf dem Sandweg neben der Apotheke badeten Spatzen im Staub. Es roch nach Heu und Blumen, und der Wind war warm. Cäcilia atmete tief durch.

Ein Auto fuhr langsam an ihr vorbei. Mist! Wenn jemand sie hier draußen bemerkte und bei ihren Eltern verpetzte, bekamen Miriam und sie Ärger. Es konnte sogar sein, dass jemand sie sah, der auch auf dem Weg zu dem Grillfest im Nachbarort war. Wenn sie es recht bedachte, war das sogar wahrscheinlich. Sollte ihren Eltern zu Ohren kommen, dass sie allein durchs Dorf spazierte, würden sie sofort wieder auf der Matte stehen, wenn nicht sogar die Polizei.

Sie musste sich hinten herum zu Lara schleichen, den Feldweg hinunterlaufen, durch den Wald und dann an der Koppel entlanggehen, auf der Laras Pony gestanden hatte, bevor sie die Pferdehaarallergie entwickelte. Es hieß, das alte Shetty namens Pusteblume sei verkauft worden, doch Cäcilia glaubte, dass der Schimmel beim Schlachter gelandet war. Sie lief den staubigen Feldweg entlang, bereit, bei Gefahr im hochstehenden Maisfeld zu verschwinden. Letztes Jahr war hier ein Rapsfeld gewesen. Sie hatte von ihrem Zimmer aus darüber hinwegschauen können. Nun bauten die Bauern mehr Mais für Biogas an. Ihr Vater beschwerte sich hin und wieder am Abendbrottisch darüber. Der Mais raschelte leise im Wind. Abseits der Dorfstraße schien der Ort in einem friedlichen Sonntagsschlaf zu liegen.

Als sie sich unter dem Schlagbaum hindurchduckte und den Pfad durch den Wald nahm, zog Cäcilia die Jacke über. Eine Wolke aus Mücken umschwärmte sie. Hier war es dunkler und auch kühler, wie in einer Kirche. Und genauso still. Ich könnte singen, dachte Cäcilia, doch nach den ersten Tönen gab sie es wieder auf. Zu schräg klang es unter der drückenden Blätterlast der hohen Bäume. In diesem Moment fiel ihr ein, dass Florian Warnke tot im Wald gefunden worden war. Nicht in diesem Wäldchen, aber trotzdem. Was für eine bescheuerte Idee, ausgerechnet diesen Weg zu nehmen. Und wofür? Es war ja nicht gerade so, dass Lara ihre beste Freundin wäre. Sie war nur neugierig.

Misstrauisch sah sie unter die dichten Farne am Wegrand, unter denen sonst etwas liegen konnte. Eine Leiche? Sie blickte sich schnell um, doch hinter ihr war niemand. Blöde Kuh!, dachte sie. Du hattest hier nie Angst. Da vorn ist die Koppel, und dahinter liegt der Eibholz-Hof. Es ist nicht mehr weit.

Sie fiel in einen leichten Trab, lief den Feldweg am Rand der alten Pferdekoppel entlang, wobei sie eine Staubwolke hinter sich herzog. Doch für langes Laufen reichte ihre Kondition noch nicht. Kurz vor der Feldscheune bekam Cäcilia Seitenstiche. Sie blieb stehen, um sich die Seite zu halten. Da hörte sie ein Maunzen.

Im hohen Gras neben dem Tor der schwarzen Feldscheune stand ein Pappkarton. Cäcilia blickte zum Hof hinüber, der noch etwa zweihundert Meter entfernt lag. Wieder drang das Maunzen an ihr Ohr. Das waren doch ... Sie eilte hin und öffnete den Deckel. In dem Karton, auf einem rosa Handtuch, lagen vier Katzenbabys.

»Oh, nein!« Cäcilia fiel auf die Knie. Wie klein und hilflos die waren! Wo kamen die nur her? Wo war die Mutter? Bestimmt hatten die Eibholz sie ausgesetzt. Lara hatte in der Schule mal erzählt, dass sie jedes Jahr Katzenbabys auf dem Hof hatten, mehr als sie behalten konnten. Ob jemand ein Kätzchen nehmen wolle, hatte sie gefragt, sonst ... Sie hatte es nicht weiter ausführen müssen.

»Sie haben euch hier zum Sterben ausgesetzt«, flüsterte Cäcilia und streckte die Hand in den Karton. Zwei Kätzchen waren getigert, zwei schwarz, eines davon mit weißer Nase und weißen Pfoten. Und wie weich und zart sie waren. Sie konnte die dünnen Knochen unter dem Fell fühlen. Ob sie hungrig waren? Bestimmt waren sie das. Die brauchten doch noch die Milch der Mutter oder mussten mit dem Fläschchen gefüttert werden. Bei dem Gedanken ging Cäcilia endgültig das Herz auf. Den Karton mit zu den Eibholz zu nehmen hatte keinen Sinn. Es war sogar gefährlich. Dann wäre das Schicksal dieser kleinen Babykatzen besiegelt. Sie könnte erst mal wie geplant zu Lara gehen, mit ihr sprechen und auf dem Rückweg den Karton mit nach Hause nehmen. Und dann? Wie sollte sie erklären, dass sie Katzenbabys gefunden hatte, wenn sie strikt zu Hause hatte bleiben sollen, noch dazu unter Miriams Aufsicht? Außerdem würden ihre Eltern die Kätzchen im Tierheim abgeben.

Cäcilia setzte sich ins Gras, den Rücken gegen die warme Holzwand gelehnt, und nahm eines der schwarzen Katzenbabys auf den Schoß. Es leckte an ihrer Hand. Die Zunge war rau, die Katzenaugen blau wie der Sommerhimmel. Eines der getigerten Kätzchen versuchte, seinem Geschwisterchen zu folgen, und kletterte unbeholfen über die beiden anderen Katzen hinweg. Sie waren so süß! Sie brauchten einen Ort, an dem sie ungefährdet aufwachsen konnten. Den musste es doch geben. Und Cäcilia hatte auch schon eine Idee, wo das sein konnte. Der offen stehende Torflügel der Feldscheune knarrte im Wind. Sie drückte den Karton an ihre Brust. Den Eibholz-Hof würdigte sie keines Blickes mehr. Sollte Lara ihre Geschichte sonst wem erzählen. Sie, Cäcilia, hatte vier Leben zu retten.

Sven Fricke schreckte von seiner Arbeit hoch, als ein Schatten auf sein Motorrad fiel. Er blinzelte gegen das schräg durch das Scheunentor einfallende Sonnenlicht. Wer kam denn da? Seine Eltern waren auf der Grillparty der Wolgasts, wie beinahe das ganze Dorf.

»So fleißig? Heute ist doch Sonntag.«

»Miri...am. Du hast mich ganz schön erschreckt.«

»Wieso? Hast du ein schlechtes Gewissen? Was tust du hier so ganz allein, hm?« Sie kam noch ein bisschen näher und beugte sich zu ihm herunter, als wollte sie seine Arbeit begutachten. Er konnte ihr blumiges Haarshampoo riechen. Und sogar er konnte sich denken, dass sie sich nicht besonders für sein Schrauben interessierte. Warum kam sie ausgerechnet, wenn er hier ölverschmiert und verschwitzt herumkroch, neben seiner völlig zerlegten Maschine. Einen ungünstigeren Zeitpunkt hätte sie sich nicht aussuchen können. Trotzdem erfüllte ihn eine geradezu kindische Freude bei Miris Anblick. Sie trug ein helles Top mit einem schwarzen BH darunter und abgeschnittene Jeans. So kurz abgeschnitten, dass das helle Taschenfutter unten heraussah. Ihre Füße mit den bunt lackierten Zehennägeln steckten in Flip-Flops.

»Ich schraube«, sagte er. »Damit ich diese Saison vielleicht noch mal mit meiner Maschine fahren kann.«

Miri musterte das Motorrad. »Ist die schnell?«

»Es reicht.«

»Nimmst du mich mal mit?«

»Klar, gern.« Er hatte das Gefühl, noch mehr sagen zu müssen, aber ihm fiel nichts ein.

Sie richtete sich wieder auf. »Ich würde ja vorschlagen, dass wir ein Eis essen fahren oder so, doch ich muss hier im Dorf bleiben.«

Sven nahm innerlich Abschied von seinem sonntäglichen Vorhaben und seinen Motorteilen. Er rappelte sich ebenfalls auf. »Wieso das?«

»Meine kleine Nichte ist allein zu Hause. Da muss ich in der Nähe bleiben.«

Er nickte, nicht wissend, was »in der Nähe« für Miriam bedeutete. Dann, nach ein paar Minuten der Stille, die ihm weitere Schweißtropfen auf die Stirn trieben, schlug er vor: »Ich habe Eis in der Truhe. Oder ich kann uns einen Eiskaffee machen? Oder wir trinken zusammen ein Bier?« Er hielt inne, weil er merkte, dass er zu eifrig klang. Geradezu bedürftig.

»Eiskaffee wäre super.«

Während er das Vanilleeis aus der Truhe holte, wechselte er schnell im Wäschekeller sein T-Shirt und wusch sich die vom Schrauben schmutzigen Hände und das Gesicht. Er holte die Sahne und den von seiner Mutter im Sommer stets kalt gestellten Kaffee aus dem Kühlschrank und überlegte dabei, wo er das Tablett mit dem Eiskaffee gleich hintragen sollte. Miriam lief durch die Küche und betrachtete die alten Fotos vom Fricke-Hof, wie er vor hundert Jahren gewesen war.

»Oh Gott, wie die Leute früher aussahen!«

»Die meisten sind meine Vorfahren.«

»So viele?«

»Und deren Angestellte, Landarbeiter und deren Familien und so.«

»Nicht schlecht. Bist du der Letzte hier.«

»Der letzte was?«

Sie strich mit dem Zeigefinger am unteren Rand eines Bilderrahmens entlang. »Der letzte Erbe.«

»Zumindest weiß ich von keinen weiteren«, sagte er, hebelte ein Stück Eis aus der Packung und versenkte es in einem hohen Glas. Wenn er das Tablett auf die Terrasse trug, würden sie in den ausladenden Gartenstühlen mit den Armlehnen am Tisch sitzen. Eine ganz schlechte Ausgangssituation.

»Hattest du es eilig, zu mir zurückzukommen?«, fragte sie lächelnd.

»Wieso?«

»Du hast es gut«, meinte sie.

Was sollte er dazu sagen? Er goss vorsichtig den Kaffee über das Eis.

»Du weißt, wo du herkommst und wo du hingehörst«, erklärte sie.

»Das ist auch nicht immer einfach.« Sven gab reichlich Sahne über das Eis.

»Du wirst hier immer deinen Platz haben, den dir niemand streitig machen kann. Viel Platz«, setzte sie hinzu.

Er wusste, dass Miriam streng betrachtet ohne festen Wohnsitz war. Ihr letzter Freund hatte sie nach der Trennung vor die Tür gesetzt, weil ihm die ehemals gemeinsame Wohnung gehörte. Nun wohnte sie bei ihrer Schwester in der Einliegerwohnung, bis sie etwas Neues gefunden hatte. Er konnte sich vorstellen, dass das – auch und gerade bei Margit und Hendrik Nagel – nicht ganz einfach war.

Sven stellte die Gläser auf ein Tablett, legte lange Löffel daneben und fand sogar Strohhalme, die er schwungvoll in die Sahne steckte. »Tadaa«, sagte er. Doch wohin nun mit dem Eiskaffee?

»In dir schlummern ja verborgene Talente.« Miriam nahm ihm das Tablett ab. »Geh vor, ich folge dir.«

Wohin? Terrasse – doof. Küche – doof. Wohnzimmer seiner

Eltern – doof. Sein Zimmer mit den Postern vom Tractorpulling an der Wand – Katastrophe! Er hielt Miriam die Terrassentür auf und ging vor ihr her, über die Terrasse, durch die von seiner Mutter gepflegten Rosenbeete, auf den Rasen hinaus.

»Wo willst du denn hin?«

Das wüsste er auch gern. »Dahinten ist es schön.«

Er steuerte auf die Blutbuche zu, die im hinteren Teil des Gartens stand. Seine Mutter liebte den Baum und hatte sich eine Gartenbank daruntergestellt. Der Blick ging von hier hinaus aufs Feld bis zu den sonnenbeschienenen Hügeln, hinter denen die Ostsee lag.

»Ist das recht?« Er nahm ihr das Tablett wieder ab.

»Perfekt«, sagte sie. Wider Erwarten ließ Miriam sich nicht auf, sondern vor der Bank im Gras nieder. Er stellte das Tablett ab und ärgerte sich, dass er nicht an eine Decke zum Unterlegen gedacht hatte. Rüdiger hatte schon recht: Als Verführer war er eine Null. Ungelenk setzte er sich zu ihr, nicht zu dicht und nicht zu weit weg. Er müffelte bestimmt nach Schweiß und altem Motoröl. Sie hingegen roch wahnsinnig gut. Sven spürte trotz der sommerlichen Temperaturen Miriams Körperwärme, und sein Atem ging schneller. Nur nicht hyperventilieren.

Miri probierte ihren Eiskaffee. »Lecker«, sagte sie nach den ersten Schlucken und fügte dann mit Blick in die Landschaft hinzu: »Warum ist es eigentlich nicht immer so?«

»Der Sommer ist ja noch nicht vorbei«, erwiderte er leichthin.

»Du hast es wirklich gut.«

»Vielleicht«, gab er zu. »Aber manchmal würde ich gern alles hinschmeißen.«

»Um was zu tun?«

»Um mir nicht immer so viele Gedanken machen zu müssen.« Er zuckte mit den Schultern. »Ich möchte was von der Welt sehen.«

»Ach, das geht doch nur mit Geld. Ansonsten wird es einem schnell über. Besonders, wenn man nicht weiß, wovon man sein nächstes Käsebrötchen bezahlen soll.«

»Sprichst du aus Erfahrung?«

»Was meinst du?«

Sie klang beinahe verärgert. Sven löffelte die Eisbrocken aus seinem Glas. Die Chance, seinen Arm um sie zu legen, hatte er wohl gerade vertan.

»Tut mir leid«, sagte sie. »Du kannst ja nichts dafür. Aber sprechen wir lieber über dich. Wie fühlt man sich als Held?«

»Held? Weil ich Lara gefunden habe? Das war nur Glück.«

»Besonders für das kleine Mädchen. Sei doch nicht immer so bescheiden, Sven! Das ist anstrengend.«

Er schluckte ein »Entschuldige bitte« herunter.

Miriam rückte näher und legte den Kopf an seine Schulter. Er wusste nicht, wohin mit seinen Armen und Händen.

»Ich stelle mir das einfach gern vor«, griff Miri das ursprüngliche Thema wieder auf. »Wie du sie heim zu ihren Eltern getragen hast. Hat Lara etwas zu dir gesagt? Wo sie gewesen ist?«

»Nein. Sie war vollkommen fertig, murmelte nur einmal: ›Sven – du? Ich will nach Hause.‹ Und dorthin habe ich sie gebracht.«

Miriam hob den Kopf und sah ihm in die Augen. Ihre waren grün mit braunen Sprenkeln. »Das ist alles sehr seltsam. Wo war sie nur?«

Sven nahm all seinen Mut zusammen und legte behutsam den Arm um Miriams Schulter, seine Hand auf ihren nackten Arm. Sie ließ es sich gefallen. Sein Herz schlug wild. »Ich habe keine Ahnung.«

»Glaubst du, sie wurde wirklich entführt? Und wenn ja, warum?«

»Wenn es kein Pädophiler war, dann ging es vielleicht um Lösegeld.«

»Aber es hat sich doch niemand bei ihren Eltern gemeldet. Oder?«

»Ich bin nicht davon überzeugt, dass wir es wüssten, wenn es so wäre.«

Darüber schien Miriam einen Moment nachzudenken. Er streichelte ihren nackten Oberarm und hoffte, dass nicht zu offensichtlich war, wie sehr ihn die Situation erregte. Sollte er sie küssen? Oder sollte er ihr die Initiative überlassen?

»Das macht mir Angst«, sagte sie schließlich. »Alles hier. Sogar meine Schwester und ihr Mann. Ich glaube, die führen eine seltsame Ehe. Wusstest du, dass er heimlich raucht und sie Tabletten nimmt wie andere Bonbons?«

»Tatsächlich?«

»Meine Schwester soll das mit dem Rauchen auf gar keinen Fall wissen. Die quengelt und drangsaliert Hendrik den lieben langen Tag.«

»Ich dachte immer, dass sie sich gut verstehen. Mit der gemeinsamen Apotheke und so.«

»Das sieht nur so aus. Je länger ich bei ihnen wohne … Ich glaube, die schlafen nicht mal mehr miteinander.«

»Woher willst du das denn wissen?«, fragte Sven. Obwohl sie gerade recht freimütig über Sex sprach, entwickelte sich das Gespräch nicht in seinem Sinne. Er wusste aber nicht, wie er es wieder auf Kurs bringen konnte. Sven stellte sich vor, wie es wäre, sie jetzt zu küssen, ihre weichen Lippen, einfach so. Unter diesem Baum. Und dann Arm in Arm zurückzusinken. Doch da war ja die Bank … Die Bank wäre im Weg.

»Eine Frau spürt so etwas. Besonders, wenn es um ihre Schwester geht.«

»Hm.« Kopfkino aus.

»Und wie sie beide unentwegt um Cäcilia herumtanzen. Als wäre dieses Kind der Nabel der Welt. Das ist nicht gesund. Sie sind beide vollkommen fixiert.«

Er wagte es, eine Haarsträhne zurückzustreichen, die sich aus Miris Zopf gelöst hatte. Wie niedlich ihr Ohr aussah. Ein bisschen durchlöchert. Winzige Härchen auf dem Rand der Ohrmuschel.

Miriam schreckte auf.

»Hab ich was falsch gemacht?«

»Wie spät ist es?«, wollte sie wissen.

»Halb sechs.«

»Oh Gott, ich muss zurück! Der Film ist gleich zu Ende. Vielen Dank für den Kaffee, Svennie. Das müssen wir bald mal wiederholen.«

Sie lief über die Wiese davon. Er seufzte. Als er an sich hinuntersah, blitzte etwas Helles an der Naht seines dunkelblauen T-Shirts auf. Der Waschzettel. Er hatte das Shirt beim Umziehen auf links angezogen.

24. Kapitel

Miriam ärgerte sich, dass sie beinahe die Zeit vergessen hätte. Dieser Sven war ja niedlich. Jedenfalls eine angenehmere Gesellschaft als die meisten Leute hier im Dorf. Ein bisschen jung und unerfahren. Aber bitte, sie war erfahren genug. Also, was sollte daran schlecht sein?

Als sie die Haustür aufschloss, hörte sie das alberne und aufgesetzte Gerede der Schauspieler, die den animierten Figuren von *Rumpelstilzchen – frisch versponnen* ihre Stimme liehen. »Heute back ich, morgen brau ich, übermorgen hol ich mir der Königin ihr Kind!«, kam ihr Rumpelstilzchens Ausspruch in den Sinn.

Das Wohnzimmer war leer.

»Cäsi, wo bist du?« Sie schaute in die Küche, in die Speisekammer, den Hauswirtschaftsraum, öffnete die Tür zum Gäste-WC. »Cäcilia, ich bin wieder da. Wo steckst du denn?«

Übermorgen hol ich mir … »Cäsi, bist du oben?« Miriam nahm die Treppe ins Obergeschoss mit wenigen Sätzen, riss die Türen zu den Bädern, zum Elternschlafzimmer, Arbeitszimmer, Kinderzimmer auf. Keine Cäcilia. … *der Königin ihr Kind.*

Miriam wurde schlecht. Keine Panik, sagte sie sich. Die Haustür war geschlossen gewesen. Alle Fenster und die Terrassentür sind zu. Keine Einbruchsspuren, keine Spuren eines Kampfes. Die kleine Mistkröte hatte sich nur selbstständig gemacht. »Cäcilia, ich finde das nicht witzig!«

Sie lief die Treppe hinunter ins Erdgeschoss und dann noch weiter ins Souterrain, wo sich ihre Einliegerwohnung befand.

Klar, dort hatte Cäcilia sich versteckt und wühlte wohl in Miriams persönlichen Sachen herum. Sie würde ihr alles verzeihen, wenn sie nur da war.

Mit pochendem Herzen öffnete Miriam die Tür zu ihrem kleinen Refugium auf Zeit. Sie durchmaß den menschenleeren Raum, in dem ihre Klamotten auf dem Fußboden und allen Möbeln verteilt lagen, und riss die Tür zu dem winzigen Badezimmer auf. »Verdammt, Cäcilia, ich suche dich!«, rief sie.

Keine Antwort. *Übermorgen hol ich mir…*

Was war hier passiert? Was sollte sie tun?

… der Königin ihr Kind.

Wahrscheinlich war das alles ganz harmlos. Die wirklich schlimmen Dinge passierten anderen Leuten, nicht ihr. Cäcilia war in Sicherheit. Sie war nur nicht hier. Und sie hatte die Verantwortung für das Mädchen. Alles in Miriam sträubte sich dagegen, sich ihr Versagen einzugestehen, indem sie telefonierte, es aussprach und so offiziell machte. Es kam ihr so vor, als würde es erst damit zur unabwendbaren Wahrheit werden, dass sie nicht wusste, wo ihre Nichte war.

Es roch wie im Krankenhaus, wie dort, wo sie neulich eine Klassenkameradin nach deren Mandeloperation besucht hatte. Der gleiche chemische Geruch. Er war in ihrer Nase und in ihrem Mund. Ihr Hals kratzte. Cäcilia hatte wieder Kopfweh, und ihr war übel. Ihr erster Gedanke war, dass sie doch morgen wieder zur Schule gehen wollte. Wurde daraus immer noch nichts? Sie kämpfte mit den Tränen. Wo war sie überhaupt? Träumte sie noch? Es fühlte sich real an, auch wenn sie bis eben noch geschlafen hatte. Wie war sie eigentlich hierhergekommen? Hatte sie einen Unfall gehabt? Warum konnte sie nichts sehen? Sie riss die Augen weit auf, doch sie sah immer noch nur Schwärze, in der ein paar rötliche Punkte flirrten. Bitte, ich will nicht blind sein! Sie tastete hektisch um sich.

Unter sich fühlte sie eine Matratze, altmodisch, mit Sprungfedern darin, die wiederum in einem Holzrahmen lag. Bei jeder ihrer Bewegung knarrte und ächzte es. Über ihr lag eine gesteppte Decke in einem klammen Bezug. Unter ihrem Kopf war ein zu großes Kopfkissen, dessen Füllung sich klumpig anfühlte. Cäcilia lag in einem Bett – und ganz sicher nicht in ihrem eigenen. Außerdem war sie offenbar noch mit Jeans und T-Shirt bekleidet, nur ihre Füße waren nackt. Ihr tat nichts weh, und sie konnte Arme, Beine und Rücken bewegen. Keine Verbände oder Schläuche irgendwo. Also war sie bestimmt nicht in einem Krankenhaus. Die Panik brach sich langsam Bahn ...

»Mama?! Papa?!« Ihr Rufen klang dumpf, ohne den kleinsten Hall. »Wo seid ihr? Ich will nach Hause! Mama! Papa!« Die Erkenntnis, der heftige Druck in der Magengrube, kam unerwartet. Es fühlte sich so ähnlich an wie neulich beim Völkerball, als der große, fiese Ole absichtlich den Ball voll gegen ihren Bauch geworfen hatte. Was, wenn sie sich dort befand, wo Lara gewesen war? So musste es sein! Alles andere ergab keinen Sinn. Ihre Eltern waren auf der Grillparty. Miri hatte auf sie aufpassen sollen. Sie hatten sich eine DVD angeschaut, und Miriam war noch einmal weggegangen. Sie selbst war ausgerissen, um mit Lara zu sprechen. Um nicht gesehen zu werden, war sie hinten herum zu den Eibholz gegangen. Dabei hatte sie die kleinen Katzen gefunden und sie retten wollen. Cäcilia erinnerte sich noch, wie sie mit dem Karton vor der Brust zurück in Richtung Dorf hatte gehen wollen, wie sie die Kätzchen darin maunzen gehört hatte. Und dann? Die unerwartete Bewegung hinter ihr, der Druck auf ihren Mund, das feuchte Tuch, der Geruch. Das war doch nicht möglich. Doch! Sie musste entführt worden sein.

Bei dieser Erkenntnis strampelte Cäcilia die Decke weg und setzte sich auf. Zitternd umschlang sie mit den Armen ihre Beine und starrte in die Schwärze, die sie umgab. Sie traute sich nicht, die Füße aus dem Bett zu strecken. War dort hinten nicht ein schwacher rötlicher Lichtschein? Irgendwas? Oder sah sie Licht, wo kein Licht war? Überhaupt keines. Cäcilia kroch die Angst mit einer ihr neuen, unbekannten Intensität das Rückgrat hinauf bis in die Kehle.

»Hilfe!«, schrie sie in die Dunkelheit. »Hilfe, hört mich denn keiner?« Sie schluchzte auf. Die Angst wurde zur Panik und verstärkte das Bedürfnis zu schreien. »Hilfe! Hilfe!« Das Schreien gab wiederum der Panik neue Nahrung. Ihr Gehirn schien die Kontrolle aufzugeben. Sie schrie, bis ihr der Hals wehtat und sie nur noch krächzen konnte. Bis die Stille, die jedem Schrei folgte, unerträglich wurde.

»Wie meinst du das, Cäcilia ist weg?«

Miriam hätte ihre begriffsstutzige Schwester am liebsten durch den Apparat gezogen. Im Hintergrund hörte sie lautstarkes Stimmengewirr und Gelächter. »Genau so, wie ich es sage: Ich war nur ganz kurz draußen, und als ich wieder reinkam, war Cäcilia nicht mehr da. Sie hatte vor dem Fernseher gesessen, und nun ist sie weg!«

»Hast du schon überall nachgesehen? In ihrem Zimmer, in den Bädern, im Souterrain, wirklich überall?«

»Sonst würde ich dich doch nicht anrufen, Margit!«

»Okay, wir kommen sofort.«

»Soll ich … soll ich die … die Polizei rufen?«

Einen Moment war es still. Miriam hörte ihre Schwester atmen. »Nein, das wird Hendrik tun.«

Pia schloss ihre Wohnungstür auf und atmete tief ein. Die Wohnung in der Adlerstraße roch noch so neu, dass es ihr auffiel, andererseits aber auch schon so sehr nach Felix und ihr, dass sie sich heimisch fühlte. Die Sonne stand tief und schickte ein paar rötliche Strahlen durch die Küche bis auf die Dielen im Flur.

Sie streifte sich die Schuhe von den Füßen und stellte die von Lars' geliehene Sporttasche neben der Kommode auf den Boden. Dabei entdeckte sie einen von Felix' Strümpfen, der halb zusammengeknüllt unter der Kommode lag. Sie sammelte ihn ein, bevor er ganz darunter verschwunden war. Zuerst brauchte sie mal etwas zu trinken, zu essen und ... Ablenkung von einem Tag im Kommissariat, der nichts gebracht hatte, als neue Fragen aufzuwerfen. Manchmal taten sie nichts anderes, als das Unglück anderer Menschen zu verwalten. Wenn die Leute wüssten, wie nervtötend die Arbeit der Kriminalpolizei oft ist, würden sie nicht so gern im Fernsehen dabei zuschauen, dachte Pia.

Felix sollte in einer halben Stunde nach Hause gebracht werden. Sie hatte noch ein bisschen Zeit, Ordnung zu schaffen und eine Maschine Wäsche anzuwerfen. Zum Bügeln würde sie heute Abend wieder nicht kommen. Wenn sie Felix ins Bett gebracht hatte, würde sie bestimmt keine Kraft mehr dazu haben.

Lars hatte ihr angeboten, später noch vorbeizukommen. Er war toll darin, Felix ins Bett zu bringen. Und überhaupt. Aber wenn ihr Sohn schlief, würde sie noch genug im Haushalt zu erledigen haben. Außerdem war sie noch nicht ganz über die Existenz dieser Christine hinweg, vor allem nicht über Lars' Verschweigen der simplen Tatsache, dass er verheiratet gewesen war. Er hatte sich bei ihr dafür entschuldigt, dass er es ihr nicht längst erzählt hatte. Ihre tiefe Enttäuschung, den Vertrauensbruch, den er begangen hatte, verstand er aber nicht so recht. Natürlich war Pia klar gewesen, dass es in Lars' Leben schon andere Frauen gegeben hatte. Doch da er diese Ehe nie erwähnt hatte, war sie davon ausgegangen, dass er noch nicht verheiratet gewesen war.

»Wo ist der Unterschied?«, hatte er gefragt. »Du hast ein Kind, ich war mal verheiratet. So ist das Leben.«

»Nur dass ich Felix nicht eben mal vor dir verstecken könnte, selbst wenn ich es wollte.«

»Ich bin froh, dass es ihn gibt.«

Ich bin aber nicht froh, dass es Christine gibt, hatte Pia gedacht. Und sie hatte nicht so von ihr erfahren wollen.

»Diese Frau ist Vergangenheit. Wenn sie mir noch etwas bedeuten würde, dann wüsstest du das.«

»Aber ihr seid finanziell noch nicht auseinander.«

»Nein, das stimmt«, räumte er ein.

»Ist da noch mehr, das ich wissen sollte?«, hatte sie gefragt und ihm dabei in die Augen geschaut.

»Nein.«

Wie gut kannte sie ihn? Und was nützte ihr ihr Wissen über Vernehmungstechniken, ihr kriminalistisches Gespür, wann jemand die Wahrheit sagte und wann nicht, wenn sie verliebt war? Nichts.

Sie zuckte zusammen, als das Telefon läutete. Ihr Handy, dessen Display inzwischen einen modernen Vintage-Look mit Sprenkeln in Beige und Grün angenommen hatte, war das jedenfalls nicht. Es musste ihr Festnetzanschluss sein.

»Pia, warum zum Teufel bist du telefonisch nicht erreichbar?«

»Bin ich doch. Ich meine, telefonieren wir, Broders, oder telefonieren wir nicht?«

»Was ist mit deinem Handy?«

»Abgetaucht.«

»Wie bitte?«

»Ich bin damit ins Wasser gefallen«, sagte sie so würdevoll

wie möglich. »Ich glaube, das Handy ist Schrott. Es hat zwar noch einmal geklingelt, aber jetzt ...«

»Dann besorg dir ein neues. Hier brennt die Luft.«

»Was ist denn nun schon wieder los?«

»Das nächste Mädchen ist verschwunden. Die Nachricht kam gerade eben rein.«

Pias Herz setzte einen Schlag aus. »Schon wieder? Wie alt ist sie? Und wo ist es diesmal passiert?«

»Wieder in Grotenhagen. Wir kennen sie. Es ist Cäcilia Nagel, die Tochter des Apotheker-Ehepaares. Im selben Alter wie Lara Eibholz.«

»Nein.« Pia schüttelte abwehrend den Kopf, so absurd erschien ihr dieses Zusammentreffen. Andererseits: Ein Zufall war das gewiss nicht. Es war also noch nicht vorbei. Da ging etwas vor sich, von dem sie nicht die leiseste Ahnung hatten, was es war.

»Rist, Oliver Pinzke und ich werden uns gleich wieder in der Dienststelle treffen.«

»Ich ... verdammt, ich kann jetzt aber nicht. Felix kommt jeden Moment. Der hat mich das ganze Wochenende nicht gesehen.«

»Ich weiß«, sagte Broders. »Es reicht, wenn du morgen früh zur Einsatzbesprechung da bist. Ich wollte nur, dass du es schon weißt und dir ein paar erbauliche Gedanken dazu machen kannst.«

»Danke. Ich weiß das zu schätzen.«

»Und noch etwas ...« Er zögerte.

»Spuck es aus, Broders.«

Ein nervtötender Moment der Stille folgte. Dann meinte Broders nur: »Besorg dir ein neues Handy.«

»Klar. Aber das war nicht das, was du sagen wolltest, oder?«, fragte Pia. Sie hörte eine heftige Diskussion im Hintergrund.

»Ich muss Schluss machen.« Er beendete die Verbindung.

25. Kapitel

Das heilige Dreigestirn, Vater Hinnerk, Mutter Mascha und »Schwangerer Bauch« brachten Felix zurück. Hinnerk legte immer wieder demonstrativ den Arm um Maschas Schultern und schielte auf ihren leicht gewölbten Leib. Fehlte nur noch, dass er vor ihr niederkniete, sein Ohr daranhielt und mit dem Fötus sprach, während Pia danebenstand. Sie kreisten nicht mehr wie Satelliten um Felix herum. Ein neuer Stern schien dem Jungen jetzt schon seinen Platz als Fixpunkt streitig zu machen.

Pia schob die beunruhigenden Nachrichten aus Grotenhagen im Geiste beiseite und konzentrierte sich auf ihren Sohn. Felix war müde und auch ein wenig quengelig nach einem langen Tag an der Ostsee. Sein T-Shirt war mit Schokoladeneis-Flecken übersät, und er hatte ein Pflaster mit Feuerwehr-Motiv auf dem Knie, das er ihr stolz präsentierte.

»Oh, was hast du denn da Schickes?«

»Hinnefallen«, sagte er und nickte zur Bekräftigung.

»Ups, wie ist das denn passiert?«

»War gar nicht schlimm, nur ein Kratzer«, erklärte Mascha eilig.

»Kinder fallen ab und zu hin«, sagte Pia leichthin. »Die Erfahrung habe ich auch schon gemacht.« Einige blöde Erwachsene allerdings auch. Sogar in die Wakenitz. Der perfekten Mascha würde sie ihr unfreiwilliges Badevergnügen allerdings nicht auf die Nase binden.

»Felix ist mit einem Mal mitten auf der Promenade gestolpert. Eigentlich war da gar nichts, über das man fallen konnte«, erklärte Mascha. »Vielleicht hast du seine Sandalen ja einen Tick zu groß gekauft.«

»Sicher«, sagte Pia.

»Es ist auch nur eine kleine Schürfwunde«, ergänzte Hinnerk. »Wir haben sie gleich sorgfältig gereinigt und desinfiziert. Mascha hatte alles Notwendige dabei.«

»Na prima.« Pia hob Felix hoch. Immer, wenn sie ihn ein oder zwei Tage nicht gesehen hatte, staunte sie, wie schwer er inzwischen war. Es tat ihr gut, das eigene Kind im Arm zu halten und seinen unverwechselbaren Duft nach Kind, Eis und Shampoo in der Halsbeuge zu riechen. Hinnerk lud Felix' Sachen im Flur ab, dann verabschiedeten er und Mascha sich.

Während Pia in der Küche das Abendbrot zubereitete, holte Felix seinen Kipplaster aus dem Kinderzimmer und befuhr damit die Pisten ihrer Wohnung. Pia hatte den Eindruck, dass er es nach einem Aufenthalt bei Mascha und Hinnerk genoss, nicht mehr rund um die Uhr bespaßt zu werden, sondern sich auch mal mit sich selbst beschäftigen zu dürfen. Sie schnitt gerade das Brot, als erneut das Telefon im Flur klingelte. »Broders, nun ist gut«, murmelte sie. Hoffentlich musste sie nicht noch weitere Katastrophenmeldungen entgegennehmen. »Korittki.«

»Hi, Pia.«

Sie runzelte die Stirn. Das konnte nicht sein. Pia lauschte dem Nachhall der vertrauten Stimme in ihrem Kopf, registrierte die Hintergrundgeräusche. Eine Kneipe? Ein Restaurant? Sie war überrascht, und dann ärgerte sie sich. Es war zwar lange zurückliegender Ärger, doch sie konnte das Gefühl immer noch in sich abrufen. Sie sagte nichts.

»Du bist gar nicht so einfach zu erreichen«, sagte Marten. Marten Unruh, ihr ehemaliger Kollege. Für eine gewisse Zeit war er auch ihr Freund und Geliebter gewesen. Sie hatte ihm vertraut. Bis zu dem Zeitpunkt, als er unerwartet und ohne Begründung aus ihrem Leben verschwunden war. Bis auf ein kurzes Intermezzo in Italien hatte sie ihn danach nicht mehr gesehen. Und das war auch besser so.

Pia räusperte sich, fand ihre Stimme wieder. »Ich war die letzten vier Jahre in Lübeck.« Mit Betonung auf dem »Ich«. Im gleichen Moment ärgerte sie sich, dass sie damit zugab, genau zu wissen, wie viele Jahre es her war, dass sie Marten Unruh zuletzt gesehen und gesprochen hatte. Und dass sie ihn sofort an seiner Stimme erkannt hatte. Felix kam brummend auf sie zugerobbt und fuhr den Kipplaster um ihre Füße herum.

»Da hast du recht. Aber du bist umgezogen«, hörte sie Marten mit einem Moment Verzögerung sagen. Was bildete er sich ein, nach so langer Zeit aus heiterem Himmel bei ihr anzurufen? Zu viel hatte sich seitdem verändert. Er war damals verschwunden, und das sollte er für sie auch bleiben.

»Ich lege jetzt auf«, informierte Pia Marten ruhig. »Ruf mich nicht wieder an.«

»Willst du dich nicht hinlegen, Margit?«, fragte Hendrik Nagel seine Frau. Die saß zusammengesunken auf dem Sofa, genau dort, wo vor ein paar Stunden ihre Tochter gesessen hatte, und wiegte den Oberkörper vor und zurück. Er brauchte jetzt einen Whisky zur Beruhigung und eine Zigarette, nur eine einzige, aber er wollte sich keinen eingießen und schon gar nicht rauchen, solange Margit und Miriam ihm dabei zusahen.

Seine Schwägerin stand am Fenster und kaute auf der Nagelhaut ihres Daumens herum. Sie schien sich die Haare gerauft zu haben, denn die dunklen Strähnen hingen ihr zerzaust in die Stirn. Wenn sie verängstigt oder verwirrt war, erschien ihm seine Schwägerin nicht viel älter als seine Tochter Cäcilia.

Verdammt, wo war Cäsi?

Die vergangenen Stunden hatten so gar nichts von einem Sonntagabend in Grotenhagen, seinem wahren Leben, sondern ähnelten einem Albtraum. Es hatte so harmlos angefangen: Die geruhsame Grillparty – same procedure as every year –, alle kannten sich und wiederholten die für sie vorgesehenen Texte und lachten an den dafür vorgesehenen Stellen. Bis Margit ihn blass und zittrig zur Seite genommen hatte. Miriam habe sie gerade angerufen: Cäcilia sei unauffindbar! Hendrik hatte seine Schwägerin zurückgerufen, aber nicht mehr als ängstliches Gestammel aus ihr herausbekommen. Klar war nur gewesen, dass seine Tochter verschwunden war. Margit und er waren sofort nach Hause gerast, mit einer mehr als dürftigen Erklärung für die Gastgeber. Die Fahrt hatte nur zehn Minuten gedauert. Trotzdem haderte er nun mit sich, ob er nicht gleich die Polizei hätte anrufen sollen. Ob es die entscheidenden zehn Minuten zu viel gewesen waren, die er aus Unsicherheit und der Angst, sich lächerlich zu machen, gezögert hatte. Er hatte es nicht wahrhaben wollen. Wie konnte seine Tochter verschwunden sein? Er war draußen herumgerannt und hatte bei den Nachbarn gefragt, ob die Cäcilia gesehen hatten, während Margit Cäsis Freundinnen angerufen hatte. Ohne Ergebnis. Dann hatte er die Polizei informiert, und die Dinge hatten ihren Lauf genommen.

»Ich lege mich nicht hin«, sagte Margit. »Ich will hier sein, wenn sie wiederkommt.«

Miriam schluchzte auf.

»Der Polizeihauptkommissar, dieser Herr Rist, hat doch einen kompetenten und zuversichtlichen Eindruck gemacht. Die Polizei tut, was sie kann. Immerhin haben sie schon Übung in solchen Dingen, seit Lara ...« Er plapperte einfach vor sich hin.

»Die Polizei tut, was sie kann? Pah! Was ist das schon?

Haben die Lara etwa gefunden? Drei Tage und Nächte war sie weg, sogar noch länger, und niemand weiß, was ihr in dieser Zeit zugestoßen ist.«

Hendrik verkniff es sich zu sagen, dass Lara immerhin am Leben geblieben war. Er mochte sich ja selbst nicht vorstellen, was Cäcilia vielleicht gerade durchmachen musste.

Seine Schwägerin schniefte laut.

»Und du, Miri, lass das Gejammer! Sei mal lieber ganz still!«, ging Margit auf ihre Schwester los. »Du solltest nämlich auf Cäsi aufpassen. Sie *beschützen!*«

»Ich hätte nie gedacht, dass ihr hier etwas passieren kann! Ich meine, sie war doch *im Haus!*«, verteidigte sich Miriam. Die Vorwürfe ihrer Schwester schienen ihren Widerspruchsgeist zu wecken. »Wie konnte ich ahnen, dass sie in eurem Haus nicht sicher ist?«

»Nun schieb es nicht auf unser Haus«, ereiferte sich Margit. »Der Polizist hat gesagt, dass hier niemand unbefugt eingedrungen ist. Entweder hat Cäsi ihren Entführer arglos hereingelassen und wurde dann überwältigt – dagegen spricht allerdings, dass es im Haus keinerlei Kampfspuren gibt –, oder sie ist aus irgendeinem Grund rausgegangen.«

»Sie hat doch die DVD geguckt, die ich extra für sie besorgt habe. Einen Kinderfilm. Sie wollte den sehen. Wie konnte ich ahnen …«

»Du solltest nicht ahnen, sondern bei ihr sein«, erwiderte ihre Schwester.

»Ich war die meiste Zeit bei ihr.«

»Und wo warst du, als sie verschwunden ist?«

»Herrgott, ich war doch nur ganz kurz drüben bei Sven«, gab Miriam zu.

»Was hast du dir bloß dabei gedacht? Kannst du dich nicht mal eine Stunde lang beschäftigen, ohne irgendwelche Männer verrückt zu machen?«

Hendrik schüttelte den Kopf. »Hört sofort auf, euch aufzuführen wie zwei Marktweiber. Das bringt Cäcilia auch nicht zurück.«

»Ach, jetzt verteidigst du meine Schwester auch noch? Dabei ist das alles ihre Schuld«, fuhr seine Frau ihn an.

»Von ›verteidigen‹ kann keine Rede sein. Aber wenn du geahnt hättest, dass Cäsi zu Hause in Gefahr ist, dann hättest du selbst hierbleiben müssen, Margit.«

»Ich bin doch andauernd zu Hause. Wenigstens am Wochenende wird es mir ja wohl erlaubt sein, einmal auszugehen.«

»Nicht, wenn das eigene Kind in Gefahr ist. Ich wollte übrigens gar nicht zu dieser Party, doch du …«

»Ist das alles jetzt meine Schuld, oder was?«, fiel seine Frau ihm ins Wort.

»Ich finde, Margit hat recht, Hendrik«, sagte Miriam. »Nie kommt meine Schwester mal raus. Ihr unternehmt in letzter Zeit nicht gerade viel.«

»Miriam, falls du es noch nicht gemerkt hast: Hier geht es um Cäcilia und nicht um Zerstreuungen und Abwechslung im Ehealltag. Davon hast du, nebenbei bemerkt, sowieso keine Ahnung«, entgegnete Hendrik.

Miriam stemmte die Hände in die Hüften und baute sich vor ihrem Schwager auf. »Erzähl mir nicht, wovon ich Ahnung habe und wovon nicht!«

»Du hast wirklich keine Ahnung«, sagte Margit kalt. »Weder von Partnerschaft noch davon, wie man auf ein Kind aufpasst. Du übernimmst kein Stückchen Verantwortung für irgendwas. Nicht für dein Leben, nicht für andere. Aber dieses Mal kommst du damit nicht durch. Wenn Cäcilia etwas zustößt, dann …«

»Was dann?«, fragte Miriam mit zittriger Stimme.

»Ach, vergiss es.« Margit klang erschöpft. »Ich will nur meine Tochter zurück.« Sie weinte lautlos.

Hendrik bemerkte Miriams hilfesuchenden Blick. Doch seine Frau hatte ja recht: Dass Cäcilia nicht mehr da war, war zu einem nicht unerheblichen Teil Miriams Schuld.

Seine Schwägerin warf den Kopf in den Nacken und stolzierte aus dem Raum.

Wie lange lag sie hier schon zusammengekauert und starrte in die Dunkelheit? War sie zwischendurch eingeschlafen? Cäcilia fühlte sich vom Weinen und Schreien ausgelaugt. Außerdem hatte sie Hunger und Durst. Und ihr war kalt – trotz der ekligen Decke, unter der sie lag. Das Schlimmste jedoch war die Angst. Angst, in die sich immer wieder dieses flirrende »Das darf nicht wahr sein, also kann es nicht wahr sein. Ich träume das alles nur«-Gefühl schlich.

Cäcilia hatte aufgehört zu schreien, denn es tat inzwischen weh, und es schien auch sinnlos zu sein. Sie hatte geschrien und geschrien, und rein gar nichts war passiert. Hin und wieder schüttelten sie unkontrollierbare Schluchzer, ansonsten lag sie reglos da und horchte in die Dunkelheit. Zeit hatte keine Bedeutung mehr. Sie war nicht messbar. Sie hatte keine Uhr, und wenn, könnte sie sie nicht ablesen. Von einer wirren Hoffnung getrieben, tastete sie noch mal ihren Körper ab, ob sie ihr Handy vielleicht doch in irgendeine Tasche gesteckt hatte. Nein, da war nichts. Sie fühlte auch auf der Matratze, ob sie es verloren hatte. Nichts.

Sie war von allem abgeschnitten. Es konnte Abend sein, mitten in der Nacht oder schon der nächste Morgen. Montagmorgen. Cäcilia stellte sich vor, wie ihre Mutter gerade aufgesetzt munter in ihr Zimmer kam, um sie zu wecken, doch ihr Bett war ja leer. Die Sonne schien durch die Vorhänge mit dem Pfauenmuster vor dem Fenster. Von unten zog der Duft nach Kaffee und getoastetem Brot herauf, vermischt mit der feinen

Note von Papas Rasierwasser. Die Welt war in Ordnung. Nur nicht für sie. Sie sollte in diesem Augenblick eigentlich zum Schulbus laufen und ihre Freundinnen treffen, zur Schule fahren ... Sogar der verhasste Geschichtsunterricht erschien Cäcilia in dieser Situation wie das Paradies auf Erden.

Wie sehr sie sich den Alltag zu Hause zurückwünschte! Wieder rollte diese panische Angst über sie hinweg. Ein Gedanke saß direkt hinter ihren Augenbrauen, den sie keinesfalls zulassen wollte. Doch wenn man etwas nicht denken wollte, dann dachte man es dummerweise schon: Vielleicht war sie ja tot? Woher wollte sie wissen, dass sie noch am Leben war? Vielleicht war genau so der Tod?

Cäcilia umschlang ihren Brustkorb mit den Armen. Nachdem sie eine Weile so dagelegen hatte und nichts passierte, versuchte sie, sich zusammenzureißen. Sie war nicht tot. Tote weinten nicht. Sie musste nachdenken. Nachdenken würde helfen.

Okay. Sie wusste nicht, wo sie war. Doch wenn sie sich in der gleichen Situation befand wie Lara, dann würde sie hier auch wieder rauskommen. Ihr würde nichts geschehen. Sie musste nur klug vorgehen, sich richtig verhalten. Die Regeln eines Spiels befolgen, das sie noch nicht kannte. Sie würde sie herausfinden. Was Lara konnte, konnte sie schon lange. Lucie sagte immer, dass sie fix im Kopf war und alles schnell begriff und umsetzte. Sie war besser als Lara, und einen stärkeren Willen hatte sie auch. Der Vergleich machte ihr Mut. Cäcilia stützte sich auf die Ellenbogen, atmete tief durch. Dann setzte sie sich hin, die Beine im Schneidersitz unter sich gezogen. Sie wagte immer noch nicht, die Füße irgendwo anders als auf der bereits erkundeten Matratze aufzusetzen. Aber sie strich mit der rechten Hand am Bettrand entlang. Daneben, auf Höhe der Matratze, ertastete sie eine glatte waagerechte Fläche. Ein Nachttisch. Ihre Finger wanderten weiter. Eine Art Deckchen, das unter ihrer Berührung wegrutschte, gehalten von etwas Schwerem, das darauf stand. Eine Schnur, nein, ein Kabel hing daran. Ihre Finger folgten dem Kabel bis zu einem Kippschalter. Das war eine Nachttischlampe. Cäcilia betätigte den Schalter. Mit einer winzigen Verzögerung wurde es hell im Raum.

26. Kapitel

Pia versuchte, sich die innere Unruhe nicht anmerken zu lassen. Ein vermisstes Kind, ein ermordeter Mann, dazu die Anschuldigung, unberechtigt Informationen an die Presse gegeben zu haben. Ein Journalist, der ihr vielleicht helfen konnte, der sich aber nicht zurückmeldete, ein Exfreund, der wie aus dem Nichts nach vier Jahren bei ihr anrief, und ein Freund, der ihr verschwiegen hatte, dass er verheiratet gewesen war. Ach ja, und heute war Felix zweiter erster Tag im Kindergarten.

Sie war mit dem Auto unterwegs, weil sie nicht wusste, wie lange der »Abschied« im Kindergarten heute dauern würde und sie unter Umständen dann schnell von dort ins Kommissariat fahren musste. Oder später vom Kommissariat in den Kindergarten, falls dort gar nichts mehr ging … Die Entscheidung, das Auto zu nehmen, war aber auch kein Glücksmoment gewesen. Vor dem Parkplatz des Kindergartens ballten sich die Fahrzeuge der chauffierenden Eltern zu einem unübersichtlichen Knäuel zusammen. Pia trommelte nervös auf das Lenkrad. Konnten die nicht einfach fahren? Auf den Parkplatz hinauf oder vom Parkplatz herunter, Hauptsache, sie bewegten sich.

»Mama, ruhig. Ich hab nicht eilig«, sagte Felix und klang dabei um einige Jahre älter, als er war.

»Du hast es nicht eilig. Stimmt, Felix.« Sie atmete langsam aus. »Wir haben es nicht eilig. Wir liegen gut in der Zeit.«

»Du musst keine Angst haben.«

»Wovor sollte ich denn Angst haben?«

»Ich bleibe heute da.«

Pia schluckte. Er wusste schon genau, was los war. »Es gefällt dir bestimmt. Du spielst doch gern mit anderen Kindern. Da sind viele andere nette Kinder.«

»Hm.« Er sah aus dem Fenster. Mit einem Mal rief er: »Den kenne ich!«

Ein kleiner rothaariger Junge ging an der Hand seines Vaters in Richtung Eingang. »Wer ist das denn?«

»Leo.«

Pia erinnerte sich. Der Junge war auch bei Fiona, Felix' Tagesmutter, gewesen. Er war nur ein halbes Jahr früher in den Kindergarten gewechselt. Der Anblick der karottenroten Haare des Jungen und seines Vaters erinnerte Pia an etwas. Etwas Wichtiges. Sie kniff die Augen zusammen, doch sie kam nicht drauf. »Magst du Leo?«, fragte sie hoffnungsvoll.

Felix nickte. »Leo ist cool.«

Die Dienstbesprechung am Montagmorgen verlief in angespannter Atmosphäre. Die mutmaßliche Entführung von Cäcilia Nagel hatte die Situation grundlegend geändert. Der Zeitdruck und die öffentliche Aufmerksamkeit, unter der sie operierten, waren wieder dramatisch angestiegen. Pia spürte, dass die Frage, ob Cäcilia Nagel noch lebte und, wenn ja, wie lange noch, an ihren Eingeweiden nagte. Sie sah ihre Kollegen einen nach dem anderen an. Jede Maßnahme und jede Handlung ihrerseits konnten über Cäcilia Nagels Wohlergehen, über ihr Überleben, entscheiden. Die zweite Entführung hatte ihre Prioritätenliste, was die Verdächtigen betraf, grundlegend geändert. Vorausgesetzt, die Mädchen waren von ein und demselben Täter entführt worden, war Florian Warnke, der bisher einer der Hauptverdächtigen gewesen war, jetzt aus dem Schneider.

»Nicht, dass ihm das tot noch irgendetwas nützt«, kommentierte Broders das. »Aber vielleicht ja seiner Mutter oder seiner Frau Lucie.«

»Die Überprüfung aller registrierten Sexualstraftäter hat schon bei der ersten Entführung nichts ergeben«, sagte Oliver Pinzke. »Doch wir lassen das alles noch einmal durchlaufen. Wer weiß.«

»Genauso, wie wir jeden Stein in der Umgebung ein weiteres Mal umdrehen werden.« Rist deutete auf die Karte mit den rot schraffierten Feldern, die bei Laras Entführung die bereits überprüften Gebiete markiert hatten.

»Was ist mit neuen Durchsuchungsbeschlüssen?«, fragte Pia. »Bekommen wir in dem Zuge auch einen für den Hof von Wilko Groth?«

»Ihr habt da doch nichts gefunden«, sagte Rist.

»Wie auch?«, erwiderte Pia. »Wir konnten uns schließlich nur im Rahmen einer ersten Befragung ein bisschen umschauen. Groth hat aufgepasst wie ein Schießhund.«

»Und dabei habt ihr eben keinerlei Hinweise aufgetrieben, die eine Durchsuchung rechtfertigen würden«, sagte Rist. »*Nada* – nichts.«

»Aber das heißt doch nicht, dass Wilko Groth nichts mit den Entführungen zu tun hat.« Pia überlegte, wie sie Rist überzeugen konnte. »Der Hof liegt einsam. Wilko Groth lebt dort allein«, beschrieb sie die vorgefundene Situation. »Sein Haus, die vielen Nebengebäude, das gesamte Gelände ist groß und unübersichtlich. Es gibt unzählige mögliche Verstecke. Dort hört einen keiner. Unsere Chancen, bei dem kurzen Gespräch etwas zu finden, das auf Wilko Groth als Entführer hinweist, waren denkbar gering.«

»Aber ihr habt ihn befragt.«

»Ja. Und er hat immerhin zugegeben, dass er in finanziellen Schwierigkeiten steckt«, sagte Gerlach.

»Nicht unbedingt das Motiv für die Entführungen, da

es keine Lösegeldforderungen gab und gibt«, antwortete Rist.

»Er machte insgesamt einen nervösen und unzufriedenen Eindruck.«

»Wenn jeder, der mit seinem Leben unzufrieden ist oder auf einen Besuch der Polizei nervös reagiert, ein Verbrecher wäre, dann ...«

»Wir können ihn nicht als Täter ausschließen«, unterbrach Pia Rist.

»Weibliche Intuition reicht hier nicht«, sagte er.

Pia kniff die Augen zusammen. Es wurde wirklich Zeit, dass Rist und sie eine Aussprache hatten. Wenn sie nur schon etwas von diesem Carlsdorf gehört hätte. Sie holte tief Luft. »Wilko Groth ist derjenige, der Florian Warnke zuletzt lebend gesehen hat. Warnke war bei ihm auf dem Gelände, in seinem Haus, in seinen Stallungen. Wenn Warnke etwas bei Groth gesehen hat, das auf Laras Anwesenheit hindeutete, dann wäre das das Mordmotiv.«

»Wusste Florian Warnke zu dem Zeitpunkt denn überhaupt schon, dass Lara Eibholz verschwunden war?«, fragte Pinzke.

»Warnke hatte mittags noch mit seiner Frau telefoniert. Und mit Sophie Eibholz«, sagte Gerlach. »Das wissen wir von seinem Telefonanbieter.«

Rist nickte. »Also gut. Der Staatsanwalt will sich sowieso nachher noch mit mir treffen. Ich kümmere mich um den richterlichen Beschluss für den Groth'schen Hof.«

Der nächste Punkt war, dass endlich die Identität des Halters des Ford Transit festgestellt worden war, der mehrere Tage neben dem leer stehenden Haus im Tannenweg gestanden hatte. Ohne ein vollständiges Nummernschild oder die Auskunft des Hausbesitzers, der ein paar Tage verreist gewesen war, hatte sich die Suche hingezogen. »Es handelt sich bei dem Halter des Fahrzeugs um den Chef eines Zwei-Mann-Betriebes. Er hat sich auf die Trockenlegung von Kellern, Fundamenten und Außenwänden spezialisiert. Angeblich ein besonderes Verfahren, bei dem Löcher ins Mauerwerk gebohrt werden, in die dann zur Versiegelung eine chemische Flüssigkeit gespritzt wird«, erläuterte Wohlert.

»Die handwerklichen Feinheiten interessieren eigentlich weniger«, sagte Rist. »Wer genau ist der Fahrzeughalter?«

»Ein Kurt Zindler. Er kommt aus Lübeck, ist verheiratet, zweiundvierzig Jahre alt«, sagte Juliane, die dazu ihre Notizen überflog.

»Und der andere. Sein Angestellter?«

»Sein Geselle ist ein jüngerer Mann. Sechsundzwanzig. Er wohnt noch bei den Eltern. Pierre Braasch ist sein Name.«

»Dann kümmert euch um die beiden! Der Lieferwagen wird kriminaltechnisch untersucht. Falls Lara und Cäcilia den Wagen jemals von innen gesehen haben, finden wir es heraus.«

Nach der Besprechung brach Rist zu seinem Treffen mit dem Staatsanwalt auf. Pia fuhr nach Grotenhagen zum Haus von Margit und Hendrik Nagel. Sie sollten weitere Einzelheiten zu Cäcilias Verschwinden in Erfahrung bringen. Es hatte ein bisschen was von einem Eiertanz, denn die Eltern waren in so einem Fall nicht nur Betroffene, sondern auch potenziell verdächtig. Immerhin hatte Rist ihr Broders als bewährten Teamkollegen zugeteilt.

Die Fahrt dauerte länger als gewöhnlich, denn die A1 war wegen eines Unfalls bei Bad Schwartau gesperrt, sodass Pia auf die Landstraße ausweichen musste. Erst kurz vor Grotenhagen entspannte sich die Verkehrssituation, bis sie schließlich als einziges Fahrzeug weit und breit unterwegs waren. Das Dorf brütete in der Hitze still vor sich hin wie unter einer Käseglocke. Das gleißende Sonnenlicht schien die Schatten zweier Kindesentführungen und eines Mordes einfach aufzufressen. Wo die Suchtrupps wohl gerade waren?

Die Apotheke sah geschlossen aus. Sie gingen seitlich am Haus vorbei zur privaten Eingangstür. Kühle Luft wehte ihnen aus der Diele entgegen, als Miriam Trappert ihnen mit verquollenen Augen die Tür öffnete. Die Atmosphäre im Haus schien so von Angst, Vorwürfen und Zweifeln durchdrungen zu sein, dass Pia glaubte, einen Widerstand zu spüren, als sie über die Schwelle trat.

Als Margit Nagel sie begrüßte, fielen Pia die fahrigen Bewegungen der Apothekerin auf. Ihr Atem ging flach, ihre Augen blickten unstet, als hätte sie Mühe, ihr Gegenüber zu fokussieren. Ihr Mann wirkte gefasst, beinahe unnatürlich ruhig, wie er da am Tisch saß und immer wieder sein Telefon anstarrte. Miriam Trappert schien die Einzige zu sein, die nicht Zuflucht zu Psychopharmaka aus der angrenzenden Apotheke genommen hatte. Sie übernahm das Kaffeekochen, wischte Krümel vom Tisch, stellte Wasser und Gläser bereit und öffnete eine Packung Vollkornkekse, die jedoch unberührt stehen blieb.

Pia bugsierte Margit Nagel in ein angrenzendes Zimmer, um ihr ungestört ein paar Fragen stellen zu können. Broders überließ sie bei Hendrik Nagel und dessen Schwägerin seinem Schicksal.

»Ich halte das nicht aus«, sagte Margit Nagel mit erstickter Stimme und gesenktem Kopf. »Sie können sich gar nicht vorstellen, wie es mir geht. Die Ungewissheit macht mich krank.«

»Wahrscheinlich kann ich das wirklich nicht. Aber ich bin hier, um zu helfen. Wir …« Keine Versprechungen machen!, ermahnte Pia sich. »Wir tun alles, was in unserer Macht steht, um Cäcilia zu finden, Frau Nagel. Gerade jetzt sind eine Hundertschaft der Polizei sowie eine Hundestaffel unterwegs, um sie zu suchen. Wenn Sie uns unterstützen und uns noch ein paar Anhaltspunkte geben, worauf wir achten müssen, sind unsere Chancen, sie schnell ausfindig zu machen, noch höher.«

»Okay, okay.« Margit Nagel hob den Kopf und blinzelte ein paar Tränen weg. »Fragen Sie einfach.«

Pia ging mit ihr noch einmal den Verlauf des gestrigen Tages durch. Manchmal fiel Betroffenen später noch etwas Wichtiges ein, an das sie beim ersten Gespräch nicht gedacht hatten.

»Ihre Tochter ist schon seit ein paar Tagen nicht mehr in der Schule gewesen«, resümierte Pia. »Wie ging es ihr gestern? War sie da wieder gesund?«

»Ja. Sie hatte kaum noch Kopfweh. Meine Tochter neigt dazu, sich zu überanstrengen, und dann klappt sie uns einfach zusammen und braucht eine Auszeit.«

»Womit überanstrengt sie sich?«

Margit Nagel sah an Pia vorbei aus dem Fenster. »Sie ist jetzt auf der weiterführenden Schule. Cäcilia ist natürlich klar, dass dort ausgesiebt wird. Es ist hart für die Kinder. G 8, große Klassen, viele Hausaufgaben, der Druck, ein gutes Abitur zu machen …«

»Abitur?«, fragte Pia. »Das ist aber noch ein bisschen hin, oder?«

»Man kann sich heutzutage gar nicht früh genug darauf vorbereiten. Außerdem hat Cäcilia ja noch ihr Ballett. Das ist ihr ebenfalls sehr wichtig. Sie hat Talent, wissen Sie? Es besteht für sie die einmalige Chance, auf das berühmte Ballett-Internat in Hamburg zu gehen. Sie möchte das so furchtbar gern.« Beim letzten Satz brach Margit Nagel die Stimme.

»Ihre Tochter ist also ehrgeizig. Und dann übernimmt sie sich hin und wieder und wird krank«, resümierte Pia.

»Was hat das mit Cäcilias Verschwinden zu tun?«

»Ich versuche nur, mir ein Bild von der Gesamtsituation zu machen«, erklärte Pia. »Könnte sie weggelaufen sein? Entweder, weil der Druck zu groß war, oder weil sie ... in diese Ballettschule wollte?«

»Natürlich nicht.«

»Mit wem außer Ihnen, Ihrem Mann und Ihrer Schwester hatte Ihre Tochter zuletzt Kontakt?«

»Also ... mit niemandem. Jedenfalls nicht persönlich. Sie war ja krank in ihrem Zimmer. Cäcilia brauchte nichts als Zuwendung und Ruhe.«

»Seit wann war das so?«

»Seit einer Woche. Am vergangenen Wochenende hatte sie einen Schwächeanfall und einen Weinkrampf. Dann klagte sie über Kopfschmerzen. Da wusste ich, dass es mal wieder so weit ist. Worauf wollen Sie eigentlich hinaus?«

»Ich will nur helfen. Haben Sie einen Arzt konsultiert?«

»Nein. Wir kennen das ja schon, also haben wir diesmal keinen Arzt gerufen.«

»Und brauchte Ihre Tochter wirklich nichts als Ruhe, oder hat sie auch irgendwelche Medikamente bekommen?«

»Also, so, wie Sie das sagen ...« Margit Nagel schüttelte abwehrend den Kopf. »Als wollten wir unserer Tochter etwas Böses.«

»Hat sie Medikamente bekommen?«

»Nur Aufbaupräparate. Das Beste vom Besten. Das ist alles ganz harmlos.«

»Schreiben Sie mir bitte alles auf, was Sie ihr seit dem letzten Wochenende gegeben haben.«

»Muss das wirklich sein?«, fragte Margit Nagel.

»Ja.«

»Sie soll doch nur zurückkommen.« Margit Nagel verbarg das Gesicht in den Händen und weinte ein paar Minuten. Pia wartete. Als die Frau wieder aufsah, blinzelte sie heftig. »Das ist doch Wahnsinn! Sie ermitteln in die falsche Richtung. Sie wissen doch gar nicht, was hier so los ist.«

»Sagen Sie es mir«, forderte Pia sie auf. »Erzählen Sie mir, was hier los ist.«

Margit Nagel stand auf. Sie ging an eine Kommode, zog eine Schublade auf, nahm ein Tablettenröhrchen heraus und schluckte etwas. Dann trank sie ein paar Schlucke Wasser aus einem bereitstehenden Glas. »Ein Präparat mit Johanniskraut«, sagte sie auf Pias fragenden Blick hin. »Soll die Stimmung aufhellen«, setzte sie zynisch hinzu.

Pia wartete ab.

»Als ich neulich gehört habe, dass Lara weg ist, hatte ich schon so ein komisches Gefühl. Und dann war Florian Warnke plötzlich tot. Ich weiß ja nicht, wie viel Sie schon herausgefunden haben. Aber in Grotenhagen pfeifen es die Spatzen von den Dächern, dass Sophie Eibholz etwas mit Florian Warnke hat ... hatte.«

»Tatsächlich? Die beiden hatten eine Affäre?« Das würde das Telefonat erklären, das die beiden laut Warnkes Telefonanbieter am Mittwoch geführt hatten.

Margit Nagel schnaubte. »Über Monate! Es war ganz offensichtlich. Der Einzige, der es nicht wusste, war wohl der Ehemann, Thomas Eibholz. Ich habe mich gefragt, was passiert, wenn er es herausbekommt. Wissen Sie, er ist ganz verrückt nach seinen Kindern. Er würde sie niemals hergeben, verstehen Sie?«

Pia ahnte, worauf die Frau hinauswollte. »Sie vermuten, dass er seine eigene Tochter entführt haben könnte? Um was zu erreichen?«

Margit Nagel sah sie von unten herauf an. »Panik? Weil er Lara bei einer drohenden Scheidung keinesfalls hergeben wollte? Vielleicht wollte er seiner Frau Angst machen? Möglicherweise war es eine Kurzschlusshandlung, und er wollte Sophie einfach nur bestrafen.«

»Halten Sie das für wahrscheinlich?«, fragte Pia. Aber ganz

so abwegig war es vielleicht gar nicht. Lara war allem Anschein nach nichts passiert. Sie war »nur« eingesperrt gewesen und dann wieder freigelassen worden. Zu welchem Zweck? Und vor allem: Sie redete nicht über das, was ihr widerfahren war. Gab es dafür einen anderen Grund als den, dass sie nichts wusste? Wollte sie jemanden schützen? Mit Margit Nagels Theorie ließe sich sogar der Mord an Florian Warnke erklären. Nur, warum zum Teufel war dann jetzt Cäcilia verschwunden?

Cäcilias Mutter schien zu ahnen, welche Frage Pia gerade beschäftigte. Sie streckte den Rücken durch und strich sich über die nackten Arme, als wollte sie sich wärmen. »Was ist, wenn Cäcilia etwas über den Mord an Florian oder Laras Entführung in Erfahrung gebracht hat? Kinder sind neugierig. Sie bekommen eine Menge mit, und sie sind nicht auf den Kopf gefallen, wenn es darum geht, die richtigen Schlüsse zu ziehen.«

»Ihre Tochter war doch die vergangene Woche nur hier zu Hause«, wandte Pia ein.

»Was nicht heißt, dass sie nicht mit allen möglichen Leuten in Kontakt stand. Und sie hatte Zeit. Sehr viel Zeit.«

»Wir werden prüfen, mit wem Cäcilia alles in Kontakt stand. Auch über Telefon, Mobiltelefon oder Computer.«

»Natürlich«, sagte Margit Nagel. »Da stehen wir Ihnen gewiss nicht im Weg.«

Als das Gespräch beendet war, sah Pia auf ihr neues Mobiltelefon. Sie hatte in der Zwischenzeit eine Sprachnachricht erhalten. Dieser Max Carlsdorf hatte sich endlich bei ihr gemeldet.

27. Kapitel

Cäcilia lag auf dem Rücken auf dem Bett und starrte an die Decke. Die funzelige Nachttischlampe erhellte den Raum nur dürftig. Cäcilia hatte zwischendurch geschlafen, aber sie hatte das Licht nicht wieder ausgeschaltet. Der Raum war ihr unheimlich, offenbar ein Kellerraum, kalt, hässlich und altmodisch eingerichtet. Am schlimmsten war das zugemauerte Fenster. Wer machte denn so etwas? Nur ein Verrückter hängte eine Gardinenstange mit Vorhängen vor eine Wand. Und dieses eklige Badezimmer... Cäcilia war einmal zur Toilette gegangen, weil sie es nicht mehr ausgehalten hatte. Doch nun wollte sie sich nicht mehr rühren, bis man sie hier herausließ. Lara war dreieinhalb Tage lang eingesperrt gewesen. So lange hielt sie das nicht aus. Ohne Uhr, ohne Mobiltelefon, ohne iPad und Computer. Was sollte sie mit sich anfangen? Auf dem Nachttisch standen eine Karaffe mit Wasser und ein Glas. Sie musste irgendwann trinken. Aber das Angebot ihres Entführers anzunehmen erschien ihr wie eine Einverständniserklärung in diese wahnwitzige Aktion. Cäcilia wollte nicht klein beigeben. Sie würde nichts trinken und nichts essen, dann musste er sie wieder gehen lassen. Doch wenn sie hier nur untätig herumlag, würde sie verrückt werden.

Sie stand auf und kniete sich vor das Regal. Cäcilia musterte die Spielsachen und Bücher, die darin aufgereiht waren. Nur Schrott! Schlimmer als auf dem Flohmarkt in Kiel, wo sie mal mit einer Freundin und deren Mutter gewesen war. Es war ihr so vorgekommen, als verscherbelten die Leute dort aus purer Not ihre letzten Habseligkeiten. Gruselig. Genauso wie die

Puppe mit den stumpfen Kunsthaaren und den starren, toten Augen.

Cäcilia nahm wahllos ein Buch zur Hand. Die Seiten waren vergilbt und rochen nach Keller. Das war ja für Babys geschrieben. Sie hatte schon *Harry Potter* und *Twilight* gelesen. Cäcilia wollte das Buch wieder ins Regal pfeffern, als sie einen schwarzen Würfel in der Regalecke entdeckte. Sie griff danach. Das Ding hatte eine Art Glasauge und hing an einem Kabel. War das etwa eine Kamera? Wurde sie die ganze Zeit beobachtet?

Cäcilia riss den Würfel samt Kabel aus der Wand, schleuderte die Kamera auf den Fußboden und trat darauf. Das Geräusch knackenden Plastiks und splitternden Glases tat gut. Zerstörung tat gut. Sie fegte die Bücher und Spielsachen aus dem Regal und trampelte ebenfalls darauf herum. Dann nahm sie die Puppe, riss ihr Arme und Beine aus und schlug den Kopf mit den toten Augen auf den Boden. Sie trat auf ein Spielzeugauto, verstreute Puzzleteile im ganzen Raum, schleuderte ein Bild von der Wand und hieb die Fingernägel in die Tapete, um sie in Streifen abzureißen.

Als der Raum einer Müllhalde glich, warf Cäcilia sich schwer atmend auf das Bett. Ein Heulkrampf schüttelte sie. Sie trommelte mit den Fäusten auf die Matratze und schrie, bis ihre Kehle brannte. Als ihre Stimme versagte und das Schluchzen zu schmerzhaft wurde, fiel ihr Blick auf die Wasserkaraffe, die ihren Wutanfall unbeschadet überstanden hatte. Sie setzte sie sich an den Mund und trank sie aus, wischte sich mit einem letzten Schluchzen mit der Hand über das nasse Gesicht und sank auf die Matratze zurück. Der Nachgeschmack des Wassers war seltsam muffig und bitter, als hätte die trostlose Umgebung auf die Flüssigkeit abgefärbt.

Michael Gerlach und Juliane Timmermann standen vor einer Garageneinfahrt im Lübecker Stadtteil Marli. Ein Schild, das an einer schadhaften Hauswand hing, verkündete:

Kurt Zindler, Altbau-Sanierungen – Mauertrockenlegung

»Hier sind wir richtig.« Gerlach nickte seiner Kollegin zu. »Sie sollten allerdings erst mal beim eigenen Gebäude anfangen.«

»Ist bestimmt nur gemietet oder gepachtet.«

Er ließ Juliane vorgehen. Sie durchquerten eine dunkle Durchfahrt zu einem Innenhof, in dem die warme Luft wohl seit Anbeginn des Sommers unbewegt stand. Es roch nach Kanalisation und Zement. Aus einem Radio erklang scheppernd Popmusik, begleitet vom Brummen eines Fenster-Ventilators. Der gesuchte Lieferwagen parkte neben einem offenen Rolltor. Ein junger Mann in Jeans und T-Shirt lud graue Säcke unbekannten Inhalts in den Laderaum des Transit ein. Auf seinem Rücken zeichnete sein Schweiß ein dunkleres Dreieck in den dünnen Stoff.

Gerlach ging auf den Mann zu. »Moin, wir suchen Kurt Zindler. Kriminalpolizei Lübeck.«

Der Angesprochene fuhr herum und riss die Augenbrauen in die Höhe. »Na, holla, die Waldfee! Kurt ist drinnen, in seinem Büro. Trinkt Tee, während er mich …« Er verdrehte die Augen. Schweißperlen standen ihm auf Stirn und Oberlippe, über der leichter Bartflaum zu sehen war.

»Wer sind Sie?« Juliane trat näher.

Er grinste. »Sein Sklave. Pierre Braasch.« Er hielt ihnen eine staubige Hand mit schwarz geränderten Fingernägeln hin, sah darauf hinunter, wischte sie flüchtig an der Jeans ab und streckte sie ihnen erneut hin.

Gerlach ergriff sie zuerst.

»Ich kann mir denken, warum ihr hier seid«, sagte der junge Mann. »Das Mädchen.«

»Welches Mädchen, Herr Braasch?«, fragte Juliane.

»Wir haben einen Kunden in so 'nem Dorf: Grotenhagen. Da ist ein Mädchen verschwunden, während wir dort waren. Und heute Morgen stand wieder was in der Zeitung. Derselbe Ort. Ein Zufall ist das bestimmt nicht, oder?«

»Wie kommen Sie darauf, dass wir deshalb hier sind?«

Er grinste. »Sie haben gerade das Nummernschild des Lieferwagens angestarrt. Und warum denn sonst?«

Kurt Zindler zeigte sich weniger aufgeweckt als sein jugendlicher Mitarbeiter. Pierre Braasch war sein Neffe, wie sich herausstellte. Zindler bestätigte, dass sie einen Auftrag in Grotenhagen am Haus von Joachim Kaiser ausgeführt hatten. Der angegebene Zeitraum stimmte überein. Kurt Zindlers Angaben zufolge waren sein Neffe und er jedoch nur jeweils morgens um neun Uhr zu dem Haus in Grotenhagen aufgebrochen, hatten den ganzen Tag über dort gearbeitet und waren gegen neunzehn Uhr auf direktem Weg zurück nach Lübeck gefahren. Sonst nichts.

»Sie waren die ganze Zeit über zusammen auf der Baustelle? Ohne Unterbrechungen? Einer von ihnen ist doch sicher mal kurz irgendwohin gefahren? Belegte Brötchen kaufen oder im Baumarkt Material besorgen?«

»Was soll der Mist?«, fuhr Zindler auf. »Sie wollen uns doch irgendwas anhängen.«

»Mensch, es geht um das vermisste Mädchen«, sagte sein Neffe, der in der Tür erschienen war. »Die denken, wir haben vielleicht etwas damit zu tun.«

»Mit Ihnen unterhalten wir uns später, Herr Braasch.« Gerlach schloss nachdrücklich die Tür vor der Nase des jungen Mannes. Er hoffte, dass es richtig war, Braasch in dieser Situation unbeaufsichtigt zu lassen. Wenn er etwas mit den Entführungen zu tun hatte, war es immerhin denkbar, dass er die Gunst der Stunde nutzte, um zu verschwinden oder mögliche Beweise zu vernichten. Aber wäre er ihnen dann ins Büro gefolgt? Die Rückseite des offenen Lieferwagens war durch das Fenster zu sehen, und Braasch ging anscheinend wieder brav seiner Arbeit nach.

»Diese Unterstellung ist eine bodenlose Unverschämtheit«, sagte Zindler mürrisch. Er erhob sich und fegte dabei mit der Hand beinahe den vollen Aschenbecher von dem mit Unterlagen übersäten Schreibtisch.

»Wir unterstellen Ihnen gar nichts«, erklärte Juliane. »Wir wollen lediglich wissen, ob Ihnen in Grotenhagen etwas oder jemand aufgefallen ist. Zwei Mädchen sind von dort entführt worden. Eines davon, als Sie im Dorf gearbeitet haben. Das zweite Kind ist jetzt höchstwahrscheinlich in großer Gefahr, und wir brauchen jede Information, so zusammenhanglos Ihre Beobachtungen Ihnen auch vielleicht erscheinen mögen.«

»Ach so.« Er kniff die Augen zusammen. »Ist aber schwer, sich zu erinnern. Man arbeitet den ganzen Tag, wissen Sie? Man hat ja die Verantwortung dafür, dass der Auftrag erledigt wird. Sonst zahlt der Kunde nämlich nicht. Kein Erfolg, keine Kohle. Anders als bei Ihnen, hm? Also, mir ist nichts aufgefallen, außer dass es viel zu heiß war und die alte Hütte durch und durch feucht ist. Doch vielleicht weiß der Junge was? Ich hab ihn morgens um zehn immer zum Bäcker geschickt. Da war so ein Hofbäcker. Öko. Die Brötchen waren hart wie Mauersteine, aber der Käse war ganz gut.«

Dann kann Pierre Braasch Lara Eibholz durchaus begegnet sein, überlegte Gerlach. Er hatte im Hofladen ihrer Mutter eingekauft. Allerdings zu einer Uhrzeit, zu der das Mädchen vermutlich in der Schule gewesen war.

»War Ihr Neffe auch mal nachmittags fort?«

»Schon möglich. Aber nur 'ne Viertelstunde. Keinesfalls länger.«

»Wo waren Sie am Dienstag vergangener Woche zwischen siebzehn und neunzehn Uhr?«

»Da haben wir bis halb sieben gearbeitet, zusammengepackt und sind auf direktem Weg nach Lübeck gefahren. Ich weiß das so genau, weil meine Frau da Geburtstag hatte. Sie hätte mir die Hölle heißgemacht, wenn ich nicht pünktlich zu Hause gewesen wäre.«

»Wo waren Sie gestern Nachmittag und Abend, sagen wir, bis neunzehn Uhr?«

»Zu Hause. Allein. Meine Frau war bei ihrer Schwester zum Sonntagskaffee eingeladen, und die kann ich nicht leiden.«

»Wir werden Ihren Lieferwagen untersuchen müssen«, sagte Gerlach.

»Einfach so? Wozu? Den brauche ich doch!«

»Der richterliche Beschluss dazu liegt bereits vor.« Gerlach zog das Papier aus der Tasche. »Es wird nicht lange dauern.«

Beim Anblick des offiziellen Dokumentes knickte Zindler ein. Er brummte nur noch etwas, das wie »abgekartet« und »Schikane« klang, trank seinen Tee aus und erhob sich. »*Ich* muss jetzt was tun. Vor allem muss ich zusehen, wie ich mein Zeug zur Baustelle bekomme. Nur mit 'nem Anhänger, oder wie? Blöder Mist!«

Pierre Braasch bestätigte die Zeitangaben seines Onkels und Arbeitgebers. Er fügte hinzu, dass er die Vollkornbrötchen von dem Hofbäcker mochte und speziell die nette Verkäuferin und den kleinen Jungen im Laden. Lara hatte er angeblich nicht zu Gesicht bekommen, was er zu bedauern schien, da sie ja nun eine bekannte Persönlichkeit geworden sei. Auch ihm war nichts weiter im Dorf aufgefallen. Und er hatte ebenfalls kein Alibi für den gestrigen Sonntagnachmittag und frühen Abend.

»Dumm, dass sich die beiden für den Zeitpunkt von Laras Entführung gegenseitig ein Alibi geben«, sagte Juliane, als sie wieder auf der Straße standen.

»Klar. Wenn wir in dem Lieferwagen nichts finden, sind sie raus. Aber das wissen wir erst, wenn wir nachgeschaut haben.«

Pia traf sich mit Max Carlsdorf zu einem späten Mittagessen. Am Telefon hatte der Journalist wenig begeistert geklungen, aber Pia hatte nicht lockergelassen. Als sie ihn in dem Lokal in der Wahmstraße am Tresen erblickte, mit den roten Haaren und dem ihr noch neuen Vollbart, wusste sie endlich, woher sie ihn kannte. Sie waren nach dem Abitur zusammen mit mehreren Leuten in Tarifa gewesen. Eine bunt zusammengewürfelte Truppe von Surfern, die es dort immerhin mehrere Monate miteinander ausgehalten hatten. Pia kannte Max allerdings eher als »Kalle«, sein richtiger Name war kaum erwähnt worden. Er war der Freund eines Freundes gewesen, der irgendwann dazugekommen war. Hatte der Anblick von Felix' rothaarigem Kindergartenfreund Leo an diesem Morgen ein paar Synapsen in ihrem Gehirn zum Funken gebracht? Der Himmel wusste, warum er damals Kalle genannt worden war und nicht Max. Er war jedenfalls ein »Beinahe-wäre-es-mal-was-mit-uns-geworden-Mann«, und Pia dankte sich selbst im Stillen für ihre unendliche Weitsicht, dass es nur beinahe so gewesen war. Das machte die Sache einfacher.

Sie hob die Hand, damit Kalle sie in dem Menschengewühl entdeckte. Er hatte schon ein Glas in der Hand und kämpfte sich durch das Gedränge zu ihr an den Fenstertisch.

»Hi, Pia, ich war mir nicht sicher, ob du es wirklich bist. Doch nachdem ich deine Stimme gehört habe ... Du hast dich kaum verändert.«

»Mir ist es eben erst wieder eingefallen, als ich dich gesehen habe. Warum zum Teufel haben wir in Tarifa immer Kalle zu dir gesagt?«

»Max war damals noch nicht so angesagt. Klang nach *Max und Moritz*.«

»Ist jetzt aber sehr gefragt, dein Name.«

Er musterte sie über sein Glas hinweg. »Ich hätte nie gedacht, dass du mal zur Polizei gehen würdest.«

»Ich hätte nicht gedacht, dass du einmal für eine Zeitung schreiben würdest.«

»Wissen deine Kollegen, dass du scharfe Chilischoten wie Chips essen und Autos kurzschließen kannst?«

»Das sind für eine Polizistin nützliche Fähigkeiten. Und du? Bist du immer noch im Chaos Computer Club?«

»Dafür hab ich keine Zeit mehr.« Die Sonne schien durch das Fenster in sein Gesicht. Er blinzelte. Seine Augen waren hellgrau, die Pupillen winzig.

Pia beschloss, auf ihr Anliegen zu sprechen zu kommen. »Du hast Patricia Rosner mit den Informationen über den Mordfall versorgt, in dem wir gerade ermitteln, hat sie mir erzählt.«

Er lehnte sich zurück und verschränkte die Arme vor der Brust. »Wir arbeiten hin und wieder zusammen, die Patsy und ich.«

»Ich habe dich gar nicht bei den anderen Presseleuten vor Ort gesehen, Kalle. Ich meine, du wärst mir doch aufgefallen.«

»Ich war zu spät dran«, bekannte er. »Patsy rief mich ganz kurzfristig an und bat mich, für sie hinzufahren. Als ich ankam, löste sich die Menschenansammlung bereits auf, und du warst wohl schon weg. Sehr schade.«

Es klang falsch. »Und wie bist du an die Informationen für euren Artikel gekommen?«

»Tut mir leid, Pia. Das kann ich dir nicht sagen.«

Pia knirschte innerlich mit den Zähnen, bemühte sich aber, sich ihren Frust nicht anmerken zu lassen. »Weißt du, ich war diejenige, die mit den Journalisten vor Ort gesprochen hat. Nun sind in eurem Artikel Dinge abgedruckt worden, die nicht hätten durchsickern dürfen. Und die ich auch nicht ausgeplaudert habe.«

»Verstehe, Pia.« Er lächelte. »Ich würde dir da ja echt gern aus der Patsche helfen, doch ich weiß nicht, wer von euren Leuten das weitergegeben hat.«

»Woher hattest du die Info mit dem blauen Abschleppseil?«

»Die wurde uns extra zugespielt, damit wir sie veröffentlichen.«

Pia beugte sich ein Stück vor und senkte die Stimme: »Wie denn, Kalle? Wie wurde sie euch zugespielt? Und vom wem?«

Er beugte sich ebenfalls vor, sodass Pia im hereinfallenden Sonnenlicht jede seiner hellroten Wimpern sehen konnte. »Ich habe eine Mail bekommen. Aus dem K1 der Bezirkskriminalinspektion Lübeck.«

»Von wem genau?«

»Die Mail trug deine Signatur.«

Pia wurde kalt. »Erschien dir das nicht ... ungewöhnlich?«

»Nicht sehr. Manchmal sollen wir ja gezielt Informationen zu einer bestimmten Ermittlung streuen. Ist es nicht so?«

»Aber du hast dich nicht rückversichert?«

»Die Zeit war zu knapp. Und Patsy sollte nicht unbedingt wissen, dass ich zu spät am Tatort angekommen war.« Das war die Masche, einem relativ fremden Menschen gegenüber etwas vermeintlich Unangenehmes von sich anzuvertrauen, um ihm ein gutes Gefühl zu geben. Um ihn in Sicherheit zu wiegen. Pia lehnte sich zurück und rieb sich die Oberarme.

»Tut mir leid, wenn dich das in Schwierigkeiten gebracht hat«, sagte er.

»Ich war nur neugierig«, erwiderte sie. »Das klärt sich alles, wenn du diese Mail an mich weiter- beziehungsweise zurückleitest.« Sie schob ihre Karte mit ihrer E-Mail-Adresse über den Tisch. Es ließ sich nachprüfen, von welchem Computer aus die Mail versendet worden war. Im Header einer E-Mail waren unter anderem die Zustellinformationen enthalten. Der Header konnte jedoch manipuliert worden sein. Dann war es nur Fachleuten möglich, über die IP-Adresse zu ermitteln, wer sich zu dem Zeitpunkt dahinter verborgen hatte.

Cäcilia erwachte nur langsam. Kleine Wogen von Bewusstsein schwappten wie Wellen an einen Strand, und dann zog es sie wieder zurück in den tröstlichen Dämmerzustand. Vor, zurück, vor, zurück, als hielte ihr Unterbewusstsein sie davon ab, in die Realität zurückzukehren, von der Cäcilia auch im Halbschlaf wusste, dass sie unerträglich war. Sie wollte nicht aufwachen in dieser … Gruft.

Sie blinzelte, in der Hoffnung, in ihrem eigenen Zimmer zu erwachen, dass alles nur ein Traum gewesen war. Doch der muffige Geruch hing ihr immer noch in der Nase.

Da war die hässliche Tapete, das Regal mit dem alten Spielzeug … Doch es war alles wieder ordentlich eingeräumt. Als hätte sie ihren Ausraster nur geträumt. Die Puppe mit den toten Augen fehlte, und auch die Kamera war nicht mehr da. Es musste jemand in diesem Raum gewesen sein, während sie geschlafen hatte. Warum schlief sie so tief und fest? Cäcilia setzte sich auf. Ihr Blick fiel auf das Wasser in der Glaskaraffe. War etwas darin? Ein Schlafmittel? Aber sie musste trinken. Die Karaffe war wieder aufgefüllt worden. Eine Zitronenscheibe schwamm im Wasser. Kleine Bläschen perlten an die Oberfläche. Neben der Karaffe stand ein angestoßener Teller mit einem Käsebrot und Apfelschnitzen, die schon braun angelaufen waren. Ohne Tageslicht und Uhr konnte Cäcilia nicht abschätzen, wie spät es war, doch ihrem Hunger nach zu urteilen, war sie schon länger hier. Zwölf Stunden oder gar zwanzig? Ihre Eltern mussten inzwischen wahnsinnig sein vor Angst.

Widerwillig griff sie nach einer Scheibe Brot und biss hinein, kaute mechanisch. Sie musste bei Kräften bleiben. Das Brot war trocken, der Käse schmeckte fad. Wie Grießpudding, der im Kühlschrank mal neben Käse gestanden hat, würde ihr Vater sagen. Bei dem Gedanken an ihn unterdrückte sie ein Schluchzen.

Am Fuß der Nachttischlampe lehnte nun ein Schreibblock. Daneben lag ein Stift. Sie schlang die halbe Brotscheibe herunter und nahm den Block mit zitternden Händen auf. Die erste Seite war in einer regelmäßigen, leicht nach links geneigten Schrift beschrieben:

Mein liebes Kind,

ich bin enttäuscht, wie du dich aufgeführt hast. Weißt du den Wert der Dinge nicht zu schätzen? Ich werde dich bestrafen müssen. Schließlich bin ich nun für deine Erziehung verantwortlich. Darüber kannst du ja mal nachdenken.

Gute Nacht, Kind.

Was sollte das heißen? Dass sie länger – für immer? – hierbleiben sollte? Wer hatte sie entführt und warum? Immerhin hörte sich der Brief nicht so an, als sollte sie umgebracht werden. Es klang … nicht gewalttätig. Denn wer schrieb einem so etwas, wenn er einen umbringen wollte? Das wäre doch sinnlos. Es klang beinahe, als wollte er sich bei ihr einschleimen. Trotzdem war der Brief unheimlich, ja bedrohlich.

Als sollte ich hier vergammeln! Cäcilia schlug die Hände

vors Gesicht. Die Polizei suchte bestimmt schon nach ihr. Mit Hunden, mit Hubschraubern, mit diesen langen Stangen, mit denen sie im Unterholz auch nach Lara gesucht hatten, wie ihr Vater ihr widerstrebend erklärt hatte. Alle suchten nach ihr. Es war nur eine Frage von Stunden, vielleicht Tagen … Aber so lange hielt sie das nicht aus. Nicht allein mit diesem Verrückten, der ihr seltsames Zeug schrieb. Eher würde sie selbst verrückt werden. Was war das für einer? Seine Seele war krank. Was wollte er von ihr? Was hatte er von Lara gewollt? Allein, dass er elf- oder wie in ihrem Fall beinahe zwölfjährige Mädchen entführte, war kein gutes Zeichen. Hatte es etwas mit Sex zu tun? Die Erwachsenen redeten manchmal von solchen abartigen Typen und dachten, sie bekäme es nicht mit. Doch was sollte sie tun? Schlafen konnte sie jetzt nicht mehr. Und noch einmal alles kaputt zu schlagen schien ihr auch keine gute Idee zu sein.

Ich werde dich bestrafen müssen. Das war doch krank! Widerstrebend griff sie nach dem Block und dem Stift, um ebenfalls etwas zu schreiben.

28. Kapitel

Thomas Eibholz, der Vater der entführten Lara, war durch Margit Nagels Vermutungen vom Angehörigen eines Opfers zum Tatverdächtigen geworden. Broders hatte durch die offen stehende Tür gesehen, wie Kürschner ihn zum Vernehmungsraum begleitete. Er selbst sollte gleich dabei sein, wenn Rist den Mann befragte. Margit Nagels Aussage, dass Thomas Eibholz' Frau Sophie ein Verhältnis mit Florian Warnke gehabt hatte, von dem halb Grotenhagen gewusst haben sollte, ließ einige Details dieser Ermittlung in einem anderen Licht erscheinen. Standen sie kurz vor dem Durchbruch?

Vor der Tür zum Vernehmungsraum stieß Broders mit Manfred Rist zusammen.

»Ist Pia eigentlich schon weg?«, wollte Rist wissen.

»Schon? Es ist halb sechs. Ihr Kleiner ...«

»Ja, ja. Ich weiß. Hat sie gestern nicht auf einem Vier-Augen-Gespräch mit mir bestanden?«

»Nun ist sie jedenfalls weg.«

»Es wäre nur nützlich gewesen, sie im Hintergrund zu wissen, falls wir noch Fragen haben.«

»Ich habe ihren vollständigen Bericht vorliegen«, sagte Broders. »Außerdem kann man sie anrufen.«

»Bist du dir sicher?«

Nein, das war er sich in diesem Fall nicht. Sie gingen hinein. Thomas Eibholz saß ruhig am Tisch.

»Wollen wir?«, fragte Broders.

Rist strich sich durch das borstige Haar und setzte sich. Thomas Eibholz ließ die Belehrung und die Tatsache, dass er in der Sache als Beschuldigter vernommen wurde, beinahe ungerührt über sich ergehen. Lediglich das Zucken seines rechten Unterlids zeugte von einem gewissen Stresspegel.

Sie mussten noch einmal alle Einzelheiten durchgehen, angefangen mit den ersten Stunden nach Laras Entführung über den Fund von Florian Warnkes Leiche bis hin zu Laras Auffinden am Strand und Cäcilias Verschwinden am Sonntagnachmittag.

»Ich habe damit nichts zu tun«, erklärte Thomas Eibholz nun schon zum wiederholten Mal und inzwischen auch lauter und aufgebrachter als zu Anfang. »Ich entführe doch nicht meine eigene Tochter. Und ich bringe auch niemanden um. Von der Entführung von Cäcilia Nagel ganz zu schweigen. Warum sollte ich so etwas Abartiges tun?«

Motiv, Mittel, Gelegenheit, dachte Broders. Alles noch ziemlich dürftig. Doch wenn Eibholz der Täter war, würden sie es herausfinden. »Sagen Sie es uns.«

»Was?«

»Erzählen Sie uns, wie Sie über Ihre Frau und Florian Warnke denken«, forderte Rist ihn auf.

Thomas Eibholz starrte Rist an. »Was soll ich denken?«

Broders räusperte sich. »In so einem kleinen Dorf wie Grotenhagen wird doch viel geredet. Sind Ihnen die Gerüchte über Ihre Frau zu Ohren gekommen?«

»Das ist alles nur dummes Geschwätz«, sagte Eibholz aufgebracht. Er hatte also sehr wohl davon gehört.

»Um was genau geht es denn da?«, fragte Rist.

Eibholz sah auf seine Hände hinunter, hob dann jedoch wieder den Kopf und erwiderte Rists Blick. »Woher wissen Sie das überhaupt? Es heißt, meine Frau Sophie soll was mit Florian Warnke gehabt haben. Darauf wollen Sie doch hinaus.«

»Wie denken Sie darüber?«

»Wie ich darüber denke? Scheiße! Glauben Sie, dass mir das

gefällt? Aber soll ich wegen ein bisschen Klatsch alles hinschmeißen? Wir führen eine ziemlich gute Ehe. Wir haben zwei Kinder. Das gibt man doch nicht einfach so auf, nur weil mal ein Problem auftaucht.«

»Also gab es ein Problem«, versuchte Rist, ihn festzunageln.

»Das ist es ja gerade. Ich weiß es nicht!«

Broders senkte die Stimme. »Die Unsicherheit ist sicher nur schwer auszuhalten. Haben Sie Ihre Frau nicht gefragt, was los ist?«

Eibholz sah auf die Tischplatte. »So genau wollte ich es wohl gar nicht wissen. Nicht aus ihrem Mund, denn das wäre vielleicht das Ende gewesen. Ich wollte, dass sie das selbst regelt. Sophie war eine Zeit lang verwirrt. Aber sie weiß im Grunde, wo sie hingehört und was ihr ihre Familie wert ist.«

»Hat sie es selbst geregelt?«, hakte Rist nach.

Eibholz starrte weiter vor sich hin, zuckte mit den Schultern. »Ich war bereit zu warten. Nicht bis in alle Ewigkeit, doch ein paar Wochen hätte ich ihr noch gegeben.«

»Hätte?«

»Die Geschichte mit Florian Warnke hat sich ja dann von selbst erledigt.« Er sah wieder auf.

»Die eigene Frau betrügt einen mit dem Nachbarn und macht einen damit zum Gespött der Leute ... Ich kann verstehen, wenn man in so einer Situation kurzzeitig ausflippt«, sagte Rist.

»Bin ich aber nicht«, erwiderte Eibholz. »Suchen Sie Ihren Mörder woanders.«

Rist und Broders versuchten es noch eine Weile, mit Verständnis, mit Provokation, doch Eibholz blieb dabei, Florian Warnke kein Haar gekrümmt zu haben. Dabei räumte er ein, dass er zwischenzeitlich durchaus Lust dazu gehabt hätte. Broders war sich nicht sicher, ob er die Wahrheit sagte. Thomas

Eibholz' enorme Anspannung, die sich in seinen zwischen Niedergeschlagenheit und Wut wechselnden Stimmungen äußerte, konnte allein auf die Vernehmungssituation und das sehr persönliche Gesprächsthema zurückzuführen sein. Auch mit den Entführungen der beiden Mädchen kamen sie bei ihm nicht weiter. Eibholz liebte seine Tochter Lara anscheinend über alles. Er gab sogar zu, Angst davor zu haben, sie bei einer Scheidung von Sophie eventuell seltener zu sehen. Doch es war schwer vorstellbar, dass er sie deswegen entführt hatte. Und was hätte ihm das auch genutzt? Er war fest mit Grotenhagen und dem Hof verwurzelt. Dass er sich seine Tochter schnappte und mit ihr untertauchte, schien so gar nicht zu ihm zu passen. Einzig die Tatsache, dass Lara so gut wie nichts über ihren Entführer erzählte, sondern allenfalls von dem Raum, in dem sie festgehalten worden war, sprach ganz schwach für ihren Vater als Entführer. Aber da gab es immer noch Cäcilia, die nun vermisst wurde und für deren Entführung Eibholz kein ersichtliches Motiv hatte.

»Wo waren Sie gestern Nachmittag und Abend?«, fragte Rist schließlich.

»Verdammt, ich hab Cäcilia nicht entführt!«

»Herr Eibholz …«

»Gestern waren wir bei den Wolgasts zum Grillen eingeladen. Das halbe Dorf war dort.«

»Von wann bis wann? Wer hat sie gesehen?«

Er zögerte. »Wir sind gar nicht hingegangen. Wir konnten Lara doch nicht allein lassen, nach allem, was sie durchgemacht hat. Meiner Frau und mir stand auch nicht der Sinn nach einer solchen Einladung.«

»Ich verstehe«, sagte Broders. »Dann waren Sie also wo?«

»Zu Hause natürlich.«

»Wer kann das bestätigen?«

»Meine Frau, meine Kinder. Ich war bis halb sieben im Stall

und bin dann reingekommen, habe geduscht, mich umgezogen, und gegen sieben haben wir gemeinsam zu Abend gegessen. Sophie hatte extra Laras Lieblingsessen gekocht: Käsespätzle.«

»Wer kann bezeugen, dass Sie bis achtzehn Uhr dreißig im Stall waren?«

Eibholz schnaubte. »Fragen Sie doch meine Tiere!«

»Sie haben also bis zu diesem Zeitpunkt gar kein Alibi?«

»Außer der erledigten Arbeit.« Er lachte freudlos auf. »Wenn ich etwas auf dem Kerbholz hätte, dann hätte ich sicherlich eins.«

Rists Telefon brummte. Er warf einen raschen Blick auf das Display und verließ den Raum. Broders notierte, dass sie eine Vernehmungspause einlegten. Thomas Eibholz sah so aus, als hätte er sie dringend nötig. Sein Gesicht war unter der Sommerbräune blass geworden, Nacken und Hals waren jedoch gerötet. Es reizte Broders, ihm noch ein paar persönlichere Fragen zu stellen. Rists Anwesenheit versetzte Eibholz, gelinde ausgedrückt, nicht gerade in Plauderlaune. Aber was er auf diese Weise an Informationen erlangen würde, wäre später nicht vor Gericht verwertbar. Er musste sich gedulden.

»Wir sind für heute hier durch«, sagte Rist zu Broders' Erstaunen, als er wieder ins Zimmer stürmte.

»Wieso das auf einmal? Haben Sie Cäcilia gefunden?«, fragte Eibholz.

»Nein. Doch die Durchsuchungen bei Ihnen haben nichts ergeben. Unsere Leute haben mich gerade angerufen, um es mir mitzuteilen.«

»Was haben Sie denn erwartet?«

»Sie können gehen, Herr Eibholz. Aber halten Sie sich für eventuelle weitere Fragen bereit.« Rist ging unruhig auf und ab. »Verdammt, wir drehen doch wirklich jeden Stein zweimal um«, wandte er sich an Broders. »Und so weit weg kann Lara eigentlich nicht gewesen sein.«

»Ich hab auch noch was zu sagen.« Eibholz beugte sich vor. »Vielleicht sollten Sie zur Abwechslung auch die Leute fragen, die sich in Grotenhagen und Umgebung auskennen.«

»Oh, bitte«, sagte Broders und vermerkte, dass die Pause beendet war.

Rist nahm wieder auf seinem Bürostuhl Platz.

»Ich habe nachgedacht. Wenn die Gerüchte über Sophie und Florian stimmen sollten, hat Florian Warnke seine Frau ja wohl ebenso betrogen wie Sophie mich. Lucie Warnke ist eine geborene Dietz.«

»Die Ballettlehrerin«, ergänzte Broders.

»Wissen Sie eigentlich, dass sie einen kriminellen Bruder hat, der auf ihrem Grundstück in einem Wohnwagen haust? Rüdiger Dietz.«

»Moment«, bat Broders. »Was genau meinen Sie mit ›kriminell‹?«

»Sagen Sie nicht, Sie hätten Dietz Kriminalakte noch nicht eingesehen? Der hat doch als Jugendlicher schon Automaten geknackt, Autos geklaut, seine Mitschüler erpresst und was weiß ich noch alles.«

»Was er als Jugendlicher angestellt hat, ist für uns nicht mehr einsehbar«, erklärte Broders. »Die Jugendakten sind unter Verschluss.«

»Ich glaube, der ist sogar aus seiner Ausbildung geflogen. Im dritten Lehrjahr. Wenn Sie mich fragen, hat der in seinem Leben überhaupt noch nicht richtig gearbeitet. Nur ab und zu für einen Bauunternehmer aus dem Nachbarort und auch für Ansgar Hellbach auf dem Gut Handlangerdienste versehen, mehr nicht. Vor einigen Jahren ist er dann Hals über Kopf nach Spanien abgehauen, angeblich, um sich selbstständig zu machen. Soll eine ganz tolle Sache gewesen sein, doch das ging natürlich auch in die Hose. Ich habe mich damals schon gefragt, wo er das Geld dafür hergenommen hat, für Flug, Startkapital und so weiter. Seit er wieder hier ist, ist er jedenfalls chronisch pleite. Da fragt man sich doch, ob Florian Warnkes Tod ihm nicht etwas nützt.«

»Sagen *Sie* es uns.«

»Gehen wir mal davon aus, dass Lucie alles erbt ...« Eibholz schien sich alles genau überlegt zu haben, so wie er seine Vermutungen jetzt herunterspulte. »Ich habe Florian Warnkes Mutter Isolde mal darüber klagen hören, dass die beiden ein Berliner Testament gemacht haben. Demnach gehört Lucie nun der Resthof mit dem nicht ganz kleinen Grundstück, die Antiquitäten in der Scheune, der neue VW-Bus und was an Wertsachen und Bargeld noch so da ist. Bestimmt existiert auch eine Lebensversicherung, die die Hypothek abdeckt. Damit hätte Lucie Warnke ein Motiv.«

»Für den Mord an ihrem Mann, nicht für die Entführungen.«

»Ich kann mir sowieso nicht vorstellen, dass Lucie das allein zuwege gebracht hätte, diese lütte Person«, sagte Eibholz, als hätte er auf den Einwand gewartet.

»Der Mord war eher eine Frage von Technik als von Körperkraft«, merkte Broders an.

»Rüdiger Dietz traue ich schon eher zu, dass er Florian Warnke umbringt«, sagte Eibholz, ohne auf Broders' Bemerkung einzugehen. »Leute wie die halten zusammen wie Pech und Schwefel.«

»Warum?«, fragte Broders.

»Weil sie sonst keinen haben. Wissen Sie, in einem Dorf wie Grotenhagen gibt es Familien, die allgemein akzeptiert werden, und solche, mit denen man nichts zu tun haben will. Die Dietz gehören jedenfalls zur zweiten Sorte.«

»Ich dachte, Rüdiger Dietz sei Mitglied Ihrer Nachbarschaftshilfe.«

»Der Umgang lässt sich manchmal eben nicht vermeiden.

Aber neulich hat er den jungen Fricke k.o. geschlagen. Rüdiger hat nur Glück, dass Sven so gutmütig ist, sonst hätte er jetzt eine Anzeige wegen Körperverletzung am Hals.«

»Hm. Und inwiefern haben die Dietz Ihrer Meinung nach mit den vermissten Mädchen zu tun?«

Thomas Eibholz zuckte mit den Schultern. »Vermutlich gar nicht. Ein bisschen was von Ihrer Arbeit müssen Sie auch noch selbst tun. Im Übrigen«, er sah auf seine Uhr, »muss ich jetzt los. Dann komme ich noch halbwegs rechtzeitig zum Füttern.«

Manfred Rist zögerte einen Moment, dann nickte er. Broders konnte sehen, wie Rist an dem Brocken kaute, den Eibholz ihnen hingeworfen hatte.

Als die Vernehmung offiziell beendet war, fiel Broders noch etwas ein. »Rein interessehalber: Ich nehme an, die Eibholz und die Frickes gehören zu den allgemein akzeptierten Familien im Dorf.«

Thomas Eibholz nickte. »So ist es. Wie die Vagts, die Hellbachs und noch ein paar mehr.«

»Und was ist mit den Warnkes?«

Thomas Eibholz zog eine Augenbraue hoch.

Cäcilia erwachte nach einem tiefen Schlaf nur mühsam, so, als müsste sie sich durch mehrere Schichten klebriger Watte kämpfen. Sie fühlte sich nicht erholt, sondern, im Gegenteil, schwach und benommen. Um sie herum war alles schwarz. Der muffige, erdige Geruch sagte ihr, dass sie sich immer noch in dem fensterlosen Raum befand. Sie tastete nach dem Lichtschalter auf dem Nachttisch. Warum war das Licht überhaupt aus? Die Nachttischlampe flammte auf und erhellte einmal mehr das hässliche Zimmer. Cäcilia kniff die Augen zusammen, um nicht in Tränen auszubrechen. Es hatte sich nichts geändert. Sie war immer noch eingesperrt. Oder war doch etwas anders? Der Brief, den sie geschrieben hatte, war nicht mehr da. Es war jemand bei ihr gewesen, während sie geschlafen hatte! Sie schauderte, und ihre Hände verkrampften sich in ihrem Schoß. Da lag jetzt ein neuer Brief. Der Anblick der gleichmäßigen Schrift auf dem Schreibblock verursachte Cäcilia Übelkeit.

Mein liebes Kind,

du musst noch viel lernen. Tonfall und Inhalt deines Briefes haben mir gar nicht gefallen. Außerdem sind zwei grammatikalische Fehler darin, die einer Gymnasiastin nicht unterlaufen sollten. Ich habe dir einen Duden auf das Regal gelegt. Du solltest mich lieber nicht verärgern. Wer nicht hören will, muss nämlich fühlen.

Darüber kannst du ja mal nachdenken.

29. Kapitel

Pia und Broders fanden sich nach der Frühbesprechung am Dienstagmorgen vor dem Kaffeeautomaten in der kleinen Teeküche in ihrem Flur im siebten Stock ein. »Cäcilia Nagel wird jetzt seit vierzig Stunden vermisst. Und was haben wir?« Pia knüllte eine leere Brötchentüte zusammen, die jemand auf der Arbeitsplatte hatte liegen lassen, und warf sie in den Papierkorb.

»Wir sind mit zwei Abteilungen dran. Die meisten von uns kriechen schon auf dem Zahnfleisch.«

»Und hat Rist die Sache im Griff?« Pia goss sich reichlich Milch in den Kaffee und beförderte die leere Packung ebenfalls in den Müll.

»Er tut, was er kann.«

»Ich muss immer wieder an die Eltern denken. Es ist unvorstellbar, was die gerade durchmachen.«

»Mit Kindern ist es schon merkwürdig. Ich fange so langsam an, das zu verstehen.« Broders nahm sich eine Hand voll Kekse aus der Packung, die auf der Arbeitsplatte stand, und zog sie aus Pias Reichweite.

»Wir sind gerade zu sehr damit beschäftigt, alles doppelt und dreifach abzusuchen«, sagte Pia. »Wir denken zu wenig an das Warum.« Sie suchte etwas, das sie noch in den Mülleimer pfeffern konnte, um etwas von der rastlosen Energie loszuwerden, die sie erfüllte. »Nur das Warum führt uns zum Täter und damit auch zu Cäcilia. Warum entführt jemand ein elfjähriges Mädchen und lässt es nach dreieinhalb Tagen wieder frei? Was war und ist der Zweck der Aktion? Wir haben kein nachvollziehbares Motiv. Wie sollen wir so den Täter finden, geschweige denn das Versteck, wo er die Mädchen unterbringt?«

»Vielleicht war der Täter bei Lara nur noch nicht dazu gekommen, sein Vorhaben zu Ende zu führen«, sagte Broders. »Vielleicht war Lara in irgendeiner Beziehung die Falsche für ihn. Oder es ist etwas schiefgegangen.«

»Aber warum redet das Mädchen nicht darüber?«

»Lara steht unter Schock.«

Pia schüttelte den Kopf. »Sie hat doch beinahe unmittelbar nach ihrem Auffinden psychologische Betreuung erhalten. Es wurde sofort reagiert, um das Schlimmste abzuwenden.«

»Vielleicht weiß sie ja auch wirklich nichts. Immerhin war Lara mit Schlaf- und Beruhigungsmitteln vollgepumpt. Gut möglich, dass so ein junger Körper darauf auch mal mit einer Amnesie reagiert. Unsere Nachforschungen, wer in Laras Umfeld Zugriff auf solche Medikamente hat, sind noch nicht abgeschlossen. Möglicherweise ergibt sich da ja was.«

»Es geht alles furchtbar langsam vonstatten. Und ich kann mir nicht vorstellen, dass Lara gar nichts weiß, Medikamente hin oder her«, erwiderte Pia. »Es gibt bestimmt irgendetwas, an das sie sich erinnert und das uns zu Cäcilia führen könnte. Wir müssen noch einmal mit ihr reden.«

»Sag das Rist, nicht mir.«

»Hast du vielleicht schon bemerkt, wie toll es gerade zwischen ihm und mir läuft?«

»Ihr beide solltet euch mal zusammensetzen und eure Differenzen ein für alle Mal ausräumen.«

»Wenn das so einfach wäre.«

»Was ist denn da eigentlich los?«

Pia erinnerte ihn an den Vorwurf, Täterwissen weitergegeben zu haben, und erzählte, was sie inzwischen herausgefunden hatte. »Ich brauche unbedingt diese Mail, um festzustellen, wer sie an die Zeitung geschickt hat.« Carlsdorf ließ sich Zeit.

»Der Typ sagt doch, dass deine Signatur darunterstand. Vielleicht war jemand an deinem Computer?«

»Ich logge mich immer aus, wenn ich den Raum verlasse. Die Mail muss manipuliert worden sein. Wenn man sich den Header einer Mail richtig anschaut, kann man sehen, von welchem Computer sie versandt wurde.«

»So einfach ist das?«, fragte Broders.

»Es ist möglich. Das reicht.«

»Ist dein Telefon eigentlich wieder heil?«, fragte Broders zusammenhanglos.

Pia zog ein Smartphone hervor. »Das ist mein neues. Es hat mich mein letztes Erspartes gekostet. Aber es hat dieselbe Nummer. Wieso?«

»Nur so.«

Pia sah ihn über ihren Kaffeebecher hinweg an. »Ich wollte dich sowieso noch was fragen.«

Broders stellte seinen Becher in die Spüle. »Du, später. Ich habe gleich eine Vernehmung und muss vorher noch mal um die Ecke.«

Pia sah ihm nach und griff dann nach dem letzten Keks in der Packung, den Broders übrig gelassen hatte. Sie steckte ihn sich in den Mund, zerquetschte die Schachtel und warf sie gegen die Wand über dem Papierkorb. Treffer versenkt.

Stunden waren vergangen. Vielleicht auch ein halber Tag oder sogar eine Nacht. Cäcilia hatte jedes Zeitgefühl verloren. Sie lag auf dem schmalen Bett und dachte an ihre Eltern. Mit einem Anflug von Scham und Panik bemerkte sie, dass es ihr schwerfiel, sich das Gesicht ihrer Mutter und das ihres Vaters vorzustellen. Sie versuchte es, indem sie sich eine ganz gewöhnliche Situation zu Hause in Erinnerung rief, doch es gelang ihr nicht.

Ihr wunderschönes Zuhause … Wie dumm sie gewesen war und wie undankbar, ein paar ihrer Klassenkameradinnen um ihre Häuser zu beneiden. Wegen eines Swimmingpools oder eines Riesentrampolins. Jetzt würde sie alles dafür geben, auch nur in ihrem Kinderzimmer sein zu dürfen. Und wieso hatte sie nicht gewusst, wie gut es ihr ging, bevor jemand sie entführt und eingesperrt hatte? Na ja, sie hatte ja auch nicht ahnen können, dass das hier passieren würde. Niemand rechnete mit so etwas.

Cäcilia konnte es immer noch nicht fassen, dass ihre vertraute Welt von einem Moment auf den anderen unerreichbar für sie geworden war. Ohne Vorwarnung. Oder war Lara ihre Vorwarnung gewesen? Selbst als Lara vermisst wurde, war ihr die Gefahr eher unwirklich vorgekommen. Wie eine Mitschnackergeschichte, die einem mit atemloser Stimme auf dem Schulhof erzählt wurde, über einen Fremden, der in der Umgegend gesehen worden war und der Kinder durch irgendwelche Versprechungen dazu überredete, mit ihm zu gehen, um ihnen etwas Böses anzutun. Wie ein unheimlicher Zeitungsartikel über Kinderschänder und Mörder, den man mit Gruseln las und dann wieder schnell verdrängte. Schlimme Dinge passierten doch sonst immer nur den anderen.

Etwas in Cäcilia weigerte sich sogar jetzt noch, die Tatsache zu akzeptieren, dass sie hier eingesperrt war. Eingesperrt von einem Verrückten, der sie als »sein liebes Kind« bezeichnete und gleichzeitig beleidigt war und ihr mit Strafen drohte, wenn sie sich nicht wunschgemäß verhielt. Der vielleicht unvorstellbar Böses mit ihr vorhatte. Sie war bestimmt nicht nur hier, um Schokopops zu essen und Briefe zu schreiben. Vielleicht wollte er ja Lösegeld erpressen? Aber ihre Eltern waren nicht reich. Da gab es ganz andere Leute im Dorf. Und auch bei Laras Familie war ja nicht viel zu holen. Sie durfte sich nichts vormachen. Es würde etwas sehr Schlimmes passieren! Und sie war vollkommen machtlos.

Cäcilia kniff die Augen zusammen, um den hässlichen Raum, der sie so ängstigte, auszusperren. Sie wollte nicht schon wieder weinen. Weinen tat weh und nützte überhaupt nichts, wenn einen keiner sah. Sie zählte ihre Atemzüge. Das leise Pfeifen in ihren Nasenlöchern war das einzige Geräusch im Raum. Und das Knarren des Bettes, wenn sie sich bewegte. Nein, manchmal vernahm sie auch ein entferntes Rauschen. Irgendwo in der Wand schien eine Wasserleitung zu verlaufen. Viel mehr hörte sie aber nicht. Als wäre sie tief, tief unter der Erde. Wie in einem Grab. Cäcilia verschränkte die Arme noch fester vor der Brust.

Ein scharrendes Geräusch erklang. Es war der erste Laut von außerhalb, und das Scharren schien aus Richtung der verschlossenen Metalltür zu kommen. Cäcilia glitt aus dem Bett und ging auf Zehenspitzen zur Tür. Sie legte das Ohr an das Metall. Da war es wieder. Sie fuhr zurück. Waren das ihre Retter? Sie suchten doch bestimmt nach ihr. Hatte man sie endlich gefunden? Die Hoffnung erlosch so schnell, wie sie aufgeflackert war. Es klang nicht nach Rettung. Da war kein Hundegebell oder lautes Rufen, kein Flattern von Hubschrauberrotoren oder Sirenengeheul. Niemand rief nach ihr.

Cäcilia wollte laut schreien und gegen die Tür hämmern, doch sie wagte es nicht. Sie hatte Angst, einen Fehler zu begehen. Es kratzte und klapperte im Türschloss. Sie fuhr zurück, huschte zum Bett und kroch hinein. Die Tür öffnete sich. Cäcilia vernahm ein raues Schnaufen. Sie lag bäuchlings da, das Gesicht in das Kissen vergraben, und presste sich die Hände auf die Ohren. Cäcilia atmete so schnell in die Kissenfüllung, dass sie glaubte, jeden Moment ohnmächtig zu werden. Ich darf ihn nicht ansehen! Wenn ich weiß, wie er aussieht, wird er mich nie wieder gehen lassen.

Dann bin ich tot.

Nach dem Mittag sollte Pia zusammen mit Rist Rüdiger Dietz vernehmen, der soeben im Polizeihochhaus eingetroffen war. Kurz zuvor hatte sie noch ihre E-Mails gecheckt. Immer noch nichts von Max Carlsdorf. Sie fasste noch einmal per Mail und mit einer Nachricht auf seiner Mailbox nach. Die ungeklärte Frage, das Informationsleck betreffend, trug nicht gerade zu einer vertrauensvollen Atmosphäre zwischen Rist und ihr bei.

Broders würde unterdessen in einem Nebenraum zusammen mit Juliane Timmermann Dietz Schwester Lucie Warnke befragen. Rist hatte die Variante der zeitgleichen Vernehmung der Geschwister gewählt, weil es den Druck auf die Befragten erhöhen konnte. Wenn Rüdiger Dietz an den Entführungen der Mädchen und/oder dem Mord an Florian Warnke beteiligt war und seine Schwester Lucie davon wusste, musste er während seiner Vernehmung fürchten, dass sie der Polizei gerade etwas Belastendes erzählte. Und diese Unsicherheit und Anspannung wollte Rist sich zunutze machen.

Als Pia Rüdiger Dietz im Vernehmungsraum sah, kamen ihr Zweifel, ob es sinnvoll war, den Stresspegel des Mannes durch so eine Maßnahme zu erhöhen: Er saß auf seinem Stuhl, als befände sich eine Stange Dynamit darunter, die jeden Moment hochzugehen drohte. Er hatte ein Bein über das andere geschlagen, wippte unaufhörlich mit dem Fuß und presste Ober- und Unterkiefer aufeinander. Auf seiner Oberlippe glänzten Schweißtröpfchen. Nach der Belehrung, einer Prozedur, die Dietz nicht unbekannt zu sein schien, gingen Pia und Rist noch einmal alles durch, was sie bisher von ihm wussten.

»Beschreiben Sie uns bitte, wie und wo Sie zurzeit wohnen«, sagte Pia.

»Das wissen Sie doch. Warum reiten Sie immer wieder darauf herum? Ich wohne in einem Wohnwagen, was dagegen?«

»Wem gehört der Wagen, und wo steht er?«

»Der Trailer gehört mir. Ich stehe damit auf dem Grundstück meiner Schwester und meines Schwagers. Die haben ja Platz genug.«

»Was zahlen Sie ihnen dafür?«

»He, was geht Sie das an?«

Pia sah ihn schweigend an.

»Nichts. Lucie ist meine Schwester. Außerdem: So ein Wohnwagen auf dem Grundstück frisst doch kein Brot.«

»Was ist mit Strom und Wasser?«

»Dafür gebe ich ihnen was.«

»Wovon leben Sie zurzeit, Herr Dietz?«

»Ich bin arbeitslos. Ich hartze mich so durch. Wollte, es wäre anders.«

»Sie können doch was. Sie sind Handwerker.« Pia blätterte in ihren Unterlagen, als müsste sie nachsehen. »Raumausstatter.«

»Ich jobbe hin und wieder, doch ich arbeite nicht schwarz.«

»Waren Sie auch schon für die Firma Zindler in Lübeck tätig?«

»Nee, kenne ich nicht. Warum fragen Sie mich den ganzen Mist?«

»Wir haben einen Mordfall zu klären und ein vermisstes Kind zu finden.«

»Damit habe ich nichts zu tun, verdammt! Anstatt hier zu quatschen, sollten Sie lieber das arme Mädchen suchen.«

»Es wird nach ihr gesucht. In diesem Augenblick. Haben Sie auch für Ihren Schwager Florian Warnke gearbeitet?«

»Klar hab ich mal mit angefasst. Oder soll die kleine Lucie mit Möbel schleppen? Das waren aber Hilfeleistungen unter Verwandten.«

»Schon klar. Hatte Ihr Schwager Feinde?«

»Wie kommen Sie denn darauf?«

»Er ist ermordet worden«, sagte Pia.

Rist hielt sich wie verabredet zurück. Er warf ab und zu

einen verstohlenen Blick auf sein Telefon, um zu sehen, ob es Neuigkeiten von den Suchtrupps oder von Broders im Nebenraum gab.

»Ich weiß nichts von Feinden. Flo hatte sich allerdings so 'nen Elektroschocker zugelegt.«

»Tatsächlich. Haben Sie den mal gesehen?«

»Nur kurz. Wenn er unterwegs war, lag das Ding immer im Handschuhfach.«

Sie hatten diesen Elektroschocker gefunden. Es waren aber nur Florian Warnkes Fingerabdrücke darauf gewesen. Falls er ihn mal bei einem Menschen angewendet hatte, so hatte er die Spuren sorgfältig entfernt. »Wissen Sie, wo der Elektroschocker jetzt ist?«, fragte Pia trotzdem.

»Keine Ahnung. Ich glaube, Flo hat sich das Ding nur angeschafft, weil er immer cash zahlte. Er schleppte dann so einiges an Bargeld mit sich herum. Ich hab ihm mehrfach angeboten, ihn auf seinen Touren zu begleiten. Ich hätte ihn beschützen können.«

»Hatten Sie ihm das auch für die Fahrt kurz vor seinem Tod angeboten?«

»Ja, klar. Ich war noch bei ihm in der Scheune. Er hatte ein ›Geheimfach‹ hinter so 'nem hässlichen Bild. Dort hatte er gerade das Geld rausgenommen, als ich kam. Ich hab's durchs Fenster gesehen. Er dachte wohl, das Versteck kennt keiner.« Rüdiger Dietz grinste. »Flo war in mancher Hinsicht ganz schön naiv.«

»Was meinen Sie, warum er Ihr Angebot, ihn zu begleiten, abgelehnt hat?«

»Er war ein verdammter Eigenbrötler.«

»Sonst nichts?«

Dietz wurde unruhig. »Der dachte doch, er wäre was Besseres.«

»Wie kommen Sie darauf? Hat er das gesagt?«

»Nee, er hat's mich spüren lassen. Lucie übrigens auch.« Er verzog das Gesicht.

Das waren zwei interessante Ansätze. Florian Warnkes Charakter und seine Ehe mit Lucie. Pia überlegte, welchen sie zuerst verfolgen sollte.

»Eigenbrötler sind die meisten Menschen ja nicht ohne Grund. Hatte Ihr Schwager etwas zu verbergen?«

Dietz straffte die Schultern, Rist neben Pia ebenso. »Der Flo? Also, ich weiß nicht.«

Sie warteten ab.

Rüdiger Dietz räusperte sich. »Lucie ist ja so 'ne kleine Zarte. Für die haben sich oft ganz bestimmte Männer interessiert. Und Flo war manchmal komisch, wenn es um die Ballettmädchen ging. Ich hab ihn mal am Fenster stehen sehen, als die kleinen Mädels vom Unterricht kamen.«

»Worauf wollen Sie hinaus?«

»Vielleicht fand er kleine Mädchen ja geiler als erwachsene Frauen?«, stieß Dietz hervor. »Also, sexuell erregend, meine ich.«

»Nur weil seine Ehefrau klein und zierlich ist und weil er mal aus dem Fenster geschaut hat?«, mischte Rist sich in die Befragung ein.

»He, keine Ahnung.« Er deutete auf Pia. »Sie fragt mir ja auch Löcher in den Bauch!«

Pia schwieg wieder mit schräg gelegtem Kopf.

Dietz hielt die Stille nicht lange aus. »Gut, er hat zwar mal geschaut, aber wenn sich draußen was tut, guckt man ja automatisch raus, oder? Is' normal. Ich glaub eigentlich nicht, dass er was mit den Entführungen zu tun hatte.«

»Ihr Schwager war auch schon tot, als das zweite Mädchen verschwunden ist. Das spricht gegen ihn als Täter.«

»Stimmt.« Dietz ließ die Luft entweichen, die er einen Moment angehalten hatte.

Wenn er gesehen hat, wie Florian nach den Ballettmädchen schaut, muss er selbst auch hingeguckt haben, überlegte Pia. Die vermissten Mädchen waren beide Ballettschülerinnen. »Sie sagten eben, Ihr Schwager habe Ihre Schwester ebenfalls spüren lassen, dass er sich für etwas Besseres hielt. Habe ich das richtig verstanden?«

»War nur so 'n Eindruck.«

»Wie hat er sie das spüren lassen?«

»Wie? Das merkt man doch.«

Pia hob die Augenbrauen.

»Also, so Sticheleien eben.«

»Haben Sie da ein Beispiel für uns?«

Dietz schüttelte den Kopf. »Nein, doch Lucie hat in letzter Zeit viel geweint. Und ich habe sie noch im Wohnwagen streiten gehört, wenn bei denen ein Fenster offen stand. Und der Flo hatte was mit Sophie Eibholz. Ich habe die beiden mal zusammen in seiner Scheune knutschen gesehen.«

»Hatten Sie da nicht den Wunsch, Ihre Schwester zu beschützen?«, fragte Rist. Er imitierte Dietz Haltung. Fuß auf dem Oberschenkel, Arm aufgestützt.

Rüdiger Dietz sah ihn misstrauisch an. »Ich habe meinen Schwager nicht abgemurkst. So weit geht die Geschwisterliebe dann doch nicht.«

»Vielleicht gab es noch einen anderen Grund?«

»Ich wüsste keinen ...«

»Wer erbt denn nun Florian Warnkes Vermögen?«

»Vermögen?« Er lachte auf. »Lucie kriegt den Hof und die Möbel. Das hat sie sich auch mehr als verdient.«

»Was wäre passiert, wenn Florian Warnke nicht gestorben wäre?«

»Wieso?«

Pia zuckte mit den Schultern. »Im Dorf wird viel geredet.«

»Wir unterbrechen die Vernehmung«, sagte Rist. Er hatte

anscheinend eine Nachricht auf seinem Handy bekommen und verließ eilig den Raum.

»Wer hat den denn gestochen?«, wollte Dietz wissen.

Pia hoffte, dass es Neuigkeiten von Cäcilia gab, dass man das Mädchen lebend gefunden hatte. Sie schenkte Wasser aus der bereitstehenden Flasche in Dietz und ihr Glas nach und trank ein paar Schlucke. Als Rüdiger Dietz etwas sagen wollte, hob sie die flache Hand. »Wir machen erst weiter, wenn wir wieder vollzählig sind.«

Es dauerte nicht lange, bis Rist zurückkam. An seinem Gesichtsausdruck sah sie, dass er keine guten Nachrichten hatte. Er schüttelte beinahe unmerklich den Kopf. Pia konzentrierte sich wieder auf die Befragung.

»Sie wissen, dass Ihre Schwester ebenfalls gerade vernommen wird?«, fragte Rist mit vorgebeugtem Oberkörper.

Dietz nickte.

»Ihre Schwester sagt, dass ihr Mann den Wohnwagen und damit auch Sie auf seinem Grund und Boden loswerden wollte. Das war einer der Streitpunkte in ihrer Ehe. Wussten Sie das?«

Rüdiger Dietz sah von einem zum anderen. »Nee. Is' mir völlig neu.«

»Was hätten Sie dann gemacht? Sie wären obdachlos gewesen, oder?«

»Lucie hätte das nie zugelassen. Wir hätten schon eine Lösung gefunden.«

»So wie damals?«, fragte Rist. »Als Sie nach Spanien gegangen sind? Da stand Ihnen das Wasser doch auch bis zum Hals.«

»Woher wissen Sie das?«, fragte Dietz leise.

Rist schwieg sich dazu aus.

»Hat Ihre Schwester Ihnen damals aus der Patsche geholfen? Oder war es Ihr Schwager Florian? Wollte er langsam mal sein Geld zurück?«, hakte Pia nach.

»Das Geld war von keinem von beiden. Die hatten zu der Zeit selbst nicht genug. Vor zwölf Jahren hatte Flo doch gerade erst den Resthof gekauft.«

»Sie brauchten aber Geld, Herr Dietz, um in Spanien neu anzufangen. Startkapital. Woher hatten Sie das?«, beharrte Rist.

»Jetzt reicht es mir!«, sagte Dietz. »Ich will einen Anwalt.«

30. Kapitel

»Dringender Tatverdacht und Fluchtgefahr sowie Verdunklungsgefahr. Wir behalten Rüdiger Dietz bis morgen hier. Das wird ihn etwas mitteilsamer machen. Morgen Vormittag kann sich dann der Haftrichter mit ihm befassen.«

»Fluchtgefahr?«, fragte Pia. »Das sehe ich nicht. Wovon und womit? Was ist, wenn wir ihn hier festhalten und Cäcilia deswegen in der Zeit zu Schaden kommt?«

»Und was ist, wenn Dietz Florian Warnke ermordet hat, um sich gemeinsam mit seiner Schwester das Erbe unter den Nagel zu reißen, und er uns jetzt abhaut, weil ihn hier nichts, aber auch gar nichts hält?«

»Im Zweifel gilt: ›Kindeswohl muss Vorrang haben‹, oder?«

»Wir haben einen Mord aufzuklären. Dass Dietz etwas mit den Entführungen zu tun hat, ist doch sehr fraglich.«

»Aber es ist möglich«, protestierte Pia.

»Schluss. Er bleibt.« Rist drehte sich um und ließ sie stehen.

Pia folgte ihm den Gang hinunter. »Das Risiko ist größer als der Nutzen!«

In der Tür zu seinem Büro blieb er stehen und stützte die Hände in den Rahmen. »Das sehe ich anders.«

»Es geht um das Leben eines Kindes.«

»Ich weiß. Ich halte das Risiko aber für vernachlässigbar.«

»Rist, das ist es doch nicht ...«

Er drehte sich um und schloss hinter sich die Tür. Wenn er in dieser Stimmung war, war ihm nicht mit Argumenten beizukommen. Pia hoffte, dass er recht behielt und Rüdiger Dietz tatsächlich nichts mit der Entführung zu tun hatte. Gleichzeitig konnte sie sich nicht vorstellen, dass der Mord und die Entführungen nicht auf irgendeine Weise zusammenhängen sollten. Als sie sich umwandte, kamen Broders und Juliane mit Lucie Warnke aus dem Büro, das sie als zweiten Vernehmungsraum genutzt hatten.

»Seid ihr mit der Vernehmung von Herrn Dietz fertig?«, fragte Broders. »Frau Warnke wollte mit ihrem Bruder zusammen nach Grotenhagen zurückfahren.«

»Das könnte schwierig werden«, sagte Pia. »Sie müssen wohl allein fahren, Frau Warnke.«

»Wieso, ist er schon weg? Er wollte doch warten.« Lucie Warnkes Wangen waren gerötet.

»Was ist denn los?« Broders nahm Pia zur Seite. »Du siehst ja richtig sauer aus.«

»Rist will Rüdiger Dietz über Nacht hierbehalten«, sagte sie leise. »Um ihn mitteilsamer zu machen.«

Obwohl Lucie Warnke das nicht gehört haben konnte, erriet sie, wo das Problem lag. »Muss er etwa im Präsidium bleiben?«, fragte sie. »Das hätte ich mir ja denken können. Er war immer schon der Sündenbock für alle möglichen Leute. Schon als Kind und Jugendlicher hatte er Ärger, ohne etwas dafürzukönnen. Aber er hat nichts mit Florians Tod zu tun, und mit den verschwundenen Mädchen schon gar nicht. Wie lange wollen Sie ihn hier schmoren lassen? Bis heute Abend um acht, bis zehn oder bis Mitternacht?«

»Sie können jedenfalls nicht auf ihn warten«, antwortete Broders.

»Haben Sie ihn etwa verhaftet?«, wollte Lucie Warnke empört wissen.

»Er soll über Nacht hierbleiben«, sagte Pia. »Es sei denn, Sie nennen uns einen triftigen Grund, weshalb wir ihn nicht festhalten sollten«, fügte sie hoffnungsvoll hinzu.

»Er könnte sich etwas antun, und Sie haben Schuld.«

»Wieso denken Sie das?«

»Er ist oft deprimiert und hat Stimmungsschwankungen«, sagte seine Schwester.

»Keine Sorge. In Polizeigewahrsam wird er rund um die Uhr überwacht.«

Lucie Warnke sah Pia mit glänzenden Augen an. Sie blinzelte eine Träne weg. »Nur weil er arm ist und arbeitslos und sich nicht so gewählt ausdrücken kann.«

»Das stimmt nicht«, versuchte Broders, die zierliche Frau zu beschwichtigen.

Pia dachte an Rists Vorgehensweise, und es fiel ihr schwer zu protestieren. »Wenn er unschuldig ist, ist er morgen höchstwahrscheinlich schon wieder frei«, sagte sie.

»Und welchen Sinn hat die Schikane dann? Dass mein Bruder sich noch schlechter fühlt? Sie sollten mal auf ein paar andere Leute solchen Druck ausüben. Dabei würde bestimmt mehr herauskommen. Aber das wagen Sie ja nicht.«

Pia dirigierte Lucie Warnke mit einem Seitenblick auf ihre Kollegen zurück in das Büro. Sie hatte das Gefühl, dass es sich lohnen könnte, die Vernehmung fortzusetzen.

Cäcilia saß auf dem Bett und hatte den Schreibblock auf den Knien liegen. Wie sollte sie den Entführer anreden? Sehr geehrter Herr ... Lieber Herr ... Hallo!? Sie ließ die Anrede weg.

Ich weiß nicht, wer Sie sind und warum ich hier bin, begann sie den Brief. *Ich weiß nur, dass ich sofort nach Hause will.* Sie las das Geschriebene noch einmal durch und strich das Wort *will* durch und ersetzte es durch *möchte*. Sie überlegte einen Moment und strich auch das Wort *sofort*. *Meine Eltern machen sich bestimmt furchtbare Sorgen. Sie suchen nach mir. Und auch die Polizei*, setzte sie hinzu. War es gut oder schlecht, die Polizei zu erwähnen? Würde es ihn wütend oder eher vorsichtig machen?

Nun kam das Wichtigste. Das, weshalb sie diesen Brief schrieb: *Ich habe Sie eben nicht gesehen, und ich weiß nicht, wie Sie aussehen. Ich werde nichts sagen. Es tut mir leid, das ich die Spielsachen kaputtgemacht habe.* Schrieb man in dem Fall *dass* oder *das?* Sie war sich unsicher und versuchte, sich an die Regel zu erinnern. Konnte man stattdessen welches, welcher oder welche sagen?

Cäcilia wollte keine Fehler mehr machen. Ihr Entführer hatte ihr letztes Mal geschrieben, dass in ihrem Brief zwei Schreibfehler gewesen waren. Und es schien ihn wütend gemacht zu haben. Sie musste den Brief auch noch einmal ordentlich für ihn abschreiben. Etwas durchzustreichen ging gar nicht. Sie hatte auch keinen Tintenkiller. In der Schule waren die mittlerweile verboten. Ihre Mutter verlangte manchmal, dass sie die Hausaufgaben noch mal neu schrieb, wenn sie zu viel Tintenkiller benutzt hatte.

Peinlich berührt erinnerte Cäcilia sich, wie sie sich daraufhin aufgeführt hatte. Sie hatte gezetert, Papier zerknüllt und sich auf ihr Bett geworfen und geschmollt. Noch beim Abendbrot, als sie die abgeschriebene Seite längst vorgezeigt hatte, hatte sie ihre Mutter keines Blickes gewürdigt. Wie kindisch sie gewesen war. Wie sehr sie jetzt ihre Mutter vermisste. Cäcilia kaute am Ende des Stiftes und setzte sorgsam hinzu: *Lassen Sie mich gehen so wie meine Freundin Lara. Bitte!*

Ich will nicht sterben!

»Frau Warnke, wen haben Sie gemeint, als Sie sagten, wir sollten mal auf ein paar andere Leute Druck ausüben?«, fragte Pia. Sie waren nun zu viert: Broders, Juliane und sie saßen zusammen mit Lucie Warnke an dem kleinen Besprechungstisch in ihrem Büro. Broders führte das Protokoll. Pia versuchte, nicht zu sehr vorzupreschen. Sie hatte den Eindruck, dass Lucie Warnke gerade empört und traurig genug war, um etwas mehr zu erzählen, als sie sich vorgenommen hatte. Doch sie mussten ihr die Luft und den Raum lassen, das von sich aus zu tun.

Es dauerte einen Moment, bis Lucie ins Reden kam. Sie tastete sich heran, indem sie die Dorfstrukturen beklagte. Dass meistens die alteingesessenen Landwirte und der Gastwirt den Ton angaben. Ebenso ihre Frauen, die wiederum eine Clique für sich bildeten. Sie ließen angeblich niemanden in ihren Zirkel hinein, den sie nicht als ihresgleichen betrachteten. Ihr Bruder Rüdiger hatte nie eine Chance bekommen, als Sohn eines alkoholkranken Tagelöhners, und sie ebenso wenig.

»Als Florian und ich als Außenseiter den Resthof in Grotenhagen gekauft haben, hat es viel boshaftes Gerede gegeben. Dass wir das finanziell niemals schaffen würden und dass der Hof ja eigentlich der Bank gehöre. Sie nehmen uns nicht für voll«, sagte Lucie bitter. »Sie geben es nicht zu, aber es steckt ganz tief in ihren Köpfen. ›Wir sind nur der Dreck unter ihren Fingernägeln‹, hat Florian immer gesagt. ›Solange wir in ihrem System funktionieren und ihnen von Nutzen sind, so lange dulden sie uns neben sich. Aber wehe, wir mucken mal auf und wollen dazugehören und mitbestimmen. Dann halten die ihre Kaste rein.‹«

»Das klingt, als wäre Ihr Mann sehr enttäuscht gewesen.« »Verbittert« war das Wort, das Pia in den Sinn gekommen war.

»Er hatte eine traurige Kindheit. Kennen Sie seine Mutter, Isolde Warnke? Natürlich, Sie haben ihr ja gesagt, dass er tot ist, nicht wahr? Sie war erst Putzfrau, dann Haushälterin beim alten Hellbach. Sie hat von morgens bis abends und auch am Wochenende im alten Gutshaus gearbeitet. Florian war noch klein und hätte seine Mutter ab und zu gebraucht, doch sie musste ihn immer von Ansgar Hellbach fernhalten. Ihn geradezu verstecken. Er mochte oder mag keine kleinen Kinder. Friedlinde, seine eigene Tochter, hatte als kleines Mädchen solche Angst vor ihrem Vater; die hat sich regelmäßig erbrochen, wenn er sie nur angesprochen hat. Der war von der ganz alten Schule. Sie wissen schon, dass man Kinder sehen, aber nicht hören darf.«

»Das klingt nicht nach einem angenehmen Zeitgenossen«, sagte Pia. »Doch was hat das mit unserem Fall zu tun?«

»Reden Sie noch mal mit Isolde«, sagte Lucie. »Die hat manchmal so Andeutungen gemacht.«

»Was für Andeutungen?«

»Über Ansgar Hellbachs Gewohnheiten.«

»Gewohnheiten? Geht es nicht ein bisschen genauer?«

»Ich selbst weiß gar nichts. Nur das, was Florian und Isolde ab und zu angedeutet haben. Mein Mann hatte im Grunde noch Angst vor Ansgar Hellbach, als er schon erwachsen war.«

»Ihren Mann können wir aber nicht mehr fragen«, sagte Pia und rang im Stillen um Geduld.

»Sie sollen ja auch Ansgar Hellbach auf den Zahn fühlen und dafür ausnahmsweise meinen Bruder in Frieden lassen.«

Wie viel von dem, was sie ausgesagt hatte, war einem echten Verdacht geschuldet, und wie viel dem Wunsch, Hellbach eins reinzuwürgen und ihren Bruder zu entlasten? »Wir haben ihn schon befragt«, erklärte Pia, der das Gespräch mit Hellbach lebhaft in Erinnerung stand. »Für das nächste Mal brauchen wir ein paar Anhaltspunkte, wohin die Reise geht.«

Lucie Warnkes Gesicht verschloss sich. »Mehr weiß ich nicht. Machen Sie Ihren Job. Fangen Sie mit Isolde Warnke an.«

Sie musste wieder gedöst haben. Cäcilia richtete sich schlaftrunken auf. Was war nur los mit ihr? Ihre Zunge ließ sich nur mit einem trockenen Reißen vom Gaumen entfernen, und ihre Lippen fühlten sich wie zerknittertes Seidenpapier an. Wie viel Zeit war vergangen?

Jemand hatte die Karaffe auf dem Nachttisch frisch aufgefüllt. Und der Brief, den sie geschrieben hatte, lag nicht mehr daneben. Es war also wieder jemand bei ihr gewesen, als sie geschlafen hatte. Er hatte sie angesehen, er konnte sie sogar berührt haben. Cäcilia schauderte und beschloss, lieber nicht weiter darüber nachzudenken, sondern erst einmal etwas gegen ihren schrecklichen Durst zu unternehmen. Sie schenkte sich ein Glas ein und wollte gerade trinken, doch sie zögerte. Misstrauisch roch sie an dem Wasser. Das letzte Mal hatte es einen bitteren Nachgeschmack gehabt. Vielleicht war das kein harmloses Wasser mit Zitronenscheiben? Es konnte etwas darin sein, das sie müde machte. So musste es sein. Ein Schlafmittel.

Der Gedanke, dass man ihr das einzige Getränk in diesem Verlies mit einem Schlafmittel versetzte, machte sie wütend und trieb ihr wieder Tränen der Hilflosigkeit in die Augen. Sie war so durstig! Das einzige Getränk? Nein, das stimmte nicht ganz. Nebenan befand sich das kleine Bad mit Toilette und Waschbecken. Sie konnte Leitungswasser trinken.

Cäcilia trug das Glas zum Waschbecken und goss es aus. Sie spülte es gründlich, füllte es mit Leitungswasser und trank in gierigen Zügen. Dann brachte sie die Karaffe zum Waschbecken, schüttete den Inhalt ebenfalls vorsichtig aus, fischte die Zitronenscheiben aus dem Ausguss und legte sie auf den Waschbeckenrand. Cäcilia spülte die Karaffe und füllte sie zur Hälfte wieder auf. Sie wusch die Zitronenscheiben sorgfältig ab, warf sie in das frische Wasser und stellte die Karaffe zurück auf den Nachttisch. Es sah so aus, als hätte sie brav das mit Schlafmittel versetzte Zitronenwasser getrunken.

Der kleine Trick gab ihr das Gefühl, nicht ganz so ohnmächtig zu sein. Sie durfte nur nicht vergessen, sich schlafend zu stellen, wenn ihr Entführer wiederkam. Und dann würde sie die erste Chance ergreifen, um wegzulaufen.

Pia und Broders verständigten sich darauf, noch einmal mit Isolde Warnke zu reden, je eher, desto besser. Juliane Timmermann versprach, Rist über die neueste Entwicklung in Kenntnis zu setzen.

»Es wird ihm nicht gefallen, dass Pia und ich einfach losgefahren sind«, hatte Broders ihr prophezeit.

Juliane schob den Unterkiefer vor. »Und wenn schon. Da kommt er mir heute gerade recht.«

Pia sah ihre Kollegin mit neu erwachtem Interesse an. Bisher hatte sich Juliane Timmermann wegen ihres stets sehr bemühten Verhaltens dem Leiter der Abteilung gegenüber eher von den anderen abgegrenzt. Nun erkundigte Juliane sich sogar beiläufig bei Pia, ob sich das Problem mit dem Zeitungsartikel und dem Informationsleck schon geklärt habe. Pia war erstaunt, wie gut die Kollegin informiert war.

»Nein, noch nicht«, antwortete sie und überlegte, ob sie das weiter ausführen sollte. Aber Broders drängte zum Aufbruch.

»Komm, fahren wir los, bevor Rist uns doch noch über den Weg läuft.«

Auf dem Weg an die Ostsee bestand Pia darauf, an einem Stand am Straßenrand anzuhalten. Sie kauften sich jeder zwei Fischbrötchen, die sie während der Fahrt aßen. Ein Stück Matjeshering fiel auf Pias helles T-Shirt, und sie versuchte, den Fleck mit der mitgelieferten blauen Serviette zu beseitigen – mit dem

Ergebnis, dass er danach fettig und blau schimmerte. Sie seufzte. Nicht im Auto essen! Das predigte sie sogar ihrem Sohn.

Nun standen sie verschwitzt in der sengenden Mittagssonne in Isolde Warnkes Vorgarten. Die Blumen rechts und links des Plattenwegs ließen die Köpfe hängen. Einen langen Moment, als niemand auf ihr Klingeln reagierte, fürchtete Pia, dass sie umsonst rausgefahren waren.

Endlich öffnete die Frau ihnen. Sie trug eine Caprihose und eine ärmellose Bluse, die in keinem besseren Zustand war als Pias Oberteil, nur dass Frau Warnke offenbar in Kontakt mit Blumenerde und Moos gekommen war.

Isolde Warnke führte die Polizisten durch das Haus auf eine schattige Terrasse im hinteren Teil des Grundstücks. Den ausgetrockneten Rasen schmückte ein etwa hüfthohes Modell einer Windmühle. Die Flügel standen still, als wären sie festgetackert. Ein Schweißtropfen kitzelte Pia in der Kniekehle, als sie sich setzte. Isolde Warnke stellte einen Krug mit Eistee, in dem Eiswürfel klirrten, sowie einen Teller mit verschiedenen selbst gebackenen Keksen auf den Gartentisch.

»Vermissen Sie das manchmal? Einen großen Haushalt zu führen mit allem Drum und Dran?«, leitete Pia das Gespräch ein.

»Ach, das waren ganz andere Zeiten als heute. Als Hellbach das große Gutshaus aufgeben musste, war es schon lange damit vorbei. Wir waren alle Dinosaurier, der Gutsherr und seine Tochter, die Haushälterin, der Gärtner.«

»Haben Sie das bedauert?«

»Nein. Ich hatte mir anfangs Sorgen gemacht, wo ich in Zukunft arbeiten sollte. Ich hatte noch ein bisschen Zeit bis zur Rente. Aber dann habe ich in einem kleinen Hotel an der Nordsee Arbeit gefunden. Das war zumindest mal was anderes.« Sie schenkte den Eistee ein.

»In Büsum, war es nicht so?«, fragte Broders.

»Weshalb sind Sie hier?« Isolde Warnke zündete sich eine Zigarette an und blies den Rauch hoch in die Luft.

»Letztes Mal haben Sie es ungefähr so formuliert: ›Es gab Zeiten, da bin ich für mein Kind barfuß durch die Hölle gegangen.‹ Damit spielten Sie auf Ihre Zeit als Haushälterin im Gutshaus an. Heute haben wir noch etwas mehr über Hellbach erfahren. Wenig Erbauliches, was seine Haltung Kindern gegenüber angeht. Ihre Schwiegertochter hat uns gesagt, dass wir mit Ihnen darüber reden sollen.« Pia sah Isolde Warnke erwartungsvoll an.

»Worüber?« Ein Spatz flog auf den Tisch und versuchte, Kekskrümel zu erbeuten. Isolde Warnke scheuchte ihn weg.

»Über Ihren ehemaligen Arbeitgeber. Wie er sich Ihrem Sohn Florian und seiner Tochter Friedlinde gegenüber verhalten hat.«

»Lucie ist eine Klatschtante.«

»Frau Warnke, Ihr Sohn ist ermordet worden. Ein Kind wird vermisst. Ich halte möglicherweise hilfreiche Informationen keineswegs für Klatsch.«

Isolde Warnke betrachtete den Spatz, der nun auf der Rückenlehne eines Gartenstuhls hockte und auf eine neue Chance wartete. Unerwartet, am meisten wohl für sie selbst, kullerte eine Träne ihre Wange hinab. »Ach, Florian, Florian! Das darf doch nicht wahr sein.« Sie wischte die Träne weg, schien einen Entschluss zu fassen. »Ich kann mir denken, worauf Lucie hinauswill. Es ist Klatsch, und es ist hässlich.«

»Hässlicher als Mord und Kindesentführung?«

»Also gut. Seine Loyalität muss man da wohl vergessen. Ich habe es immer für eine peinliche, aber eher harmlose Schwäche von Ansgar Hellbach gehalten. Wissen Sie, er war ja schon lange Witwer, schon bevor ich kam, und er hat auch nie wieder geheiratet. Bedürfnisse hatte der Mann schließlich auch.«

Pia sah sie aufmerksam an.

»Ich hatte anfangs vermutet, dass Hellbach irgendwelche Verhältnisse hat«, fuhr Isolde Warnke fort. »Es war mir allerdings ein Rätsel, wie er so diskret vorgehen konnte, dass nie auch nur Gerede aufkam. Bis ich eines Tages … Ich habe etwas in seiner Manteltasche gefunden. Eine Visitenkarte mit Telefonnummer. Sie war knallrot. *Audrey – jung, frech und frivol* stand darauf. Die Karte war verziert mit einem … Comicbildchen eines Schulmädchens. Dazu eine Telefonnummer.«

»Was sagte Ihnen das?«

»Na, das war doch wohl klar. Es war die Karte einer Prostituierten. Einer speziellen Prostituierten, würde ich sagen. Die ganz besondere Wünsche erfüllt. Er hatte wohl ein Faible für Schulmädchen. Für die ganz jungen …« Sie inhalierte tief. »Ich weiß nicht, warum, aber ich habe mir damals vorsorglich die Telefonnummer notiert.«

»Haben Sie Nachforschungen angestellt in der Richtung?«

»Himmel, nein! Warum sollte ich? Außerdem war ich von ihm abhängig. Ich dachte mir nur, dass da ein Zusammenhang bestehen könnte. Seine Ablehnung Kindern gegenüber kam vielleicht daher, dass er nur auf ganz junge Frauen beziehungsweise auf Mädchen stand und deswegen ein schlechtes Gewissen hatte.«

»Haben Sie die Telefonnummer noch?«

»Nach so vielen Jahren? Nein. Es ging mich ja im Grunde nichts an. Es war seine Angelegenheit. Es erklärte nur …« Sie strich verlegen einen Tropfen von ihrem Glas.

»Was erklärte es?«

»Als ich bei ihm zu arbeiten anfing, war ich noch recht jung und ansehnlich. Einunddreißig Jahre, denn Florian war ja damals drei. Das ist doch, zumindest aus heutiger Sicht, kein Alter für eine Frau. Ich habe viele Komplimente von Männern bekommen. Doch Hellbach hat mich nie auch nur angesehen. Auch keine anderen Frauen aus seiner Umgebung. Es prallte an ihm ab. Er konnte höflich sein, sogar charmant, wenn er wollte, mehr aber auch nicht. Ich dachte zuerst, er wäre vielleicht ...« Sie sah Broders an.

»Schwul?«, half er ihr aus.

»Ja. Oder auch asexuell oder wie das heißt. Jedenfalls lag es wohl nicht an mir.«

»Die Prostituierte hieß Audrey«, vergewisserte sich Pia.

»Ja. Eine Lübecker Telefonnummer.«

»Stand eine Adresse auf der Karte?«

Isolde Warnke krauste die Stirn. »Nein, nur das alberne, wollüstige Bild, der Name und die Nummer.«

»Wie lange liegt die Geschichte mit dieser Visitenkarte denn zurück?«

»Einige Jahre schon. Es war zum Ende meines Arbeitsverhältnisses. Kurz bevor ich nach Büsum gegangen bin.«

Pia runzelte die Stirn. Sehr schade. Audrey würde aller Wahrscheinlichkeit nach nicht mehr so ohne Weiteres in Lübeck ausfindig zu machen sein.

»Zumindest ist Audrey kein Allerweltsname.« Pia stand mit Broders auf der Dorfstraße vor Isolde Warnkes Haus. Das Straßenpflaster strahlte Hitze ab. Ein kräftiger Windstoß trieb ein paar trockene Blätter und Papierfetzen vor sich her. Das Wetter änderte sich.

»Das ist doch sicher ein Künstlername«, sagte er.

»Wer von den Kollegen im K11 ist schon so lange dabei, dass er sich an eine Lübecker Prostituierte namens Audrey erinnern könnte?«

»Pinzke ist zu jung, aber vielleicht weiß er, wen wir fragen können.«

»Trifft sich nicht so gut, dass dort momentan so viele Leute ausgefallen sind.«

»Und wenn wir Ansgar Hellbach jetzt direkt mit Isolde Warnkes Aussage konfrontieren?«, schlug Broders vor.

»Dann wäre er vorgewarnt. Das wäre schlecht, wenigstens solange sich Cäcilia in seiner Gewalt befinden könnte.«

»Als Erstes müssen wir Rist informieren.«

Pia nickte ergeben.

»Das Gutsgelände ist doch schon ein zweites Mal durchsucht worden, oder?«, vergewisserte sich Broders.

»Ja, der Park und die leer stehenden Gebäude. Ebenso das Grundstück der Eibholz und der Frickes. Wilko Groths Hof haben sie mithilfe eines Beschlusses gänzlich auseinandergenommen – nichts! Wir haben Grotenhagen und die weitere Umgebung zweimal durchkämmt. Fehlanzeige.« Pia blickte die Straße hinunter in Richtung des Gutes. »Aber wenn man hier lebt und aufgewachsen ist so wie Hellbach, kennt man bestimmt noch ganz andere Verstecke.«

31. Kapitel

Cäcilia hatte Todesangst. Seit sie das Wasser aus der Karaffe nicht mehr trank, sondern Leitungswasser, war an Schlaf nicht mehr zu denken. Logisch betrachtet, konnte es ja nicht ewig so weitergehen. Er würde wiederkommen. Doch um was zu tun? Sie brauchte einen Plan. Pläneschmieden brachte die schlimmen Karussellgedanken zur Ruhe und lenkte Cäcilia von der Angst ab, dass sie sterben konnte. Nein, sie, Cäcilia Nagel, würde nicht sterben! Sie war schlau. Jedenfalls schlauer als Lara. Und sie hatte Glück. Sie war ein Glückskind. Ein Einzelkind mit netten Eltern, das in einem schönen Haus lebte. Sie war hübsch und beliebt, und sie hatte gute Noten in der Schule. Bis auf die Vier in Biologie, aber die war nun wirklich nicht ihre Schuld. Die blöde Lehrerin konnte sie einfach nicht leiden.

Sie erstarrte, als sie wieder ein Geräusch hinter der Tür hörte. Leiser als beim ersten Mal, doch es waren unverkennbar Schritte, die sich näherten. Als sich ein Schlüssel im Schloss drehte, schaltete Cäcilia die Nachttischlampe aus und verkroch sich unter der Decke. Sie musste sich schlafend – betäubt – stellen, aber sie zitterte wie Götterspeise, und ihre Zähne klapperten aufeinander. Die Tür öffnete sich. Sogar durch die Decke über ihrem Kopf konnte Cäcilia sehen, dass nun helleres Licht in den Raum fiel. Sie presste die Kiefer aufeinander und kniff die Augen zusammen.

Jemand stand am Bett. Sie konnte es spüren. Die Decke wurde zurückgeschlagen. Cäcilia rührte sich nicht. Sie hörte regelmäßigen Atem, roch einen fremden Körpergeruch. Eine

Hand streichelte ihr Haar. Es kostete sie alle Willenskraft, sie nicht wegzuschlagen. Sie könnte aufspringen und zur Tür laufen. Das war ihre Chance! Doch Cäcilia war wie erstarrt. Also stellte sie sich weiterhin schlafend. Sie hörte, wie ihr Entführer mit etwas hantierte. Eine Flüssigkeit schwappte, ein harter Gegenstand wurde auf dem Nachttisch abgesetzt. Da roch sie es wieder, den leicht süßlichen Geruch. Aus Angst wurde Panik. Sie fuhr hoch, aber sie kam nicht weit. Etwas Feuchtes wurde auf ihren Mund und ihre Nase gepresst. Cäcilia bekam nicht genug Luft. Ihre Atemwege brannten, und ihr wurde schwindelig. Die Welt um sie herum schrumpfte auf die Größe eines Punktes zusammen und verschwand.

Zwei Lübecker Kollegen, die schon länger im Kommissariat 11 arbeiteten, erinnerten sich am nächsten Morgen tatsächlich an besagte »Audrey«. Die junge Frau war drogenabhängig gewesen und hatte eine Zeit lang als Prostituierte in der Altstadt gearbeitet. Sie war damals zwar schon volljährig gewesen, hatte jedoch wie vierzehn ausgesehen, bestätigte einer der Kollegen. Zumindest, wenn sie sich entsprechend gekleidet und zurechtgemacht hatte. Das hatte ihr einen speziellen, aber auch finanzkräftigen Kundenkreis beschert. Ihr richtiger Name war noch in den Akten zu finden. Inzwischen war die Frau in Berlin gemeldet.

Pia telefonierte sogleich mit einer Kollegin in der Hauptstadt, die dort bei der Sitte arbeitete. Die versprach, sich sofort darum zu kümmern, besagte »Audrey« aufzuspüren und zu vernehmen. Pia ließ der Kollegin eine Beschreibung von Ansgar Hellbach sowie zwei Fotos von ihm zukommen, die sie im Internet gefunden hatte. Am liebsten wäre sie selbst nach Berlin gefahren. Es war nervig abzuwarten. Sie hoffte, dass die Berliner Kollegen die richtige »Audrey« schnell ausfindig machten, dass die Frau bereit und in der Lage war, der Polizei zu helfen, und nicht zuletzt, dass sie sich an ihre Kunden in Lübeck erinnerte. Wenigstens an den einen. Hinter dieser Spur standen also mehrere große Fragezeichen, und die Zeit drängte.

Doch reichte eine erwiesene Vorliebe für eine Prostituierte, die sich als Schulmädchen ausgab, überhaupt aus, um einen Durchsuchungsbeschluss für Ansgar Hellbachs Privathaus zu erwirken? Konnten sie mit diesem Hintergrundwissen bei einer Vernehmung genügend Druck auf ihn ausüben? So, wie Pia Ansgar Hellbach einschätzte, würde es lange dauern, bis mit einem Ergebnis zu rechnen war. Wenn überhaupt. Und das konnte Cäcilia gefährlich werden. Was, wenn Hellbach der Schuldige war, wenn er sie versteckt hielt und sie auf seine ständige Versorgung angewiesen war? Wenn das Mädchen starb, während sie Ansgar Hellbach im Kommissariat wieder und wieder dieselben Fragen stellten, die er nicht zu beantworten gedachte? Wenn Rist ihn wie zuvor Rüdiger Dietz über Nacht in Polizeigewahrsam behalten wollte, um ihn mürbe zu machen?

Und lagen sie mit ihrer Annahme überhaupt richtig? Ansgar Hellbach hatte schließlich organisiert, dass Freiwillige aus dem Dorf nach den Mädchen suchten. Sie hatten daraufhin Florian Warnkes Leiche im Wald gefunden. Würde der Entführer der Kinder das tun? Warnkes Mörder? Hellbachs großes Interesse an den Verbrechen und sein Aktionismus könnten eine Reaktion auf die verübten Taten sein. Sie könnten auch darauf hinweisen, dass er bezüglich der Ermittlungen auf dem Laufenden sein wollte, um der Polizei immer einen Schritt voraus zu sein. Oder es war ganz anders, und Ansgar Hellbach hatte weder mit dem Mord noch mit den Entführungen das Geringste zu tun.

Manfred Rist wartete die Bestätigung aus Berlin, dass Ansgar Hellbach Kunde einer Prostituierten namens »Audrey« gewesen war, gar nicht erst ab. Nachdem sie die neuesten Ermittlungsergebnisse Hellbach betreffend in großer Runde besprochen hatten, wurde er hektisch. Er wollte Ansgar Hellbach am liebsten sofort zu der Sache befragen.

»Wir vernehmen ihn hier auf der Dienststelle. Dann weiß er auch gleich, was Sache ist.«

Pia gab wieder einmal zu bedenken, dass sie mit einer übereilten Aktion womöglich Cäcilias Leben in Gefahr brachten.

»Ich fahre jetzt ins Büro des Staatsanwalts und werde das alles auch mit ihm durchsprechen«, sagte Rist, ohne auf ihren Einwand einzugehen.

Pia sah auf ihre Armbanduhr. Verflixt, sie musste los. Sie sollte Felix heute wegen einer außerordentlichen Teambesprechung der Erzieherinnen früher vom Kindergarten abholen. Ihre Bedenken, was Hellbach und Rists Vorgehensweise betraf, musste sie notgedrungen zurückstellen. Sie sah Broders in die Augen und hoffte, dass er weiterhin an der Sache dranblieb.

»Musst du etwa schon wieder gehen, Pia?«, fragte Rist, als sie aufstand. Die Besprechung war beendet. Auch die anderen erhoben sich nach und nach und verließen den Raum, um ihren Aufgaben nachzugehen.

»Ja, ich muss heute ausnahmsweise früher los. Ich habe übrigens herausgefunden, wie das Täterwissen in die Hände des Journalisten, dieses Max Carlsdorf, gelangt ist«, antwortete sie.

»Sag an!«

»Max Carlsdorf war nicht am Tatort, als ich mit den Presseleuten gesprochen habe. Ich habe ihn am Montag getroffen und mit ihm über die Sache geredet. Er behauptet, die brisanten Informationen, zum Beispiel die von dem blauen Abschleppseil, durch eine E-Mail erfahren zu haben. Eine

E-Mail, die aus dem Kommissariat 1, angeblich sogar von mir, stammt. Carlsdorf hat mir diese Mail nun endlich weitergeleitet, damit ich prüfen lassen kann, wo sie wirklich herkommt. Unsere Computerspezialisten oben kümmern sich darum.«

»Du hast eine E-Mail an die Presse geschickt, Pia?«

Wollte er sie absichtlich falsch verstehen? »Ich habe keine Mail dieser Art verschickt. Und ich finde heraus, wer das an meiner Stelle getan hat. Warum ich angeblich der Absender bin. Diese E-Mail muss ein Fake sein.«

»Ein Fake? Man kann doch wohl sehen, wer der Absender ist. Das wird alles protokolliert.«

»Ja, im Header. Wenn man ihn richtig lesen kann.« Sie hatte sich den Header angeschaut. Für sie sah es so aus, als wäre sie wirklich der Absender gewesen. Aber das würde sie Rist nicht auf die Nase binden.

»Unsere Leute kümmern sich darum? Meinetwegen. Wir werden sehen.« Rist hatte sein Telefon schon wieder am Ohr und winkte sie weg wie ein lästiges Insekt.

Pia wäre um ein Haar eine wütende Bemerkung rausgerutscht, die der Klärung der Sache nicht zuträglich gewesen wäre. Sie beherrschte sich.

Auf dem Weg zum Fahrstuhl holte sie Broders ein. »Wenn ihr mich später noch brauchen solltet, ruf mich an«, bat sie ihn. »Wenn ich jemanden finde, der für mich zu Hause einspringt, kann ich wiederkommen, sobald Felix schläft.«

»Denkst du, wir schaffen es nicht ohne dich?«, neckte Broders sie.

»Natürlich denke ich das nicht.« Die Fahrstuhltür öffnete sich, und Pia trat in die Kabine. »Ich bin nur neugierig.«

Pia kam mit einem aufgeregt schnatternden Felix und zwei Klappkörben voller Lebensmittel zu Hause an. Das Einkaufen war nervtötend gewesen. Immerhin, Felix hatte im Kindergarten mit diesem Leo gespielt, was ihn ein wenig mit der neuen Umgebung versöhnte. Pia hatte versucht, ihm aufmerksam zuzuhören, seine Fragen zu beantworten und sich gleichzeitig auf den Verkehr zu konzentrieren. Sie fand einen Parkplatz in einer Nebenstraße und trug zuerst den einen Korb hoch, der auch tiefgefrorene Lebensmittel enthielt. Als sie das zweite Mal mit Felix hinunterging, um den Rest zu holen, rief er an der Haustür: »Guck mal, Mama, ein Fuchs!«

»Ein Fuchs? Hier in der Stadt? Wo denn?« Pia ging in die Hocke, um den Vorgarten, der die Größe einer Picknickdecke hatte, aus Felix' Perspektive zu betrachten. Gleichzeitig überlegte sie, was im Fall eines womöglich tollwütigen Tieres zu tun sei.

»Ein Fuchs!«, rief Felix aufgeregt und deutete mit dem Finger in das bescheidene Grün. Pia wusste, dass er sein Bilderbuch *Tiere der Nacht* sehr liebte. Sie hatte es ihm bestimmt schon zwanzig Mal vorgelesen.

»Komm, ich hebe dich hoch, dann kannst du besser sehen«, sagte sie und nahm ihn auf den Arm.

Er kniff sie aufgeregt in den Oberarm. »Da!«

Ein Eichhörnchen sprang an den Stamm eines kleinen Baumes und verschwand in der Baumkrone. Pia lächelte. Doch ihr Lächeln gefror, als sie sah, wer auf der anderen Straßenseite an einen schwarzen Mercedes gelehnt stand und zu ihnen herübersah.

»Das ist ein Eichhörnchen, Felix«, sagte sie mit belegter Stimme. »Die Farbe und der buschige Schwanz erinnern an einen Fuchs, das stimmt schon, aber ein Eichhörnchen ist viel kleiner.«

Er nickte. »Kleiner Fuchs.«

»Wir fahren bald in den Wildpark und gucken uns Füchse an.« Woher sollte er aus einem Bilderbuch auch wissen, wie groß die Tiere in Wirklichkeit waren? »Und Ratten«, ergänzte sie. Neulich hatte Felix ihre Mutter erschreckt, als er ihr verkündet hatte, er habe eine Ratte in ihrem Reihenhausgarten gesehen. Auf Nachfrage war die »Ratte« so groß gewesen wie ein Geldstück, mit Punkten oder Streifen – wahrscheinlich ein Käfer.

Pia ließ Felix wieder hinunter. Ihr erster Impuls war, mit ihm zurück ins Haus zu gehen und die übrigen Einkäufe später nach oben zu bringen. Aber das wäre feige, und Marten Unruh würde sich ohnehin nicht so leicht abwimmeln lassen. »Komm, wir holen noch die andere Kiste aus dem Auto.«

»Na gut.« Seine kleine Hand griff vertrauensvoll nach ihrer.

Marten löste sich von dem Wagen mit dem Frankfurter Kennzeichen, der in der Sonne glänzte wie angeleckte Lakritze, und kam auf sie zu. Er trug Jeans und ein graues T-Shirt. Sein Haar war kürzer als früher und eine Spur grau. Ansonsten schien er sich kaum verändert zu haben. In Anbetracht der Zeit, die vergangen war, und der entscheidenden Dinge, die zumindest in ihrem Leben passiert waren, war das beinahe unmöglich. Sie hoffte, dass er ihr den rasenden Herzschlag und die Mischung aus Überraschung, Ärger und naiver Wiedersehensfreude nicht ansah.

»Wer ist der Mann?«, fragte Felix.

»Er heißt Marten. Ich habe früher mit ihm zusammengearbeitet«, antwortete Pia.

»Wir haben einen Fuchs gesehen!«, rief Felix Marten freudig entgegen.

»Hi, Pia«, sagte er, und dann zu Felix: »Einen Fuchs? Wow! Mitten in der Stadt?« Sein Blick ging von ihrem Gesicht zu Felix und wieder zurück. Pia registrierte mit einer gewissen Genugtuung, dass die Situation Marten ebenfalls aus dem Konzept brachte.

»Hallo, Marten. Was willst du hier?«

»Mit dir reden.«

»Für mich war die Sache zwischen uns schon vor dem letzten Telefonat erledigt«, sagte Pia, da sie in Gegenwart ihres Sohnes nicht deutlicher werden wollte.

»He, ich möchte dich sehen. Wissen, ob es dir gut geht.« Sein Blick wanderte wieder zu Felix. »Ich wusste nicht ... Ist das ...« Er sah sie fragend an.

Felix schien die Spannung zwischen ihnen zu spüren, denn sein Griff, mit der er Pias Hand hielt, wurde fester.

»Das ist mein Sohn Felix.«

Marten zog die Augenbrauen zusammen, hatte seine Miene aber sofort wieder unter Kontrolle und wirkte gleichmütig und entspannt. Erstaunlich, dass er sich seine Überraschung überhaupt hatte anmerken lassen. Sein Job erforderte es doch, dass er seine wahren Gefühle nicht zeigte.

»Hi, Felix.« Marten musterte erst Felix' und dann Pias Gesicht, als suchte er darin etwas. Er lächelte ihrem Sohn zu. »Schön, dich kennenzulernen. Ich würde auch gern den Fuchs sehen. Vielleicht zeigst du ihn mir bei Gelegenheit.« Marten überrumpelte Pia, indem er ihr einen Zettel in die Hand drückte. »Ruf mich an! Bitte.« Er sah sie noch einmal an, dann drehte er sich um und ging zu dem glänzenden Auto zurück, das fremd wie ein Ufo am Straßenrand stand. Der Wagen passte nicht zu Marten.

32. Kapitel

Auf dem Weg nach Grotenhagen zu Ansgar Hellbach setzte Broders seinen Kollegen Pinzke über die neuen Ermittlungsergebnisse ins Bild. Rist hatte nach seiner Besprechung mit dem Staatsanwalt umgeschwenkt und eine Vernehmung Hellbachs vor Ort statt im Kommissariat veranlasst. »Die Berliner Kollegen haben uns eben bestätigt, dass Ansgar Hellbach in Lübeck eine Zeit lang Stammkunde einer Prostituierten gewesen ist, die sich »Audrey« nannte. Sie haben die Frau ausfindig gemacht, und sie erinnert sich an ihn. An seine Vorliebe für kurze Faltenröcke und weiße Kniestrümpfe. Außerdem hat sie wohl recht lebhaft seine herablassend-väterliche Art beschrieben und seinen Hang zu obskuren Bestrafungen.«

»Was ist mit dem anderen Typen, den ihr heute Morgen dem Haftrichter vorgeführt habt, diesem Rüdiger Dietz?«

Broders schnaubte. »Der ist wieder frei. Rist war da vielleicht etwas voreilig.«

»Hm. Hoffentlich passiert mit diesem Ansgar Hellbach jetzt nicht ein ähnliches Malheur. Der bestätigte Kontakt Hellbachs zu dieser Prostituierten ist ja gut und schön«, sagte Pinzke, »selbst wenn sie ihre Freier damals mit ihrem mädchenhaften Äußeren gelockt hat. Er ist aber noch lange kein Beweis für Hellbachs Täterschaft in den Entführungsfällen. Wir brauchen da etwas mehr.«

»Rist hofft zumindest auf einen richterlichen Durchsuchungsbeschluss für Hellbachs privates Wohnhaus, den wir jedoch ohne Beweise nicht bekommen. Hier beißt sich die Katze offensichtlich mal wieder in den Schwanz.«

Es war kurz nach drei, als sie Grotenhagen erreichten. Die Wärme lag wie eine unsichtbare Glocke über dem Dorf. Sie passierten das offen stehende Tor zum Gutsgelände und fuhren auf das Gutshaus zu. Die unteren Fenster des Gebäudes waren mit Brettern vernagelt, die Veranda wurde von einem rostigen Eisenträger abgestützt. Broders bog nach rechts, umrundete eines der Nebengebäude, und so gelangten sie zu dem einzigen bewohnbaren Haus des Anwesens, dessen gepflegter Garten von einem Jägerzaun umgeben war.

Broders hielt vor der Pforte.

»Das ist aber mal ein ländliches Idyll!«, spottete sein Kollege, der das Haus zum ersten Mal sah.

»Aber ein Abstieg.« Broders konnte Hellbachs diesbezügliche Bitterkeit nachvollziehen. Und auch, dass der Mann irgendwann die Segel gestrichen hatte. Eine kaum zu bewältigende Aufgabe, das alles zu erhalten, vor allem in der heutigen Zeit. Broders selbst nervte es ja schon, wenn er in seiner Wohnung einen Halogenspot austauschen oder gar die Küche oder das Bad neu streichen musste.

»Ist das sein Wagen?«, fragte Pinzke und deutete auf einen alten, aber gepflegten Kombi in Silbergrau, der in der Zufahrt stand.

»Ja, soweit wir wissen, schon. Unsere Chancen, Hellbach zu Hause anzutreffen, stehen offenbar ganz gut.«

Sie waren instruiert, es wie eine gewöhnliche weitere Befragung aussehen zu lassen. Ansgar Hellbach sollte nicht wissen, dass er in den Fokus der Ermittlungen geraten war, solange sie keinen stichhaltigen Beweis gegen ihn in der Hand hatten. Solange immer noch ein Mädchen vermisst wurde. Falls die Befragung konkrete Hinweise ergab, würden Rist und der Staatsanwalt entscheiden, wie weiter zu verfahren sei. Ich werde hier jedenfalls nichts riskieren, dachte Broders, als er den Türklopfer betätigte.

Friedlinde Hellbach öffnete ihnen. Sie rieb sich die Hände mit einem Geschirrtuch trocken, das sie danach etwas ratlos in der Hand hielt. Ihr flächiges Gesicht sah erhitzt aus. Broders stellte Pinzke und auch sich selbst noch einmal vor und fragte, ob sie eintreten durften. »Wir möchten noch mal mit Ihrem Vater sprechen, Frau Hellbach. Ist er zu Hause?«

»Oh, tut mir leid. Mein Vater ist unterwegs. Ein Bekannter hat ihn abgeholt. Sie sind zum Angeln gefahren.«

»Angeln?«, fragte Broders. »Wo denn?«

»An der Ostsee, nehme ich an. Wo genau, das hat er mir nicht gesagt.«

»Können wir trotzdem reinkommen?«

Sie winkte sie lustlos herein. Die Temperatur im Inneren des Hauses war durch die lange andauernde Hitzeperiode und die offensichtlich mangelnde Dämmung unangenehm hoch.

»Möchten Sie etwas trinken?«

»Äh, nein danke«, sagte Pinzke. »Wann erwarten Sie Ihren Vater denn zurück?«

Friedlinde Hellbach hob die Schultern. Sie trug eine langärmelige, geblümte Bluse und eine Hose, die ihr bis zu den Waden reichte. Ihre nackten Füße steckten in Gesundheitslatschen.

»Können wir ihn vielleicht telefonisch erreichen?«, wollte Broders wissen.

»Meinen Vater?« Sie sah sich flüchtig um, als könnte er jeden Moment ins Zimmer treten. Broders erinnerte sich an die Bestrafungen, von denen diese »Audrey« den Kollegen in Berlin berichtet hatte. Hier stand allerdings kein Schulmädchen vor ihnen, sondern eine etwa fünfundvierzigjährige Frau mit einem Lebendgewicht von sicher achtzig Kilo. Das sagte natürlich nichts. Die Frage war eher, was Friedlinde Hellbach ihrem Vater mental entgegenzusetzen hatte.

»Hat Ihr Vater vielleicht ein Mobiltelefon dabei?«

»Schon, aber das hat er so gut wie nie eingeschaltet, und wenn, hört er es nicht. Wie oft ich schon versucht habe, ihn zu erreichen! Er ist ja nicht mehr der Jüngste und auch nicht ganz gesund, wissen Sie?«

»Was hat Ihr Vater denn?«

»Wie bitte?«

»Sie sagten, er sei nicht ganz gesund.«

»Ach, nichts Ernstes. Sein Blutdruck und seine Knie. Auf ebener Fläche geht's, doch er kann schlecht Treppen steigen. Draußen geht er ja mit Stock, sogar meilenweit, wenn es sein muss, das klappt noch ganz gut. Wenn er nur hier drinnen sein müsste …« Sie schauderte.

»Also gut«, sagte Broders. »Wir versuchen es dann später noch mal.«

»Oh, bitte …«

»Ja, Frau Hellbach?«

Sie errötete. »Bitte nicht zu spät. Er hasst es, wenn er abends noch gestört wird.«

»Darauf können wir in dieser Situation keine Rücksicht nehmen«, sagte Pinzke.

»Ich verstehe.« Sie strich eine Haarsträhne nach hinten, die ihr im Gesicht geklebt hatte. »Die arme Cäcilia und der schreckliche Mord sind wichtiger als die Launen eines alten Mannes.«

»Sie sagen es.« Broders wandte sich zur Tür.

»Äh, Herr … Kommissar?«

»Ja?«

»Gibt es schon was Neues über das Mädchen?«

»Wir ermitteln in verschiedene Richtungen«, antwortete er ausweichend.

»Warum sind Sie hier? Das hat doch einen Grund.«

Ganz so einfach gestrickt, wie sie sich gab, war sie offensichtlich nicht. Fürchtete sie, dass ihr Vater in die Verbrechen verwickelt war? »Wenn Sie uns etwas sagen möchten, Frau

Hellbach, Ihren Vater oder auch etwas anderes betreffend, das uns weiterhelfen könnte, wäre jetzt der richtige Zeitpunkt dazu.« Er lächelte, wie er hoffte, aufmunternd und vertrauenerweckend.

»Ich weiß«, sagte sie. »Ich zermartere mir schon seit Tagen das Gehirn, ob ich etwas gehört habe. Hier wird so viel geredet, wissen Sie? Jeder glaubt, irgendwas zu wissen. Aber oft ist es nur Tratsch. Sie waren auch bei Isolde Warnke, hat man mir erzählt. Und Lucie und Rüdiger waren bei Ihnen in Lübeck. Die reden viel, wenn der Tag lang ist. Jeder versucht, sich selbst in einem guten Licht darzustellen, nicht wahr?«

»Worauf wollen Sie hinaus, Frau Hellbach?«

»Falls die beiden schlecht über meinen Vater gesprochen haben, dürfen Sie darauf nicht allzu viel geben.«

»Das müssen Sie schon uns überlassen, Frau Hellbach.«

»Natürlich. Ich wollte nur sagen … Ach, egal.«

»Nichts ist egal. Reden Sie bitte!«

»Isolde hat bestimmt über früher geredet. Aber gleichgültig, was sie sagt. Mein Vater war ihr ein guter Arbeitgeber und hat sie anständig behandelt. Auch Florian …«

»Wir werden darüber mit Ihrem Vater selbst sprechen, damit er uns seine Sicht der Dinge schildern kann.«

»Dann ist es also wahr? Dass er angeschwärzt wurde?«

»Nein, das kann man so nicht sagen.«

Sie sah in Richtung Fenster und knetete dabei das karierte Tuch in ihrer Hand. Dann blickte sie Broders direkt in die Augen. »Die Menschen sind meistens nicht sehr nett zueinander.«

»Erzählen Sie das einem Kriminalbeamten …«

»Entschuldigen Sie. Sie haben natürlich recht. Wissen Sie, ich lese ganz gern Krimis. Ich hätte nur nie gedacht, dass ich selbst mal in einen gerate.«

»Wer denkt das schon? Wir gehen dann mal. Ich hoffe, wir

können Ihren Vater heute noch sprechen. Es ist wichtig, Frau Hellbach.« Er drückte ihr seine Visitenkarte in die Hand.

»Ich richte es ihm aus.«

»Lucie, kannst du bitte herkommen!«

Lucie Warnke presste das Telefon ans Ohr. »Isolde? Warum sprichst du so leise? Ich verstehe dich so schlecht.«

»Komm bitte einfach her. Jetzt.«

Es knackte in der Leitung. Ihre Schwiegermutter hatte aufgelegt.

Lucie sah auf die kleine Schüssel mit Naturjoghurt und den darauf verteilten Müsliflocken, ihr arg verspätetes Mittagessen. Sie blickte wieder auf das Telefon. Mit einem Schulterzucken stellte sie das Schälchen in den Kühlschrank. Sie brachte hier sowieso nichts runter. Nicht, seitdem Florian tot war. Als er noch lebte, hatte es ihr nichts ausgemacht, allein zu essen. Da hatte sie ja auch gewusst, dass er später irgendwann kommen würde. Dass das große Haus wieder mit Geräuschen und Leben erfüllt sein würde. Wenn es dunkel wurde, hatte sie sonst auch immer das Licht in Rüdigers Wohnwagen hinten im Garten gesehen. Es hatte sie irgendwie beruhigt. Doch vergangene Nacht war auch ihr Bruder nicht in ihrer Nähe gewesen, sondern hatte in einer Zelle in Lübeck gesessen. Lucie fühlte sich schrecklich allein.

Was Isolde wohl wollte? Solange Florian gelebt hatte, hatten sie sich eher gemieden. Vielleicht wollte sie über die anstehende Beerdigung und die Trauerfeier mit ihr reden? Oder war sie einfach nur einsam, so wie sie selbst? Lucie war daran gewöhnt, diszipliniert zu sein und Schmerz zu ignorieren, solange es ihr möglich war. Sonst wäre sie nie eine erfolgreiche Tänzerin geworden. Man hatte zehn gute Jahre, mit Glück etwas mehr. Dann war es vorbei. Sie wusste, dass manche im

Ort sie für kalt hielten, weil sie nicht laut lamentierte und heulte. Aber die kannten sie nicht. Die wussten nicht, dass ihre Sprache die Bewegung war. Isolde zeigte ihre Trauer ebenfalls nicht so offen, auch wenn das sicherlich andere Gründe hatte. Jetzt, da sie beide Florian verloren hatten, fühlte Lucie sich ihr näher.

Isoldes Stimme hatte unterdrückt geklungen, so als hätte sie geweint. Ihre Schwiegermutter und Tränen? Schwer vorstellbar. Oder traute sie sich nicht, lauter zu reden? Sie war ansonsten nicht so der leise, rücksichtsvolle Typ. Egal. Lucie war froh, dass es nun einen Anlass gab, das stille Haus zu verlassen.

Auf dem Weg zu ihrer Schwiegermutter rief ihr Bruder auf dem Handy an und sagte ihr, dass er auf dem Weg nach Hause sei. Die Polizei habe ihn entlassen und bringe ihn jetzt nach Grotenhagen.

»Ich gehe gerade zu Isolde«, informierte sie ihn.

Er brummte etwas Unverständliches, dann unterbrach er die Verbindung.

Bei ihrer Schwiegermutter angekommen, erwartete Lucie eine Überraschung. Isolde ließ sie mit verkniffener Miene ein und führte sie in die Küche. Dort stand Friedlinde Hellbach. Sie hatte die Arme vor der Brust verschränkt.

»Hallo, Friedel«, sagte Lucie. Dann wusste sie ob der feindseligen Mienen der beiden anderen Frauen nicht mehr weiter. Sie hatte nicht gewusst, dass Isolde und Friedel in näherem Kontakt zueinander standen. Florian hatte ihr erzählt, dass seine Mutter und Hellbachs Tochter nie besonders gut miteinander ausgekommen waren. Es war wohl Ansgar Hellbachs Plan gewesen, dass seine Haushälterin ein wenig die Mutterrolle übernahm, doch die Beziehung war distanziert geblieben. Mehr wie die zwischen der Tochter des Arbeitgebers und der Hausangestellten, die unglücklicherweise auch Erziehungspflichten wahrnehmen sollte.

»Die Polizei war bei mir«, sagte Friedlinde und schob die Unterlippe vor.

»Die war schon bei uns allen, Friedel.«

»Nein, noch einmal. Gerade eben. Sie wollen meinen Vater sprechen.« Friedel wandte sich an Lucie. »Isolde hat mir erzählt, dass du die Polizisten zu ihr geschickt hast.«

»Wie bitte?«

»Als sie deinen Bruder verhaftet haben.«

»Das mit der Verhaftung war ein Irrtum. Rüdiger ist unschuldig«, entgegnete Lucie. »Er ist schon wieder auf dem Weg nach Hause.«

»Was habt ihr der Polizei bloß für Lügen aufgetischt?«, fragte Friedel. »Dass sie nun meinen armen Vater behelligen sollen, statt den wahren Täter zu suchen?«

»Dein armer Vater? Er wird es überleben.« Isolde verschränkte ebenfalls die Arme vor der Brust.

Friedel zeigte mit dem Finger auf sie. »Was weißt du davon, wie es ihm geht und was er überleben wird und was nicht? Wenn er hört, was ihr der Polizei für einen Blödsinn erzählt habt, bekommt er einen Herzanfall.« Ihre letzten Worte klangen tränenerstickt.

»Nur interessehalber: Was hast du der Polizei eigentlich gesagt?«, fragte Lucie ihre Schwiegermutter.

»Die Wahrheit, sonst nichts«, verteidigte sich Isolde. Und zu Friedlinde: »Dein Vater war eben einsam. Ich glaube, er hat deinetwegen nie wieder geheiratet. Man kann es ihm wohl nicht mal übel nehmen.«

»Was willst du damit sagen? Dass er eine Affäre hatte?«

»Nein. Er ist regelmäßig zu einer Prostituierten gegangen.«

Friedlinde wurde rot. »Wie kannst du es wagen ...«

»Es stimmt. Er hatte eine spezielle, zu der er wohl immer wieder ging. Und sie war noch sehr jung.«

»Ihr … Klatschweiber!«, entfuhr es Friedlinde. »Einen anständigen alten Mann so …«

»Pass auf, wie du in meinem Haus mit mir redest!«, fuhr Isolde sie an. »Die Zeiten, in denen ich mir von den Hellbachs jede Unverschämtheit habe bieten lassen müssen, sind nämlich vorbei.«

»Ach, wem gehört denn dein entzückendes kleines Haus?«

»Ich zahle deinem Vater Miete, und das nicht zu knapp.«

»Phh«, machte Friedlinde und verdrehte die Augen.

Es klingelte an der Haustür, zweimal kurz, einmal lang. Die drei Frauen sahen einander an.

»Was ist denn heute bitte schön hier los?«, murmelte Isolde.

»Das könnte Rüdiger sein. Ich hatte ihm am Telefon gesagt, dass ich auf dem Weg zu dir bin«, erklärte Lucie.

Isolde ging in den Flur, und sie hörten einen kurzen Wortwechsel. Dann betrat Rüdiger Dietz hinter Isolde die enge Küche. Er sah nach einer Nacht in einer Zelle noch abgerissener aus als sonst. Lucie fand, dass er säuerlich roch. Friedlinde atmete hörbar ein und aus, ging ein paar Schritte rückwärts und drehte sich zur Terrassentür. Sie hantierte am Türgriff, doch der Griff hakte, sodass sie einen Moment damit zu kämpfen hatte. Die erhöht liegende Terrasse führte über eine geflieste Treppe hinunter in den Garten.

»Bleib doch noch«, sagte Lucie, da Friedlinde so unvermittelt die Flucht antrat. »Mein Bruder beißt nicht.« Nicht, dass sie scharf auf die Gesellschaft dieser Frau war, aber sie wollte sie auch nicht als Kostümnäherin verlieren.

Friedlinde drehte sich noch einmal zu ihr um. Ihre Lippen waren zusammengepresst, die Augen starr. Lucie konnte ihren inneren Aufruhr nicht nachvollziehen. Friedel schien noch etwas sagen zu wollen, doch Rüdiger trat einen Schritt auf den Tisch und damit auf sie zu. Friedlinde stieß die Terrassentür auf, lief die paar Meter über die Terrasse und war abrupt aus Lucies Blickfeld verschwunden.

Isolde war als Erste draußen und sah zu Friedlinde hinunter. Rüdiger und Lucie folgten ihr. Friedlinde kauerte am Fuß der Gartentreppe und hielt sich den Knöchel. Ihr Gesicht war schmerzverzerrt, doch sie sagte keinen Ton.

»Du lieber Himmel!« Isolde stieg rasch, aber vorsichtig die Stufen hinab. »Wie ist das denn passiert, Friedlinde?«

»Sie ist die kaputte Treppe runtergefallen«, sagte Rüdiger und besah sich die schadhaften Treppenstufen. »Das ist ja gemeingefährlich bei dir, Isolde. Hast du denn niemanden, der dir das repariert?«

»Mein – Sohn – ist – tot. Falls es dir schon aufgefallen ist!«, fauchte Isolde ihn an. Lucie sah, wie sie sich ungeduldig über die Augen wischte. Ihr Gesicht wurde fleckig.

Friedel versuchte aufzustehen und zog mit den kläglichen Versuchen Rüdigers Aufmerksamkeit auf sich.

»Sei vorsichtig, Friedel«, meinte er. »Deinem Abgang nach zu urteilen, kannst du dir auch was gebrochen haben.« Er ging in die Hocke, um den Fuß zu untersuchen. Dabei betastete er behutsam ihren Knöchel. Friedel sah Rüdiger mit einem seltsamen Gesichtsausdruck, den Lucie nicht zu deuten wusste, an.

Dann zog sie den Fuß weg. »Lass das! Es geht schon.« Sie versuchte noch einmal, allein aufzustehen, ließ sich aber, als sie scheiterte, von Rüdiger aufhelfen.

»Das musst du unbedingt röntgen lassen«, sagte Lucie. Sie hatte allerdings keine große Lust, sich darum zu kümmern. Bis sie Friedel in deren Wagen zu einem Arzt mit einem Röntgengerät kutschiert hatte, wäre es zu spät. Da half nur noch die Notaufnahme im Krankenhaus in Neustadt.

»Ich glaube, Kühlen und Hochlegen reicht«, antwortete Friedel. Ihr Gesicht hatte jegliche Farbe verloren.

»Soll ich dich schnell nach Hause fahren?«, fragte Rüdiger. »Du bist doch mit dem Auto hier.« Dass Friedlinde augenscheinlich gerade vor ihm geflohen war, schien ihn nicht zu kümmern.

»Du?«, sagte Friedlinde. »Vater bekommt einen Anfall, wenn er dich sieht. Außerdem riechst du ... wie ein Tier.«

Etwas zu viele Gelegenheiten für Ansgar, heute einen Anfall zu erleiden, dachte Lucie.

»Das versteht er schon, Friedel«, versuchte Isolde zu vermitteln. »Aber ich könnte dich natürlich auch in deinem Wagen nach Hause bringen.«

Lucie wusste, dass ihre Schwiegermutter seit zig Jahren nicht mehr hinter dem Steuer eines Autos gesessen hatte, doch sie mischte sich nicht ein. Sie fand, dass zwei großzügige Angebote dieser Art für heute ausreichten.

»Gebt euch keine Mühe.« Friedlinde humpelte in Richtung Vorgarten und Straße. »Ihr habt mehr als genug getan. Das kurze Stück nach Hause kann ich auch noch selbst fahren.«

Sie sahen ihr schweigend nach.

»Wer oder was hat die denn gebissen?«, fragte Lucie, als Friedel aus ihrem Blickfeld verschwunden war.

»Für mich sah es so aus, als wärst du das gewesen, Rüdiger.« Isolde zog eine Schachtel Zigaretten aus der Tasche ihres Schürzenkleides und hielt sie ihm hin. »Nichts für ungut.«

Rüdiger steckte sich die angebotene Zigarette an, und auch Lucie trat hinzu und nahm sich eine.

»Drei Raucher zusammen? Das hat man ja nur noch selten. Ich dachte, du hättest aufgehört, Lucie«, sagte Isolde.

»Ich hatte es auch sechs Wochen lang geschafft, weil Florian sich immer beschwert hat, dass ich nach Rauch rieche, aber dann ...«

»Schwesterherz raucht gegen den Hunger«, behauptete Rüdiger. »Wie schafft man es sonst, so schlank zu bleiben?«

»Ich bewege mich eben viel.« Lucie ließ sich von ihm Feuer geben. »Im Gegensatz zu einigen anderen.«

»Wie läuft die Ballettschule?«, erkundigte sich Isolde. »Wirst du sie weiterführen?«

Lucie zuckte mit den Schultern. »Eigentlich ganz gut. Ich habe demnächst fünfjähriges Jubiläum. Friedlinde wollte die Kostüme für die Aufführung nähen.« Sie verzog das Gesicht. »Ob sie das nun auch noch macht, weiß ich nicht. Ich habe sie noch nie so aufgebracht gesehen.«

»Warum war sie überhaupt hier?«, fragte Rüdiger.

»Sie wollte wissen, wer der Polizei von der früheren Angewohnheit ihres Vaters erzählt hat, in den Puff zu gehen. Von seiner heimlichen Leidenschaft für die ganz jungen Frauen«, erklärte Isolde.

»Das ist ja auch nicht witzig – wo hier gerade zwei Mädchen entführt wurden«, sagte Lucie.

»Aber *das* war Ansgar nicht.« Isolde ließ langsam den Rauch durch ihre Nasenlöcher entweichen. »Niemals. Ich kenne ihn, er ist kein Heiliger. Doch ein Verbrecher und Kinderschänder ist er auch nicht.«

»Das weißt du nie«, entgegnete Rüdiger.

Lucie drückte die Zigarette in einem vollen Aschenbecher aus, der auf dem Treppenabsatz stand. »Ich geh jetzt nach Hause. Willst du mitkommen, Rüdiger?«

»Ach nö.«

Lucie winkte und verschwand ebenfalls um das Haus herum in Richtung Straße. In der Ferne war erstes Donnergrollen zu hören.

»Ist noch was, Rüdiger?«, wollte Isolde wissen.

»Nein. Ich hab es nur nicht so eilig. Auf mich wartet ja keiner. Und mein Wohnwagen ...« Er verzog das Gesicht.

Isolde rauchte schweigend, doch eine Sache ließ sie nicht los. »Warum ist Friedlinde so panisch geworden, als sie *dich* gesehen hat, Rüdiger?«

»Weil sie ein verhuschtes Ding ist, deshalb.«

Isolde schüttelte den Kopf. »Nein, ist sie nicht. Ihre Reaktion hatte eindeutig etwas mit dir zu tun.« Sie fühlte Rüdigers Blick auf sich ruhen. »Es war deins, oder?«, fragte sie ihn, von ihrer eigenen Einsicht überrascht.

»Was?« Rüdiger kam einen Schritt näher. So nah, dass Isolde zurückgewichen wäre, wenn sich nicht direkt hinter ihr die erste Treppenstufe befunden hätte. »Erklär mal. Was meinst du damit, Isolde?«

»Ich war ja so blind!«, flüsterte sie. »Du warst das.«

33. Kapitel

Als Erstes wurde sie sich ihrer drückenden Übelkeit und des Pochens in ihrem Kopf bewusst. Das war kein Traum gewesen. Sie hatte vorhin – wie lange war das her? – nur gedacht, dass sie träumte, und war dann wieder in diesen Dämmerzustand gefallen. Sie musste wach werden. Cäcilia öffnete die Augen, doch da war nichts. Absolute Schwärze. Sie riss die Augen weit auf, bewegte den Kopf hin und her. Es fühlte sich so an, als rollte ein Stein in ihrem Schädel herum. Sie sah immer noch nichts.

Der Untergrund war hart und knarrte leise, als sie sich bewegte. Sie tastete nach dem Lichtschalter auf dem Nachttisch und stieß gegen eine Wand. Als sie hochfuhr, schlug sie sich sofort den Kopf an und sank zurück. Cäcilia schrie auf und schauderte gleichzeitig bei dem krächzenden, verzweifelten Klang ihrer Stimme. Was war das? Wo war sie? Sie fasste nach oben, zur Seite, strampelte mit den Beinen, versuchte, sich herumzuwerfen, doch überall stieß sie mit einem dumpfen Laut gegen eine feste, ebene Begrenzung. Das konnte, das *durfte* einfach nicht wahr sein! Sie träumte immer noch. Panik presste ihren Brustkorb zusammen.

Cäcilia rutschte ein Stück hinunter, bis sie unten mit den Füßen ebenfalls gegen eine Wand stieß. Der Untergrund bebte im Rhythmus ihrer Tritte, und Staub rieselte ihr in die Augen. Mit rasendem Herzschlag betastete sie die Begrenzungen ihres Gefängnisses. Waren es Holzwände? Sie lag in einer Art Kiste, die nur wenig länger war als sie selbst und ungefähr einen halben Meter hoch und breit. Das war … das war doch kein … Cäcilia schrie und schrie.

Broders fuhr auf der A1 in Richtung Neustadt. Der Himmel vor ihm war dunstig grau, und hinter ihm bauschten sich Wolkengebirge am Horizont, die ein Unwetter ankündigten. Friedlinde Hellbach hatte ihn um kurz vor halb neun angerufen. Sie hatte sich den Knöchel verletzt und saß seit Längerem in der Notaufnahme des Krankenhauses. Nun war sie fertig und wusste nicht, wie sie nach Hause kommen sollte. Broders verfluchte sich selbst dafür, dass er ihr vorhin seine Karte in die Hand gedrückt hatte. Genervt folgte er nun den Hinweisschildern zum Krankenhaus und dann der Beschilderung in Richtung Notaufnahme.

Friedlinde Hellbach erwartete ihn mit einem geschienten Knöchel, den sie auf einem zweiten Stuhl abgelegt hatte, in einer Wartezone in der Nähe der Notaufnahme. Neben ihr lehnte ein Paar Krücken.

»So sieht man sich wieder«, begrüßte sie ihn. Sie wirkte angestrengt. Trotzdem hatte Broders den Eindruck, dass ihr die Situation eine gewisse Genugtuung verschaffte. »Danke, dass Sie mich nach Hause bringen, Herr Kommissar. Mit der Schiene darf ich nicht fahren, sagen die Ärzte. Ich muss meinen Wagen hier stehen lassen. Mein Vater wird nicht begeistert sein, und schon gar nicht, wenn ich das Geld für ein Taxi verplempere. Und da Sie ja sowieso heute noch mit ihm reden wollen …«

»Oh, die Polizei ist gern zu Diensten.« Er stand unbeholfen daneben, während sie sich umständlich erhob. Rist, den er über den Anruf informiert hatte, hatte ihm aufgetragen, die Gelegenheit zu nutzen, um Friedlinde Hellbach auszufragen und dann bei ihr zu Hause endlich mit Ansgar Hellbach zu reden. »Seit wann sind Sie hier?«, fragte Broders.

»Seit ungefähr halb sieben. Die lassen einen ewig warten, wenn man noch nicht kurz vor tot ist.«

»Ist Ihr Vater denn noch nicht wieder aufgetaucht?« Er ging

langsam neben ihr her, während sie zum Ausgang humpelte. »Der könnte Sie doch auch abholen.«

»Ich habe ja unseren Wagen. Mein Vater ist offenbar noch an der Ostsee. Ich kann ihn jedenfalls nicht erreichen. Er weiß noch gar nichts von meinem Missgeschick.«

»Und was sagen die Ärzte zu Ihrem Fuß?«

»Wahrscheinlich ein Bänderriss. Heutzutage operiert man das wohl nicht mehr. Ich habe nur eine Schiene bekommen. Es soll so heilen – aber das dauert.«

»Wie ist das passiert?«

»Ich bin auf der Treppe umgeknickt. Ist das zu glauben?«

Broders hatte nah am Ausgang geparkt und half Friedlinde Hellbach, so gut es ging, in den Wagen. Als er den Motor startete, fielen erste dicke Regentropfen auf die staubige Windschutzscheibe.

»Auch das noch.« Broders seufzte.

»Die Natur braucht den Regen dringend«, sagte Friedlinde.

Das Tröpfeln steigerte sich schnell zu einem Wolkenbruch. Broders konzentrierte sich auf den Beinahe-Blindflug in Richtung Grotenhagen.

Als sie vor dem ehemaligen Verwalterhaus ankamen, prasselte der Regen immer noch ohne Unterlass auf das Autodach. Sie hasteten zum Eingang, so schnell es Friedlinde Hellbach mit ihren Krücken möglich war. Auf den Pfützen auf dem schmalen Gehweg bildeten sich große Luftblasen, und vor der Eingangstür ergoss sich eine Wasserwand aus einer verstopften Regenrinne. Ein Teil des Wassers landete in Broders' Kragen. Er fluchte unterdrückt.

»Igitt, ich bin auch vollkommen durchnässt!« Friedlinde Hellbach stand im Flur und strich sich tropfende Haarsträhnen aus dem Gesicht. »Wie soll ich das nur alles schaffen in nächster Zeit? Mit diesen Krücken ... Ich kann mich ja kaum allein vorwärtsbewegen«

»Kann ich Ihnen irgendwie helfen?«, fragte Broders eher unwillig. Die Vorstellung, sie zu stützen, in den Schränken dieses Haushalts zu wühlen oder ihr gar beim Umziehen zu assistieren, behagte ihm nicht.

»Nein, nein. Geht schon. Im Gäste-WC sind Handtücher für Sie, wenn Sie wollen.«

Nachdem Broders sich notdürftig abgetrocknet hatte, unternahm er einen kleinen Rundgang durchs Haus. Ansgar Hellbach war noch nicht wieder zu Hause eingetroffen. Dass er sich bei diesem Wetter noch an der Ostsee aufhielt, schien mittlerweile mehr als unwahrscheinlich zu sein.

Friedlinde Hellbach kontrollierte das Festnetztelefon und überließ es anschließend bereitwillig Broders. Der letzte Anruf ihres Vaters von seinem Mobiltelefon aus war laut Anruferliste um zehn vor sechs eingegangen. »Da war ich wohl gerade auf dem Weg in die Notaufnahme«, sagte sie. »Ich hatte erst noch versucht, den Fuß zu kühlen und hochzulegen, aber dann habe ich gemerkt, dass das nicht ausreicht.«

»Warum hat Ihr Vater Sie nicht auf dem Handy angerufen?«

Sie zuckte mit den Schultern. »Er hasst Mobiltelefone. Ich wundere mich, dass er seins überhaupt benutzt hat. Aber zum Angeln nimmt er es immerhin mit.«

Broders versuchte seinerseits erfolglos, Ansgar Hellbach mobil zu erreichen. Danach beriet er sich mit Rist, während sich Friedlinde Hellbach irgendwo im hinteren Teil des Hauses trockene Kleider suchte. Die Situation entglitt ihnen. Der Hauptverdächtige war verschwunden, seine Tochter anscheinend ahnungslos. Von dem vermissten Mädchen fehlte immer noch jede Spur.

»Ich habe jetzt endlich den Durchsuchungsbeschluss für Hellbachs Privathaus«, sagte Rist. »Wir sind in einer guten halben Stunde da. Falls Ansgar Hellbach vorher auftaucht, lass ihn nichts anfassen, und halte ihn hin!«

»He, es ist jetzt nach einundzwanzig Uhr«, merkte Broders im Flüsterton an. »Zu spät für eine Durchsuchung.«

»Ich habe einen Nacht- und Nebelbeschluss erwirkt. Gefahr im Verzug«, sagte Rist. »Und, Broders, der Mann kann jeden Moment bei euch auftauchen. Sei vorsichtig!«

»Alles klar. Bin ich. Ich warte hier.« Broders verdrehte die Augen. Die durchnässten Klamotten klebten ihm am Körper. Der altmodische Raum um ihn herum versank in Schatten, und draußen ging die Welt unter. Er fröstelte.

»Sie wollen was?!« Friedlinde Hellbach zuckte zurück, als Rist in Begleitung von acht Helfern und einer Frau von der Gemeindeverwaltung vor ihrer Tür stand. Der Regen hatte aufgehört, doch inzwischen war es stockdunkel. Rists schmales Gesicht mit den tief in den Höhlen liegenden Augen wurde von einer gelblichen Laterne über der Eingangstür angeleuchtet, die sacht im Wind schwang. Er sah wild entschlossen und geradezu Furcht einflößend aus.

Friedlinde blickte hilfesuchend zu Broders, der schräg hinter ihr stand. Er kam sich wie ein Verräter vor, weil er ihr nichts von der anstehenden Durchsuchung erzählt hatte. Er vermochte sich nicht vorzustellen, wie man sich bei so einem Eingriff in die Privatsphäre fühlte. Sicherlich nicht gut.

Broders setzte sich mit Friedlinde Hellbach ins Esszimmer an den Tisch, während Rist seine Leute einteilte, die kurz darauf das Haus durchsuchten.

»Vater wird mir den Kopf abreißen«, sagte sie mit leiser Stimme. »Weil ich das zulasse.«

»Es steht nicht in Ihrer Macht, es zu verhindern, Frau Hellbach. Nebenbei bemerkt, findet die Durchsuchung seinetwegen statt, nicht Ihretwegen.«

»Das wird ihn nicht kümmern«, murmelte sie. »Er kann …

Er wird schrecklich wütend auf mich sein. Ich fühle mich in solchen Momenten immer so hilflos.«

»Warum leben Sie dann mit ihm zusammen?«

Sie sah Broders verständnislos an. »Ich bin doch seine Tochter. Er hat nur noch mich.«

»Hatten Sie nie das Bedürfnis, Ihr eigenes Leben zu leben?«

»Oh, als junges Mädchen schon. Ich wollte mal eine große Familie haben. Am liebsten fünf Kinder.« Sie lächelte traurig. »Aber ich bin allein geblieben. Es kommt eben immer anders, nicht wahr?«

»Gab es nie jemanden, der für eine Familiengründung infrage gekommen wäre?« In mehr als vierzig Lebensjahren könnte ihr doch wenigstens einmal jemand begegnet sein, mit dem sie sich ein Zusammenleben hatte vorstellen können.

»Doch. Einmal. Aber das ist lange her.«

»Und was ist passiert?«

»Nichts. Mein Vater mochte ihn nicht.«

Broders schwieg.

»Er hat ihn fortgeschickt.« Friedlinde Hellbach rührte klirrend in ihrem Tee, der säuerlich und nach Ingwer roch.

Unter ihnen aus dem Keller ertönten ein schabendes Geräusch und ein Ausruf. Friedlinde fuhr aus ihrem Stuhl hoch, sank jedoch mit einem kleinen Aufschrei zurück, weil ihr verletzter Fuß unter ihr nachgab.

»Was war das?«, fragte Broders.

Sie schüttelte den Kopf, starrte ihn dann mit weit aufgerissenen Augen an.

Broders kam es so vor, als wartete er schon stundenlang mit der Frau in diesem Esszimmer, während von unten Ausrufe und aufgeregtes Stimmengewirr zu ihnen klangen. Immer wieder hörte er Leute die Treppe herauf- und hinunterlaufen.

Dann stand Rist im Türrahmen, Spinnweben im Haar, das Gesicht vor Aufregung gerötet. »Komm mit, Broders, das musst du sehen! Wohlert passt so lange hier oben auf«, ordnete er an.

Broders folgte Manfred Rist eine steile Treppe hinunter und durch einen dunklen Flur in einen Vorratskeller. Dort stand ein Schrank mit geöffneten Türen mitten im Raum. Auf dem Kellerboden befanden sich viertelkreisförmige Schleifspuren. Das Möbelstück war verschoben worden. Zuvor hatte es wohl die solide Metalltür an der rückwärtigen Wand verdeckt, die nun offen stand. Der Raum, der sich hinter der Metalltür befand, war taghell ausgeleuchtet. Broders trat näher und ließ bei dem Anblick, der sich ihm bot, schnaufend die Luft entweichen. Er kannte den Raum. Der Phantombildzeichner hatte ihn mithilfe des 3-D-Computerzeichenprogramms auf Lara Eibholz' Beschreibung hin abgebildet. Die Details stimmten bis hin zu den dunkelroten Gardinen, die ein Stück Wand mit einer Siebzigerjahre-Tapete einrahmten. Der einzige Unterschied bestand darin, dass die Tapete stellenweise abgekratzt worden war, sodass Broders die grau verputzte Mauer dahinter sehen konnte.

Hier war Lara gefangen gehalten worden. Vielleicht auch Cäcilia. Doch eben, als die Polizisten den Raum entdeckt hatten, war er leer gewesen.

34. Kapitel

Der Anruf, den Pia halb erwartet, halb gefürchtet hatte, kam um fünf nach zehn.

»Gute Neuigkeiten oder schlechte?«, fragte Lars, als sie mit ihrem Mobiltelefon zurück ins Wohnzimmer kam. Er lag nur in Shorts auf ihrem Sofa und las ein Buch. Der Wetterumschwung hatte die Luft draußen zwar abgekühlt, doch in der Altbauwohnung zeigte das Thermometer weiterhin siebenundzwanzig Grad an.

»Meine Kollegen haben den Raum gefunden, in dem das erste entführte Mädchen gefangen gehalten worden ist.« Im Keller von Ansgar Hellbachs Haus, setzte sie in Gedanken hinzu. Aber das durfte sie Lars nicht sagen.

»Das ist doch gut. Ihr seid einen Schritt weiter.« Er legte das Buch zur Seite und setzte sich auf. Pia beobachtete das Spiel seiner Bauchmuskeln. »Schon. Aber das zweite Mädchen wird nach wie vor vermisst.«

»Du musst noch mal los.« Es war keine Frage.

»Kannst du hierbleiben und auf Felix aufpassen?«

Er lächelte. »Dachtest du, ich rühre mich hier noch mal vom Fleck, wo du mich gerade wieder in deine Wohnung hineingelassen hast?«

Nachdem Pia sich um- beziehungsweise wieder angezogen hatte, ging sie noch einmal zu ihm. Sie hatte ein schlechtes Gewissen und wusste selbst nicht genau, warum. Weil sie ihm noch nichts von Marten erzählt hatte, dessen Auftauchen sie ... irritiert hatte? Weil sie sich, was das anging, selbst nicht recht über den Weg traute? Sie zog Lars noch einmal an sich.

»Du hast eine schreckliche Freundin, die mitten in der Nacht noch mal wegmuss.«

»Zumindest ist es mit dieser Freundin nie langweilig, weil sie Gott sei Dank auch ein eigenes Leben hat.«

»Und wenn Felix wach wird?«

»Dann bestelle ich uns eine Familien-Chili-Pizza extrascharf und eine Kiste Bier, und wir machen uns einen echten Männerabend.«

»Bier ist im Kühlschrank. Viel Spaß.« Pia küsste ihn, ließ ihre Hand seine Brust und seinen Bauch hinunterfahren bis in die Shorts. Sie verließ die Wohnung, bevor er sie daran hindern konnte.

Pia erkannte das Haus der Hellbachs kaum wieder. Die Fahrzeuge von Polizei und Spurensicherung versperrten die schmale Zufahrt. Blaulicht zuckte durch den Garten und wurde von den Scheiben der alten Fenster reflektiert. Die Haustür, die von einem Polizisten in Uniform bewacht wurde, stand offen. Drinnen brannte Festtagsbeleuchtung in allen Räumen, doch statt beschaulicher Stimmung empfingen Pia Hektik und eine gespannte Erwartung, die wie ein Sirren in der warmen Luft lagen.

Das Spurensicherungsteam arbeitete in dem Kellerraum, dessen Zugang hinter einem Schrank verborgen gewesen war. Die Kriminaltechniker würden dort höchstwahrscheinlich auch Spuren von Cäcilia Nagel finden. Pias Kollegin Juliane war eben bei den Eibholz gewesen und hatte erfahren, dass Lara nicht diejenige gewesen war, die die Tapete abgerissen hatte. Als Lara davon gehört hatte, wie die Wand hinter den Gardinen zerkratzt war, hatte sie zu weinen begonnen.

»Lara quält sich jetzt, weil sie sich nicht mit Cäcilia verstanden hat«, berichtete Juliane, als sie einen Moment mit Pia allein im Flur stand. »Sie wünscht sich, sie wäre netter zu ihr gewesen.«

»Nachvollziehbar. Aber Sympathie kann man eben nicht erzwingen.«

»Ja. Doch Fairness sollte drin sein«, sagte Juliane.

Pia überlegte, ob es Momente gegeben hatte, in denen sie sich Juliane gegenüber nicht fair verhalten hatte. Oder umgekehrt? Sie verfluchte den Drang, jede möglicherweise nur so dahingesagte Bemerkung auf sich selbst zu beziehen. »Die ganze Situation verursacht Lara einen ungeheuren Stress. Und auch ihren Eltern und vor allem Hendrik und Margit Nagel«, sagte Pia.

»Was bin ich froh, dass ich kein Kind habe.«

Pia sah ihre Kollegin überrascht an. Die Worte erschienen ihr in diesem Moment wie ein schlechtes Omen.

Die Dunkelheit und der vom Wetterdienst angekündigte Durchzug weiterer Unwetter erschwerten die Fahndung nach Ansgar Hellbach. Rist konzentrierte sich in Absprache mit dem Staatsanwalt jetzt schwerpunktmäßig auf eine Ringfahndung, um zu verhindern, dass Hellbach ihnen entwischte, sollte er sich auf der Flucht befinden. Da Friedlinde Hellbach ihnen nicht sagen konnte oder wollte, mit wem ihr Vater zum Angeln gefahren war und wohin genau, war die Suche nach ihm an der Ostseeküste und den umliegenden Gewässern eher Glückssache.

Pia wurde die Aufgabe zugeteilt, in Hellbachs Terminkalender und Adressbuch nach Personen zu suchen, die ihnen Auskunft darüber geben konnten, wo der Gesuchte angeln ging oder mit wem. Um beinahe dreiundzwanzig Uhr war das keine einfache Aufgabe, da Pia die Leute größtenteils im Bad erwischte, wo sie sich bettfertig machten, oder gar wieder aufweckte.

Er sei nie mit Hellbach angeln gewesen, sagte der Fünfte, den Pia ans Telefon bekam. »Aber von einem Freund weiß ich, dass er ein paar einsame Stellen kennt, die als Geheimtipps unter Anglern gelten«, fügte er hinzu. Er gab Pia die Nummer dieses Freundes. »Manchmal bekommen die Leute ja beim Angeln einen Herzanfall«, meinte er noch, »fallen ins Wasser, und das war's. Schrecklich. Die sollten dann besser früher als später gefunden werden.«

Der besagte Freund konnte Pia tatsächlich ein paar infrage kommende Orte nennen. Sie gab die Hinweise an Rist weiter, der mit den Suchtrupps in Verbindung stand.

»Na also«, sagte er. »Roland Maurer von der Schutzpolizei hat mich gerade eben über einen Leichenfund informiert. Ein männlicher Toter, zwischen fünfundsechzig und achtzig Jahre alt. Die Beschreibung passt einigermaßen auf Ansgar Hellbach. Die Leiche trieb in Ufernähe in der Ostsee. Ein einsamer Strandabschnitt, nicht sehr weit von Großenbrode entfernt.«

»Verdammt!«, sagte Pia. »Erst ist Florian Warnke tot, und nun Ansgar Hellbach. Wenn es denn stimmt ...«

»Was wir als Erstes brauchen, ist eine zuverlässige Identifizierung. Ich möchte ungern die Tochter da rausschicken. Die kann sich mit ihrem lädierten Fuß ja kaum hier im Haus bewegen. Außerdem steht sie wohl gerade etwas neben sich.«

»Sie ist schockiert darüber, dass die vermissten Mädchen in ihrem Keller gefangen gehalten worden sein sollen. Ist irgendwie nachzuvollziehen.«

»Du kennst Ansgar Hellbach doch auch, oder?«, fragte Rist sie.

»Ich habe ihn vernommen.«

»Dann fährst du hin.«

Während der Fahrt an die Ostsee dachte Pia darüber nach, was Ansgar Hellbachs Tod für Cäcilia bedeuten würde. War er tatsächlich der Täter? Und weshalb war er jetzt tot? Ein

Selbstmord aus Reue oder Angst vor Strafverfolgung? Vielleicht war er ja auch unschuldig? Dann könnte sein Tod ein Ablenkungsmanöver des Entführers sein. Hellbach sollte vielleicht eine Art Sündenbock abgeben, oder hatte er aus einem anderen Grund zum Schweigen gebracht werden müssen? Ähnliche Gedanken hatte sie sich über den immer noch ungeklärten Tod Florian Warnkes gemacht.

Wenn Cäcilia in dem Kellerraum gefangen gehalten worden war wie Lara – die abgerissene Tapete sprach dafür –, hatte der Täter das Mädchen vor Kurzem woanders hingebracht. Lebendig oder tot? Wenn sie noch lebte und Ansgar Hellbach der Entführer war, dann bedeutete sein Tod, dass es umso schwieriger werden würde, das Mädchen schnell zu finden.

Pia hatte die kleine Ortschaft lange hinter sich gelassen. Jenseits des Scheinwerferlichts versank die flache Landschaft in der Dunkelheit. Der Anblick verstärkte ihre Angst um das Kind.

Warum war der Kellerraum nur leer gewesen? Wenn Ansgar Hellbach der Täter war, war ihm das Versteck wahrscheinlich zu unsicher geworden. Hatte zuletzt irgendetwas das Misstrauen seiner Tochter erregt? Friedlinde Hellbach hatte der Polizei gesagt, dass sich der Schrank normalerweise an einer anderen Stelle in dem Raum befunden hatte. Er war so gut wie leer und musste ihren Angaben zufolge erst kürzlich vor die Tür geschoben worden sein. Um Friedlinde zu täuschen? Um die Polizei in die Irre zu führen? Hellbachs Tochter hatte weiterhin ausgesagt, dass sie den hinteren Teil des Kellers nicht sehr oft betrat. Sie mochte Keller nicht. Schon als Kind im alten Herrenhaus sei das so gewesen. Aber das konnten durchaus noch ein paar andere Leute in Grotenhagen wissen. Und der Keller des Verwalterhauses besaß einen Außenzugang mit einer Nebeneingangstür, die mit einem einfachen Schloss gesichert war. Sie konnten sich bei Ansgar Hellbach als Schuldigen, egal, ob tot oder lebendig, einfach nicht sicher sein.

Die Navigationsfunktion ihres neuen Mobiltelefons dirigierte Pia auf einen kleinen Parkplatz. Sie nahm ihre Jacke und steckte wohlweislich noch eine Taschenlampe ein.

Ein Mann in Polizeiuniform kam über die Dünen auf sie zu. Die Sterne auf seiner Schulter wiesen ihn als Polizeimeister aus. »Sind Sie die Kollegin, die uns aus Grotenhagen geschickt wurde?«, fragte er. Der Stimme nach zu urteilen, war er noch sehr jung.

»Ja. Pia Korittki. Ich soll euren Toten identifizieren. Und wer bist du?«

»Finn Dorsten«, sagte er und ging ihr voraus in Richtung Strand. »Du wirst schon erwartet.« Er duzte sie nun wie unter Polizisten üblich.

»Wer ist noch hier?«, wollte Pia wissen.

»Mein Kollege Roland Maurer, der euch auch angerufen hat, und zwei Kollegen von der Wasserschutzpolizei. Wir konnten den Toten allein nicht bergen«, sagte er gepresst.

»Aber jetzt liegt er am Strand?«

»Ja. Du sollst ihn erst mal nur identifizieren, oder?«

»Der Mann spielte möglicherweise eine Rolle in unseren Ermittlungen in Grotenhagen.«

»Die entführten Mädchen, ich weiß«, sagte Finn Dorsten beinahe ehrfurchtsvoll.

Als sie sich der kleinen Menschengruppe am Strand näherten, verlangsamte Dorsten seinen Schritt. Der Mond brach ein paar Sekunden durch die rasch dahinfliegenden Wolken, sodass Pia sein Gesicht sehen konnte. Finn Dorsten sah tatsächlich jung aus – zu jung für Bartwuchs? – und auch erschreckend blass. Auf Pia wirkte er eher wie ein älterer Mitschüler der vermissten Mädchen als wie ein erwachsener Mann. Dorsten war bestimmt erst kürzlich von der Polizeischule gekommen. Seine Jacke wies ein paar Schmutzsprenkel auf. Der leicht säuerliche Geruch, der von ihm ausging, vermischte sich mit dem von feuchtem Strandhafer und verrottenden Algen.

»Ist es deine erste Leiche?«, fragte sie.

»Mhm.« Er schnäuzte sich umständlich. Dann sagte er gepresst: »Ich hatte nicht gedacht, dass es so schlimm sein würde.«

»Wasserleichen sind kein schöner Anblick.« Pia sah auf den dunklen Körper am Wassersaum, um den die Männer herumstanden.

Er folgte ihrem Blick, keuchte leise und wandte sich wieder ab. Pia musste sich bremsen, ihm nicht tröstend die Hand auf den Arm zu legen. »Das ging den meisten von uns so.«

»Hm. Du kannst bis zur Absperrung gehen. Ich soll hier aufpassen, dass keine Unbefugten näher rankommen.«

»Alles klar.« Pia ging die letzten Meter durch den feuchten Sand allein. Das Meer sah aufgewühlt aus. Wenn sich die Wolken für einen Moment lichteten, konnte sie die Schaumkronen der Wellen in der Dunkelheit sehen. Vor ihr lag eine Reihe Buhnen, die sich schwarz gegen das Grau der Ostsee abhoben. Daran hatte sich der Leichnam wahrscheinlich verfangen. Wenn sich eine Wasserleiche noch nicht sehr lange im Wasser befand, waren die Verletzungen post mortem das Schlimmste. Meistens gingen die Toten erst einmal unter und schleiften mit der Strömung über den Grund, was fatale Folgen für das Gesicht und die frei liegenden Körperpartien hatte und die Identifizierung erschwerte. Ich hätte doch Friedlinde Hellbach mitbringen sollen, dachte Pia, und wenn ich sie über den Sand hätte tragen müssen. Die Zeit drängte, da war kein Spielraum für übertriebene Rücksichtnahme. Die Tochter konnte ihren Vater sicher auch anhand von Kleidungsstücken, körperlichen Merkmalen oder zum Beispiel der Armbanduhr identifizieren. Das war nicht hundertprozentig sicher, würde sie aber schon mal ein Stück weiterbringen.

Pia hatte nach der Begegnung mit Hellbach sein Äußeres, aber auch seine Attitüde im Gedächtnis behalten, die herablassende Stimme und die steife Körperhaltung. All das war bei einer Wasserleiche »ohne Gesicht« wenig hilfreich.

Als sie näher kam, sah sie, dass der Tote auf einem Leichensegel der Wasserschutzpolizei lag. Zwei der Kollegen standen etwas abseits und rauchten. Ein dritter näherte sich ihr.

»Bist du die Kollegin, die den Toten identifizieren kann?«

»Mit etwas Glück.« Pia nickte ihm zu und nannte ihren Namen.

Er stellte sich ebenfalls vor. »Könnte schwierig werden«, sagte der Kollege. »Ist nicht erfreulich.«

»Kann ich mir denken.«

»Bist du bereit?« Sie traten näher, und er richtete den Schein einer starken Lampe auf den Toten.

Der Mann lag auf dem Rücken, Arme und Beine von sich gestreckt wie ein Hampelmann. Ein Teil der Gesichtshaut und des darunterliegenden Gewebes war abgetragen bis auf die Knochen. Pia starrte auf das, was einmal das Gesicht des Mannes gewesen war, konnte aber keine Ähnlichkeit zu Ansgar Hellbach mehr ausmachen. Den Schädel bedeckte dünnes graues Haar, in dem Algen klebten.

Sie kniff die Augen zusammen. »Die Zähne könnten uns Aufschluss geben«, sagte sie. Die rechte Wange war aufgerissen und bot freien Blick auf die Backenzähne. »Viel Gold.«

»Ebenso die Armbanduhr. Ist eine von Glashütte. Sonst kein sichtbarer Schmuck«, bemerkte der Kollege, der neben ihr stand. »Es sei denn, er hat ein Intimpiercing.«

»Tätowierungen?«, fragte Pia. »Besondere Merkmale?«

»So weit sind wir noch nicht.«

»Habt ihr ein Handy gefunden, Papiere?«

»Fehlanzeige.«

»Und die Körperlänge?«

»Knapp unter eins achtzig«, schätzte er.

»Passt in etwa.« Sie hatte Ansgar Hellbach ungefähr auf Augenhöhe gegenübergestanden. »Was meinst du? Siebzig Kilo.«

»Schwer zu sagen. Er wirkt eher hager.«

»Woran könnte er gestorben sein?«

»Gravierende Verletzung am Hinterkopf oberhalb der Hutkrempe.«

»Dann wurde er vermutlich erschlagen, bevor er ins Wasser fiel?«

»Zumindest sollte es ihm schwergefallen sein, sich die Verletzung selbst beizubringen.«

»Kommt ein Sturz auf einen Stein oder Ähnliches in Betracht?«

»Eher nicht. Doch warten wir es ab.«

Pia beugte sich zu dem Toten hinunter. Sie fotografierte die Armbanduhr und die Kleidung des Mannes. Schuhe trug der Tote keine mehr. Die waren wahrscheinlich von der Strömung mitgerissen worden. Sie richtete sich auf. »Es passt«, sagte sie. »Aber ich muss es trotzdem noch abklären.«

35. Kapitel

Rist zeigte Friedlinde Hellbach die Fotos, die Pia ihm von der Ostsee mithilfe ihres Smartphones geschickt hatte. Es war nur eine Armbanduhr zu sehen sowie die Kleidung des Toten, die Ansgar Hellbachs Tochter auch sofort wiedererkannte. Auf den Aufnahmen war nichts zu erkennen, was die ohnehin am ganzen Leib zitternde Frau noch weiter aus der Fassung bringen konnte. Außer der sich bestätigenden Annahme natürlich, dass es sich bei dem im Wasser gefundenen Toten wohl um ihren Vater handelte. Aber das war unvermeidbar. In Anbetracht der Tatsache, dass die Zeit drängte, weil Cäcilia immer noch vermisst wurde, war Rist nicht in der Stimmung für besondere Rücksichtnahme.

Die Frau ist doch gar nicht lebensfähig, dachte er. Wie kann ein erwachsener Mensch so auf ein Elternteil fixiert sein? Sie schien ihm vorzeitig gealtert, als hätten sich ihr Aussehen, ihre Haltung und ihre gesamte Lebenseinstellung der eines alten Menschen angeglichen. Vielleicht galt nicht nur für Ehepaare, dass man sich immer ähnlicher wurde, wenn man lange zusammenlebte. In welchen Geschäften fand die Frau Kleidung, die so form- und farblos aussah? Und ihr Haar ... Tja, die Polsterung in den alten Sofas im Wohnzimmer sähe vermutlich attraktiver aus, wenn man sie von dem Stoffbezug befreien würde.

Rist hatte Broders abgelöst, weil der bei Friedlinde Hellbach nicht weiterkam, trotz Tee, Keksen und gutem Zureden. Es war an der Zeit, stärkere Geschütze aufzufahren.

»Mein Vater ist kein Entführer«, sagte sie zum wiederholten

Male. »Er ist ungeduldig und herrschsüchtig, doch so etwas hätte er niemals fertiggebracht. Er hat sich sein Leben lang rechtschaffen verhalten.«

»Woher wollen Sie das wissen, Frau Hellbach? Wir haben doch schon zusammen festgestellt, dass die Alibis, die Sie Ihrem Vater geben, gar nicht so sicher sind. Dass *Sie* sich nicht so sicher sind, weil Sie Ihren Vater jeweils längere Zeit nicht gesehen hatten, sondern nur *vermutet* haben, dass er zu den fraglichen Zeiten zu Hause in seinem Büro oder seiner Werkstatt oder irgendwo auf dem Gutsgelände gewesen ist.«

»Aber ich hätte es gemerkt, wenn er das getan hätte. Ich lebe mit ihm schon mein ganzes Leben zusammen. Da kennt man einen Menschen.« Ihre Stimme klang tränenerstickt.

»Ist das wirklich so? Wir erleben leider recht oft, dass sich die Menschen in ihrem Partner, ihrem Kind oder einem Elternteil getäuscht haben. Es ist nicht Ihre Schuld. Wir machen Ihnen keinen Vorwurf. Aber Sie können uns jetzt helfen, indem Sie uns sagen, wo Ihr Vater das Mädchen hingebracht haben könnte.«

»Er hat es nicht getan.« Sie wischte sich ein paar Tränen weg. »Er mag Kinder nicht einmal. Sie sind ihm lästig.«

»Frau Hellbach. Darum geht es jetzt nicht. Überlegen Sie: Wo könnte Ihr Vater das Mädchen versteckt haben? Lara Eibholz war hier im Keller eingesperrt. Cäcilia Nagel wahrscheinlich auch. Die Spurensicherung wird Beweise dafür finden. Ein Spürhund hat sogar schon ihren Geruch identifiziert und bis zu dem Stellplatz Ihres Autos verfolgt.«

»Der Wagen gehört meinem Vater.«

»Aber Sie nutzen ihn auch?«

»Natürlich. Glauben Sie, er kauft selbst seine Lebensmittel ein? Oder Putzmittel? Wäscht er seine Wäsche? Versorgt er den Haushalt? Das ist meine Aufgabe. Darum konnte ich nie weg. Er könnte ohne mich gar nicht existieren.«

»Er hatte Sie nicht verdient. Nicht, wenn er das getan hat, verstehen Sie? Und es spricht gerade sehr viel dafür, dass Ihr Vater der Täter ist, Frau Hellbach. Dass er zwei unschuldige kleine Mädchen entführt hat. Ihren Eltern entrissen ... Sie schulden ihm nichts mehr. Im Gegenteil. Sie sind jetzt frei und dürfen reden.«

»Andere Menschen sind vielleicht frei«, stellte sie fest. »Aber für mich ist es zu spät. Ich werde nie frei sein.«

Rist beugte sich vor. Er wollte die Frau schütteln, doch er beherrschte sich. »Sie sind hier aufgewachsen. In dem Herrenhaus da vorn. Sie kennen sich auf dem Gelände und in der Gegend gut aus. Wo hat er das Mädchen hingebracht?«

Friedlinde sank auf ihrem Stuhl zusammen. Ihr Mund ähnelte dem einer Schildkröte. Rist verstand in diesem Moment die Kollegen, die in so einem Fall schon einmal die Beherrschung verloren hatten. Er fühlte geradezu, wie sein Blutdruck stieg. Rist atmete tief ein und aus. Die »Schildkröte« würde ihn nicht aus der Fassung bringen.

Pia hielt vor dem Haus der Hellbachs. Die Spurensicherung war offensichtlich fertig, denn die Männer kamen ihr auf dem Weg zum Verwalterhaus entgegen. Der Hundeführer hatte seinen Hund verladen und fuhr ebenfalls fort. Ansgar Hellbachs Jagdhund schien irgendwo hinter dem Haus in einem Zwinger eingesperrt zu sein, dem anhaltenden Bellen nach zu urteilen.

Rist stand unter dem Vordach, starrte in die Baumkronen und sah so aus, als hätte er gerade eine Schlacht verloren. Pia stellte sich zu ihm und berichtete, was sie am Strand erfahren hatte. »Habt ihr was Neues über Cäcilia?«, fragte sie.

Rist starrte sie an, als könnte er im ersten Moment nichts mit dem Namen anfangen. »Nein, nichts«, sagte er und räusperte sich. »Die da drinnen ist eine harte Nuss. Oder sie ist dumm wie Brot und weiß wirklich nichts.«

»Ich denke nicht, dass sie dumm ist.« Pia trat weiter unter das schützende Vordach. Es regnete wieder, und der Wind zerrte an den Zweigen der umstehenden Bäume.

»Auch egal, wenn sie eh nichts weiß, oder? Morgen früh im ersten Tageslicht setzen wir die Suche fort. Wir suchen alles ein weiteres Mal ab. Da Cäcilia noch einmal ›verlegt‹ wurde, können wir mit der verdammten Sucherei quasi von vorn beginnen.«

»Was machen wir mit ihr?« Pia deutete mit dem Kopf in Richtung Wohnzimmer.

»Wir sind für heute mit ihr fertig. Zwei uniformierte Kollegen passen heute Nacht auf Friedlinde Hellbach auf. Wir brauchen morgen früh alle unsere Leute.«

»Wo ist Broders?«

»Bei den Nagels. Um sie über den Stand der Dinge zu informieren, bevor die Buschtrommeln es tun.«

Keine angenehme Aufgabe. Weder dort noch hier. »Der Tod ihres Vater trifft Friedlinde Hellbach bestimmt hart«, sagte Pia nach kurzer Überlegung. »Sollte ihr nicht jemand Vertrautes Gesellschaft leisten, nur zur Sicherheit?«

»Weißt du, wie sehr mich der Gemütszustand dieser Frau interessiert?«

»Noch ein Todesfall, ein Suizid zum Beispiel, wäre auch nicht hilfreich. Ich könnte auf dem Rückweg bei Isolde Warnke vorbeifahren und sie bitten herzukommen. Sie war doch die Haushälterin und Friedlinde Hellbachs Bezugsperson, mal abgesehen von ihrem Vater.«

»Denkst du wirklich, die Hellbach bringt sich um? Na, wer weiß. Frag Isolde Warnke bei der Gelegenheit auch gleich, ob ihr noch was einfällt, wo Ansgar Hellbach ein Mädchen versteckt halten könnte«, meinte Rist.

»Okay.« Hatte das in den letzten Stunden wirklich noch niemand getan? »Sagst du den Kollegen, die hier aufpassen, dass Frau Warnke eventuell noch zu Frau Hellbach kommt, um ihr Gesellschaft zu leisten?«

Rist nickte und starrte wieder in die Baumkronen über ihnen.

Isolde Warnke schaltete den Fernseher aus, als Pia den Raum betreten hatte. »Ich kann seit Florians Tod nicht mehr schlafen. Fernsehen lenkt mich wenigstens zeitweise von den allerschlimmsten Grübeleien ab«, sagte sie. »Also fragen Sie, was Sie fragen wollen.«

Pia erläuterte ihr, was passiert war. »Wir suchen ein Versteck in Grotenhagen und Umgebung, wo man ein Kind gefangen halten kann. Wo niemand es hört. Keiner soll es zufällig dort finden. Der Raum muss sicher abzusperren sein. Wahrscheinlich ist das Gebäude auch mit dem Auto erreichbar.«

»Sie denken an das Gutsgelände?«, vermutete Isolde Warnke. »Ich bin mir nicht sicher, ob ich selbst schon in jedem Stall und jeder Scheune gewesen bin, obwohl ich zig Jahre dort gearbeitet habe. Ich kann Ihnen mit dem Versteck nicht helfen.«

Die Nachricht vom Tod ihres früheren Arbeitgebers schien Isolde Warnke nicht sehr getroffen zu haben. Pia hatte den Eindruck, dass sie nicht an Hellbachs Schuld an den Entführungen glaubte, auch wenn der ursprüngliche Hinweis auf die Vorliebe für jugendlich wirkende Prostituierte von ihr gekommen war.

»Wie müssen uns beeilen. Für Cäcilia kann jede Minute über Leben und Tod entscheiden. Wenn Sie also irgendeine Idee haben, so abwegig sie auch scheint ...«

Isolde Warnke schüttelte den Kopf. »Ich kenne mich nicht so gut aus. Ich war ja fast nur im Herrenhaus und konnte vor lauter Arbeit kaum aus den Augen schauen. Wenn mein Florian noch am Leben wäre, könnten Sie den fragen«, sagte sie. »Der ist als Kind und Jugendlicher überall dort herumgeturnt.«

»Wissen Sie von Freunden Ihres Sohnes, die mit ihm zusammen das Gelände unsicher gemacht haben?«

»Das hätte Ansgar niemals erlaubt. Flo und Friedel durften sich ja kaum frei bewegen. Er sagte immer, für die Hälfte der Gebäude bestünde Einsturzgefahr. In der anderen sei das Betreten verboten.«

»Friedlinde Hellbach ist leider auch nicht sehr hilfreich in der Beziehung.«

»Sie war nie bei irgendetwas eine Hilfe, die Arme. Als Kind war sie so unbeholfen! Flo musste immer ausbaden, was sie verbockt hatte. Wenn etwas kaputt- oder verloren gegangen war. Sie war so ungeschickt, dass man es kaum wagte, ihr eine Arbeit anzuvertrauen oder sie allein irgendwo hinzuschicken. Das Kind hatte so gar kein Selbstvertrauen, und daran war *er* schuld.«

»Was hat er getan?«

»Er mochte sie wohl nicht. Das eigene Kind! Er hat sich einen Stammhalter gewünscht, und sie war nur ein Mädchen, und nicht mal ein hübsches. Und da war eben auch keine Mutter, die das vielleicht hätte ausgleichen können. Die ist kurz nach Friedels Geburt gestorben.«

»Woran eigentlich?«

»Ich vermute, es war irgendein Krebs, doch es wurde nicht darüber gesprochen. Sie soll hübsch, aber immer schon kränklich gewesen sein. Ich weiß auch nicht, ob ich etwas für das Kind hätte tun können. Verstehen Sie, ich habe Friedel instinktiv abgelehnt. Sie war kein niedliches oder irgendwie nettes Mädchen. Sie hat nie gelächelt, und immer lief ihr die Nase ... ›Sie ist schüchtern wie ein Türstock‹, hat ihr Vater über sie gesagt.« Isolde Warnke schaute Pia ins Gesicht. »Tut mir leid. Das klingt schrecklich. Aber so war es nun einmal. Ich musste sehen, dass ich Florian und mich durchbringe. Mich auch noch für das Kind meines Arbeitgebers einzusetzen, dafür fehlte mir einfach die Kraft.«

»Eines verstehe ich nicht. Warum ist Friedlinde Hellbach bei ihrem Vater geblieben, als sie erwachsen war?«

»Ich glaube nicht, dass sie das aus Liebe und Fürsorge getan hat, sondern eher, weil sie nicht wusste, wohin sie sonst sollte. Es war sicherlich am einfachsten und fühlte sich für sie am sichersten an. Versorgt zu sein, was immer auch passiert, verstehen Sie?«

»Hat sie keinen Beruf erlernt?«

»Doch. Sie ist gelernte Altenpflegerin. Aber sie hat nach ihrer Ausbildung niemals irgendwo gearbeitet.«

»Und was war mit Männern? Hat sie nie einen kennengelernt, mit dem sie sich eine Zukunft aufbauen wollte?«

Isolde zuckte mit den Schultern. »So zurückgezogen, wie sie gelebt hat, war da wohl wenig Auswahl. Der hätte schon direkt bei ihr an die Tür klopfen müssen. Allerdings: Mich wundert schon, dass es nicht wenigstens einmal jemand auf das Erbe abgesehen hat. Nicht, dass Ansgar das zugelassen hätte. Er war da rigoros. Einmal ...« Sie sprach nicht weiter.

»Er ist tot, Frau Warnke. Ich habe seine Leiche mit eigenen Augen gesehen. Er kann Ihnen nichts mehr tun.«

Sie seufzte. »Schwer zu glauben. Vor einigen Jahren, so mit Anfang, Mitte dreißig, war Friedlinde einmal in Schwierigkeiten. Ich wohnte da schon in Büsum und habe nicht mitbekommen, wer sie in diesen Schlamassel gebracht hatte. Ihr Vater hat sie zu mir geschickt, ›auf Sommerfrische‹ – natürlich gegen Bezahlung.«

»Was meinen Sie damit? Dass Friedlinde schwanger war?«

»Ja. Aber sie hat das Kind verloren. Ansonsten hätte ihr

Vater wohl darauf bestanden, dass sie es zur Adoption freigibt. Es war ja seiner Meinung nach *nur* ein uneheliches Kind. Eine Schande. So wie mein Florian.« Ihre Augen glänzten, und um ihren Mund zuckte es.

»Gab es nie Gerede, von wem Friedlinde schwanger war?«

»Außer ihrem Vater und mir wusste es doch keiner. Da wurde schön der Deckel draufgehalten. Aber heute Nachmittag ist mir etwas aufgefallen.«

»Und zwar?«

»Friedlinde war hier, um sich bei mir zu beschweren, dass ich der Polizei das mit ihrem Vater und der Prostituierten gesagt habe. Während sie da war, kam zufällig auch Rüdiger Dietz hier vorbei. Das ist der Bruder meiner Schwiegertochter.«

Pia nickte.

»Als er hereinkam, hatte Friedlinde es plötzlich sehr eilig zu gehen. So eilig, dass sie die Treppe an der Terrasse hinuntergefallen ist.«

»Da hat sie sich den Knöchel verletzt.«

»Ja. Aber sie wollte nicht, dass wir sie ins Krankenhaus bringen. Vor allem Rüdiger sollte das nicht machen. Es hat sie furchtbar aufgeregt, ihn zu sehen.«

»Sie denken, Rüdiger Dietz könnte der Vater von Friedlinde Hellbachs Kind gewesen sein?«

»War nur so ein Gedanke. Irgendwas stimmt nicht zwischen den beiden.«

»Hm. Nach so langer Zeit? Was hat sie zu ihm gesagt?«

»Sinngemäß so etwas wie: ›Mein Vater kriegt einen Wutanfall, wenn er dich sieht.‹«

Pia bat Isolde Warnke, sich heute Nacht um Friedlinde Hellbach zu kümmern, doch die winkte ab.

»Ich wäre ihr keine Hilfe, glauben Sie mir. Sie mag mich nicht.«

Wenig später verabschiedete Pia sich. Eigentlich war sie hier fertig und sollte nach Hause fahren, doch wie so oft kam sie vom Hölzchen aufs Stöckchen, wenn sie mit den Leuten sprach. Es war schon nach Mitternacht, aber sie musste Rüdiger Dietz noch ein paar Fragen stellen. Doch vorher …

36. Kapitel

»Hi, Broders. Bist du noch in Grotenhagen?«

»Ich bin gerade bei den Nagels raus, wenn du das meinst. Mir reicht's für heute.«

»Ist noch jemand bei dir?«

»Gerlach ist eben gefahren. Wir sollen ja am Morgen in aller Frühe wieder geschlossen zur nächsten Suche antanzen.«

»Ich weiß. Wie halten sich Cäcilias Eltern?«

»Es ist schlimm für sie«, sagte er.

»Ich kann Rist nicht erreichen, und es scheint auch sonst keiner mehr hier zu sein. Ich muss Rüdiger Dietz noch dringend etwas fragen.«

»Hat das nicht bis zum Morgen Zeit?«

»Nein«, sagte Pia. Wer weiß, wie lange Cäcilia noch zu leben hatte.

»Ich habe mich angeboten, noch einmal ins Krankenhaus nach Neustadt zu fahren, um Friedlinde Hellbachs Alibi für gestern Abend zu überprüfen. Der behandelnde Arzt war vorhin nicht zu sprechen, aber er soll noch Dienst haben.«

»Okay, dann versuche ich, Gerlach oder Juliane zu erreichen, damit mich einer begleitet.«

»Du wirst Rüdiger Dietz nicht allein aufsuchen, oder?«

»Es ist aber wichtig. Er hat möglicherweise mehr mit den Hellbachs zu tun, als wir bisher gedacht haben. Es besteht die geringe Chance, dass er irgendetwas über Cäcilias Aufenthaltsort weiß. Und ich muss ihm bei den Fragen, die ich ihm stellen will, ins Gesicht sehen. Ich denke nicht, dass er der Täter ist.«

»Das ist keine Antwort auf meine Frage, Pia.«
»Denk an das Mädchen und seine Eltern.«
»Denk du an Felix!«
»Okay. Ich gehe nicht allein. Zufrieden?«
»Und lass dein Telefon an«, sagte Broders. »Wenn ich dich nicht erreiche, schicke ich dir Rist auf den Hals.«
Pia lachte leise. »Das ist eine echt üble Drohung.«

Obwohl es sie danach verlangte, sofort zu Rüdiger Dietz zu fahren, zügelte Pia ihre Ungeduld und telefonierte herum, bis sie schließlich erreichte, dass Finn Dorsten, der junge Schutzpolizist vom Strand, sie zu Dietz begleitete. Er sollte später einen weiteren Kollegen am Haus von Friedlinde Hellbach ablösen. Die Frage war zwar, wer hier auf wen aufpassen würde, aber Pia fand die Lösung zufriedenstellend. Sie erwartete nicht, dass Rüdiger Dietz eine ernsthafte Gefahr darstellte. Und wenn sie zu zweit zu ihm gingen, war den Sicherheitsvorschriften Genüge getan. Außerdem war Dietz vielleicht mitteilsamer, wenn er einen Mann in einer Uniform vor sich sah.

Sie traf sich mit Finn Dorsten vor dem Haus der Warnkes. Die Antikscheune und die Wohnung lagen vollkommen im Dunkeln. Lucie Warnke schien schon zu Bett gegangen zu sein. Hinten auf dem Grundstück in Dietz Wohnwagen brannte jedoch noch Licht. Der Anblick des Trailers und der Geruch nach Sommerregen erinnerten Pia an eine lange vergangene Zeit auf einem Campingplatz in Tarifa. Das musste an ihrem Treffen mit »Kalle« alias Max Carlsdorf liegen.

»Überraschen wir ihn?« Finn Dorstens Stimme bebte vor Aufregung.

»Wir klopfen einfach«, sagte Pia und ging auf den Wohnwagen zu.

Rüdiger Dietz erschien barfuß, in grauer Trainingshose und

einem weißen Feinripp-Unterhemd an der Tür. Er wirkte weder übermäßig überrascht, noch schien er etwas gegen eine mitternächtliche Unterredung mit der Polizei zu haben. Er ließ sie eintreten, räumte rasch ein paar Kleidungsstücke von der Eckbankgruppe und eine Flasche Korn in die Spüle. Die Zitronenlimonade und sein Glas ließ er stehen. »Nehmen Sie Platz. Ist klein, aber mein.«

Pia wäre lieber stehen geblieben, doch sie fürchtete, dass dann kein Gespräch über Dietz persönliche Angelegenheiten zustande käme. Sie quetschte sich auf die Bank neben der Küchenzeile, sodass sie jederzeit aufstehen konnte. Dorsten lehnte sich an den Einbauschrank und schaute unbeteiligt drein, doch Pia spürte, dass er höchst aufmerksam war. Er machte seine Sache so weit gut.

»Ich habe mit Isolde Warnke gesprochen«, hob Pia an. »Sie hat mir erzählt, dass Sie heute Nachmittag bei ihr waren.«

Dietz seufzte und erklärte, warum er dort gewesen war. Er schloss mit Friedlinde Hellbachs überstürztem Abgang.

»Sie haben ihr angeboten, sie nach Hause zu bringen?«

»Ja. Ich wollte nur helfen.«

»Wie hat sie reagiert?«

»Als hätte der Teufel persönlich ihr eine Mitfahrgelegenheit in die Hölle geboten.«

»Warum?«

»Das weiß ich doch nicht. Weil sie seltsam ist und immer nur mit ihrem verrückten Vater zusammenhängt.«

»Ansgar Hellbach ist verrückt?«

»Er hat ihr das Leben versaut. Wenn Sie mich fragen, hätte Friedel ihm schon vor hundert Jahren die Unabhängigkeitserklärung aufsagen sollen.«

»Warum hat sie es nicht getan?«

»Was weiß ich? Weil er ein Fiesling ist und sie nicht gegen ihn ankommt.«

»Wäre sie ohne ihn besser dran?«

»Worauf Sie Gift nehmen können!«

»Ansgar Hellbach ist übrigens tot.«

»Ach nee. Echt jetzt? Sind Sie deswegen hier? Ich war's nicht. Nach meinem Besuch bei Isolde war ich erst in *Vagts Hof* und dann hier.«

»Von wann bis wann waren Sie in *Vagts Hof?*«

»Ich bin direkt von Isolde aus dorthin gegangen. Und da war ich bis halb zehn. Ich bin gerade ein wenig klamm, wissen Sie, und Vagt will mich nicht mehr anschreiben lassen. Darum bin ich auf Eigenversorgung umgestiegen.« Er deutete in Richtung der Flasche in der Spüle. »Ich könnte noch einen vertragen. Wollen Sie auch? Oder Sie?«, fragte er Dorsten.

»Danke, aber wir sind im Dienst.«

Dietz erhob sich, um zur Küchenzeile zu gehen, doch Pia legte ihm die Hand auf den Arm. »Das kann bestimmt warten, bis wir hier fertig sind. Es dauert nur noch einen Moment.«

»Okay.« Er ließ sich wieder auf die Bank fallen.

»Wie ist Ihre Beziehung zu Friedlinde Hellbach?«

»Keine Beziehung. Haben Sie denn keine Augen im Kopf?«

»Und früher?« Pia beugte sich ein Stück vor. »Sie war doch bestimmt mal hübsch.«

»Wie kommen Sie darauf?«

»Irgendwer hat Ihnen Geld gegeben, sodass Sie auswandern konnten. Das war Ansgar Hellbach, nicht wahr?«, vermutete Pia.

»Kann schon sein.«

»Also ja. Warum hat er das getan?«

»Um mich loszuwerden. Damit ich die Finger von seiner feinen Tochter lasse. Ich war ihm nicht gut genug.«

»Wofür gut genug? Also noch einmal: Wie war Ihre Beziehung zu Friedlinde Hellbach?«

»Wir waren befreundet.«

»Ein Mann wie Sie? Ein ganzer Kerl. Sagen Sie nicht, dass sie mit der Zeit nicht mehr von Ihnen wollte«, provozierte Pia ihn.

»Klar war die scharf auf mich.« Er grinste. »Die Stillen, Unauffälligen, wenn die erst mal Blut geleckt haben.«

»Sie hatten Sex miteinander.«

»Und nicht nur einmal«, sagte er. »Die wollte echt was von mir.«

»Und Sie? Wie waren Ihre Pläne?«

»Nun. Ich mochte Friedel. Sie war schon in Ordnung. Aber ich wollte nicht, dass einer von uns erfährt, vor allem nicht ihr Vater ... Wenigstens nicht, bevor die Sache in trockenen Tüchern war«, setzte er hinzu.

»In trockenen Tüchern?«

»Sie wollte mich heiraten.«

»War sie von Ihnen schwanger?«

»Was?!« Er schüttelte abwehrend den Kopf.

»Es war ein Baby unterwegs. War das Ihr Kind, Herr Dietz?«

»Unsinn! Davon wüsste ich«, sagte er.

Pia ließ es dabei bewenden. »Wann genau war das? Wann hat Ihnen Ansgar Hellbach Geld gegeben, damit Sie seine Tochter verlassen?«

»Vor 'ner Ewigkeit. Vor zehn, nein, eher zwölf Jahren.«

»Warum sind Sie eigentlich wieder hergekommen?«

»Die spanische Sonne ist mir zu viel geworden.«

»Sie hatten kein Geld mehr.«

»Na und?«

»Sind Sie Ansgar Hellbach wieder um Geld angegangen?«

»Warum hätte er mir etwas geben sollen?«

»Vielleicht haben Sie ihm geholfen oder ihm irgendeinen Gefallen getan?«

»Meinen Sie etwa die vermissten Mädchen?« Er stützte die Arme auf den Tisch, als wollte er aufstehen.

Pia war ausschließlich auf Dietz konzentriert, doch sie hörte, wie Dorsten sich bewegte, und vermutete, dass seine Hand in Richtung Dienstwaffe ging. »Hatte Ansgar Hellbach denn etwas damit zu tun?«

»Ich weiß nur, dass ich nichts damit zu tun habe.«

»Und mit dem Tod Ihres Schwagers, Florian Warnke?«

»Sie sollten jetzt gehen, Frau Kommissarin.«

»Sie haben mir sehr geholfen, Herr Dietz«, sagte Pia und erhob sich. »Ich wünschte nur, Sie hätten es schon früher getan.«

»Pah.« Er griff zu seiner Kornflasche.

»Seltsamer Typ. Einmal dachte ich wirklich, der geht jeden Moment auf uns los«, sagte Finn Dorsten, als sie wieder auf der Straße standen.

»Wenn Alkohol im Spiel ist, kann es schnell unangenehm werden.« Pia sah ihn an. »Insofern war es schon gut, dass wir zu zweit waren.«

Er blickte auf seine Uhr. »Ich muss jetzt meinen Kollegen ablösen. Leider. Der sitzt ein bisschen auf heißen Kohlen, weil seine Frau hochschwanger ist.«

»Wieso leider?«

»Es wird hier doch gerade spannend.« Finn Dorsten hob die Hand zum Gruß und verschwand in der Dunkelheit.

Cäcilia lag zusammengekrümmt da, Knie und Schulterblätter gegen die Holzwand gepresst, und atmete stoßweise. Nach dem lauten Schreien und Weinen, als sie geglaubt hatte, die Stimmbänder müssten ihr reißen, hatte der wahnsinnige Durst eingesetzt. Ihre Augen brannten, ihr Gesicht war heiß, und wenn sie sich mit der trockenen, angeschwollenen Zunge über die Lippen fuhr, fühlten sie sich rissig und fremd an, als wäre eine Kaugummiblase geplatzt und klebte auf der dünnen Haut.

Sie presste die Unterarme in ihren Magen, der wehtat, ob vor Hunger oder Angst, konnte sie nicht entscheiden. Ihre Finger schmerzten ebenfalls. Die Knöchel waren vom Hämmern gegen das Holz abgeschürft, die Fingernägel eingerissen vom Kratzen. Sie hatte sich bestimmt tausend Splitter in die Haut gejagt. Das Blut an ihren Händen hatte sie abgeleckt, obwohl es scheußlich schmeckte. Zu allem Unglück fror Cäcilia in den nassen Jeans und der ebenfalls durchnässten Unterhose, aber sie hatte den Urin einfach nicht länger einhalten können. Es stank fürchterlich. Wie demütigend das war! Doch der Durst war mit das Schlimmste.

Noch mehr Angst machte ihr, dass das Atmen schwerer wurde. Sie hatte das Gefühl, nicht mehr genug Luft zu bekommen. Durch aufmerksames Betasten der Wände um sie herum war sie zu der grausamen Gewissheit gelangt, dass es keine Fugen, Spalten oder Löcher im Holz gab. Das einzige Loch, durch das ein wenig Luft eindrang, war ein Schlüsselloch. Cäcilia hatte versucht, den Mund dagegenzupressen, doch sie kam nicht nah genug heran.

Pia stand in der Zufahrt zur Antikscheune unter der Kastanie. Weit hinten, am Ende des Grundstücks, leuchtete das Fenster von Dietz Wohnwagen wie ein gelbes Auge in der Nacht. Im Innern des Wagens saß der Vater von Friedlindes tot geborenem Kind, der sich von Ansgar Hellbach dafür hatte bezahlen lassen, dass er seine schwangere Freundin im Stich ließ. Er schien wirklich nichts von dem gemeinsamen Baby gewusst zu haben. Trotzdem war er jetzt wahrscheinlich nicht gerade stolz auf sich.

Ansgar Hellbach hatte seine schwangere Tochter zu seiner

ehemaligen Haushältern an die Nordsee geschickt, wo sie das Kind heimlich zur Welt hatte bringen und zur Adoption freigeben sollen. Ob sie das tatsächlich getan hätte? Wäre sie eine derart gehorsame Tochter gewesen? Sie hatte das Kind verloren, bevor es so weit gekommen war, und sie hatte ihr Leben anschließend bei ihrem Vater verbracht und ihm den Haushalt geführt. Ein Schicksal wie aus der Feder von Jane Austen.

Pia ging die Dorfstraße hinunter. Der Wind war abgeflaut. Die Nachtluft roch nach Sommerregen und war samtweich. Einerseits zog es sie nach Hause, zu Felix und Lars. Es war eh schon spät genug, wenn sie am Morgen wieder früh rausmusste. Andererseits war sie viel zu aufgedreht und besorgt, um zur Ruhe zu kommen. Sie kannte das. Wenn sie in diesem Zustand ins Bett ging, wälzte sie sich nur endlos lange herum. Ihr gingen noch tausend Dinge durch den Kopf. Sie musste nachdenken. Das Dorf hingegen schien nach einem schwülen und unruhigen Tag in tiefen Schlaf gefallen zu sein. Nur im Wirtshaus brannte um diese späte Stunde noch Licht. Pia ging hinein und bestellte bei Miriam Trappert eine Apfelschorle. Außer ihnen hielt sich nur noch ein alter Mann im Schankraum auf. Er saß an einem Tisch in der Ecke und starrte in sein Bierglas.

»Schön, dass Sie da sind«, sagte die Kellnerin.

Pia hielt es für Ironie, doch Miriam Trappert bereitete ihr Getränk so langsam und sorgfältig zu, als unterwerfe sie sich dabei den Regeln der japanischen Teezeremonie.

»Wann machen Sie hier Feierabend?«

»Normalerweise um zwölf. Am Wochenende erst, wenn der letzte Gast gegangen ist. Ich habe es heute aber nicht besonders eilig.«

»Sie warten auf Neuigkeiten von Cäcilia?«

»Ohne eine gute Nachricht traue ich mich nicht mehr zu meiner Schwester zurück.«

Pia nickte. Die Mitschuld, die der jungen Frau an Cäcilias Verschwinden gegeben wurde, lastete sicher schwer auf ihr, egal, ob der Vorwurf laut ausgesprochen wurde oder nicht.

»Und?«, fragte Miriam Trappert.

»Sie wissen schon, dass Ansgar Hellbach tot ist?«

»Hier wurde bis eben von nichts anderem geredet. Stimmt es denn auch, dass er ebenfalls ermordet wurde?«

»Es sieht so aus. Gab es irgendwelche interessanten Reaktionen?«, wollte Pia wissen.

Miriam Trappert pustete einen Schwall Luft aus, dass ihre Ponyfransen hochwehten. »Besonders traurig schien mir keiner von denen zu sein. Aber das hilft Ihnen wohl nicht weiter, oder?«

Pia schüttelte den Kopf und trank die Apfelschorle in durstigen Zügen. Sie kontrollierte ihr Telefon. Broders hatte eine Sprachnachricht hinterlassen. Er klang aufgeregt. Sie rief ihn zurück.

»Mannomann, ich hab eben den Oberarzt aus dem OP geholt. Dicker Verkehrsunfall auf der A1. Im Krankenhaus brennt die Luft.«

»Was sagt er über Friedlinde Hellbach?«

»Sitzt du?«

»Ja«, sagte Pia ungeduldig.

»Er hat zumindest versucht, sich für mich als Laien verständlich auszudrücken. Die Verletzung am Knöchel von Frau Hellbach ist dadurch entstanden, dass das Gelenk überdehnt wurde. Die übliche Folge des Umknickens auf einer Stufe.«

»Das wissen wir doch schon.«

»Er sagt, dass die Verletzung seines Erachtens noch ganz frisch war. Er vermutet, dass Friedlinde Hellbach sie sich nicht schon um Viertel nach fünf zugezogen hat, wie sie angegeben hat.«

»Kann man das so genau sehen?«

»Er sagt, als Unfallarzt hat er auf diesem Gebiet viel Erfahrung. Aufgrund des Ausmaßes der Schwellung und der Hautfarbe vermutet der Mediziner, dass die Verletzung noch frisch war, dass Frau Hellbach sie sich also eher gegen halb sieben Uhr zugezogen hat, kurz bevor sie sich in der Notaufnahme angemeldet hat. Der Arzt hat die Anmeldedaten extra nachgeprüft.«

»Sie ist doch vor Zeugen eine Treppe heruntergefallen.«

»Tja, auch Ärzte können sich irren, nehme ich an. Aber interessant ist es schon.«

»Was denkst du, Broders?«

»Friedlinde Hellbach stürzt um Viertel nach fünf vor drei Zeugen eine Treppe hinunter und knickt um. Sie versucht, zu Hause den Knöchel durch Kühlen und Hochlegen zu behandeln. Als das nicht hilft, entschließt sie sich, ins Krankenhaus zu fahren. Ihre Ankunft ist um kurz nach halb sieben in der Notaufnahme dokumentiert. Die Fahrtzeit von Grotenhagen nach Neustadt beträgt eine knappe halbe Stunde. Ihr Vater hat gegen achtzehn Uhr erfolglos versucht, sie zu Hause anzurufen. Da war sie anscheinend gerade zur Klinik aufgebrochen. Irgendwann danach wird er am Strand umgebracht ...«

»Das ist spannend«, sagte Pia. »Alles steht und fällt damit, ob der Arzt mit seiner Einschätzung richtig liegt.«

Broders wollte noch wissen, was Pia von Rüdiger Dietz erfahren hatte und ob sie jetzt zu Hause sei. Als sie Letzteres verneinte, mahnte er sie, endlich Schluss zu machen. Er kannte sie schon viel zu gut.

Der Mann an dem Tisch in der Ecke winkte der Bedienung, zahlte und verließ die Kneipe. Pia sah ihm nach. Sie war jetzt der letzte Gast. Nachdem sie das Telefonat mit Broders beendet hatte, wählte sie trotz der späten Stunde Rists Mobilnummer.

Ihr Vorgesetzter meldete sich mit einiger Verzögerung. Wie

befürchtet, hatte er offenbar schon geschlafen, um fit für die Suche am Morgen zu sein.

»Ich hoffe, es ist wichtig.« Rist klang eher schicksalsergeben als gereizt. »In wenigen Stunden muss ich nämlich schon wieder vor Ort sein.«

»Es hat sich etwas Neues ergeben«, sagte sie leise, »den Mord an Ansgar Hellbach betreffend.«

37. Kapitel

Rist hörte ihr aufmerksam zu und schien dann zu dem gleichen Schluss zu kommen wie Pia. Er wies sie an, in Grotenhagen auf ihn und die Kollegen zu warten, und versprach, alles Notwendige in die Wege zu leiten. Sie verabredeten sich auf einem Parkplatz außerhalb des Gutsgeländes. Sie wollten gleichzeitig bei Friedlinde Hellbach eintreffen, um das Überraschungsmoment auf ihrer Seite zu haben.

Pia ging von der Kneipe aus zu Fuß am Dorfanger entlang. Ihr Wagen stand noch in der Seitenstraße, wo Isolde Warnke wohnte. Sie stieg in den Wagen, fuhr zu dem Parkplatz und stellte das Auto so tief in ein Gebüsch, dass die Zweige über das Wagendach scharrten. Pia sah auf die Uhr. Es würde noch mindestens eine halbe Stunde dauern, bis Rist und die anderen eintreffen würden. Beim Aussteigen merkte sie, dass immer noch Regenwasser aus den Blättern tropfte. Sie sah eine Fledermaus über dem Parkplatz ihre Runden drehen. Im hohen Gras raschelte es.

Pia hatte ein paar Minuten einfach nur dagestanden, als sie ein Licht zwischen den Bäumen aufblitzen sah. Ein unsteter Lichtschein, der sich auf sie zubewegte. Jemand näherte sich mit einer Taschenlampe. Die Person ging zügig am Parkplatz vorbei in Richtung der Zufahrt zum Gut. Kurz vor der Toreinfahrt erlosch das Licht.

Wenn sich jemand heimlich dem Haus der Hellbachs näherte, änderte das die Situation. Bisher gingen sie davon aus, dass sich im ehemaligen Verwalterhaus nur Friedlinde Hellbach und davor zwei Polizisten aufhielten, die auf sie aufpassten. Um weitere Aktionen planen zu können, musste die Polizei wissen, mit wem sie es da zu tun bekam. Pia folgte der Person in einigem Abstand. Der Nachthimmel war bewölkt, das Gelände dicht mit Bäumen bestanden. Etwa fünfzig Meter vor Pia wurde die Taschenlampe wieder angeschaltet.

Wer war das? Kannte sie den nächtlichen Besucher? Dem Bewegungsmuster nach zu urteilen, handelte es sich um einen Mann. Vielleicht führte er sie zu einem Versteck auf dem Gelände? Zu Cäcilia. Pia spürte, wie ihr Herz mit einem Mal schneller schlug. Doch der Unbekannte näherte sich mit ein paar Umwegen dem Verwalterhaus. Als der Streifenwagen vor dem Gartentor in sein Blickfeld fiel, blieb der Mann stehen. Seine Konturen verschwammen vor einem Baumstamm. Die Taschenlampe ging aus.

Pia verbarg sich hinter einem Busch. Sie trug zwar dunkle Kleidung, doch ihr helles Gesicht und ihr Haar waren sicher weithin sichtbar. War das da vorn ein harmloser Besucher, jemand, der Friedlinde Hellbach nach dem Tod ihres Vaters beistehen, ihr Gesellschaft leisten wollte? Wohl kaum. Nicht zu dieser Uhrzeit. Und dann wäre er auch ohne Umwege und mit eingeschalteter Taschenlampe auf das Haus zugegangen.

Ein Lichtpunkt glomm vor dem Baumstamm auf. Vermutlich hatte der Mann sich eine Zigarette angezündet. Er war wohl nervös, oder er wollte erst einmal abwarten. Wenn er darauf baute, dass die Schutzpolizisten sich bald zurückzogen, würde er enttäuscht werden.

Pia zog ihr Handy hervor und schrieb Rist eine SMS, um ihn auf dem Laufenden zu halten. Sie vergewisserte sich, dass der Ton ihres Mobiltelefons ausgeschaltet war. Der Lichtpunkt verschwand, die Lampe blitzte erneut auf, der Mann setzte sich wieder in Bewegung. Er ging bis zum Gartenzaun und überwand ihn mühsam. Der Unbekannte schien nicht sehr sportlich zu sein; er blieb mit seiner Kleidung am Jägerzaun hängen. Nachdem er sich hastig befreit hatte, lief er in gebückter Haltung im Schutz einiger Rhododendren weiter, bis er etwa noch zehn Meter vom Verwalterhaus entfernt war. Pia sah wieder eine Zigarette aufglimmen. Der Mann schien das Hellbach'sche Haus beobachten zu wollen. Was sollte sie tun? Sie konnte sich ihm nicht unbemerkt nähern. Pia hatte zwar ihre Dienstwaffe bei sich, doch sie wollte es nicht auf eine Konfrontation mit dem Unbekannten ankommen lassen, solange sie allein war. Sie musste sich mit den Kollegen abstimmen, die das Haus beobachteten.

Mit diesem Vorsatz ging sie zurück zum Weg, um sich ihren Kollegen von vorn und deutlich sichtbar zu nähern.

Der Streifenwagen stand vor dem Haus neben dem Gartentor. Er war unbesetzt. Der Eingang des Hauses war beleuchtet, die Tür stand offen. Pia sah sich um. Es war niemand da. Der Mann, dem sie gefolgt war, hielt sich wahrscheinlich noch im hinteren Teil des Gartens auf. Er war von hier aus nicht zu sehen.

Wo zum Teufel waren die beiden Kollegen, die auf Friedlinde Hellbach aufpassen sollten? Im Vorbeigehen warf Pia einen genaueren Blick in das Innere des Streifenwagens und ging dann den Plattenweg hinunter zur Eingangstür. Sie stellte sich seitlich neben den Türrahmen und zog ihre Waffe aus dem Holster. »Kriminalpolizei. Ist jemand im Haus?«

Keine Reaktion.

Finn Dorsten war noch jung und unerfahren. Sie hoffte, dass man ihm einen erfahrenen Kollegen zur Seite gestellt hatte. Dass beide Männer nicht auf ihrem Posten waren, bereitete ihr Sorgen. Sie hatte sich vorgenommen, auf Rist und die anderen zu warten. Die neue Situation stellte sie hart auf die Probe.

Wo waren sie alle?

Was hatte der Mann im Garten vor?

Noch fünfzehn Minuten mindestens, bis Verstärkung eintreffen sollte. Da konnte viel passieren.

Vielleicht wäre es ihr gelungen, einfach nur abzuwarten, wenn sie nicht das Geräusch gehört hätte. Ein Klappern, dann eine Weile nichts. Danach das Rauschen von Wasser.

»Frau Hellbach, sind Sie da?«

Jemand war im Haus, so viel war sicher.

Pia drehte sich in den offenen Eingang, die Waffe in beiden Händen. Ihr Herz schlug schnell, doch sie atmete ruhig und kontrolliert. Es roch angebrannt. Der Hausflur war durch eine Lampe auf einem Garderobenschränkchen schwach erleuchtet. Die Türen, die von der kleinen Diele abgingen, waren allesamt geschlossen.

»Polizei. Ist jemand im Haus?«, rief sie nochmals laut und deutlich. Es wäre fatal, wenn ein Kollege, der sich im Haus aufhielt, auf sie schießen würde, weil er sie für einen Eindringling hielt.

Pia erinnerte sich, dass sich links neben dem Eingang die Küche befand. Das Rauschen des Wassers hatte aufgehört, doch nun hörte sie ein leises Klacken. Friedlinde Hellbachs Krücken? Die Türklinke senkte sich, die Tür wurde geöffnet. Auf eine Krücke gestützt, stand Friedlinde im Türrahmen und starrte Pia aus weit aufgerissenen Augen an. »Sie? Was ist los? Wo sind die beiden Polizisten?«

»Das möchte ich von Ihnen wissen.« Pia hielt weiterhin die Waffe im Anschlag.

»Die sollen mich doch beschützen. Wo sind sie?«

Beschützen … So konnte man es auch ausdrücken.

»Können Sie bitte diese Pistole runternehmen? Ich mag das nicht«, sagte Friedlinde Hellbach. »Mein Großonkel ist beim Reinigen seines Jagdrevolvers ums Leben gekommen.«

Die Frau stand auf einem Bein vor ihr; den verletzten Knöchel hatte sie leicht angehoben. Ihre Muskeln zitterten unter ihrem Gewicht, das sie mit der Krücke abstützte. Ihr rundes Gesicht war blass und feucht vor Schweiß. Sie bot einen erbarmungswürdigen Anblick.

»Zeigen Sie mir Ihre Hände«, forderte Pia sie auf.

Friedlinde lehnte sich mühsam an den Türrahmen und streckte langsam die Hände vor. Dabei wäre ihr die Krücke beinahe heruntergefallen.

»Gut. Gehen Sie vor mir her ins Wohnzimmer!«

»Aber … ich wollte mir gerade eine heiße Milch mit Honig machen.«

»Das muss warten. Gehen Sie!«

Wo waren bloß die Kollegen?

Pia ließ Friedlinde Hellbach ins Wohnzimmer vorgehen und wies sie an, sich auf einen Stuhl zu setzen. Friedlinde stellte die Krücke gegen die Fensterbank zu ihrer Linken, den geschienten Fuß legte sie auf einen Schemel. Ihre Hände ruhten in ihrem Schoß. Pia hielt immer noch die Waffe in der Hand. Friedlinde folgte mit den Augen jeder ihrer Bewegungen.

»Wo sind die beiden Polizisten, die auf Sie aufpassen?«, fragte Pia noch einmal.

»Draußen, denke ich.«

Pia blickte kurz aus jedem Fenster. Eines ging in Richtung Vorgarten und Auffahrt, durch das andere sah man in den Garten. Sie wagte nicht, das Licht im Raum auszuschalten, deshalb konnte sie draußen kaum etwas erkennen.

»Da war einer im Garten«, sagte Friedlinde Hellbach. »Der Hund im Zwinger hatte angeschlagen. Als ich aus dem Fenster geschaut habe, war da eine Gestalt zu sehen. Das habe ich dem einen Polizeibeamten auch schon gesagt.«

»Wie das?«

»Ich bin zur Haustür gehumpelt und hab nach ihm gerufen.«

»Und dann?«

»Er kam zu mir. Ich hab ihm beschrieben, wo ich den Mann gesehen habe, in der Nähe der Rhododendren und des Teichs. Er hat sich mit seinem Kollegen am Wagen besprochen. Dann rief er mir zu, ich solle im Haus bleiben, und ist nachsehen gegangen.«

Wenn das stimmte, musste das zu dem Zeitpunkt gewesen sein, als Pia sich vom Gartenzaun entfernt hatte und den Umweg zur Zufahrt gegangen war, um sich ihren Kollegen deutlich sichtbar von der Vorderseite des Hauses her zu nähern. »Welcher von beiden war es?«

»Der Ältere.«

»Was tat der Jüngere?«

»Der blieb wohl am Wagen.«

»Und dann?«

»Das weiß ich nicht. Ich bin in die Küche gegangen, um mir eine heiße Milch zuzubereiten. Ich wollte mich beschäftigen und beruhigen. Mit dem Fuß und einhändig dauert alles seine Zeit. Mir ist der Milchtopf heruntergefallen.«

»Was roch so angebrannt?«

»Der Topflappen. Ich habe einen Gasherd.«

»Sie haben den Topflappen angebrannt und den Topf mit der Milch fallen lassen?«

»So war es. Ich wollte die Bescherung gerade aufwischen, als Sie nach mir riefen.«

Pia hatte das Geräusch von laufendem Wasser in der Spüle gehört. Sie hatte Friedlinde Hellbach aus ihrer Küche geholt. Doch die Milch musste warten. »Rühren Sie sich nicht vom Fleck!«, befahl sie. Sie legte die Waffe vor sich auf den Tisch und zog ihr Telefon hervor. Rist meldete sich nicht.

»Finn?!«, hörte sie eine männliche Stimme im Flur rufen. Die Chancen, dass es tatsächlich ein Kollege war und nicht der Mann, den sie im Garten gesehen hatte, standen recht gut, da er den Vornamen des jungen Polizisten kannte.

»Korittki, Kriminalpolizei. Dein Kollege ist nicht hier. Ich bin mit Frau Hellbach im Wohnzimmer.«

»Was zum Teufel …« Der Kollege riss die Wohnzimmertür auf und starrte auf Pia, die wieder die Waffe in der Hand hielt, dann auf Frau Hellbach, ein Häuflein Elend auf einem Stuhl. Es war Polizeihauptmeister Roland Maurer, den Pia früher am Abend auch am Strand getroffen hatte.

»Was tust du denn hier?«, fragte er.

»Die Tür stand offen. Ich habe euch gesucht. Hast du jemanden im Garten angetroffen?«

»Der Kerl ist weggelaufen«, sagte der Polizist. »Und wo ist mein Kollege Finn?«

»Ich weiß es nicht.«

»Ich gehe raus und suche ihn.«

»Warte! Wir bekommen jeden Moment Verstärkung.«

»So lange warte ich nicht!«

Bevor Pia etwas einwenden konnte, war Maurer wieder draußen. Sie hoffte, dass er Finn finden würde.

Friedlinde Hellbach schwieg. Pia hatte einige Fragen an sie, wollte aber vor der offiziellen Vernehmung nicht mit ihr darüber reden. Die Frau drehte einen Ring an ihrem Finger. Er war silberfarben, voluminös und mit einem schwarzen Onyx verziert.

»Ein Erbstück?«, fragte Pia, um etwas Unverfängliches zu sagen und sich damit zu beruhigen.

»Von meiner Großtante. Früher hatten viele reiche Leute solche Ringe. Die waren beliebt, gerade in schwierigen Zeiten.«

»Ah ja.« Die Standuhr in der Ecke tickte. Wo blieb die Verstärkung? Pia schwitzte, und die Zunge klebte ihr am Gaumen. In der Küche gab es Wasser. Außerdem ging das Fenster dort ebenfalls auf den Vorgarten hinaus. Sie könnte von dort die Zufahrt und den Streifenwagen im Auge behalten.

»Kommen Sie«, sagte Pia. »Wir machen einen Rundgang.«

Friedlinde sah sie misstrauisch an. »Ich bin nicht sehr gut zu Fuß.«

»Das schaffen Sie.«

Die Frau erhob sich, dabei fiel die Krücke klappernd auf das Parkett. Friedlinde Hellbach hob sie umständlich auf. Pia unterdrückte den Impuls, der Frau zu helfen, denn sie wollte ihr nicht zu nahe kommen.

»Es sieht schlimm aus da drinnen«, sagte sie, als Pia sie in die Küche dirigierte.

»Ein bisschen verschüttete Milch kann ich ertragen.«

»Wenn ich ausrutsche, breche ich mir noch den Hals.«

»Dann passen Sie auf sich auf.« Pias Nerven waren angespannt. Warum meldete sich der Kollege Maurer nicht wieder? Und wo war Finn? Wo blieb Rist mit seinen Leuten?

Die Küche war ein quadratischer Raum mit schwarz-weißem Fliesenboden, die in der Mitte feucht schimmerten. Die Möblierung bestand aus einzelnen Geräten wie einem großen Gasherd, einem frei stehenden Kühlschrank und gemauerten Elementen, auf denen eine Marmorplatte lag. Karierte Vorhänge verdeckten den Stauraum darunter. An der rückwärtigen Wand stand ein massiver Küchenschrank aus dunklem Holz, nach dem Florian Warnke sich zu Lebzeiten womöglich alle zehn Finger geleckt hätte. Der Schrank stammte bestimmt noch aus dem Herrenhaus.

Friedlinde Hellbach ging zur Spüle, lehnte sich mit der Hüfte dagegen und stellte die Krücke ab. Der Mülleimer und ein Putzeimer standen mitten im Raum. Auf den Fliesen lag ein graues Bodentuch mit bräunlichen Flecken. In einem der zwei Spülbecken befanden sich ein schwarzer Stieltopf aus Eisen und ein nasser Topflappen, dessen eine Seite verbrannt aussah. Es roch angesengt. So weit schien Friedlinde Hellbachs Geschichte zu stimmen.

»Gießen Sie mir bitte ein Glas Wasser ein«, bat Pia.

Friedlinde zog ein Glas aus dem Regal neben der Spüle und zögerte dann. »Wir haben Brunnenwasser«, sagte sie. »Manchmal ist es bräunlich von Eisenoxid, aber das ist nur ein optisches Problem.«

Pia nickte, überlegte jedoch, ob sie wirklich so durstig war. Das Wasser in dem Putzeimer sah tatsächlich ziemlich bräunlich aus. Nur Eisenoxyd? Der karierte Vorhang unter der Spüle wölbte sich. Friedlinde stand direkt davor, während sie das Wasser in das Glas laufen ließ. Trotzdem konnte Pia sehen, dass ein wenig schwarzer Stoff unter dem Vorhang hervorlugte. Schwarz oder tief dunkelblau.

38. Kapitel

Roland Maurer kam wieder ins Haus und trat hinter Pia in die Küche. »Verdammt, was ist hier los? Ich kann Finn nirgendwo finden.«

Pia ließ Friedlinde Hellbach nicht aus den Augen. »Vorsicht!«, sagte sie zu dem Kollegen. Ihre Stimme klang schneidend. »Ich glaube, er liegt hier unter der Spüle.«

Der Schutzpolizist trat mit gezogener Waffe neben sie. »Zurück!«, wies er Friedlinde an. »Ich will Ihre Hände sehen. Aber schön langsam.«

Friedlinde Hellbachs Gesicht erstarrte. Sie hob die freie Hand über das Wasserglas, drehte den Handrücken nach unten. Ein paar farblose Kristalle fielen ins Wasser. Die Frau nahm das Glas mit sich, während sie humpelnd zurückwich.

Pia fiel vor der Spüle auf die Knie und riss den Vorhang zur Seite. Finn Dorsten lag zusammengestaucht unter den Spülbecken. Seine Arme und Beine waren verrenkt wie die einer zu Boden gefallenen Marionette. Finns blondes Haar sah dunkel und nass aus, und unter seinem Kopf waren Blutschlieren zu erkennen.

»Was haben Sie getan?«, schrie Pia außer sich vor Entsetzen. Schon wieder ein Schlag auf den Hinterkopf? Wahrscheinlich mit dem eisernen Stieltopf, der in der Spüle lag.

»Lebt er noch?« Die Stimme ihres Kollegen klang gepresst.

Pia fühlte am Hals nach dem Puls. Finns Haut war kühl und feucht. War da eine Bewegung, ein schwaches Flattern? Oder zitterten ihre Finger? Sie zog den schlaffen Körper vorsichtig unter der Spüle hervor. Warum hatte sie nicht gleich in der

Küche nachgesehen? Das war ein Fehler gewesen. Ein böser Fehler. Es war mit ihre Schuld, wenn Finn nicht überlebte. Er durfte nicht sterben. Sie mussten ihn retten!

»Lassen Sie den Mann liegen«, hörte Pia Friedlinde Hellbach sagen. »Wenn ich das hier trinke, erfahren Sie nie, wo Cäcilia steckt. Dann ist sie lebendig begraben.«

Die Frau hielt das Glas dicht vor ihren Mund. Die Flüssigkeit darin war trüb.

»Was ist da drin?«, fragte Pia.

»Zyankali. Das ist gut in Wasser löslich. Der Ring ist ein Giftring. Ich hatte schon Angst, Sie kennen diese Dinger. Meine Vorfahren waren vorausschauende Menschen.«

»Es dauert, bis Zyankali wirkt. Sie werden langsam und qualvoll ersticken«, warnte Pia.

»Aber ich sage dabei kein einziges Wort. Denken Sie an das arme Mädchen, und hören Sie lieber auf mich! Sonst wird *sie* langsam und qualvoll sterben.«

Wie konnten sie sich für das eine und gegen das andere Leben entscheiden? Finn Dorsten brauchte Hilfe. Er hatte nicht mehr viel Zeit, womöglich gar keine. Er war Polizist, einer von ihnen. Cäcilia war noch ein Kind. Sie wussten nicht, wo sie gefangen gehalten wurde und wie viel Zeit ihr noch blieb.

»Ruf den Rettungswagen!«, sagte ihr Kollege. »Und hilf dem Jungen! Ich kümmere mich um die Frau.«

Pia wählte den Notruf.

»Tun Sie das nicht! Ich nehme keine Rücksicht auf dieses Mädchen. Cäcilia ist nicht die Richtige. Ich will wissen, wo *mein* Kind ist«, rief Friedlinde. »Sie haben mir gesagt, es ist tot, aber mein kleines Mädchen ist nicht tot. Ich will nur mein Kind ...«

»Wo ist Cäcilia?«, fragte Maurer. Und dann: »Lassen Sie das. Stopp!« Maurer schoss, das Glas fiel klirrend zu Boden, Wasser spritzte, Friedlinde Hellbach wurde gegen den Küchenschrank geschleudert, sodass das Geschirr darin klapperte.

Trotz des Pfeifens in ihrem Ohr nannte Pia der Frau in der Rettungsleitstelle die Adresse und schilderte die Verletzungen ihres Kollegen. »Es eilt. Und schicken Sie noch einen zweiten Wagen. Wir haben auch noch eine Schussverletzung«, ergänzte sie. An Friedlindes rechter Schulter war ein roter Fleck erblüht.

Rist und einige Kollegen, unter anderem eine Einsatzgruppe vom SEK, trafen beinahe zur selben Zeit wie die Rettungswagen vor dem Hellbach'schen Haus ein. Finn Dorstens Zustand war äußerst kritisch. Der junge Polizist wurde stabilisiert und dann umgehend abtransportiert.

Pia schilderte Rist, was passiert war. Dass Friedlinde Hellbach die Entführung Cäcilias gestanden hatte. Er überredete die Sanitäter, Friedlinde Hellbach nicht gleich vollständig zu sedieren, damit sie ihr noch eine Frage stellen konnten. Die Frau hatte einen Schulterdurchschuss erlitten, und die Schmerzen machten sie nicht mitteilsamer. Sie versuchten es mit Verständnis, mit Drohungen und dem nüchternen Aufzeigen möglicher Konsequenzen, doch sie presste die Lippen zusammen und schwieg.

»Wir durchsuchen das verdammte Gutsgelände! Jeder Stein wird noch mal umgedreht!«, ordnete Rist an, als der Notarzt darauf bestand, dass man sie ins Krankenhaus brachte. »Das Mädchen muss hier irgendwo sein.«

Doch statt Cäcilia fanden zwei der Männer Rüdiger Dietz und brachten ihn zum Haus. Er trug dunkle Kleidung und hatte eine Taschenlampe bei sich.

»Verstecken Sie sich schon länger im Garten?«, fragte Pia.

»›Verstecken‹ würd ich das nicht nennen. Und wenn schon«, murrte er.

»Was wollten Sie bei Frau Hellbach?«

»Mit Friedlinde reden. Doch dann kam dieser Bulle, und ich bin abgehauen.«

»Warum wollten Sie mit ihr reden?«

»Ich will wissen, warum sie mir damals nichts gesagt hat ... von meinem Kind. Und der Alte auch nicht. Der hat mir Geld gegeben, damit ich es im Stich lasse.« Er spuckte auf den Boden.

Pia gab ihm einen kurzen Abriss darüber, was sich gerade zugetragen hatte.

Dietz stöhnte. »Oh Gott, Friedel! Das glaube ich nicht. Sie hat den Mädchen bestimmt nichts getan. Warum sollte sie?«

»Sie sucht ihr eigenes Kind. Es wäre jetzt ungefähr in Laras und Cäcilias Alter. Aber sie sagt uns nicht, wo sie Cäcilia versteckt hat. Sie droht, sie verdursten oder ersticken zu lassen.«

Rüdiger schüttelte den Kopf.

»Überlegen Sie bitte genau: Wissen Sie von besonderen Orten oder von Verstecken, die Friedlinde Hellbach kennt?«

Er kratzte sich am Kopf. Ein unschönes Geräusch, das Pia trotz des andauernden Pfeifens in ihrem Ohr hören konnte. Wenn diese Ermittlung abgeschlossen war, musste sie einen Hals-Nasen-Ohren-Arzt konsultieren.

»Also, sie kennt sich natürlich hier überall ganz gut aus. Besonders im Herrenhaus. Aber spezielle Verstecke?« Er zuckte mit den Schultern.

»Wo haben Sie sich mit ihr getroffen?« Pia wusste, dass die beiden ihre Liebesaffäre geheim gehalten hatten, besonders vor Ansgar Hellbach.

»Abends am Strand, im Wald ... im alten Pferdestall. Einmal hat Friedel sich in der Futterkiste versteckt, als sie ihren Vater kommen hörte.«

Pia ließ sich erklären, wo sich der alte Pferdestall befand und wo die Futterkiste gestanden hatte, und gab die Information an Rist weiter.

»Wir sollten auch Lucie fragen«, sagte Dietz. »Lucie könnte doch etwas von Florian wissen. Die waren früher mal wie Bruder und Schwester, Friedel und er.«

Eher wie Hund und Katze, dachte Pia. Wie es aussah, hatte entweder ihr Vater oder, wahrscheinlicher noch, Friedel selbst Florian Warnke umgebracht. Warum, würden sie noch klären. Aber jetzt mussten sie nach jedem sich bietenden Strohhalm greifen.

Pia rief Lucie Warnke an. Sie riss sie jetzt, nachts um zwei, sicherlich aus dem Schlaf.

»Ein Versteck? Was meinen Sie? Was für ein Versteck?«, fragte Lucie Warnke mit undeutlicher Stimme.

»Ihr Mann hat Ihnen doch bestimmt von seiner Kindheit erzählt. Wenn er und Friedlinde zusammen gespielt haben, gab es da geheime Orte, Verstecke, Höhlen, Buden, irgendwas?«

Lucie schnaubte. Pia hörte, wie sie sich eine Zigarette anzündete.

»Denken Sie nach«, drängte Pia.

Lucie hustete. »Also: Eine Sache fällt mir tatsächlich ein. Aber nur, weil Flo es mir erst vor ein paar Wochen erzählt hat. Er hatte Ansgar eine alte Schiffstruhe abgekauft. Ein riesiges, hässliches Ding, hat Ähnlichkeit mit einem Sarg. Flo hat gesagt, dass er sich als Kind manchmal darin versteckt hat, wenn er Mist gebaut hatte. Er meinte, er wolle sie eigentlich gar nicht verkaufen, so viele Stunden, wie er und wohl auch Friedlinde darin zugebracht haben. Er wollte das furchtbare Teil bei uns ins Wohnzimmer stellen, und ich sagte zu ihm: ›Nur über meine Leiche.‹«

»Wo befindet sich die Truhe jetzt?«

»Na, in Flos Ausstellungsräumen in der Scheune, wo sonst?«

»Wir kommen sofort.«

»Ich habe gerade mit Lucie Warnke gesprochen«, sagte Pia ins Telefon. »Es könnte sein, dass Cäcilia in einer Schiffstruhe versteckt ist.«

»Erst Pferdestall und Futterkiste, nun eine Truhe. Was denn nun?«, fragte Rist. Im Hintergrund hörte Pia Stimmen und Schrittgeräusche.

»Florian Warnke hat sich als Kind manchmal in dieser alten Truhe im Herrenhaus versteckt. Und Friedlinde Hellbach vermutlich auch. Zumindest kennt sie die Truhe, und sie weiß auch, dass ein Mädchen hineinpasst.«

»Im Herrenhaus steht aber keine alte Schiffstruhe«, entgegnete er. »Ich war bei der Durchsuchung dabei. Da steht gar nichts mehr. Es ist komplett leer geräumt.«

»Die Truhe befindet sich jetzt ja auch in der Antikscheune. Florian Warnke hat sie Ansgar Hellbach abgekauft.«

»Okay. Das ist *eine* Möglichkeit. Ich schicke schnellstmöglich ein Team dorthin.«

»Und einen Rettungswagen. Ich werde schon mal vorfahren.« Pia beendete das Gespräch, bevor Rist etwas dagegen einwenden konnte. Da er nicht zurückrief, hoffte sie, dass er stattdessen umgehend ein paar Leute zur Antikscheune abkommandierte oder, besser noch, selbst dorthin kam. Sie sah sich um. Ihr Wagen stand noch auf dem Parkplatz außerhalb des Areals. Der Streifenwagen parkte vor der Tür. Sie hatte keine Zeit zu verlieren. Finn Dorstens Kollege stand etwas abseits am Zaun und starrte auf das Haus, in dem der junge Polizist lebensgefährlich verletzt worden war.

Pia ging zu ihm. »Finn wird es schaffen«, sagte sie. »Er muss es einfach schaffen.«

Maurer warf ihr einen gequälten Blick zu. »Theoretisch weiß man, dass so etwas jederzeit passieren kann. Wir sind vorbereitet. Theoretisch … Verdammt, ich wünschte, die Frau hätte mich erwischt, nicht ihn.«

»Dann würde Finn jetzt an deiner Stelle hier stehen.«

»Immer noch besser so herum, als wenn er tot ist.«

»Ich habe einen Hinweis bekommen, wo das entführte Mädchen stecken könnte. Es ist eine kleine Chance. Rist und die anderen sind aber gerade anderswo beschäftigt. Kommst du mit?«

»Und was soll das Finn noch nützen?«

»Meinst du, dass er oder seine Angehörigen damit leben wollen, dass das Kind trotz allem gestorben ist?«

Maurer fluchte, zog jedoch den Wagenschlüssel aus der Hosentasche. »Also gut. Dann los, bevor ich es mir anders überlege.«

Maurer fuhr in so halsbrecherischem Tempo durch das Dorf, dass Pia bedauerte, sich nicht selbst hinter das Steuer des Streifenwagens gesetzt zu haben.

Lucie Warnke erwartete sie schon. Sie hielt einen Schlüssel in der Hand. Ihre Augen wirkten unnatürlich groß in dem schmalen Gesicht. »Ich schäme mich, aber ich konnte nicht allein da hineingehen«, sagte sie. »Glauben Sie wirklich, dass Cäcilia in der Truhe ist?«

»Wann waren Sie zuletzt in den Geschäftsräumen?«

»Gar nicht mehr seit Florians … Tod.«

Pia nahm ihr den Schlüssel aus der Hand, ging zum Eingang des Antiquitätengeschäfts und öffnete die Tür. Im Innenraum war es dunkel. Als Lucie den Lichtschalter betätigte, gingen nur eine Stehlampe neben dem Verkaufstisch und eine schwache Deckenleuchte an. Die Möbel standen dicht an dicht, als wollten sie den Zugang in das Innere der Scheune verwehren.

»Cäcilia?«, rief Pia. »Polizei. Bist du hier?«

Nichts. Was, wenn dies wieder nur eine falsche Fährte, eine trügerische Hoffnung war?

»Wo ist die Schiffstruhe?«, fragte Pia.

»Ich weiß es nicht«, antwortete Lucie Warnke. »Ich glaube, irgendwo dort hinten.«

Maurer leuchtete mit einer Taschenlampe in die angezeigte Richtung. Der Lichtschein fiel auf ein Biedermeiersofa, ein zierliches Tischchen, dann auf ein Bild darüber. Es war ein dunkles Porträt irgendeiner Heiligen, die ihre Augen verzückt himmelwärts verdrehte. Sie gingen darauf zu. Seitlich unter dem Bild befand sich eine etwa ein Meter sechzig lange Truhe aus dunklem Holz, die mit Schnitzereien und Intarsien verziert war.

»Los, schnell!« Pia versuchte, den Deckel hochzustemmen, doch die Truhe war verschlossen.

»Cäcilia?«, rief nun auch Lucie. »Bist du hier?«

Keine Antwort.

»Wo ist der Schlüssel?« Pia suchte die Umgebung der Schiffstruhe ab, lief zum Verkaufstisch, riss die Schubladen auf, bis sie ein Krachen hörte. Maurer versuchte, die Truhe mit einem Brecheisen, das er irgendwo entdeckt haben musste, aufzustemmen. Lucie wich zurück. Es knirschte, Holz barst, doch der Deckel rührte sich nicht. Der Polizist setzte den Hebel erneut an, dieses Mal mit Erfolg. Pia eilte dem Kollegen zu Hilfe. Dann hoben sie zusammen den schweren Deckel an.

In der Dunkelheit und Enge der Truhe lag zusammengekrümmt ein Mädchen. Pia sah langes, zerzaustes Haar, ein blasses Gesicht, einen zerbrechlich aussehenden Körper. Das Kind rührte sich nicht.

Lucie schrie.

39. Kapitel

Pia strich dem Kind, das zusammengekauert in der dunklen Holztruhe lag, das Haar zurück und fühlte nach dem Puls. Waren sie doch zu spät gekommen? Das durfte einfach nicht sein! Cäcilia sah so schrecklich jung aus. Eine Träne tropfte auf den Hals des Mädchens. Bitte sei noch am Leben! Pias Hand zitterte, und ihr wurde der Hals eng ... Spürte sie nicht ein schwaches Pochen? Sie konnte es kaum glauben, konzentrierte sich, nicht ihren eigenen Pulsschlag mit dem des Kindes zu verwechseln. »Cäcilia ist nur bewusstlos. Schnell, wir müssen sie aus der Truhe heben!«

Das Mädchen zuckte und stöhnte, als sie es anfassten. Es hustete und fing an zu zappeln, sodass sie es kaum halten konnten.

»Ruhig, Cäcilia, alles ist gut. Du bist jetzt in Sicherheit«, sagte Pia beruhigend, doch Cäcilia warf sich immer noch panisch hin und her. Maurer und Pia hoben sie hoch und legten sie auf das Sofa. »Schnell, holen Sie die Sanitäter rein!«, rief Pia Lucie Warnke zu. Durch die alten bleiverglasten Fenster sah sie schon das erste Blaulicht draußen.

»Um es vorwegzunehmen«, sagte Rist wenige Stunden später bei der Frühbesprechung, »Cäcilia Nagel geht es den Umständen entsprechend gut. Sie kann heute schon wieder aus dem Krankenhaus nach Hause entlassen werden.«

Pia atmete langsam aus und lockerte die Schultern. Das war eine Nachricht, auf die sie an diesem Morgen gehofft hatte, eine der beiden. »Gibt es über Finn Dorsten auch schon etwas Neues?«

»Nein. Ich stehe da aber mit Roland Maurer in Kontakt. Bisher ist Dorstens Zustand unverändert.«

Rist wandte sich dem Whiteboard zu und notierte etwas darauf. War das alles? Zwei Sätze für den jungen Polizisten, der im Dienst lebensgefährlich verletzt worden war? Der Raum schien sich zu verdunkeln. »Unverändert« bedeutete, dass Finn wohl aufgrund seiner Kopfverletzung immer noch ohne Bewusstsein war. Es fiel Pia schwer, sich auf die Besprechung zu konzentrieren, so müde und besorgt, wie sie war.

Als sie vor ein paar Stunden aus Grotenhagen nach Hause gekommen war, hatte es schon gedämmert. Sie war vollkommen erschöpft ins Bett gefallen. Lars, der kurz aufgewacht war, hatte sie in den Arm genommen. Das hatte ein bisschen geholfen, ihren rasenden Herzschlag zu beruhigen, doch geschlafen hatte sie nicht. Die überstandene Aufregung und die Sorge um Cäcilia und den jungen Kollegen hatten Pia nicht zur Ruhe kommen lassen. Bald darauf hatte Lars wieder ruhig und gleichmäßig neben ihr geatmet, sein Arm lag warm und tröstlich auf ihrem. Doch Pia war die Bilder in ihrem Kopf nicht losgeworden. Finn, zusammengekrümmt und leblos unter der Spüle in Hellbachs Haus. Cäcilia, eingepfercht in der alten Truhe.

Rist arbeitete stur einen Punkt seiner Tagesordnung nach dem nächsten ab. Merkte er nicht, dass einige seiner Leute nicht bei der Sache waren? Sicher, sie konnten im Moment nichts für den jungen Kollegen tun. Aber Finn Dorsten war einer von ihnen.

Nachdem Pia mehrmals gescheitert war, die wenigen Sätze auf dem Whiteboard wirklich zu erfassen, stand sie auf. Sie verließ den Besprechungsraum und ging in ihr Büro, wo sie sich ans Fenster stellte und hinaussah.

Der Sommer war vorbei, zumindest vorübergehend. Eine

geschlossene graue Wolkendecke hing über der Stadt. Die Scheiben waren benetzt vom Nieselregen. Nur noch knapp zwanzig Grad. Sie kontrollierte ihr Telefon. Ein Anruf, den sie verpasst hatte. Eine ihr unbekannte Nummer. Sie rief zurück, und es war wie ein Hieb in die Magengrube, als sie Roland Maurers Stimme vernahm.

Er sprach leise und gepresst. »Gut, dass du gleich zurückrufst.«

»Was ist los?« Pia wusste instinktiv, dass sie das, was er zu sagen hatte, nicht hören wollte.

»Finn hat es nicht geschafft. Er ist ... Er hat ... Ich habe es gerade erfahren. Ich war bis heute Morgen um sechs in der Klinik. Dann bin ich nach Hause gefahren. Er ist vor einer Stunde im Krankenhaus gestorben. Die Ärzte haben für ihn getan, was sie konnten, aber ...« Seine Stimme brach.

»Nein«, flüsterte Pia. »Das darf nicht sein!«

»Ich hätte das verhindern müssen.«

»Nein, ich fühle mich verantwortlich«, sagte Pia.

»Unsinn! Du musst dir keine Vorwürfe machen. Er war mein Teampartner. Ich hatte die Verantwortung für ihn.«

»Friedlinde Hellbach trägt die Schuld an seinem Tod«, erwiderte Pia. »Sie wird dafür bestraft werden.«

»Das ist kein Trost.«

»Nein«, sagte Pia. Das war es wirklich nicht.

»Aber dass wir die Kleine gerettet haben ... Du hattest recht. Finn hätte das unbedingt gewollt.«

Als das Gespräch beendet war, überlegte Pia, warum Maurer gerade sie angerufen hatte. Warum die schlimme Neuigkeit nicht den offiziellen Weg gegangen war. Sie stand noch so da, die Arme vor der Brust verschränkt, die Schultern hochgezogen, als Broders und Gerlach hereinkamen.

»Seid ihr fertig?«, fragte Pia.

»Nein. Kurze Pause. Es gibt schlechte Neuigkeiten.«

»Ich weiß es schon«, erwiderte Pia. »Finn.«
Broders trat hinter sie. »Tut mir sehr leid«, sagte er.

Es war Freitag. Ein Tag nach Finn Dorstens Tod. Friedlinde Hellbach hatte ein umfassendes Geständnis abgelegt, doch die Stimmung im Kommissariat war allgemein gedrückt. Pia hatte sich den Termin für die Trauerfeier dick in ihrem Kalender angestrichen. Sie war sich nicht sicher, wie gut sie über den Tod des jungen Kollegen hinwegkommen würde. Kurz vorher hatte sie noch mit ihm gesprochen. Sie war in seiner unmittelbaren Nähe gewesen. Wieso hatte sie es nicht verhindern können?

Pia packte für heute ihre Sachen zusammen, doch eine Angelegenheit musste sie noch klären. Einer der Computerfachleute hatte sich bei ihr gemeldet. Wie beinahe immer war Rists Bürotür geschlossen. Pia klopfte kurz an und trat ein, ohne eine Antwort abzuwarten.

Rist sah von seinen Unterlagen auf. »Ist es wichtig?«

»Ich weiß jetzt, von wem die E-Mail stammt«, sagte Pia. »Die Mail, in der es um das Täterwissen mit dem Abschleppseil geht. Die Mail, die ich angeblich an die Zeitung geschickt haben soll.«

Rist hob die Augenbrauen. »Und?«

»Der Absender ist die Zeitungsredaktion selbst.«

»Und was heißt das im Klartext?«

»Der Journalist hat die Mail manipuliert, sodass es so aussieht, als hätte ich sie geschrieben, aber er hat sie selbst verfasst.«

»Ach ja? Und warum?«

»Max Carlsdorf ist an dem Tag des Leichenfunds im Wald ein Stück querfeldein gelaufen, um so nah wie möglich an den Fundort der Leiche heranzukommen. Dabei hat er ein Gespräch zwischen zwei unserer Leute belauscht, in dem es um das Abschleppseil als Tatwaffe ging. Aufgrund seines kleinen Extraausflugs war er nicht dabei, als ich mit der Presse gesprochen habe. Aber er hat von den anderen erfahren, dass ich in die Ermittlungen involviert bin.« Pia holte tief Luft. »Carlsdorf musste die Herkunft seiner Informationen vor seiner Chefin belegen. Er kennt mich von früher und meinte wohl, er habe noch eine Rechnung mit mir offen. Also hat er es so aussehen lassen, als hätte ich ihm die Informationen zugespielt.« Pia hatte darüber nachgedacht, warum Max Carlsdorf das getan hatte, wie es damals wirklich zwischen ihnen abgelaufen war. Sie hatte ihn mal zurückgewiesen. Damals war sie mit einem anderen Mann zusammen gewesen. Doch so locker und leicht, wie das unter spanischer Sonne ausgesehen hatte, war es für Kalle wohl nicht gewesen. Aber diese Einzelheiten gingen Rist nichts an.

»Ich habe mir die Mail doch angeschaut. Sie war von deinem Computer aus gesendet worden«, beharrte Rist.

»Nein. Carlsdorf hat sie manipuliert. Er kann so etwas. Er ist ein Hacker. War es damals zumindest.«

»Du hast vielleicht Bekanntschaften!« Rist wandte sich wieder seinen Unterlagen zu.

»Ist die Angelegenheit damit geklärt?«, fragte Pia.

»Ja.« Er sah nicht einmal auf.

»Dann vielen Dank für das mir entgegengebrachte Vertrauen.« Pia schaute ihn in Erwartung einer Reaktion ein paar Sekunden lang an. Als er nicht wieder aufblickte, verließ sie den Raum. Für heute hatte sie genug von ihrem Job.

»Du siehst aber sauer aus«, sagte Gerlach, als sie ihn auf dem Weg zum Fahrstuhl traf.

»Stimmt. Ich bin sauer.« Pia musterte ihn. Sein Haar war strähnig, er benötigte einen neuen Haarschnitt, und er hatte einen ungewohnten Bartschatten. »Und du siehst so aus, als würdest du seit ein paar Tagen im Büro übernachten.« Sie vermisste den stets akkurat gestylten Gerlach. Was sie gerade gut gebrauchen konnte, war das Gefühl, dass gewisse Dinge einfach konstant blieben. Aber alles änderte sich unentwegt.

Er errötete. »Ich … Woher weißt du das?«

Oje. Es war ein Schuss ins Blaue gewesen. »Ich weiß gar nichts. Was ist denn los mit dir?«

»Ärger mit Meike.«

»Tut mir leid.« Sie erinnerte sich, dass seine Freundin oder Lebenspartnerin Meike hieß. Pia wollte ihm Hilfe anbieten, fühlte sich jedoch gerade nicht dazu imstande. Nicht zu diesem Zeitpunkt.

»Wir sollten uns wohl beide mal wieder richtig ausschlafen.« Gerlach schob sich eine Haarsträhne aus dem Auge. »Das waren zwei schlimme Wochen.«

»Sollten wir.« Pia nickte ihm noch einmal zu und stieg in den Fahrstuhl. Gerlach entfernte sich über den Gang. Während sie sieben Stockwerke nach unten fuhr, dachte sie, dass das wohl mit die persönlichsten Worte gewesen waren, die sie je mit Gerlach gewechselt hatte. Sie verließ das Gebäude durch den vorderen Ausgang, weil sie ihren Wagen heute auf dem Parkplatz an der Welsbachstraße abgestellt hatte.

Manchmal war schon der Anblick des eigenen verschrammten Autos, das nachmittags noch dort stand, wo man es morgens abgestellt hatte, ein Trost. Pia schloss die Fahrertür auf, setzte sich hinters Steuer und wollte den Zündschlüssel ins Schloss stecken. Sie schrie auf, als sie eine Bewegung auf der Rückbank des Wagens wahrnahm. Eine Hand legte sich auf ihre Schulter. »Alles in Ordnung, Pia.«

Sie schlug die Hand weg und fuhr herum. »Hast du sie nicht mehr alle, Marten?! In mein Auto einzubrechen, mir aufzulauern und einen Mordsschrecken einzujagen? Ich …«, ihr Herz schlug immer noch wie verrückt, »ich hätte einen Herzanfall bekommen können!«

»Geht es wieder?«

»Raus aus meinem Wagen, Marten! Ich habe dir zweimal gesagt, dass ich nicht mit dir reden will. Und auf diese Tour schon gar nicht.«

Ein Auto hielt eine Reihe weiter. Zwei Kollegen vom Kriminaldauerdienst stiegen aus.

»Es ist besser, wenn mich hier niemand sieht«, sagte Marten. »Fahr bitte einfach los.«

»Dann runter mit dir!« Pia fuhr mit quietschenden Reifen an. Die Kollegen sahen ihr kopfschüttelnd nach. Sie hoffte, dass sich Marten den Kopf am Kindersitz angeschlagen hatte. Dass noch eine alte wohlduftende Windel im Fußraum lag, dass ihm Felix' Franzbrötchenkrümel gleich im Haar kleben würden.

Als sie an der Kreuzung links auf die Possehlstraße abbog, kam Marten wieder hoch. Er rieb sich den Kopf. »Danke.«

»Warum tust du das?«

»Ins Polizeihochhaus kommen kann ich nicht. Vor deinem Haus willst du nicht mit mir sprechen. Am Telefon auch nicht. Du lässt mir keine andere Wahl, Pia.«

»Blödsinn.«

»Magst du langsamer fahren?«

»Nein. Mag ich nicht.«

Sie fuhr geradeaus, am Stadion entlang, und hielt schließlich am Straßenrand. Es mussten wohl noch ein paar Dinge gesagt werden. Und je früher, desto besser.

»Ich komme jetzt zu dir nach vorn auf den Beifahrersitz, wenn das okay ist«, meinte er. »Oder wollen wir aussteigen und ein Stück gehen?«

»Wir gehen.« Sie wollte ihn nicht so nah bei sich haben.

»Du hast dich verändert«, sagte er nach ein paar Metern. »Nicht zum Negativen, versteh mich nicht falsch.«

»Es hat sich allgemein viel geändert.«

»Dass Gabler nicht mehr da ist, ist ein ziemlicher Schlag für das K1. Wie läuft es mit dem Neuen?«

»Nicht gut.«

»Falls du Hilfe brauchst ...«

»Von dir?«

»Ich weiß ein paar Dinge über Manfred Rist. Er hat auch mal verdeckt gearbeitet. Wir hatten denselben VE-Führer.«

»Ach ja?«

Sie gingen ein paar Meter nebeneinander her, ohne etwas zu sagen. Neugierig war Pia schon, was Informationen über Rist betraf. Sie hätte jeden danach gefragt, nur nicht Marten.

»Ich meine das ganz im Ernst. Du musst auf dich aufpassen, Pia. Ich kann dir vielleicht helfen.«

»Es ist zu spät, Marten. Alles. Du hättest nicht wieder herkommen sollen.« Sie fühlte sich gut, als sie das sagte, weil sie spürte, dass es für sie die Wahrheit war.

»Okay.« Er sah sie aufmerksam an.

Pia erwiderte seinen Blick. »Ist noch etwas?«

»Du hast ein Kind ...«

Nun wurde ihr doch ein wenig mulmig zumute. Es hatte eine Zeit vor Felix' Geburt gegeben, da hatte Pia es für möglich gehalten, dass Marten der Vater ihres Sohnes war. »Gut beobachtet«, erwiderte sie und bemühte sich, möglichst gleichgültig zu klingen.

»Das ist allerdings eine große Veränderung.«

»Stimmt.«

Marten fixierte sie. »Wann hat Felix Geburtstag, Pia?«

40. Kapitel

Pia saß auf dem Teppich in ihrem Wohnzimmer, den Rücken gegen die Couch gelehnt. Die Rollos waren heruntergelassen, und aus dem CD-Player dudelte Soulmusik. Sie hatte einen Wodka mit Orangensaft in der einen Hand und die andere in einer Tüte Chili-Chips versenkt, als es an der Tür klingelte.

Felix schlief seit etwa einer Stunde. Beim Zu-Bett-Bringen hatten sie sich noch einmal das Buch *Tiere der Nacht* zusammen angeschaut, und er war danach sofort eingeschlafen. Pia hatte das gemeinsame Abendritual heute als anstrengend empfunden. Der Kummer und auch die Wut über den sinnlosen Tod ihres Kollegen Finn Dorsten nagten an ihr. Sie wusste nicht, wie sie damit umgehen sollte. Und sie wollte Felix nicht damit belasten, doch es war ihr auch nicht gelungen, auf heile Welt zu machen. Er hatte sowieso ein zu gutes Gespür für ihre Stimmungen, so jung er noch war. Sie hatte Felix erklärt, dass heute bei der Arbeit etwas Trauriges passiert sei, an das sie noch denken müsse. Zum Glück hatte er nicht weiter nachgefragt, sondern sie nur aus großen Augen angesehen und ihr dann die Hälfte seines geliebten Schoko-Vanille-Puddings, der noch im Kühlschrank stand, überlassen. Kinder wussten eben, wie man tröstete, und dachten da noch praktisch.

Als sie aufstand, um zur Tür zu gehen, merkte sie, dass der Wodka schon seine Wirkung tat, jedoch mehr auf ihr Gleichgewichtszentrum als auf ihre Stimmung.

Sie öffnete die Tür.

»He, was ist los? Ist etwas passiert?«, wollte Lars wissen, kaum dass er einen Blick auf sie geworfen hatte.

»Mein Kollege Finn ist tot«, sagte sie. »Ich hatte dir doch erzählt, dass er im Dienst verletzt wurde. Er ist heute Morgen im Krankenhaus gestorben.«

»Oh, verdammt! Das tut mir so leid, Pia!« Lars umarmte sie und strich ihr über das zerzauste Haar.

»Mir auch. Ich versuche die ganze Zeit, so zu tun, als wäre alles normal, aber nichts ist normal.«

»Nein, sicher nicht.«

»Ich glaube, ich bin heute Abend keine gute Gesellschaft. Ich habe schon ein bisschen was getrunken. Willst du auch?«

Er schüttelte den Kopf, führte sie zurück ins Wohnzimmer. »Einer von uns beiden sollte vielleicht besser nüchtern bleiben.«

»Ich … es ist so absolut sinnlos! Ich kann es immer noch nicht begreifen. In einem Moment ist Finn lebendig, jung und voller Tatendrang, und im nächsten Moment ist alles vorbei.«

»Es braucht seine Zeit, bis du das verarbeitet hast.«

»Ich will es aber nicht verarbeiten. Ich will … es rückgängig machen. Einfach die Uhr zurückdrehen.«

»Ja. Wenn wir das könnten.«

»Und es tut mir alles leid.«

»Das verstehe ich.«

»Nein, ich meine, wie ich zu *dir* war. Wegen deiner Exfrau. Obwohl: Ich finde, sie hat sich wirklich unter aller Kanone benommen, oder? Und es war nicht in Ordnung, dass ich nichts von ihr wusste.« Pia war klar, dass sie gerade viel offener redete, als sie es in nüchternem Zustand getan hätte. Doch es fühlte sich gut an. So, wie die simple Tatsache, dass Lars in ihrer Nähe war. Sie musste ihm einfach sagen, was ihr durch den Kopf ging, damit sich der Knoten in ihrem Magen löste.

»Nein, Christines Benehmen war nicht in Ordnung«,

räumte er ein. »Aber sie war nicht immer so. Ich gebe zu, neulich hat sie sich furchtbar aufgeführt.«

»Ich hab dir auch nicht alles gesagt«, bekannte Pia.

»Willst du es mir jetzt erzählen, oder warten wir, bis du wieder einen klaren Kopf hast?« Er lächelte, doch sie sah ihm an, dass er besorgt war.

»Jetzt. Als ich mit Felix schwanger war – es war ja nicht geplant, verstehst du? –, da wusste ich zuerst nicht, wer der Vater ist.«

»Das war bestimmt nicht schön für dich.«

»Ich habe mich schrecklich gefühlt. Ich hatte gerade mit Hinnerk Schluss gemacht, weil er etwas mit meiner Schwester angefangen hatte. Am nächsten Tag bin ich wütend und verletzt nach Italien gereist. Es ging um eine Ermittlung. Dort habe ich vollkommen unerwartet einen früheren Freund und Kollegen wiedergetroffen, den ich einmal sehr geliebt habe. Marten. Wir haben eine Nacht zusammen verbracht, aber es war mir damals schon klar, dass danach nie wieder etwas zwischen uns sein kann. Ja, und irgendwann in dieser Zeit, in diesem ganzen Chaos, hat die Minipille, die ich damals nahm, versagt.«

»Das nennt man wohl ein Zusammentreffen ungünstiger Umstände. Bis auf die Tatsache, dass es nun Felix gibt. Das ist wunderbar.«

»Ja. Ich habe großes Glück, alles in allem. Mit Felix und auch mit Hinnerk, der Interesse an seinem Sohn hat und sich mit um ihn kümmert. Und damit, dass ich dich getroffen habe.«

»Wirklich?«

»Ja.«

»Und dieser Marten?«

»Er hat mir heute aufgelauert. Also, er wollte mit mir reden und saß plötzlich in meinem Auto.«

»Wie? In deinem Auto?« Lars klang so angriffslustig, als wollte er bei nächster Gelegenheit losstürmen, um sie mit bloßen Händen vor Marten zu verteidigen. Pia musste lächeln.

»Unter anderem wollte er wissen, wer Felix' Vater ist. Er hat sich wider Erwarten die Mühe gemacht nachzurechnen. Ich hätte nie gedacht, dass er sich an den Zeitpunkt unserer letzten Begegnung überhaupt erinnern kann. Ich habe ihm jedenfalls gesagt, dass er nicht Felix' Vater ist und dass er mich in Zukunft in Ruhe lassen soll.«

»Hm.«

»Ich will nur, dass du es weißt.«

»Um mir Überraschungen à la Christine zu ersparen?«

»Um ehrlich zu dir zu sein.« Sie deutete auf die Wodka-Flasche neben sich und verzog das Gesicht. »Teufelszeug.«

Sie saßen einen Moment schweigend da.

»Nicht weinen, Pia«, sagte er sanft.

»Ich weine nicht.« Sie schniefte.

Er wischte ihr mit dem Daumen eine Träne von der Wange.

»Ich glaube, es ist dieses Lied«, sagte sie. »Die Sängerin ist mit siebenundzwanzig Jahren gestorben. Viel zu früh. Genau wie Finn.«

41. Kapitel

Der Laden brummte. In Hans Vagts Dorfkneipe ging an diesem Samstagabend ein Bier nach dem anderen über den Tresen, dazu Cola, Kaffee und der eine oder andere Kurze. Lucie beobachtete, dass Miriam Trappert mit der Bedienung der Gäste kaum hinterherkam. Der große Andrang war nicht unbedingt nur eine Reaktion auf Cäcilias Auftauchen, das nun schon über zwei Tage zurücklag, sondern vor allem auf die Lösung des Rätsels, die die Bewohner von Grotenhagen schlichtweg »vom Hocker gehauen« hatte, wie Rüdiger es flapsig formuliert hatte.

Das allgemeine Bedürfnis, über die Entführungen, die Mordfälle und vor allem über Friedlinde Hellbach als mutmaßliche Täterin zu diskutieren, war enorm. Sogar Lucies Schwiegermutter Isolde, die sonst nur selten einen Fuß in *Vagts Hof* setzte, saß an diesem Abend mit am Ecktisch, zusammen mit Rüdiger, Sophie und Thomas Eibholz und Lucie. Sie hatte ihre Schwiegermutter überredet mitzukommen. Isolde ging es nicht gut, genauso wenig wie ihr selbst, aber es half nichts, sich immerzu zu verkriechen. »Wir müssen Flos Tod irgendwie verarbeiten«, hatte Lucie zu ihr gesagt. »Wir müssen begreifen, was passiert ist, sonst kommen wir nie darüber hinweg.«

»Willst du dir das wirklich antun?«, hatte ihre Schwiegermutter gefragt.

»Ja. Und ich will sehen, ob Sophie mir in die Augen schauen kann. Aber du musst mitkommen.« Es war ein kurzer Moment des absoluten Einverständnisses zwischen Lucie und ihrer Schwiegermutter gewesen, der sie hier in den Gasthof geführt hatte.

»Jeden Einzelnen von uns hatten die Bullen eher in Verdacht als ausgerechnet Friedel«, sagte Rüdiger, der sein erstes Bier intus hatte. »Ist mal wieder typisch für die!«

»Hattest du Friedel denn in Verdacht?«, fragte Lucie ihren Bruder. »Immerhin kennst du sie doch wohl am besten von uns.«

Er sah nicht so aus, als wollte er das hören.

Miriam stellte ihnen zwei frisch gezapfte Pils auf den Tisch. Das Bier schwappte über, und etwas Schaum lief über ihre Hand. »Du warst echt mal mit Friedel zusammen, Rüdiger?«, fragte Miriam.

Er zog eines der Gläser zu sich heran. »Ist schon Ewigkeiten her.«

»Wäre 'ne richtig gute Partie gewesen«, spottete Thomas. »Herrenhaus statt Wohnwagen. Woran ist es eigentlich gescheitert, Rüdiger? Hat sie dir Angst gemacht?«

»Hm.« Er starrte in sein Bier. »Die doch nicht.«

»Vor der musste man Angst haben«, sagte Lucie. »Jedenfalls nach allem, was wir heute über sie wissen.«

»Ich kann es immer noch nicht glauben«, meinte Sophie Eibholz. »Die Entführung unserer Kinder … Sie kann doch nicht ernsthaft geglaubt haben, dass sie damit durchkommt!«

»Wollte sie das denn?«, fragte Isolde zweifelnd.

»Ich habe nicht nur mit der Polizei, sondern auch mit der Psychologin, die sich um Lara kümmert, ausführlich über Friedel und ihre Beweggründe gesprochen«, sagte Sophie. »Ich muss einfach begreifen, wie das alles passiert ist. Die Psychologin vermutet, dass Friedel den Verlust ihres ungeborenen Kindes nie verwunden hat. Das Kind, das sie verloren hat, wäre jetzt so alt wie Lara und Cäcilia. Tja, und mit knapp Mitte vierzig wird vielen Leuten bewusst, dass der Traum vom eigenen Kind endgültig ausgeträumt ist. Friedel hat sich wohl in die Vorstellung hineingesteigert, dass ihr Vater ihr das Baby nach der Geburt hat wegnehmen lassen, obwohl es lebte, dass die Geschichte von der Totgeburt erfunden war.«

Isolde nickte. »Als sie damals bei mir in Büsum war, hat sie mehrmals gesagt, sie hat es nach der Geburt noch schreien gehört.« Sie schnaubte. »Aber das war Unsinn. Es war ein kleines Mädchen, ich habe es gesehen. Es war schon im Mutterleib gestorben. Eine stille Geburt. Schrecklich! Doch das war nicht Ansgar Hellbachs Schuld. Er wollte nur, dass seine Tochter das Kind zur Adoption freigab.«

»Hättest du ihm dabei geholfen?«, wollte Lucie wissen.

Isolde zuckte mit den Schultern.

»Das ist ja wie im letzten Jahrhundert«, sagte Sophie.

»Dass sie verzweifelt war, gut und schön. Aber deswegen geht man doch trotzdem nicht hin und entführt die Kinder anderer Leute, um sie bei sich zu Hause in den Keller zu sperren. Ich meine, was hatte sie denn mit den Mädchen vor?«, fragte Isolde.

»Friedlinde hat wohl schon länger unter einem erheblichen Realitätsverlust gelitten, meint die Psychologin. Nach der traumatischen Geburt folgten Jahre der Einsamkeit und Frustration. Wie Ansgar sie geknechtet und ausgenutzt hat, wissen wir ja alle. Sie war für ihn doch nur eine bessere Dienstmagd. Sie hatte wohl das Gefühl, ihr Leben gar nicht richtig gelebt zu haben.« Sophie schüttelte den Kopf. »Kein Wunder, denn von ihrem Vater bekam sie nie etwas zurück. Keine Liebe, keine Anerkennung, nichts. Der hat sie immer nur niedergemacht. Da hat sie sich ihre eigene Welt erträumt, vermutet die Psychologin, und so ähnlich hat es uns auch die Polizei erklärt. Friedel wollte ein Kind für sich, das sie lieben kann und das sie wiederliebt. Dann hat sie mitbekommen, dass wir …«, Sophie stockte, sie mied Lucies Blick, »dass wir ein paar Mal gestritten haben, Thomas und ich. Friedel dachte wohl, wir würden uns scheiden lassen, und sie könnte Lara dann ein besseres Leben bieten. Sie hat sich sogar eingebildet, wir hätten Lara adoptiert, und Lara sei in Wirklichkeit ihr Kind. Sie hat sich das aus Laras Geburtsdatum zusammenfantasiert und das unserer Kleinen in mehreren Briefen sogar mitgeteilt. Damit hat sie Lara furchtbar verunsichert. Unser Kind hat sich nach seiner Freilassung zuerst nicht mal getraut, uns von diesen Behauptungen zu erzählen. Lara hatte solche Angst, dass die Aussagen in den Briefen wahr sind. Friedel muss gehofft haben, dass Lara sich irgendwann bei ihr einleben würde … Dass sie sich ihr dann zu erkennen geben kann. Wahrscheinlich wollte sie sogar mit ihr fortgehen. Die Polizei hat zumindest Bücher und Broschüren über Spanien und das Auswandern bei ihr gefunden.«

»Da hätte sie lieber mich fragen sollen.« Rüdiger verdrehte die Augen. »Ich hab da so meine Erfahrungen.«

»Diese Frau war vollkommen neben der Spur«, sagte Thomas. »Sie hat jahrelang mitten unter uns gelebt, ohne dass einer von uns gemerkt hat, wie verrückt sie war.«

»Warum hat Friedel Lara dann wieder freigelassen?«, fragte Lucie und sah ihn skeptisch an.

»Ihr Vater hat Lara zufällig im Keller entdeckt. Eigentlich ist er nicht mehr oft die Treppe hinuntergestiegen, aber er hatte wohl einen Verdacht. Doch anstatt zur Polizei zu gehen, hatte er nur Angst, seine kostenlose Haushälterin und zukünftige Pflegerin zu verlieren. Und – nicht auszudenken – der Skandal für den Namen Hellbach! Da Lara bis zu dem Zeitpunkt weder ihn noch seine Tochter gesehen hatte, haben sie sie betäubt und nachts in den Dünen abgelegt. Er hat Friedel dazu gezwungen.«

»Und gleichzeitig hat er die Nachbarschaftswache organisiert?«, fragte Rüdiger.

»Er wollte wohl, dass wir besser auf unsere Kinder achtgeben und seine Tochter nicht noch einmal Blödsinn machen kann«, sagte Thomas.

Rüdiger schnaubte durch die Nase. »Und das alles hat Friedel so der Polizei erzählt?«

Thomas Eibholz nickte.

Isolde schüttelte den Kopf. »Ich begreife immer noch nicht, warum mein Florian sterben musste.«

Lucie legte ihr die Hand auf den Arm. »Er hatte jedenfalls nichts mit den Entführungen zu tun. Er war zur falschen Zeit am falschen Ort.«

»Ja, so war es wohl«, sagte Thomas. »Florian war auf dem Weg nach Hause und sah Friedel mit einer Reifenpanne am Straßenrand stehen. Er wollte ihr helfen. Dabei muss er ihre Einkäufe für Lara bemerkt haben. Sie hatte ein paar typische Mädchen-T-Shirts, rosa Pyjamas und all so was gekauft. Florian wusste, dass Lara vermisst wird. Vielleicht hat er Friedel auf die ungewöhnlichen Einkäufe angesprochen. Sie wollte kein Risiko eingehen und hat ihn mit dem Wagenheber auf den Hinterkopf geschlagen. Es war ihr erster Mordversuch. Florian wurde nur bewusstlos, und die Kopfwunde war kaum zu sehen. Da wollte sie es wie einen Selbstmord aussehen lassen und hat ihn in seinem Bus zu der Brücke im Wald gefahren und dort aufgehängt. Um ihn als Laras Entführer hinzustellen, hat sie noch das rosa Notizbuch, das Lara gehört, dort deponiert.«

»Diese Hexe!« Isolde liefen Tränen über das Gesicht. »Sie sind doch beinahe wie Geschwister aufgewachsen, mein Flo und sie.«

»Menschen tun ihnen nahestehenden Menschen oft die grausamsten Dinge an«, gab Thomas zu bedenken.

»Was für ein Trost!«, sagte Lucie.

»Ist schon gut.« Isolde wischte sich mit einem Taschentuch über das Gesicht. »Ich will die Wahrheit wissen. Deshalb bin ich hier. Warum hat Friedel auch noch Cäcilia entführt?«

Sophie seufzte. »Friedlinde wollte ihren Traum von einem

Kind nicht aufgeben. Die Polizei hat uns gesagt, dass sie Cäcilia in der Nähe unseres Hofes entführt hat. Mithilfe von ein paar Katzenbabys in einem Pappkarton. Es ist aber nicht ganz klar, ob Friedel es dabei eigentlich wieder auf Lara abgesehen hatte oder ob sie sich diesmal Cäcilia schnappen wollte.«

»Und Ansgar ist wieder dahintergekommen?«

»Als er hörte, dass Cäcilia vermisst wird, hat er vermutlich erst mal im Keller nachgesehen. Auch ein neuerdings vor der Tür stehender Schrank konnte ihn nicht abhalten. Offenbar hat er seiner Tochter daraufhin ein Ultimatum gestellt: ›Schaff das Kind bis dann und dann fort, oder ich informiere die Polizei!‹ Er hat sie zu Hause allein gelassen und sich von einem Bekannten an die Ostsee fahren lassen, damit sie tun konnte, was seines Erachtens nach getan werden musste. Doch Friedlinde hat lieber ihren Vater umgebracht, als auf das Kind zu verzichten. Allerdings hatte die Polizei inzwischen ihren Vater in Verdacht, sodass sie Cäcilia trotzdem aus ihrem Keller fortschaffen musste. Wenigstens so lange, bis die Polizei ihr Wohnhaus durchsucht hatte. Deshalb hat sie Cäcilia in die Antikscheune gebracht.«

»Wie konnte Friedel so sicher sein, dass Lucie dort nicht nachguckt?«, fragte Isolde.

»Das konnte sie natürlich nicht. Doch Friedlinde stand zu dem Zeitpunkt unter Zugzwang. Sie ist wohl davon ausgegangen, dass du, Lucie, gerade andere Sorgen hattest, als dich um das Geschäft deines verstorbenen Mannes zu kümmern«, erklärte Thomas.

»Warum die Schiffstruhe?«

»Das war auch ihr Versteck, wenn sie als Kind Angst vor ihrem Vater hatte«, sagte Lucie. »Das weiß ich von Florian.«

»Wie hat sie das alles bloß bewerkstelligen können?«

»Friedel ist kräftig«, erklärte Isolde. »Außerdem hat sie Altenpflegerin gelernt. Da weiß man, wie man Menschen trägt und bewegt. Und durch die Versorgung ihres Vaters hat sie bestimmt das eine oder andere Medikament zur Hand gehabt.«

»Da hab ich wohl noch mal Schwein gehabt«, sagte Rüdiger. »Nicht auszudenken, wenn ich die damals geheiratet hätte.«

»Was hat dich eigentlich davon abgehalten?«, wollte Miriam wissen, die wieder hinter dem Tresen hervorgekommen war. »War doch 'ne super Partie, mit dem Gut und allem.«

»Ihr Vater hat mir erklärt, dass er es nicht zulassen würde, dass ein Niemand wie ich in die Familie Hellbach einheiratet. Eher würde er seine Tochter enterben. Und dass Friedlinde mich sowieso nicht will, sonst wäre sie ja wohl nicht Hals über Kopf abgereist. Er hat mir ein paar Tausend Euro in die Hand gezählt und gesagt, ich solle damit verschwinden und mich nie wieder blicken lassen.«

»Friedlindes Vater hat dich bezahlt?«, fragte Sophie. »Damit du seine Tochter in Stich lässt?«

»Wir hatten doch eh keine Chance, Friedel und ich. Ich hab die Kohle genommen und ab dafür, bevor mir der Alte die Hölle heißmacht. Von dem Baby wusste ich nichts.«

»Es hätte auch nichts geändert«, sagte Isolde.

»Wie ist Friedlinde eigentlich in die Antikscheune hineingekommen?«, wollte Thomas von Lucie wissen.

»Sie hat sich neulich den Stoff zum Nähen der Ballettkostüme bei mir abgeholt. Dabei muss sie mir einen der Ladenschlüssel geklaut haben, die am Schlüsselbrett hingen. Friedel ist nicht dumm. Wir haben uns alle von ihrem biederen Äußeren und dem trutschigen Auftreten täuschen lassen.«

»Wie ist sie nur auf all das gekommen?«

»Sie hat immer viel gelesen. Vor allem Krimis«, sagte Isolde. »Da konnte sie viele falsche Spuren legen.«

»Laras Notizbuch an der Brücke bei Florians Leichnam«, erinnerte sich Sophie und sah zu Boden. »Das hat uns eine Höllenangst eingejagt.«

»Ihr angeblich verletzter Knöchel«, ergänzte Lucie und schüttelte bei der Erinnerung den Kopf. »Drei Augenzeugen, die sehen sollten, wie sie auf Isoldes Treppe umknickt. Aber das war nur vorgetäuscht. Als du mir das erzählt hast, Thomas, wollte ich es zuerst nicht glauben. Es war so echt ...«

Thomas Eibholz lächelte freudlos. »So hat sie es aber der Polizei erzählt: Anstatt ihren Fuß zu Hause zu kühlen, der zu dem Zeitpunkt ja noch unverletzt war, ist sie zu ihrem Vater an die Ostsee gefahren. Sie wusste genau, wo er angelte; sie sollte ihn ja abholen. Friedlinde hat ihn hinterrücks mit einem Stein erschlagen und ihn dann ins Wasser gelegt. Dieses Mal hat sie wohl gleich fest genug zugeschlagen. Dann hat sie von Ansgars Handy aus zu Hause angerufen, damit die Polizei den Todeszeitpunkt nicht zu früh vermutet. Anschließend ist sie nach Neustadt in die Klinik gefahren. Friedlinde ist kurz vor ihrer Ankunft in der Notaufnahme dann noch absichtlich umgeknickt, damit ihr Knöchel auch wirklich verletzt war. Sie hat sich später sogar von der Polizei dort abholen lassen. Alles, um ihr Alibi zu untermauern.«

»Den Trick mit der vorgespielten Verletzung hatte sie bestimmt aus *Tod auf dem Nil*«, vermutete Sophie.

»Tod auf dem was?«, fragte Rüdiger.

»Nil. Von Agatha Christie.«

»Egal«, sagte Rüdiger und winkte ab. »Darauf, dass seine Tochter ihn eines Tages kaltmacht, war der Alte jedenfalls nicht gefasst.«

»Friedlinde – eine mehrfache Mörderin. Erstaunlich, wie wenig wir die Menschen kennen, mit denen wir zusammenleben.« Thomas sah Sophie an, die seinem Blick auswich.

Miriam Trappert hatte die letzten Sätze mitbekommen. »Ich konnte diesen arroganten Ansgar Hellbach sowieso nicht ausstehen«, sagte sie.

»Der war auch zu alt für dich.« Rüdiger streckte die Hand nach Miriams Hüfte aus.

Sie wich ihm aus, ihr Blick ging in Richtung Tür. »Bist du übrigens auch«, sagte sie zu Rüdiger, ohne den Mann, der gerade hereinkam, aus den Augen zu lassen.

»Was?«

»Du bist auch zu alt für mich, Rüdiger.«

Sven Fricke trat zu dem Tisch in der Ecke. Er sah Rüdiger mit schmalen Augen an. Der starrte angestrengt auf die Tischplatte. Er wusste wohl, dass er haarscharf an einer Anzeige wegen Körperverletzung vorbeigekommen war und wollte sein momentanes Glück nicht überstrapazieren. Sven nahm Miriam in die Arme. »He, Miri, wann machst du Feierabend?«

Sie küsste ihn vor versammelter Mannschaft auf den Mund. »Für dich wann immer du willst.«

Hans Vagt, der hinter der Zapfanlage stand, sah ärgerlich auf und drohte ihr mit dem Finger, doch kurz darauf schüttelte er resigniert den Kopf. Miriam nahm den Gürtel mit dem Kellnerinnen-Portemonnaie ab und legte ihn auf den Tresen.

»Dann los!« Sven ergriff ihre Hand und zog sie mit sich.

»War das etwa unser schüchterner Svennie?«, fragte Thomas.

Rüdiger schnaubte.

Lucie knuffte ihren Bruder in die Seite. »Guck nicht so blöd, Rüdiger. Sei lieber froh, dass der Sven nicht nachtragend ist.«

»Der und die Miriam – ich fasse es nicht!«

»Die ist sowieso nichts für dich«, sagte Lucie zu ihrem Bruder.

»Der Fricke-Hof … Diese kleine Goldgräberin.« Isolde winkte Hans Vagt, ihnen eine Runde Korn zu bringen.

Nachwort

Die Personen und Handlungen in diesem Roman sind frei erfunden. Ähnlichkeiten mit lebenden oder toten Personen sind zufällig und nicht von mir beabsichtigt.

Die Recherchen für diesen Krimi haben mich wieder mit tollen Menschen in Kontakt gebracht und an wunderbare Orte geführt. Die Szenen mit dem Mantrailer verdanke ich Friederike Conrad, die mich an einem Training teilnehmen ließ. Für die Hilfe bei den Ballettszenen im Buch danke ich meiner Kollegin Jennifer B. Wind und ihrer Schwester, der Tänzerin Gloria Wind. Lars Mielke hat mir in Lübeck ein Recherche-Fahrrad geliehen, mitsamt Tipps, wo ich Pia ins Wasser fallen lassen kann. Und ich danke dem Leiter des K1 der Bezirkskriminalinspektion Lübeck, der mir meine Fragen zur Arbeit der Polizei beantwortet hat. Alle Fehler, die mir in diesem Krimi möglicherweise trotzdem unterlaufen sind, gehen zu meinen Lasten.

Sehr herzlich danke ich auch meinen treuen und hilfreichen Testlesern Melanie Schnittker, Kay Schnittker und Britta Langsdorff. Ebenso meinen Lektorinnen Karin Schmidt und Dorothee Cabras für die vertrauensvolle und inspirierende Zusammenarbeit. Dem großartigen Team des Lübbe Verlags und meiner Agentin Franka Zastrow habe ich es ebenso zu verdanken, dass Pia so viele Leser gefunden hat. Mein Mann Hans-Christian hilft mir bei meinen Recherchen, nicht zuletzt durch Bereitstellung eines stilvollen Fahrzeugs. Und ein besonderer Dank gilt meiner Familie, die mich über die Jahre so wundervoll unterstützt. Ja, und natürlich meinen

Lesern, die mir die Treue halten und ohne deren Zuspruch es vermutlich beim ersten Pia-Korittki-Krimi geblieben wäre.

»Nicht alle beten, die in die Kirche gehen.«
Deutsches Sprichwort

Eva Almstädt
OSTSEEFEUER
Pia Korittkis
zehnter Fall
384 Seiten
ISBN 978-3-404-17187-3

Der Pastor eines Ostseedorfes wird tot in der Sakristei aufgefunden – ermordet. Kommissarin Pia Korittki und ihr Team vom K1 in Lübeck übernehmen die Ermittlungen. Doch der Fall gestaltet sich schwierig, denn der Pastor scheint keine Feinde gehabt zu haben. Erst als ein zweiter Mord geschieht, beginnen die Fassaden zu bröckeln. Pia, die privat um das Sorgerecht für ihren Sohn Felix fürchten muss, kämpft plötzlich an allen Fronten. Denn im Dorf beginnt ein alter Aberglaube wieder aufzuleben: Es heißt, der Tod holt immer drei ...

Bastei Lübbe

Werde Teil der Bastei Lübbe Welt
You Tube
www.lesejury.de
Lesen, rezensieren, Bücher gewinnen
Lerne Autoren, Verlagsmitarbeiter und andere Leser kennen